UMA
MAGIA
FATAL

TAMBÉM POR ALLISON SAFT

Down Comes the Night

ALLISON SAFT

UMA MAGIA FATAL

Tradução de **Nathalia Marques**

ALTA BOOKS
GRUPO EDITORIAL
Rio de Janeiro, 2023

Uma Magia Fatal

Copyright © **2023** STARLIN ALTA EDITORA E CONSULTORIA LTDA.
Copyright © **2022** ALLISON SAFT
ISBN: 978-85-508-1991-4

Translated from original A Far Wilder Magic. Copyright © 2022 by Allison Saft. ISBN 9781250623652. This translation is published and so permission of Wednesday Books, an imprint of St. Martin's Publishing Group, the owner of all rights to publish and sell the same. PORTUG language edition published by Starlin Alta Editora e Consultoria Ltda., Copyright © 2023 by Starlin Alta Editora e Consultoria

Impresso no Brasil — 1ª Edição, 2023 — Edição revisada conforme o Acordo Ortográfico da Língua Portuguesa de 2009.

Dados Internacionais de Catalogação na Publicação (CIP) de acordo com ISBD

S128m   Saft, Allison

           Uma Magia Fatal / Allison Saft ; traduzido por Nathalia Marques. - Rio de Janeiro : Alta Books, 2023.
           352 p. ; 15,7cm x 23cm.

           Tradução de: A Far Wilder Magic
           ISBN: 978-85-508-1991-4

           1. Literatura americana. 2. Romance. I. Marques, Nathalia. II. Título.

2023-1716   CDD 813.5
                   CDU 821.111(73)-31

Elaborado por Odilio Hilario Moreira Junior - CRB-8/9949

Índice para catálogo sistemático:
1. Literatura americana : Romance 813.5
2. Literatura americana : Romance 821.111(73)-31

Todos os direitos estão reservados e protegidos por Lei. Nenhuma parte deste livro, sem autorização prévia por escrito da editora, poderá ser reproduzida ou transmiti A violação dos Direitos Autorais é crime estabelecido na Lei nº 9.610/98 e com punição de acordo com o artigo 184 do Código Penal.

O conteúdo desta obra fora formulado exclusivamente pelo(s) autor(es).

Marcas Registradas: Todos os termos mencionados e reconhecidos como Marca Registrada e/ou Comercial são de responsabilidade de seus proprietários. A edit informa não estar associada a nenhum produto e/ou fornecedor apresentado no livro.

Material de apoio e erratas: Se parte integrante da obra e/ou por real necessidade, no site da editora o leitor encontrará os materiais de apoio (download), errata e quaisquer outros conteúdos aplicáveis à obra. Acesse o site www.altabooks.com.br e procure pelo título do livro desejado para ter acesso ao conteúdo.

Suporte Técnico: A obra é comercializada na forma em que está, sem direito a suporte técnico ou orientação pessoal/exclusiva ao leitor.

A editora não se responsabiliza pela manutenção, atualização e idioma dos sites, programas, materiais complementares ou similares referidos pelos autores nesta obra.

Alta Novel é um selo do Grupo Editorial Alta Books

Produção Editorial: Grupo Editorial Alta Books
Diretor Editorial: Anderson Vieira
Vendas Governamentais: Cristiane Mutús
Gerência Comercial: Claudio Lima
Gerência Marketing: Andréa Guatiello

Produtoras da Obra: Illysabelle Trajano & Mallu Cost
Assistente da Obra: Beatriz de Assis
Tradução: Nathalia Marques
Copidesque: Andresa Vidal
Revisão: Fernanda Lutfi & Natália Pacheco
Diagramação: Rita Motta
Capa: Beatriz Frohe
Ilustração: Amanda Carla

Rua Viúva Cláudio, 291 — Bairro Industrial do Jacaré
CEP: 20.970-031 — Rio de Janeiro (RJ)
Tels.: (21) 3278-8069 / 3278-8419
www.altabooks.com.br — altabooks@altabooks.com.br
Ouvidoria: ouvidoria@altabooks.com.br

Editora
afiliada à:

Para quem tem sonhos impossíveis
e para quem sente que sonhar é impossível.

Há muito mais esperando por você no horizonte.

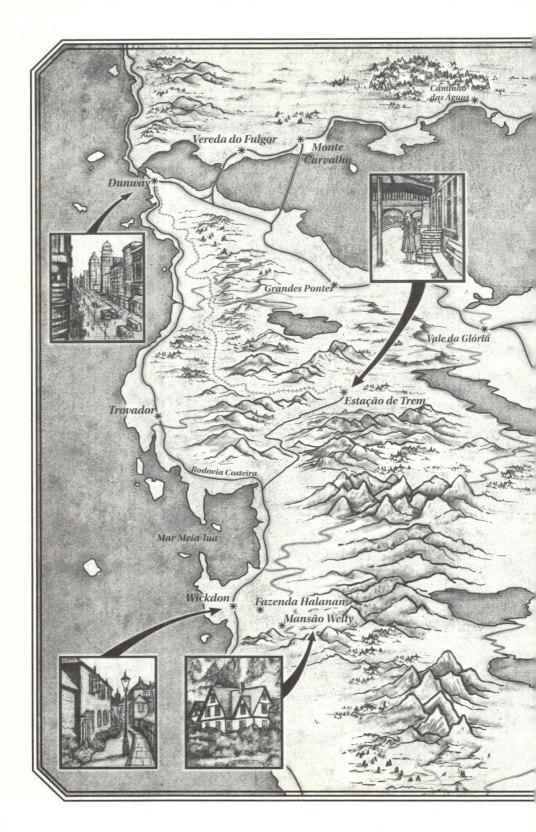

NOVA ALBION

1

Margaret não deveria estar lá fora esta noite.

Está frio demais para o meio do outono — o tipo de frio que pega até mesmo as árvores desprevenidas. Ainda ontem de manhã, as folhas do lado de fora de sua janela queimavam à luz do sol, vermelhas como sangue e douradas como mel. Agora, metade delas estava quebradiça e caiu como pedras, e tudo o que ela vê são as horas intermináveis de trabalho à sua frente. Um mar de coisas mortas.

Esse é exatamente o tipo de pensamento pelo qual a Sra. Wreford a repreenderia. Margaret quase pode ouvi-la agora: *só se tem 17 anos uma vez, Maggie. Há maneiras muito melhores de utilizá-los do que mantendo aquela maldita casa, acredite.*

O fato é que nem todos podem se dar ao luxo de desperdiçar os 17 anos. Nem todo mundo *quer* ser como Jaime Harrington e seus amigos, pulando de penhascos para dar um mergulho e bebendo aguardente barata depois do trabalho. Margaret tem responsabilidades demais para bobagens como essas — e, mais importante, não tem nenhuma lenha. Desde que a lenha se esgotou há dois dias, o frio se acomodou na Mansão Welty. Ele espera por ela lá fora, na noite, e também lá dentro, olhando-a maliciosamente a partir de uma lareira cheia de cinzas brancas. Por mais que ela odeie cortar lenha, não tem muita opção. É congelar agora, ou congelar depois.

O fim do dia se aproxima, sangrando sobre as montanhas, pingando sua eviscerada luz vermelha no quintal. Quando o sol se puser completamente, ficará ainda mais frio. Sem dormir, ela estremeceu por horas na noite passada, e agora tudo dói, como se ela tivesse sido dobrada em uma caixa de sapatos. Procrastinar em sua tarefa menos favorita não vale a pena se ela for se sentir assim novamente, amanhã.

Congelar agora.

Puxando o velho chapéu clochê de sua mãe sobre as orelhas, Margaret sai pela varanda e, por entre as folhas caídas, caminha com dificuldade até o quintal, onde a pilha de lenha estava acomodada ao lado de um carrinho de mão enferrujado. A água da chuva acumulada no recipiente estava levemente prateada com a geada precoce, refletindo um vislumbre do céu nebuloso do crepúsculo. Enquanto ela estende a mão para pegar uma tora da pilha, tem um vislumbre do próprio rosto. Sua aparência cansada reflete como ela se sente.

Margaret coloca a tora no cepo e pega o machado. Quando ela era jovem e rija, tinha que jogar todo o seu peso em cada machadada. Agora, deixar a lâmina cair é tão fácil quanto respirar. Ela assobia no ar e afunda na madeira com um estalo que espanta um par de corvos do poleiro. Ela ajusta a pegada e, então, solta um sibilo entre os dentes quando uma lasca é cravada em sua mão.

Ela inspeciona o sangue que escorre pela palma de sua mão antes de lamber a ferida. O frio se instala no corte, e sua língua é inundada pelo gosto fastidioso de cobre. Sabe que deve lixar o cabo do machado antes que ele tire mais um pedaço dela, mas não há tempo. Nunca há tempo suficiente.

Normalmente ela teria se preparado melhor para o inverno, mas sua mãe havia partido três meses atrás, e as tarefas se acumularam. Há janelas para calafetar, telhas para substituir e peles para preparar. Seria muito mais fácil se ela aprendesse alquimia como a mãe sempre quis, mas não importa quão faminta ou desesperada ela fique, nunca chegará a esse ponto.

Para as pessoas, a alquimia é muitas coisas. Para o mais pragmático dos cientistas, é o processo de destilar a matéria em sua essência, um meio de compreender o mundo. Katharistas tementes a Deus afirmam que ela pode purificar qualquer coisa, até mesmo o ser humano. Mas Margaret sabe a verdade. A alquimia não é progresso nem salvação. É o fedor de enxofre que ela não consegue tirar do cabelo. É como malas feitas e portas trancadas. É sangue e tinta no assoalho.

Irá sobreviver sem ela até que sua mãe volte para casa — *se* voltar para casa. Margaret reprime esse pensamento tão rápido quanto ele surge. Evelyn viaja com frequência por causa de suas pesquisas e sempre retorna. Só está demorando um pouco mais do que o normal, só isso.

Onde você está agora?

Anos atrás, quando ela ainda tinha disposição para isso, subia no telhado e tentava imaginar que podia enxergar muitos quilômetros adiante, até os lugares fantásticos que separavam Evelyn dela. Mas, independentemente do quanto ela tentava, nada se materializava. Isto era tudo o que ela alguma vez já havia visto: a estrada de terra desgastada que descia a encosta da montanha; a cidade adormecida brilhando tão fraca quanto um vaga-lume à distância; e, além dos campos dourados de centeio e grama, o Mar Meia-lua que brilhava negro, como uma noite estrelada. O dom da imaginação não a agraciou, e a cidade de Wicklow é tudo o que conhece. Margaret não consegue imaginar um mundo além dela.

Em uma noite como esta, todos vão estar aconchegados uns aos outros, na tentativa de conter o frio, cozinhando sopa e separando pedaços de pão de centeio. A imagem a afeta um pouco. Estar sozinha combina muito bem com ela. É apenas a perspectiva sombria de batatas cozidas para o jantar que desperta a inveja. Seu estômago ronca no momento em que o vento suspira na sua nuca. As folhas que ainda vivem balançam no alto, sibilando como ondas no mar.

Silêncio, elas parecem dizer. *Escute.*

O ar fica terrível e assustadoramente inerte. Arrepios ondulam por seus braços. Dezessete anos nesta floresta, e a mata nunca a assustou antes. Mas, agora, a escuridão se acomoda espessa e errada em sua pele, como brilho de suor frio.

Um galho se quebra na linha das árvores, alto como um tiro. Margaret gira em direção ao som, machado erguido e dentes à mostra.

Mas é apenas Encrenca, seu cão de caça. Ele parece, ao mesmo tempo, majestoso e ridículo, com suas enormes orelhas erguidas e seu pelo brilhante como cobre. Margaret abaixa sua arma, a lâmina batendo contra a terra congelada. Ele deve ter escapado pela porta da frente quando ela não estava prestando atenção.

— O que você está fazendo aqui? — pergunta ela, sentindo-se tola. — Você me assustou.

Encrenca abana o rabo distraidamente, mas, ainda atento, encara a floresta, tremendo de concentração. Ele deve sentir isso também — o crepitar no ar como uma tempestade se formando. Ela anseia pelo peso de um rifle em sua mão, não de um machado.

— Deixe isso para lá, Encrenca.

O cão mal olha para ela. Margaret suspira exasperadamente, sua respiração soltando vapor no ar. Mas ela não pode competir com um cheiro. Uma vez que ele capta um, não o larga por nada. Afinal, Encrenca é um cão de caça, mesmo que seja teimoso durante boa parte do tempo.

Então, ela percebe como ambos estão sem prática — e o quanto ela sente falta da emoção da caçada. A Sra. Wreford está certa, à sua maneira. Há mais na vida do que preservar esta mansão em ruínas, mais do que utilizar seu décimo sétimo ano para sobreviver. Mas o que a Sra. Wreford nunca entenderá é que ela não está mantendo a casa para si mesma; mas para Evelyn.

Antes de partir em uma viagem, ela sempre diz a mesma coisa: *assim que eu conseguir o que preciso para minha pesquisa, seremos uma família novamente.* Não há promessa mais doce no mundo. A família delas nunca mais será realmente completa, mas Margaret valoriza essas memórias de *antes* mais do que tudo. Antes de seu irmão morrer, de seu pai partir e da alquimia destruir toda a ternura de sua mãe. Ela as mantém perto de si como pedras de proteção, girando-as repetidamente em sua mente até que estejam suaves, calorosas e familiares.

Todas as semanas, os quatro iam a Wickdon fazer compras, e, sem falta, Margaret pedia à mãe que a carregasse para casa. Mesmo quando ela já estava velha demais para que isso fosse razoável, Evelyn a pegava no colo e dizia: *quem deixou você ficar tão grande, Srta. Maggie?*; e a beijava até que ela risse histericamente. O mundo ficava nebuloso e manchado com a fraca luz do sol enquanto cochilava nos braços de sua mãe. E, embora a caminhada para casa fosse de quase 10 quilômetros, Evelyn nunca se queixou e nunca a pôs no chão.

Assim que Evelyn terminar sua pesquisa, as coisas serão diferentes. Elas estarão juntas e serão felizes de novo. Isso é algo pelo qual vale a pena colocar sua vida em espera. Então ela levanta seu machado e parte a tora mais uma vez. Quando ela se abaixa para recolher os gravetos, um calafrio desce por seu colarinho.

Olha lá, diz o vento. *Olha.*

Lentamente, Margaret ergue o olhar para a floresta. Não há nada senão a escuridão para além do emaranhado de seus cabelos soprados pelo vento. Nada além do sussurro das folhas, cada vez mais alto.

E então ela vê.

A princípio, não é quase nada. Um fiapo flutuando como um barco à deriva pela vegetação rasteira. Apenas um truque de sua mente confusa. Então, um par de olhos redondos brilha sem piscar na escuridão. Em seguida, um focinho afilado, as sombras deslizando dele como água. Assim como a neblina que rasteja sobre o mar, uma raposa branca do tamanho de Encrenca espreita ao luar. Margaret nunca tinha visto uma raposa como esta, mas ela sabe exatamente o que é. Um ser antigo, muito mais velho do que as sequoias que se elevam acima dela.

A Hala.

Toda criança em Wickdon é criada com lendas sobre a Hala, mas, na primeira vez que ela ouviu sobre uma fora de sua casa, percebeu que sua família era diferente. A Igreja Katharista retrata a Hala e os seus semelhantes — os demiurgos — como demônios. Mas seu pai lhe disse que nada que Deus fez poderia ser mau. Para os Yu'adir, a Hala é sagrada, portadora do conhecimento divino.

Não vai te machucar se você mostrar respeito. Margaret fica perfeitamente imóvel.

O olhar da Hala é de um branco sólido, sem pupilas, e ela sente o peso dele como uma lâmina na nuca. A mandíbula do animal se abre, um aviso que faz algo insignificante e animalesco dentro de Margaret gritar. Os arrepios de Encrenca aumentam, e um rosnado ressoa dele.

Se ele atacar, sua garganta será rasgada.

— Encrenca, não! — O desespero torna sua voz áspera o suficiente para quebrar o feitiço sobre ele. O cão se vira para ela, orelhas para cima, claramente perplexo.

E, antes que ela possa processar a situação, antes que possa até mesmo piscar, a raposa desaparece.

Margaret estremece enquanto solta a respiração. O vento ecoa ao seu redor conforme ela passeia pelas folhas com um som suave e quebradiço. Ela cambaleia até Encrenca, cai de joelhos à sua frente e joga os braços em volta de seu pescoço. Ele tem um cheiro nojento — o fedor característico de cachorro molhado —, mas está ileso, e isso é tudo o que importa. Seu coração bate no mesmo ritmo do dela, a coisa mais linda que ela já ouviu.

— Bom garoto — sussurra ela, odiando o nó em sua voz. — Me desculpe por gritar. Eu sinto muito mesmo.

O que *acabou de acontecer*? À medida que seus pensamentos clareiam, o alívio se transforma em uma única e terrível compreensão. Se aquela fera está aqui em Wickdon, a Caçada Meia-lua logo se seguirá.

Todo outono, a Hala emerge em algum lugar na floresta costeira. E lá permanece por cinco semanas, aterrorizando o território escolhido até desaparecer novamente, na manhã seguinte à Lua Fria. Ninguém sabe exatamente por que ela permanece, ou para onde ela vai, ou por que seu poder fica mais forte com a lua crescente, mas as pessoas mais ricas de Nova Albion fizeram de sua aparição um esporte nacional.

Turistas chegam para as semanas de fanfarra que antecedem a caçada. Caçadores se inscrevem ao lado de alquimistas, cada um deles na esperança de se tornar o herói que mata o último demiurgo vivo. E, na noite da Lua Fria, eles partem a cavalo, para perseguir a fera. Há poder alquímico nos círculos, e reza a lenda que um demiurgo só pode ser morto sob a luz de uma lua cheia. A antecipação torna a caçada ainda mais doce. Participantes e espectadores estão mais do que dispostos a pagar com sangue pela honra de caçar a Hala em seu auge. Quanto mais destrutiva a temporada, mais emocionante a caçada.

A caçada não chega a Wickdon há quase vinte anos, mas Margaret ouviu fragmentos de histórias contadas nas docas. O latido de cães enlouquecidos por sua magia, o estalar de tiros, o grito de cavalos rasgados, mas ainda vivos. Desde a sua infância, a caçada não passou de um mito encharcado de sangue. A missão dos verdadeiros heróis de Nova Albion, não de garotas do campo com pais Yu'adir. Nunca foi *real*. Mas agora ela está aqui.

Perto o suficiente para se inscrever. Perto o suficiente para vencer.

A ideia de desapontar seu pai a incomoda, mas o que ela lhe deve agora? Ser meio Yu'adir não implica que ela tenha algum tipo de parentesco com a Hala. Além disso, talvez matá-la por uma causa nobre seja a melhor maneira de demonstrar respeito por ela. Margaret não tem interesse em ouvir seu nome cantado em bares; ela nunca desejou o reconhecimento de ninguém além de sua mãe.

Quando ela fecha os olhos, uma imagem da silhueta de Evelyn contra o sol preenche a escuridão. De costas para a mansão, malas na mão, uma fita dourada no cabelo se desenrolando na brisa. Partindo. Sempre partindo.

Mas, se Margaret vencer, talvez seja o suficiente para fazê-la ficar.

O grande prêmio é dinheiro, glória e a carcaça da Hala. A maioria dos caçadores a trataria como um troféu, algo a ser empalhado e montado. Mas Evelyn precisa dela para sua pesquisa sobre a *magnum opus* alquímica. De acordo com sua mãe, místicos mortos há muito tempo teorizavam que, se o fogo alquímico incinerasse os ossos de um demiurgo, restaria a *prima materia* — a substância básica de toda a matéria. A partir desse éter divino, um alquimista poderia forjar a pedra filosofal, que concede a imortalidade e a capacidade de produzir matéria a partir do nada.

A Igreja Katharista considera qualquer tentativa de destilar a *prima materia* herética, então quase nenhum alquimista nova-albiano, exceto Evelyn, realiza pesquisas sobre isso. A criação da pedra é sua singular e solitária ambição. Ela passou anos caçando os poucos manuscritos que explicam como fazê-lo e, há três meses, deixou o país para buscar outra pista.

Mas agora a Hala — uma das últimas peças faltantes em sua pesquisa — está aqui.

Encrenca se desvencilha de seu abraço, interrompendo o fluxo de pensamento de Margaret.

— Ei, nem se atreva! — Ela o agarra pelas orelhas e beija o topo de sua cabeça. Ele se encolhe. Margaret não consegue deixar de sorrir. Atormentá-lo é um de seus poucos prazeres na vida.

Encrenca sacode as orelhas com indignação quando ela finalmente o solta, então corre para fora de seu alcance. Ele fica lá, a cabeça erguida, a língua pendurada e uma orelha cor-de-rosa virada do avesso. Pela primeira vez em dias, ela ri. Ele a ama, apenas esconde bem, orgulhoso e dramático. Mas Margaret o ama abertamente, e muito mais do que qualquer outra coisa no mundo.

O pensamento clareia sua mente. Encrenca é um cão de caça brilhante, mas não é mais jovem. Arriscar sua segurança por uma ideia tola como participar da caçada não é algo que ela está disposta a fazer. Ela não tem tempo para se preparar, mal tem dinheiro suficiente para pagar a taxa de inscrição, e não tem conexões com nenhum alquimista em quem possa confiar, não que algum deles possa ser confiável. Apenas equipes de duas pessoas — um atirador e um alquimista — podem participar.

Além disso, ela conhece apenas uma maneira infalível de matar um demiurgo. A alquimia que requer... ela preferiria morrer a ver alguém tentar isso novamente.

Mesmo que houvesse outro método, não importaria. Se alguém descobrisse que uma garota Yu'adir entrou na caçada, fariam de sua vida um pesadelo. Ela só sobreviveu porque manteve a cabeça baixa. *É melhor assim*, pensa ela. Melhor acabar de vez com essa frágil esperança do que deixá-la definhar como um lobo em uma armadilha. No fundo, Margaret sabe como essa história termina. O que acontece com as pessoas que anseiam por coisas que estão além de seu alcance. Talvez, em outra vida, ela pudesse sonhar. Mas não nesta.

Perseguir aquela raposa não lhe trará nada além de ruína.

2

Wes acorda com a dor aguda de sua testa batendo no vidro frio. Quando o táxi desvia de um buraco na estrada, o barulho do motor soa suspeitamente como uma risada. Ele xinga baixinho, esfregando a dor que cresce em seu crânio — e então, com a ponta da manga da camisa, enxuga cuidadosamente a baba acumulada no canto da boca.

Não é como se as ruas esburacadas da Quinta Ala estivessem bem conservadas, mas isso já beira o absurdo. Foi-lhe dito que, a partir da estação de trem, a viagem até Wickdon dura uma hora e meia. Nesse ritmo, ele se considerará sortudo se não sofrer uma concussão até chegar à porta de Evelyn Welty.

— Você está acordado aí atrás? — Hohn, seu motorista, sorri para Wes pelo retrovisor.

Hohn é um homem de meia-idade com um rosto gentil ressecado pelo frio e um bigode louro que forma uma espiral nas pontas. Custou a Wes quase tudo o que ele havia economizado para pagar a corrida. Se tudo correr como planejado, sua viagem de volta à cidade não acontecerá por um longo tempo.

— Sim — diz Wes, com alegria forçada. — Aqui é rústico, hein?

Hohn ri.

— Você não vai encontrar muitos carros ou estradas pavimentadas fora de Wickdon. Espero que saiba montar.

Ele não sabe. Os únicos cavalos que já viu eram bestas enormes e pesadas que puxavam carruagens cheias de gente rica pelo parque. Além disso, ele tem certeza de que ter aulas de equitação lhe renderia uma surra caso alguém descobrisse. Garotos da Quinta Ala não *montam*.

Esse estágio já está testando-o e ainda nem começou.

Sem queixas, ele se lembra. A maldita culpa de acabar no meio do nada é dele mesmo. Totalmente. Parcialmente. Ligeiramente.

Nos últimos dois anos, Wes exauriu incontáveis professores de alquimia. Na primeira vez que foi expulso, sua mãe ficou indignada por ele. Na segunda, indignada *com* ele. Na terceira, silenciosamente consternada. E assim continuou em um ciclo de raiva e perplexidade até a semana passada. Quando ele lhe disse que estava partindo para Wickdon, ela o sentou à mesa de jantar e segurou suas mãos tão ternamente que ele levou um segundo para se lembrar de ficar aborrecido.

— Eu te amo, querido. Você sabe disso. Mas você já considerou que talvez não seja feito para ser um alquimista?

Claro que ele tinha considerado isso. O mundo está determinado a lembrá-lo de que um filho de imigrantes banvinianos nunca será um verdadeiro alquimista. Mas ele nunca havia considerado essa possibilidade tão seriamente quanto naquele momento, quando podia ver todos os novos fios grisalhos no cabelo de sua mãe.

Às vezes, ele pensa que seria mais fácil arrumar um emprego em um lugar qualquer, fazer qualquer coisa, para que sua família não sofra mais. Desde o acidente de seu pai, Wes tem visto sua mãe voltar para casa de seus turnos extras e mergulhar as mãos em cera de parafina quente todas as noites. Ele tem visto sua irmã mais nova, Edie, ficar mais magra; e sua irmã mais velha, Mad, ficar mais dura. Na maioria das noites, ele fica acordado, perguntando-se o que há de errado com ele: por que não consegue reter mais da metade do que lê? Por que parece não conseguir dar significado às palavras desconhecidas nas páginas? Por que nenhuma quantidade de talento natural ou paixão pode compensar suas "limitações" aos olhos de seus professores? Tudo isso o deixa doente de raiva, preocupação e autoaversão.

Wes sabe que possui alguma magia inata, um tipo de encantamento mais banal que a alquimia. Quando ele fala, as pessoas o ouvem. E, embora esse dom tenha lhe rendido todos os seus estágios, nada fez para ajudá-lo a mantê-los. Uma vez reprovado em um único exame escrito, ele pode ver a vindicação nos olhos de seus instrutores, como se eles estivessem esperando que suas suspeitas fossem confirmadas. Eles sempre dizem a mesma coisa: *eu deveria ter pensado melhor antes de apostar em você*. É óbvio o que eles querem dizer com esse "você", mesmo que nunca realmente o digam em voz alta. *Banvinianos*.

Não há mais alquimistas com boas conexões na área metropolitana de Dunway em cujos estágios ele ainda não tenha reprovado — ou que não anunciem NÃO ACEITAMOS BANVINIANOS. Ninguém, exceto Evelyn Welty, que mora em uma cidade tão pequena que nem está no mapa.

O nervosismo e o balanço do carro fazem seu estômago revirar. Ele abaixa a janela e inclina o rosto para o vento. Acima, o céu se estende tão azul e amplo que ele pensa que poderia se afogar caso respirasse fundo demais. Na cidade, tudo é de um cinza maciço: a fumaça, o concreto, a ardósia plana da baía. Mas, aqui, a paisagem se transforma em um ritmo mais acelerado do que ele consegue acompanhar. Ao longo da costa, penhascos irregulares são cobertos por mantos de arbustos espinhosos e flores silvestres azuis. Mais adiante, árvores de folhas perenes se transformam em imponentes sequoias. Wes não consegue deixar de pensar que os galhos dos pinheiros virados para cima parecem dedos do meio.

Quando disse aos vizinhos para onde ia, ofereceram a ele o mesmo tipo de chavões. *Cidade pequena! Não há muita coisa acontecendo lá!* Ou, *Bem, pelo menos o ar estará limpo.* De todos os comentários bem-intencionados que ele recebeu, a promessa de ar puro é definitivamente a mentira maior. Não há poluição, claro, mas o ar tem gosto de sal — e, pior, com as centenas de focas descansando na areia, a cidade fede a algas marinhas queimadas pelo sol e a peixe podre.

Lá se vai o encanto provincial.

Ocorre-lhe que o vento pode arruinar seu cabelo, que ele cuidadosamente penteou para trás esta manhã, com a orientação paciente de suas irmãs. Ele fecha a janela novamente e verifica seu reflexo. Ainda intacto, misericordiosamente. Christine e Colleen praticamente o soldaram no lugar com Deus sabe quantas gotas de gel. Nada, nem mesmo um único fio de cabelo fora do lugar, pode arruinar sua chance de causar uma primeira impressão perfeita.

— Então, Hohn — diz Wes —, você vem para cá com frequência?

— Quando eu era mais jovem, sim. Eles têm a melhor caça à raposa do país. Na verdade, se o boato for verdadeiro, Wickdon vai sediar *a* caçada nas próximas semanas. Será a primeira vez que isso acontece desde que eu tinha a sua idade.

A maior parte do país vai à loucura por causa *da* caçada, como disse Hohn. Wes não se considera particularmente um devoto praticante da fé Sumítica, mas todo o conceito da Caçada Meia-lua é um pouco sacrílego, mesmo para sua moral um tanto quanto frouxa.

Na tradição Sumítica, diz-se que Deus esculpiu os demiurgos a partir de sua própria carne. Eles são sua divindade encarnada e, como tal, merecem tanto medo quanto respeito. Sua mãe enterra suas estátuas em vasos de plantas e monta amorosamente seus ídolos nas paredes. Às vezes, ela murmura uma oração para eles quando perde alguma coisa, ou lhes pede que falem bem dela para Deus, já que ele aparentemente está muito ocupado para ele próprio atender aos pedidos. Na melhor das hipóteses, os Katharistas chamariam esse tipo de reverência de idolatria e, na pior, de heresia. É o mesmo desprezo que os atrai aos bairros de imigrantes para atirar pedras nos vitrais das igrejas Sumíticas.

Wes não tem como saber o que Hohn pensa ou qual versão de Deus, se alguma, ele cultua. Ele não quer ser expulso do táxi ainda, então diz:

— É mesmo?

— Honestamente, não há muitas outras razões para vir aqui.

No espelho, Wes percebe o olhar avaliador de Hohn.

— Não quero te ofender, garoto, mas você não parece um caçador de raposas. O que te traz aqui?

— Não me ofendeu. Sou um alquimista. — Hohn faz um ruído apreciativo. — Aprendiz de Evelyn Welty, na verdade — acrescenta Wes.

É apenas uma mentira por omissão. Mestra Welty nunca respondeu à sua carta exatamente, mas ele sabe que ela é uma mulher ocupada. Cada estágio que conseguiu foi defendendo o seu caso pessoalmente. Mesmo aterrorizado com a possibilidade de que seu charme tenha se esvaído, ele acha que pode conseguir uma última vez.

— Evelyn Welty, hein? Boa sorte.

Pelo seu entendimento, ele vai precisar.

— Obrigado.

A essa altura, ele já ouviu todos os rumores. Nenhum de seus alunos consegue ficar mais de duas semanas. Fantasmas rondam os corredores da Mansão Welty à noite. Evelyn subsiste apenas por meio da fotossíntese. E assim por diante. Em sua experiência, todos os alquimistas são um pouco estranhos. Tecnicamente, qualquer um pode praticar a alquimia, mas é preciso um tipo obsessivo de pessoa para *querer* fazê-lo. Eles passam anos dissecando textos misteriosos e enchendo a cabeça com a composição química de milhares de objetos. Para desmontar algo, é preciso saber exatamente do que é feito. Ou talvez sejam os vapores sulfúricos que eventualmente enlouquecem todos eles.

De qualquer forma, não é nada com que ele não consiga lidar. Se tiver de ser, será uma guerra de desgaste. Wes nunca perdeu uma batalha de vontades.

Finalmente, eles chegam à civilização. Aninhada na curva de um vale, Wickdon é tão pitoresca quanto prometido. A luz dos postes enfeitados com joias ilumina os paralelepípedos, e chalés coloridos e fachadas de lojas se enfileiram a cada quarteirão. Vitrines adornadas com luzes brilham suavemente através da neblina, iluminando mostras tentadoras de produtos assados, mercadorias e mais taxidermia e munição do que um museu de guerra. O que mais o impressiona é a completa falta de laboratórios de alquimia. Em Dunway, pode-se encontrar pelo menos dois por quarteirão: joalheiros vendendo anéis encantados, restaurantes que servem comida que promete uma variedade de efeitos psicológicos, oficinas repletas de metalúrgicos que produzem o aço forte e leve que torna as forças armadas de Nova Albion tão formidáveis.

À medida que o carro ronca pelo centro da cidade, as pessoas abrem suas portas da frente e puxam suas cortinas para vê-lo passar. Uma bela jovem que varre a rua em frente à sua loja encontra os olhos dele. Por reflexo, ele abre um sorriso largo e fácil. Ela dá as costas a ele como se não o visse. Wes pressiona o rosto tristemente no vidro, que arde com um frio tão amargo quanto a rejeição. Isso o incomoda mais do que ele gostaria de admitir. Em casa, as pessoas o conhecem. Elas gostam dele. *Todo mundo* gosta dele.

Pelo menos antes dessa série de fracassos.

Embora ele continue na expectativa de parar em uma das charmosas casas pintadas de cores vivas ao longo do caminho, eles continuam descendo a rua principal, em direção à periferia da cidade. A luz quente das lâmpadas se torna mais escassa, e as rodas balançam bruscamente quando o carro chacoalha em uma estrada de terra. Wes olha pela janela traseira, onde Wickdon brilha através do escapamento.

— Para onde estamos indo?

— Para a Mansão Welty. Evelyn mora um pouco fora do caminho.

Eles seguem a estrada tortuosa para as montanhas, o motor gemendo em protesto enquanto ascendem. Wes reúne coragem para olhar a cidade ao longe e a infinita extensão do oceano além dela. A água escureceu para um cinza-férreo, raiada com a luz do sol da cor de ferrugem. As sequoias logo obscurecem a vista, e, depois de dirigir alguns quilômetros nauseantemente sinuosos na sombra das imponentes árvores, o carro estaciona em frente a uma solitária casa de tijolos vermelhos.

Grossas camadas de hera sobem pela lateral, e ervas-daninhas floridas derramam-se dos canteiros como cerveja transbordando de uma torneira. O portão decadente de madeira pende nas dobradiças, mais um pedido de ajuda do que uma saudação. A Mansão Welty parece o tipo de lugar onde as pessoas não deveriam viver — o tipo de lugar que a natureza claramente quer de volta.

Wes desce do táxi e espia a lâmpada acesa na janela do segundo andar. Está muito mais frio do que quando ele deixou Dunway esta manhã — frio demais para ser natural, mesmo com a brisa marítima e a altitude. E tudo está silencioso demais, quieto demais. Ele já sente falta do barulho de Dunway. O zumbido constante do tráfego e o som suave dos passos de seus vizinhos de cima. Sua mãe na cozinha e suas irmãs brigando no quarto. Aqui, o único som é o crocitar distante de algum pássaro que ele não consegue nomear.

Antes que ele se deixe desanimar demais com sua nova casa, Wes ajuda Hohn a descarregar suas coisas do porta-malas. Todas as suas posses mundanas cabem em três malas gastas e uma bolsa de alça corroída.

— Precisa de ajuda para entrar? — pergunta Hohn.

— Ah, não. Não se incomode. Eu ficarei bem sozinho.

Hohn dirige um olhar cético a ele, então pega um cartão do bolso de sua vestimenta e o entrega. O nome e o número de telefone de Hohn estão impressos na frente com tinta desbotada, como se estivesse em sua jaqueta há anos.

— Se precisar de uma carona novamente...

— Eu sei para quem ligar. Obrigado, senhor.

Hohn lhe dá um tapinha e um aperto no ombro. É tão paternal que Wes precisa engolir uma súbita pontada de dor.

— Muito bem, então. Boa sorte.

Com um gesto em seu chapéu, Hohn volta para o táxi e dirige para fora da garagem. A escuridão desliza, preenchendo o espaço vazio deixado pelos faróis, e, quando ela o envolve, Wes sente como se estivesse sendo observado. Seu olhar se dirige ansiosamente para a janela do andar de cima, onde uma silhueta fantasmagórica tremula no que parece ser a luz de uma lareira.

Recomponha-se, Winters.

Ele sobe as decrépitas escadas da varanda até ficar cara a cara com a porta vermelha da frente. Ele nunca esteve tão nervoso em toda a sua vida — mas nunca teve tanto a perder. Por precaução, alisa o cabelo para trás e sorri para seu reflexo na janela até que a feição suada de desespero desapareça de seu rosto. Tudo está em seu devido lugar. Ele ensaiou seu discurso mil vezes. Está pronto. Ele estufa o peito, bate na porta e espera.

E espera.

E *espera*.

O vento sopra pela varanda e atravessa seu casaco surrado como se não fosse nada. Está um frio do caramba aqui fora; e, quanto mais tempo ele fica aqui, tremendo, mais se convence de que há algo à espreita na linha das árvores. A maneira como as folhas mortas chacoalham no pátio soa demasiadamente como um sussurro para seu gosto. Ele ouve seu nome como um sibilo, de novo e de novo.

Weston, Weston, Weston.

— Por favor, abra a porta — murmura ele. — Por favor, por favor, por favor.

Mas ninguém está vindo. Talvez Evelyn não esteja em casa. Não, isso não pode estar certo. A luz do andar de cima está acesa. Talvez ela não o tenha ouvido. Sim, deve ser isso. Ela não o ouviu.

Ele bate de novo, e de novo, cada segundo dura uma eternidade. E se ela nunca abrir a porta? E se ela se mudou? E se estiver morta, apodrecendo ao lado daquela monótona lâmpada acesa? Ele estava tão obstinadamente determinado que a ideia do fracasso nunca lhe ocorreu. Esse esquema sempre foi uma aposta — uma que ele agora percebe que pode deixá-lo ilhado e sozinho. O pensamento é tão perturbador, tão humilhante, que ele bate com mais urgência na porta. Desta vez, ele ouve passos na escada.

Finalmente.

A porta se abre, e sua respiração o abandona em um instante. Há uma garota parada na soleira. À luz fraca da varanda, ela parece algo saído de um poema que ele leu na escola antes de desistir — ou como algo saído de uma das histórias de sua mãe. À medida que os olhos dele se ajustam, o rosto dela se torna claro, piscada após piscada. Seu cabelo, solto e dourado. Sua pele, branca como creme. Wes se prepara para a inevitável dor do amor.

Mas nada vem. Olhando mais de perto, a garota é muito menos bonita e muito mais severa do que o esperado. Para não mencionar uma notável falta de senso de moda, com seu cabelo comprido e suas roupas maiores ainda, se acreditarmos nos catálogos de suas irmãs. Ela o encara com lábios finos e contraídos e pálpebras pesadas, como se ele fosse a coisa mais repugnante e desinteressante que algum dia já rastejou para dentro dos limites de sua propriedade.

— Posso ajudá-lo? — Sua voz é tão monótona e fria quanto seu olhar.

— Você é... você é Evelyn Welty?

— Não. — A palavra paira, humilhante, entre eles.

Claro que ela não é Evelyn Welty. Ela nem ao menos parece mais velha do que ele. Ele continua:

— Ela está em casa? Meu nome é Weston Winters e...

— Eu sei para que você está aqui, Sr. Winters. — A julgar pelo seu tom, ela deve supor que ele está aqui para vender óleo de cobra. — Minha mãe está fora, em uma viagem de pesquisa. Lamento que tenha desperdiçado seu tempo.

É tão definitivo, tão desolador, que ele ainda está atordoado quando ela começa a fechar a porta.

— Espere!

Ela deixa a porta entreaberta apenas poucos centímetros, e, mesmo daqui, ele consegue ver a tensão se acumulando em seus ombros. Ele ainda não superou o pânico, mas pode fazer dar certo. Embora a ausência de Evelyn seja um contratempo não previsto, ele pode encontrar alguma maneira de resolver esse revés assim que estiver abrigado. Sua última chance de conseguir um estágio está nas mãos da filha dela, e, pelo que parece, ela não se importa nem um pouco com o que ele quer ou com o que lhe acontece. Ela não lhe dá nada a partir do qual trabalhar. Nenhum sorriso, nenhuma gentileza. Apenas o encara fixamente com olhos cor de uísque. Eles arrancam cada pensamento coerente de sua mente.

— Então — ele se agarra a qualquer oportunidade de mantê-la falando —, para que *você* acha que eu estou aqui?

— Você está aqui para pedir um estágio.

— Bem, hum... sim, realmente. Eu escrevi para ela há algumas semanas, mas ela nunca me respondeu.

— Então talvez você deva aprender a ler nas entrelinhas.

— Se você apenas me deixar explicar...

— Eu já entendo a situação. Você acha que é merecedor o suficiente para que sua própria falta de planejamento não seja uma barreira para que consiga o que quer.

— Não é isso...! — Wes respira fundo. Nada de bom resultará de perder a compostura. — Acho que dei a você uma impressão totalmente errada. Deixe-me recomeçar. — Ela não diz nada, mas não se move, o que ele decide tomar como um incentivo. — Eu quero me tornar senador. — Ele faz uma pausa, tentando avaliar sua reação. No entanto, ela está desconcertantemente estoica. — Minha melhor chance de conseguir é por meio de um estágio. Minha família não tem dinheiro, e eu tive que abandonar a escola, então não tenho como ingressar em uma universidade, a menos que eu tenha uma carta de recomendação.

Somente alquimistas podem se tornar políticos. Na verdade, não é uma lei, mas poderia muito bem ser. Embora Nova Albion tenha lutado por sua independência como nação democrática há quase 150 anos, a aristocracia continua disfarçadamente. Ele não consegue pensar em um único político eleito nos últimos dez anos que não seja um alquimista universitário com *pedigree* Katharista e que não faça parte de uma rede de pessoas ricas demasiadamente instruídas. Como um banviniano, ele nunca terá o *pedigree*, mesmo que se converta, mas pode abrir o caminho para a elegibilidade de outra forma.

— Há muitos alquimistas na cidade — diz ela. — Você não precisava vir tão longe.

É inútil perguntar como ela sabe que ele é da cidade. Seu sotaque sempre o denuncia.

— Todos os alquimistas da cidade me rejeitaram. — Dói admitir, mas ele o faz mesmo assim. — Sua mãe é minha última chance. Não tenho mais para onde ir.

— Se você já falhou em outro estágio, não sobreviverá a este. Minha mãe não tolera mediocridade.

— Me esforçarei mais do que qualquer outro aluno que ela já teve. Eu juro.

— Sr. Winters. — Sua voz é uma porta que se fecha.

Pense, Winters. Droga, pense. Esta é a sua chance. Sua única chance. Como essa garota claramente não cede à piedade, ele duvida que contar a triste história de querer combater a injustiça e a corrupção no governo seja uma boa ideia. Então, ele vai fazer o que faz de melhor. Nem mesmo ela pode ser imune ao seu charme.

Ele se encosta no batente da porta e, em sua voz mais sedutora, diz:

— Talvez pudéssemos conversar mais lá dentro? Você deve estar se sentindo solitária aqui, e eu percorri um caminho terrivelmente longo... — A porta bate a centímetros de seu nariz. — Que diabos? Você não pode simplesmente...!

Mas ela o fez. Wes enfia as mãos no cabelo e puxa até que tudo se solte do gel. De que importa sua aparência agora? Todos os seus pertences estão espalhados na garagem. Suas economias estão acabando, e, embora sua mãe tenha lhe dado algum dinheiro como presente de despedida, ele não consegue tocá-lo. Ela já se sacrificou demais — e tudo para que ele descubra que Evelyn Welty nem sequer está aqui.

Não, ele não pode ir para casa. Ele vai morrer de vergonha.

Reunindo o pouco que resta de sua dignidade, Wes sai da varanda para recolher suas coisas. Três malas. Uma bolsa. Duas mãos. Mais de 8 quilômetros de volta à cidade. Não importa como ele faça as contas, a perspectiva não é boa. Ao som de um trovão à distância, ele procura dentro de si o otimismo pelo qual sua irmã mais velha, Mad, muitas vezes zomba dele.

Mimado, ela o chama. *Idealista*. Como se isso fosse *ruim*.

Por um momento, ele não está no meio do nada, tremendo de frio e de frustração. Ele está de volta a Dunway, sentado com Mad, na escada de incêndio, enquanto ela fuma seu terceiro cigarro.

Ontem à noite, eles se despediram soturnamente. Ele se lembra de pensar que não a reconhecia mais. Ela cortou todo o cabelo há algumas semanas, esforçando-se demais para se transformar em uma daquelas garotas da moda, com seus cabelos curtos e vestidos de cintura baixa. Ela cheirava à fumaça e à bebida de seu último turno no bar e estava obviamente chateada com ele mais uma vez, mesmo que não admitisse. As pequenas coisas o alertaram. A postura arqueada de seus ombros, o tabagismo compulsivo, o brilho mesquinho em seus olhos quando ela finalmente se dignou a olhar para ele.

Ele odeia isso — odeia que sua própria irmã o ache egoísta, que esse estágio vai acabar como todos os outros, que ele está fazendo isso apenas para fugir de suas responsabilidades. Mas tem sido assim desde que seu pai morreu. Ressentindo-se mais do que amando um ao outro. Ele não sabe como chegaram a esse ponto. Tudo o que sabe é que estavam conversando e então estavam gritando — tanto quanto se pode gritar em sussurros, de qualquer maneira. Edie estava dormindo do outro lado da parede, e nenhum dos dois queria passar por todo o ritual da hora de dormir novamente.

Você é um idiota, Wes, ela finalmente retrucou. *Você não tem direito a tudo o que quer só porque você quer.*

Mad pode interpretar mal suas intenções o quanto quiser, mas a alquimia nunca foi um sonho que ele perseguiu às custas de sua família. É sobre dar-lhes uma saída — dar a cada família como a deles uma vida melhor. Agora, mais do que nunca, Wes quer provar que ela está errada. Ele marchará os 8 quilômetros de volta à cidade mesmo que isso o mate. E, se preciso for, voltará aqui dia após dia até conseguir convencer a filha de Evelyn Welty.

3

Pela manhã, Wes já havia se acostumado com a dor da rejeição e se preparou para a tarefa infeliz de se arrastar 8 quilômetros pelo frio *novamente*. Ele havia chegado longe demais para deixar uma garota como a filha de Evelyn Welty detê-lo. Uma vez que ela permita que ele fale mais de três palavras sobre a situação de sua família, não o rejeitará. Esse é o único tipo de alquimia que ele domina: transformar palavras em ouro. Amolecer o coração das garotas.

Wes penteia o cabelo novamente, tirando-o de seu rosto com uma camada de gel, e abotoa a camisa que Christine preparou para ele. Apesar do cabelo arrumado, ele se reconhece no espelho. Mas não quer se parecer consigo mesmo. Quer se parecer com um alquimista — alguém que é levado a sério.

Ele afrouxa o nó da gravata em sua garganta e o aperta novamente, mais justo, mais firme. Quando está devidamente blindado, encara seu próprio olhar refletido: *você consegue. Você precisa conseguir. Se tiver de dizer à sua mãe que foi mandado embora novamente...*

Não consegue nem terminar a frase. Ele não sobreviverá à dor de ver a decepção no rosto doce de sua mãe de novo. Em vez disso, Wes se imagina como o amado aprendiz de Evelyn — como o rosto dela brilhará de admiração quando ele demonstrar sua competência. Ele se imagina lendo a carta de recomendação dela, uma carta que desencadeará sua longa e célebre carreira política. Imagina-se em um terno caro feito sob medida — não algum pronto que Mad encontrou — e usando uma gravata de cetim azul, atrás de um pódio coberto com a bandeira de Nova Albion. De lá, ele fará um discurso comovente, e as câmeras acionarão seus *flashes* até que o mundo inteiro brilhe. Ele sorrirá para lindas mulheres que coram na plateia, e todos os que duvidaram dele, todas as pessoas que o chamaram de preguiçoso, bêbado ou banviniano analfabeto, farão fila para apertar sua mão. Então, ele trabalhará para desmantelar seu governo nacionalista de dentro para fora.

Quando ele se deixa sonhar, o futuro é esplendoroso.

No entanto, a fria realidade do presente cai sobre ele no momento em que põe os pés para fora do Albergue Wallace. Uma enorme gota de água desliza do beiral e respinga no topo de sua cabeça. Estremecendo, ele dá um puxão em seu gorro de lã e arrasta suas malas para a rua.

Choveu durante a noite, e os paralelepípedos estão vitrificados como glacê em um bolo, brilhantes e prateados à luz do amanhecer. O ar se transformou em uma névoa tão fina e cintilante quanto crinolina, encobrindo os prédios alegremente reluzentes que margeiam a praça. Às suas costas, um vento sutil sobe do oceano, trazendo consigo o sabor do sal. Wes desliza para o meio da multidão reunida e desvia dos carros que se movem lentamente enquanto suas rodas transformam poças em lama. As pessoas saem dos táxis com malas e chegam das docas ao lado de carrinhos cheios de cintilantes peixes prateados.

Então a informação de Hohn estava correta. A caçada chegou.

A culpa Sumítica o impediu de pensar demais em se inscrever, mas é impossível evitar completamente o pensamento, dada a grande quantidade de artigos de revistas e programas de rádio que inspira a isso. É praticamente o passatempo nacional, pelo menos para as pessoas elegantes o suficiente para se importarem com coisas como caça à raposa — ou "patriotas" o suficiente para se orgulharem da história colonial de Nova Albion. Durante as próximas cinco semanas, pessoas ricas de todo o país virão aos milhares para participar de todas as exposições de cães, corridas de cavalos e festas de gala que antecedem a caçada. Ao final, os espectadores estarão exaustos de tanto esvaziarem suas carteiras e cobiçarem a morte da Hala. Apenas os mais dedicados seguirão os cães a cavalo em vez de cuidar de suas ressacas. Pelo menos alguns deles morrerão por chegar perto demais.

Parece um espetáculo e tanto. A empolgação zumbindo no ar é inebriante — a fama que a vitória promete, ainda mais —, mas jogar fora seus princípios morais para participar da caçada não é o que ele veio fazer aqui.

Wes mantém o ritmo acelerado enquanto entra em uma silenciosa rua lateral. Pessoas com casacos grossos estão do lado de fora de suas casas, varrendo as folhas que foram soltas pela tempestade. Seus olhares o seguem enquanto ele passa, e ele pode apenas supor que é porque parece ridículo arrastando sua bagagem como uma mula de carga. No fim do quarteirão, um homem cercado por sacos cheios de serapilheira acena para ele.

Ele se apoia no cabo de seu ancinho.

— Está perdido? Você não encontrará nenhum hotel por aqui.

— Não, senhor. Não estou perdido. — Não exatamente, de qualquer maneira. Wes reza para que ele não tente dar instruções. Elas inevitavelmente passarão pela sua cabeça como água por uma peneira. A diferença entre direita e esquerda lhe escapa frequentemente. — Estou a caminho da casa da minha professora.

— Indo para a Mansão Welty, então? Você tem um longo caminho pela frente.

Wes inclina o rosto para o céu repleto de nuvens carregadas de chuva.

— Está um lindo dia para um passeio.

O homem sorri com naturalidade, mas Wes percebe claramente a pena por trás desse gesto.

— É o seguinte. Só estou aqui esta manhã para ajudar a Sra. Adley a varrer as folhas, mas minha casa é na mesma direção que você está indo. Espere aqui um minuto.

É assim que Wes termina na parte de trás da carroça de Mark Halanan, empoleirado em um assento feito de bagagem e sacos de grãos vazios. Uma galinha está sentada em seu colo, cacarejando satisfeita, enquanto Halanan guia seu pônei pela estrada na direção da Mansão Welty. Wes se esforça ao máximo para não parecer enjoado com o balanço das rodas na estrada não pavimentada.

— Já faz algum tempo desde a última vez que tivemos um aluno de Evelyn na cidade — diz Halanan. — Eles vêm e vão.

— Ouvi falar. — Soou mais sombrio do que ele pretendia. A frágil confiança que ele havia reunido mais cedo já parecia estar se desintegrando.

Halanan deve ter sentido seu humor amargo, porque mudou de assunto.

— Você organizou bem a sua chegada. As inscrições para a caçada começam em breve. Planeja participar?

— Eu? Ah, não sei.

— A cerimônia de abertura será em dois dias. Depois disso, você tem mais duas semanas para decidir.

— Honestamente, acho que não fui feito para isso.

— Você é sensível. Isso é bom.

Wes acha que ninguém nunca o chamou de "sensível" antes. Ele gosta de como isso soa.

— Obrigado. Eu tento ser.

— De qualquer forma, fico feliz que haja pessoas por aí que farão isso por Deus ou pelo país, ou seja lá por qual motivo. Alguém precisa matá-la. A maldita coisa é uma ameaça.

Wes se prepara para um sermão.

— O que você quer dizer?

— Dê uma olhada por si mesmo.

Ao chegarem ao topo de uma colina, Halanan gesticula em direção a um campo. É um trecho de centeio alto e dourado que se espalha em uma relva tão nocivamente verde que é da cor de absinto. Uma igreja no tradicional estilo Katharista e uma mansão repousam lado a lado em um penhasco, e é preciso todo o seu autocontrole para manter a boca fechada. Wes nunca viu nada tão extravagante.

Há um pomar de macieiras impressionante no terreno bem cuidado — mas o próprio ar parece pairar errado em seus ramos. Folhas enegrecidas e enroladas ondulam como bandeiras esfarrapadas em seus galhos. Enquanto a carroça passa, ele sente o cheiro de frutas podres e de enxofre. Quase todas as maçãs caíram das árvores, inchando e escorrendo como furúnculos. A visão deixa Wes estupefato. Ele sempre soube que a Hala era assustadora, mas era apenas uma história para dormir que sua mãe contava para eles em seus humores mais sombrios, principalmente para convencê-los a orar.

Está aqui para nos lembrar de que Deus está sempre conosco. Ela fazia uma pausa dramática e então acrescentava incisivamente: *sempre observando.*

A doutrina Sumítica afirma que os demiurgos ensinaram a alquimia aos humanos. Ele nunca acreditou totalmente nisso. Mas o cheiro revelador de enxofre no ar e o pó preto na grama são ambos subprodutos de uma reação alquímica. Ele ainda não está convencido de que a Hala é Deus em carne e osso, mas agora sabe que qualquer um que se inscreva na Caçada Meia-lua está pelo menos um pouco louco.

— Você está me dizendo que uma raposa fez isso?

— Uma raposa extraordinária para uma caçada extraordinária. — Halanan faz uma pausa. — Os garotos estão animados. Esta é, provavelmente, a maior ação que já ocorreu em Wickdon durante suas vidas. Só pensam em praticar nas trilhas de caça e disparar suas armas, mas não viram o que eu vi. Apenas um campo foi destruído hoje, mas só vai piorar à medida que a caçada se aproxima.

— Seria mais fácil simplesmente atirar agora — murmura Wes. Mas, mesmo que fosse possível matá-la antes da Lua Fria, a vitória não significa nada se não for duramente conquistada. Quanto mais perigoso o monstro, mais glorioso o herói que o mata.

— Onde está a graça nisso? — pergunta Halanan ironicamente. — A indignação permite que eles se sintam bem com o que estão fazendo. Os organizadores nos compensam pelos problemas de deixá-la correr solta, mas algumas perdas não podem ser consertadas com dinheiro. Quando eu tinha a sua idade, um bebê foi arrancado do berço. Ninguém queria ganhar mais do que o pai naquele ano, mas ela sempre escapa no final.

— Oh. — Ele não consegue pensar em nada para dizer em resposta a algo tão terrível.

— De qualquer forma, se quer saber, os Harringtons conseguem sobreviver a uma colheita ruim este ano. Um pouco de tragédia é bom para o temperamento.

Wes não tem certeza se concorda, embora não saiba nada sobre os Harringtons além de sua aparente riqueza. Mas ele já suportou um número suficiente de sermões para saber quando manter a boca fechada.

Eles viajam em um silêncio confortável até que a mansão e sua cerca baixa de madeira aparecem. Ela parece ainda mais sombria e solitária à luz do dia, envolta na névoa prateada que desce a encosta da montanha. Halanan faz um sinal sonoro para o pônei, que para em frente ao portão.

Wes salta da carroça e começa a recolher suas coisas. Uma vez que ele tem certeza de que não esqueceu nada, estende sua mão para Halanan, que a aperta com um aceno de cabeça solene.

— Obrigado pela carona.

— Boa sorte, Sr. Winters. Diga olá a Maggie por mim, sim? Diga-lhe para aparecer se precisar de alguma coisa.

Maggie. Essa deve ser a garota que ele viu ontem à noite — a filha de Evelyn. O pavor se instala dentro dele.

— Digo sim, senhor.

— Só mais uma coisa, garoto. Não tente nenhuma gracinha. Essa garota já tem problemas o suficiente.

É um aviso estranho, sinistro. Mas, apesar de seu rosto gentil, Mark Halanan é um homem grande e está olhando para Wes como se esperasse uma resposta.

— S-sim, senhor.

Aparentemente satisfeito, ele grunhe e põe seu pônei em movimento. O animal suspira, seus cascos afundando na lama enquanto trota resignadamente de volta a Wickdon.

Mais uma vez, Wes é deixado sozinho.

A mansão se impõe sobre ele, mas ele não se deixará intimidar. À luz fria do dia, não há nada que seja razoavelmente capaz de mandá-lo embora. Ele tem a vantagem do tempo e de um desespero renovado.

Wes desengata o portão e caminha através do pátio coberto de vegetação, o cheiro doce de decomposição subindo das folhas caídas. A dez passos da varanda envolvente, um uivo gutural quebra o silêncio. Ele congela e, nesse momento, um cachorro vermelho contorna a casa e corre direto para ele. Sob seu medo há um lampejo de alívio e resignação. Destroçado por um cachorro, pensa ele, é uma morte preferível à vergonha.

Puramente por instinto, ele larga as malas e levanta os braços. Quando se dá conta, está esparramado de costas, soltando todo o ar de seus pulmões. A lama fria penetra em sua camisa. O cachorro o prende ao chão, e grossos fios de saliva pingam em seu rosto. O fedor é intenso, mas, antes que ele possa se limpar, a fera se inclina e o lambe bem na boca.

— Certo — ele rosna. — Saia de cima de mim.

Ele afasta o cachorro, que não faz nada para detê-lo. Ele o circunda, abanando o rabo, e funga em seu cabelo com o fervor investigativo de um detetive de programa de rádio. Lentamente, Wes se senta e avalia sua camisa. Duas pegadas de patas enlameadas estão estampadas em seu peito. Ele geme. Lá se vai sua boa segunda impressão.

— Encrenca! — É a voz de uma garota, à qual o cachorro responde imediatamente. Ambos se voltam em direção ao som.

E ali, a apenas alguns metros de distância, está a filha de Evelyn — Maggie — com um rifle de caça nas mãos. À medida que seu sangue engrossa de pavor sob sua fria avaliação, Wes não está mais confiante de que a morte pelas mãos de Maggie Welty seria mais fácil de suportar do que a decepção de sua mãe.

Depois de um momento agonizante, ela aciona a trava de segurança de sua arma e a apoia na lateral da casa. Ela está vestindo um macacão de pernas largas enfiadas em botas de trabalho e uma jaqueta jeans grossa enrolada até os cotovelos. Quando ela tira suas luvas de jardinagem, Wes percebe o anel de sujeira ao redor de cada antebraço despido, como pulseiras de ouro polido. O aperto repentino em seu estômago o intriga. Mesmo com a suave luz do sol se infiltrando em seu cabelo e se acumulando em seus olhos, ela ainda não era bonita.

Maggie oferece a mão para ele. Wes não quer espalhar lama sobre ela, mas, a julgar por sua expressão impaciente, ela não se importa. Ele aperta seu pulso e permite ser puxado para cima. Eles têm a mesma altura, quase nariz com nariz. Wes decide que isso significa que ela é alta, e não o contrário. A respiração conjunta embaça o ar entre eles.

— Você voltou — diz ela.

— Sim, eu voltei. Eu... bem, você sabe quem eu sou. Você deve ser...

— Como eu disse ontem à noite, minha mãe não está aqui. Sinto muito pela sua camisa. — Com isso, ela gira nos calcanhares.

— Ei, espere um minuto! — Ele trota atrás dela e a segura pelo cotovelo. Ela se vira tão rapidamente e com tanta acusação nos olhos que ele dá um passo para trás. — Desculpe.

O silêncio dela é resposta suficiente. Maggie puxa seu braço como se ele a tivesse queimado. A lama escorre do cotovelo ao pulso, e uma mecha de seu cabelo se solta do aperto severo de sua presilha. Toda a sua compostura militar de antes desapareceu. Desse jeito, ela parece vazia e selvagem.

— Por favor, Srta. Welty. Eu preciso desse estágio.

— É mesmo? — Ele ouve o mesmo desdém que escorreu da voz de Mad quando ela disse: *você não tem direito a tudo o que quer só porque você quer.*

A frustração surge em seu interior. Estão todos tão determinados a pensar o pior dele?

— Olha, eu vou ficar do outro lado da cerca se isso faz você se sentir melhor. Podemos conversar por um minuto?

Maggie franze os lábios como se estivesse medindo o valor de cada centímetro de espaço que o acordo colocaria entre eles.

— Muito bem.

Graças a Deus. Wes solta um suspiro de alívio.

— Eu sei que você não me deve nada e tem todos os motivos para duvidar de mim, mas eu juro que posso lidar com isso. Eu não vou estragar tudo. Por favor, deixe-me ficar aqui até sua mãe voltar. Se ela vai me rejeitar, eu preciso ouvir isso dela mesma. — O silêncio se estende até se tornar insuportável. — Não posso pagar aluguel, mas posso ajudar nos trabalhos cotidianos. Tarefas, recados, qualquer coisa. Eu farei qualquer coisa. Por favor.

— Vá para casa, Sr. Winters.

Mas ele *não pode.* Como fazê-la entender?

Muito bem. Se ela quer uma razão, aquela por trás de suas ambições, ele abrirá seu coração para ela. Coberto de lama e saliva de cachorro, ele não tem mais nenhuma dignidade a perder. Wes tira a carteira do bolso. Dentro há pouquíssimo dinheiro e uma foto de sua família, de quando seu pai ainda era vivo. Mesmo agora, seu estômago dá um nó ao vê-los juntos, todos eles fazendo caretas ridículas. No centro, seu pai e sua mãe parecem tão apaixonados um pelo outro quanto nas fotos do casamento. Wes está sorrindo tanto que o sorriso virou uma careta, equilibrando Edie no quadril. Christine está beijando sua bochecha, Colleen está gritando alguma coisa, e Mad, bem, é

Mad. Ela está de pé, ao lado, parecendo deliberadamente infeliz, mas o brilho afetuoso em seus olhos a entrega.

Todos parecem tão felizes.

Wes engole a onda súbita de tristeza e empurra a fotografia para Maggie.

— Esta é a minha família. Meu pai se foi e... — E o quê? Não há palavras suficientes para terminar essa frase. *Agora não temos dinheiro. Agora mal estamos conseguindo sobreviver. Agora o mundo inteiro está sem graça, e acho que nunca serei metade do homem que ele foi.* — Minhas irmãs que têm idade suficiente trabalham. Minha mãe também. Não tenho uma boa educação ou conexões no momento para conseguir um emprego que as sustente, então só preciso de uma chance. Uma chance de verdade. Estou tentando fazer a coisa certa por elas.

Com as sobrancelhas grossas e desarrumadas, Maggie fita a fotografia por um longo tempo. Quando ela o olha novamente, seu olhar é duro, avaliativo, como se ela estivesse tentando atravessá-lo até atingir o conteúdo de sua alma. Isso faz com que ele se sinta um animal muito curioso exposto em um zoológico. Pela primeira vez, ele percebe quão grandes os olhos dela são. Parece uma coruja muito séria.

— Muito bem. — Ela devolve a fotografia para ele. — Entre.

— Sério? — Ele não consegue evitar. Está sorrindo como um tolo. Mesmo a humilhação de tentar recolher todas as malas não pode diminuir seu entusiasmo. — Você não tem ideia do quanto isso significa.

Maggie pega uma mala de sua mão, e Wes entende que isso é o máximo de reciprocidade em relação ao seu entusiasmo que ele pode esperar.

Ele a segue para dentro da casa e, assim que entra, fica estupefato com o tamanho do lugar. Ele é recebido por uma escada dupla que se curva elegantemente para cima até um patamar central. Um lustre está pendurado acima dele, enfeitado com mais cristais do que uma senhora rica na ópera. De um lado do saguão há uma sala acarpetada cheia de poltronas estofadas e coberta do chão ao teto por estantes de livros. Do outro lado está a cozinha, onde potes e panelas de cobre desgastados pendem do teto acima de uma bancada em formato de ilha.

Embora a Mansão Welty seja maior do que qualquer coisa que ele já viu, ainda é tão triste por dentro quanto parecia por fora. A sujeira que risca as janelas da sacada deixa entrar luz solar suficiente para iluminar os grãos de poeira que giram ao redor deles. Os corrimãos de madeira estão arranhados e sem brilho, pelos de cachorro cobrem o estofamento escuro, e pratos se erguem em torres instáveis sobre as bancadas. Alguns pequenos pedaços da casa foram limpos. O chão parece recém-varrido, e a pia foi calafetada recentemente. Claramente a bagunça não é por falta de esforço.

Maggie já está carregando uma de suas malas escada acima. Ele a segue tão de perto quanto se atreve por um corredor estreito cheio de candelabros cobertos de teias de aranha. Ela abre a última porta à direita e o conduz para dentro.

Wes abafa um embaraçoso gritinho de entusiasmo. O quarto é *enorme*. Ele nunca teve tanto espaço para si mesmo antes, já que sempre dividiu um quarto com suas irmãs. Cheira a mofo, mas ele pode lidar com mofo. Quando ele deixa suas malas caírem ao pé da cama, as tábuas do assoalho levantam uma nuvem de poeira. Ele espirra tão alto que Maggie se encolhe.

— Perdão — diz ele, fungando.

Ela vai até a janela e luta com o trinco. A janela se abre alguns centímetros, derrubando pedaços quebradiços de tinta no peitoril. O ar fresco suspira pela abertura. Parece que ninguém vem aqui há anos, mas Wes percebe que este quarto não ficou sempre desocupado. Alguns livros de alquimia estão esquecidos na prateleira suspensa acima da escrivaninha. Há até uma saia plissada pendurada no armário aberto. Seu estômago dá um nó. Quantos outros vieram antes dele?

Quantos realmente conseguiram?

— Você pode ficar aqui até ela voltar — diz Maggie —, mas eu não me incomodaria em desfazer as malas, a menos que você queira deixar algo para trás quando ela te expulsar.

— Tenha um pouco de fé. Eu consigo ser muito convincente. — Há algo de cativante em sua expressão cética que o faz sentir que vale a pena tentar a sorte. — Afinal, você me deixou entrar aqui, não foi?

— Realmente. — Ela franze a testa para ele. Wes não consegue dizer se ela está mais incomodada por sua existência em seu espaço ou por sua camisa outrora branca, que agora parece ter sido mergulhada em café. Ele se sente pegajoso com ela grudada em suas costas. — Dê-me sua camisa. Vou lavá-la.

Ele sente um calor inundar seu rosto.

— O quê? Agora mesmo?

Em parte, ele não é nada tímido. É difícil ser quando se cresce com quatro irmãs. Ele ainda era jovem e impressionável quando adormecia ao som da canção de ninar de Christine e Mad fofocando sobre suas últimas conquistas. Mas outra parte dele — a parte que desajeitadamente se despiu para apenas um punhado de garotas no escuro — quer se encolher de vergonha neste instante. Maggie Welty parece ser o tipo de garota que preferiria matar um homem a admirar um.

Ela interrompe sua fantasia humilhante com uma resposta curta:

— Claro que não. Vou esperar no corredor.

— Certo. Claro que não.

Deus, como ele é idiota.

Assim que ela desliza para o corredor, ele faz um rápido trabalho de desatar a gravata e tirar a camisa ensopada. A porta se abre um pouco, e ele vislumbra Maggie de perfil. Wes se assusta com o olhar ansioso, quase culpado, em seu rosto. Como se sentisse os olhos dele em seu rosto, ela o olha de relance. Seus lábios se abrem, e o rosa se espalha pela ponte de seu nariz. O olhar da garota oscila do peito nu até o rosto dele, e eles mantêm contato visual por um segundo dolorosamente longo. Wes sente as pontas de suas orelhas queimarem de vergonha. Em um dia normal, ele se sentiria bastante satisfeito consigo mesmo, mas os olhos de coruja dela o desnudam ainda mais do que ele já está. Maggie desvia o olhar primeiro, virando a cabeça para fazer furos na parede em vez dos ossos dele. É um alívio maior do que deveria ser.

Wes pigarreia e passa a camisa pela fresta da porta.

— Obrigado.

Ela a pega dele e a dobra sobre o braço.

— O banheiro fica bem à sua frente.

Enquanto ela caminha pelo corredor, Wes tem a péssima sensação de que ele nunca mais verá aquela camisa. Christine ficará tão brava com ele por perdê-la.

As comodidades da Mansão Welty não são nada do que ele esperava. Para a casa de uma alquimista renomada, ela tem surpreendentemente poucas modificações alquímicas. Wes não consegue encontrar nem um único ladrilho de banheiro infundido com magia, nem um único resquício de fios alquimiados na roupa de cama. Aparentemente, nem Evelyn nem Maggie valorizam muito a melhoria da casa.

Apenas as pessoas mais ricas podem comprar produtos alquimiados se elas próprias não forem alquimistas. Com o conhecimento que coletou de seus estágios, Wes realiza transmutações para facilitar a vida de sua família: coisas simples, como imbuir a faca favorita de sua mãe com essência de quartzo para mantê-la afiada, ou encantar o cobertor de Edie com sementes de pimenta para que esteja sempre quente. Talvez ele possa convencer Maggie de sua utilidade se mexer em algumas coisas na casa.

Depois que ele se lava de todos os seus fracassos e veste uma camisa sem manchas, Wes vai ao encontro de Maggie. O ar no corredor é como mel, espesso e dourado à luz do sol da tarde. Ele para em frente a uma parede cheia de fotografias emolduradas, cada uma coberta por uma fina camada de poeira. Uma mais antiga, colorizada, chama sua atenção. Nela, uma mulher loira está sentada ao lado de um barco de madeira na costa, sorrindo de volta para o fotógrafo. Evelyn, supõe ele. Com seus lábios finos e grandes olhos castanhos, sua semelhança com Maggie é assustadora. Mas, enquanto Maggie é austera, Evelyn é certamente radiante.

Algumas molduras depois, lá está Evelyn novamente, sorrindo para um homem alto e barbudo. Cada um deles apoia uma criança de cabelos loiros no quadril. Mas sua favorita do conjunto é uma de Maggie. Ela tem talvez uns 7 anos, olhos brilhantes para a câmera, com uma arma de brinquedo pendurada no ombro e um cachorrinho com orelhas grandes demais aconchegado em seus pés. Evidentemente, ela sempre pareceu uma adulta em tamanho reduzido.

A culpa surge ácida em seu estômago. Mesmo que essas fotos estejam exibidas aqui, examiná-las parece uma intromissão. Wes não consegue relacionar esses momentos felizes com o que sabe sobre a Mansão Welty. Este lugar tem a mesma solenidade de uma feira abandonada. Para ele, o lar é um lugar barulhento e apertado, aquecido com corpos, com o calor do fogão e com amor. Mas a Mansão Welty não é nada disso.

Fantasmas, não pessoas, vivem aqui.

Ao descer as escadas, ele vê Maggie na cozinha de costas para ele. Seu longo cabelo dourado está preso no topo de sua cabeça com uma presilha. Uma corrente de prata brilha na sua pele pálida, e, sob seus fios de cabelo novos e finos, uma linha de sujeira preta circunda seu pescoço como um colar. Isso estranhamente o fascina. Os ombros de Maggie se juntam até se aproximarem de suas orelhas, e Wes desvia o olhar no instante em que ela inclina a cabeça para olhar para ele.

Ela está segurando uma faca em uma mão e um frango inteiro na outra. Penas brancas estão espalhadas na bancada como montes de neve. Ele se encolhe, mas mantém seu sorriso fácil. Afinal de contas, as coisas são *diferentes* na zona rural de Nova Albion, e ele está determinado a não estragar tudo desta vez. A terceira vez é certeira.

Wes puxa uma cadeira da bancada e se afunda nela. Como tudo na casa, ela geme em protesto.

— Obrigado por me deixar ficar.

— Sem problemas. — Ela não olha para o rosto dele, mas para as pontas de seu cabelo pingando audivelmente sobre a bancada. Constrangido, ele se inclina para trás e tira todo o cabelo do rosto. Na frieza da casa, a água escorre gélida por seu pescoço.

Ele limpa a garganta.

— Posso ajudar em algo?

— Não.

Está se tornando cada vez mais óbvio que Maggie não gosta muito dele. É injusto, já que ele é quem não deveria estar inclinado a falar com ela após o incidente com o cachorro. No entanto, aqui está ela, agindo como se ele fosse uma imposição. Ele resiste ao impulso de lembrá-la de que foi ela quem o convidou a entrar.

— Farei companhia a você, então — diz ele, radiante.

Quando não recebe nenhuma resposta, pergunta:

— Você sabe quando sua mãe volta?

Por um momento, ela parece abalada. Então, separa a cabeça do frango de seu corpo com um estalo da faca, e é como se o rosto de Maggie mudasse de súbito.

— Em duas semanas.

Duas semanas. Certamente não é o ideal, mas ele pode lidar com isso. Ele só precisará encontrar uma maneira de preencher o tempo até lá — e evitar que sua família descubra que, ao contrário do que ele havia assegurado, o estágio não estava exatamente garantido.

— Onde ela está?

— Em uma viagem de pesquisa.

A maneira seca que ela pronuncia as palavras indica que isso é tudo o que ela tem a dizer sobre o assunto. Ele procura outro tópico.

— Eu estava olhando as fotografias na parede no andar de cima. Aquele era seu irmão?

— Sim.

— E onde ele está? Com sua mãe?

Maggie congela. A luz do sol reflete na lâmina de sua faca. Quando ele encontra seus olhos, estão vazios.

— Ele está morto.

— Oh. Eu sinto muito.

Qual é o *problema* dele? Será que alguma vez lhe dirá a coisa certa? Ele se debate desesperadamente por alguns momentos até que ela diz:

— Você tem mais alguma pergunta invasiva que gostaria de fazer, Sr. Winters?

— Não — diz ele baixinho.

— Então o jantar estará servido às seis.

Wes reconhece uma dispensa quando ouve uma. O barulho constante da faca o persegue escada acima.

Trancado no quarto de hóspedes, ele procura algo, qualquer coisa, para evitar que seus pensamentos se transformem em uma humilhante espiral de desespero. Leva apenas um minuto para que ele encontre um livro de alquimia em uma prateleira; um que lhe foi atribuído como lição tantas vezes que ele tem os primeiros capítulos memorizados. No fim do segundo capítulo, há um exercício — ainda incompleto, o que diz muito sobre quanto tempo seu antigo dono durou aqui — que explica como desintegrar papel com alquimia.

Rasgue a folha na página seguinte e siga estes simples passos!

Ao lado das instruções condescendentes, há um círculo de transmutação meticulosamente desenhado. É uma fórmula básica para o nigredo, o processo de decomposição — o primeiro dos três tipos de feitiços que os alquimistas podem performar, juntamente com a purificação e a reconstituição. Os círculos de transmutação prendem a energia utilizada em uma reação alquímica dentro de suas fronteiras, e, embora as runas inscritas dentro sejam mais idiossincráticas, em geral elas permitem que um alquimista dobre essa energia à sua vontade.

Talvez devido ao tédio, ou talvez devido à nostalgia, o fato é que Wes se pega rasgando a folha ao longo de sua borda perfurada e procurando um pedaço de giz na gaveta da escrivaninha. Na primeira vez que ele tentou esse feitiço, precisou de vinte minutos para replicar o círculo de transmutação. Agora ele já o fez tantas vezes que tem todo o conjunto esboçado no chão em cinco. Ele posiciona o papel no centro e concentra sua atenção em seu interior.

Qualquer alquimista que se preze se considera um cientista, mas há também algo inexplicável na alquimia. Algo mágico. *No âmago de cada um de nós*, disse um de seus primeiros professores, *há uma centelha de fogo divino.*

À medida que Wes imagina aquela chama em suas mãos, suas palmas ficam quentes, e, sua mente, perfeitamente quieta. Ele as pressiona contra o chão e, conforme sua energia flui para o círculo, o papel se inflama com fogo branco. Ele borbulha e se enrola sobre si mesmo até que tudo o que resta é o cheiro persistente de enxofre e uma pilha de cinzas negras. Os alquimistas chamam isso de *caput mortuum*: cabeça morta, os restos inúteis de um objeto. Mas a essência desse papel está enterrada nas cinzas, esperando que ele o destile e o aproveite para um encantamento.

Uma transmutação bem-sucedida geralmente o deixa tomado de admiração, mas, agora, olhando para o *caput mortuum*, tudo o que ele sente é amargura. Tudo o que ele vê é o rosto irritantemente vazio de Maggie quando ela lhe disse: *minha mãe não tolera mediocridade.*

Wes fecha o livro com força, seu rosto queimando de vergonha. O que Maggie Welty sabe sobre ele, afinal? Ele não é um alquimista medíocre; ele apenas não recebeu uma educação adequada. Se alguém resolver medir seu progresso a partir de *qualquer coisa* que não seja o desempenho em um teste escrito ou a simples regurgitação de teoremas alquímicos, ele prosperará. Ele só precisa de alguém que acredite nele.

Horas mais tarde, ele está acordado, tremendo e inquieto. As noites em Dunway são quentes, às vezes insuportavelmente quentes, mas aqui a corrente de ar que entra pelas janelas é amargamente fria. As sombras se aguçam contra o teto, e galhos secos raspam na janela como unhas. Em casa, ele adormecia ao som de sua mãe roncando. Do casal discutindo no andar de baixo. De Colleen cantando em sincronia com o rádio velho na cozinha. Mas aqui o silêncio é alto demais sem nada para abafá-lo, e a faixa de céu do lado de fora de sua janela é próxima demais sem arranha-céus para mantê-la longe. A lua nova torna a noite escura e cheia de estrelas que ele nunca viu antes.

Ele está com saudades de casa, e apenas um dia se passou. Quão patético ele consegue ser?

Wes acha que não chora há anos. Não desde o funeral de seu pai. Não desde que Mad lhe disse para engolir o choro por causa dos mais jovens. Ele se sente frustrado e tentadoramente perto disso agora. Mas, enquanto pisca, através do ardor de seus olhos, ele se pergunta se ainda é capaz disso. Talvez finalmente tenha conseguido se tornar vazio.

Se ele não pode lamentar a morte de seu pai ou seus sonhos impossíveis sem ferir sua família ou a si mesmo, que escolha tem a não ser manter as coisas leves? A não ser deslumbrar as pessoas para que elas não procurem por suas falhas? Ele sobreviveu por tanto tempo deixando todos acreditarem que ele é egoísta e superficial. É melhor assim. Ninguém sabe como machucá-lo se você sempre banca o idiota. Ninguém pode realmente ficar desapontado com você se não estiverem esperando nada melhor.

4

Levou menos de 48 horas para ela se arrepender da decisão.
Weston Winters é um pesadelo. Ele está em toda parte, mesmo quando não está no seu campo de visão. A presença dele está em seus sapatos enlameados no saguão; em todos os livros de sua mãe que foram espalhados pela mesa da cozinha; nas notas estranhas e incompreensíveis que ele deixa pela casa. É enlouquecedor. Margaret mantém seu mundo simples, pequeno e ordenado. Ela gosta de sua solidão e do ritmo despreocupado e relaxante de suas tarefas. Gosta da companhia silenciosa e fácil de Encrenca. Gosta de seguir sua vida sem prestar contas a ninguém. Weston, aparentemente, gosta de barulho e caos. Ou talvez ele apenas goste de perturbar a sua paz de espírito. Ela não pode ter certeza. Tudo de que ela *pode* ter certeza é quão equivocada foi sua compaixão.

Equivocada o suficiente para mentir para ele.

Embora não tenha sido exatamente uma mentira — apenas um palpite. O fato é que ela não tem ideia se sua mãe estará de volta em duas semanas ou em dois anos. Mas, em breve, Evelyn perceberá que a caçada chegou a Wickdon e então retornará. Margaret quer acreditar nisso. Ela *precisa* acreditar, mesmo que acreditar em algo nunca tenha feito nada por ela antes.

Mas agora ela está pagando o preço por arrastar Weston para essa fantasia e acorrentá-lo a esta casa com ela. O tempo corroeu as memórias dos antigos aprendizes de sua mãe. Agora, ela se lembra de tudo muito bem. Como cabelos raspados sempre manchavam o branco imaculado da pia do banheiro, como ela sempre tinha que tomar banhos frios, como os gritos de sua mãe ecoavam pela casa. *Como você pode ser tão idiota*, dizia ela, *tão inútil, tão...*

Não, ela não sentiu falta de compartilhar seu espaço. Embora estivesse sozinha antes de Weston chegar, ao menos estava confortável. Estava segura. Nada nele é seguro. Se ele tem uma única qualidade redentora, é a cortesia de dormir até o meio-dia. Ela tem algumas preciosas horas de solidão antes que ele saia do quarto de hóspedes como um urso de seu sono de inverno, o que significa que ela pode preparar o café da manhã em paz. Margaret está na cozinha, enrolada em um xale de tricô, e coloca aveia e café no fogão para ferver.

— Bom dia, Srta. Welty.

Margaret se assusta, e a colher voa de sua mão. Aterrissa na panela com um som abafado, espalhando aveia nela inteira — e, mais desanimador ainda, no fogão que ela havia limpado ontem à noite. Piscando seus cílios pegajosos, ela solta um suspiro entredentes.

— Bom dia.

— Ah, desculpe! Eu não queria assustar você.

Margaret se vira, e lá está ele, lânguido e radiante como uma tarde de verão. Ele sorri largamente para ela, e seu cabelo preto e despenteado está espetado em todas as direções, tão selvagem como um incêndio. Em toda a sua vida, ela nunca conheceu alguém tão constantemente inconveniente. Encrenca com frequência emprega uma tática semelhante, mas, na verdade, apenas quando ele está carente de atenção ou quando ela serve o jantar dele com alguns minutos de atraso. Weston Winters equivale a ter um segundo cachorro; um bem menos comportado.

Determinada a ignorá-lo, ela se concentra mais intensamente no mingau borbulhante. Sua presença iminente a atinge como uma onda do mar, carregando consigo o cheiro de sua loção pós-barba. O produto cheira a frutas cítricas, folhas de louro e rum. *Ele provavelmente nem precisa se barbear*, pensa ela severamente, mesmo que seja apenas para afastar a imagem dele seminu no batente da porta — e a estranha familiaridade que isso trouxe. Apesar do formato juvenil de seu rosto, as curvas rígidas de seu corpo demonstram claramente que ele conhece a fome, assim como ela. A sensação da mão dele em seu braço é como uma queimadura que ela ainda está tratando.

Ele espia por cima do ombro dela.

— Que cheiro bom.

A perspectiva de compartilhar uma refeição com ele, de suportar mais uma rodada de importunação sobre onde sua mãe poderia estar ou sobre qual de seus parentes tragicamente se foi, é suficiente para lhe causar arrepios.

—Você acha? — Ela despeja o mingau em uma tigela branca lascada e a enfia em suas mãos. — É todo seu.

— Ei... espere um minuto. Você não quer isto?

— Não estou com fome.

Ela passa por ele, pegando seu rifle na mesa da cozinha.

Ele a segue até a porta da frente.

— Você vai voltar tarde? Ouvi dizer que a cerimônia de abertura é hoje.

Margaret sente o sangue gelar.

— Cerimônia de abertura?

— Sim, Halanan me contou sobre isso outro dia. A cerimônia de abertura da Caçada Meia-lua?

Ela sabia que estava chegando; o primeiro avistamento da Hala sinaliza o início da temporada. Esperava que houvesse mais tempo até que alguém a visse — ou talvez, tolamente, que a Hala fosse embora e tornasse sua decisão de evitar a caçada menos dolorosa. Mas saber que a caçada tinha oficialmente chegado faz com que o desconforto de que ela não conseguiu se livrar desde que olhou nos horríveis olhos daquela fera se torne ainda pior. Ela sentiu esse tipo de medo uma única vez, mas a memória permanece em estilhaços no chão de sua mente, afiados demais para serem apanhados e manuseados. O cheiro sulfúrico de alquimia, os cabelos loiros de sua mãe empoçados de sangue, o soluço que ela soltou quando Margaret a arrastou para fora do laboratório e...

— Srta. Welty? — A voz de Weston soa distorcida. — Você está bem?

Sua visão fica turva, como se ela estivesse olhando para ele do fundo de um lago congelado. *Deus*, pensa ela, *por favor, não deixe isso acontecer agora.*

Ela enrola o punho no casaco que está no cabide, concentrando-se na textura do tecido de algodão para se recompor. Ela está aqui, *aqui*, e Weston está encarando-a como se ela estivesse prestar a levantar voo. Ela pode ver o reflexo pálido de seu rosto refletido no olhar dele, a maneira como seus olhos lampejam como os de um animal encurralado. É quase humilhante demais para suportar.

Margaret pega seu casaco e o veste rapidamente.

— Estou bem. Eu tenho que ir.

Wes parece confuso, se não um pouco aliviado.

— Para a cerimônia?

— Claro.

Ela precisa de ar fresco, não de multidões e fanfarra, mas é mais fácil concordar com ele. Margaret viveu com seu medo tempo suficiente para saber lidar com os lembretes disso. Ela aprendeu a abandonar a si mesma, a deixar o torpor entrar e possuí-la como um fantasma. *Não é nada*, disse ela à Sra. Wreford na primeira vez que ela presenciou a cena. *Apenas um pequeno episódio.*

Faz muito tempo desde a última vez que alguém a viu fazer isso.

— Posso ir com você? — pergunta ele.

— Faça o que quiser, mas não vou esperar você.

— Tudo bem. — Taciturno, ele enfia colheradas de mingau na boca. — Eu te alcanço mais tarde.

Assim que ela sai pela porta da frente, o ar fresco do outono a inunda, e o pânico sufocante em seu peito se afrouxa. Sozinha, ela pode respirar com mais facilidade. Às vezes é difícil acreditar que essa casa já abrigou mais de uma pessoa.

Depois que seu pai se foi, mas antes que as paredes da mansão começassem a apodrecer, sua mãe começou a admitir estudantes. Margaret não tinha nenhum apego a eles ou aos seus olhares suplicantes e cheios de expectativa. É quase risível pensar em como eles tentavam persuadi-la para obter informações. Ela não tinha nenhuma chave secreta para conseguir favores de sua mãe. Nada além da alquimia tem alguma influência sobre Evelyn Welty. Pessoas desconhecidas ou a filha ocupam o mesmo espaço e importância na estreita amplitude do mundo de sua mãe.

Eles vinham. Eles a atormentavam. Mas nunca ficavam por muito tempo.

Weston, com seu cabelo arrumadinho e seu sorriso calculista, não duraria dois minutos com sua mãe. Ele tem sorte de que ela se foi. É melhor ter suas esperanças silenciosamente extintas do que completamente evisceradas. Ela pensa nele parado na porta como um cão ansioso, a colher ainda pendurada na boca. Quando desapontado, parece um cachorro que acabou de levar um pontapé.

Margaret suspira. Talvez tenha sido indelicada demais com ele. Não é que ela não goste dele. É que ela se ressente por ele pensar que é imune à corrupção da alquimia. Ele parece gentil o suficiente agora, mas, assim que sentir o que significa puxar o próprio tecido do universo, ele mudará. Todos mudam no final.

Margaret passa os dedos pela grama alta que margeia a estrada para Wickdon. As trincheiras profundas e molhadas do carro em que Weston chegou ainda estão lá. Ela se equilibra nas bordas com cuidado, como se seus pés estivessem à beira de um penhasco, e a lama envolve avidamente suas botas a cada passo. À medida que a floresta densa dá lugar a colinas abertas, ela pode ver carros zunindo ao longo da rodovia costeira e os barcos atracando no porto. Em breve, eles serão invadidos por turistas de todo o país.

— Maggie.

Ela se assusta, a mão instantaneamente indo até a alça do rifle. Mas é apenas Mark Halanan encostado em sua carroça, que está parcialmente cheia de potes e caixotes de damasco. Ela estava tão imersa em seus pensamentos que não percebeu que já havia alcançado a fazenda dos Halanan. Sugarlump, seu pônei branco, está arreado e parece incrivelmente irritado. Ele odeia trabalhar. Shimmer e ele, o cavalo capão cinza de Margaret, têm isso em comum.

— Bom dia — diz Margaret, odiando o tremor discreto em sua voz.

Ela ainda está nervosa; mas, se Halanan percebe, não comenta. Em vez disso, pergunta:

— Quer me dar uma mãozinha? Preciso montar minha barraca na cidade. Eu te pago generosamente com compotas.

Os Halanan sempre foram generosos demais com ela, mas é mais fácil de suportar quando a caridade é disfarçada de pagamento. Dói, mesmo depois de todo esse tempo, saber que ele pensa nela como alguém que precisa ser cuidada. *Se há uma coisa que você precisa aprender*, disse-lhe sua mãe, *é como cuidar de si mesma*. E ela aprendeu bem isso. Wickdon é uma boa professora. Além da Sra. Wreford, os Halanan estão entre as únicas pessoas na cidade com quem ela pode, consistentemente, contar com a gentileza. Eles nunca a odiaram, nem a seu pai, por seu sangue Yu'adir.

Margaret consegue esboçar um sorriso.

— Está bem.

Eles trabalham em um silêncio confortável enquanto Sugarlump chicoteia o rabo com impaciência. Assim que Margaret coloca o último caixote na carroça, Halanan a encara com um olhar severo.

— Então, Winters está se comportando bem?

— Bem o suficiente. Ele mencionou que vocês se conheceram.

— Pois é. E eu disse a ele para ficar esperto. Se ele tentar alguma gracinha, se ele levantar um dedo para você, é só me chamar. Estarei lá em cima mais rápido do que em um piscar de olhos.

Desta vez, o sorriso vem fácil.

— Se ele tentar alguma gracinha, eu mesma atiro nele.

Halanan balança a cabeça afetuosamente enquanto a ajuda a subir na parte de trás da carroça. Margaret se inclina para o lado ao descerem a estrada, apertando os olhos contra o vento ao começar a avistar Wickdon. Quando chegam ao centro da cidade, as ruas estão lotadas com mais pessoas do que ela já viu em toda a vida. O ar vibra com a mesma energia da noite em que ela avistou a Hala.

Antecipação.

Pela primeira vez, sente-se perdida em seu próprio lar — e isso é apenas o começo. No dia da caçada, milhares de pessoas estarão espremidas nas ruas estreitas de Wickdon. Ao longo da rua principal, todos deslocaram os mostruários de suas lojas de dentro do estabelecimento para suas varandas. O Sr. Lawrence transportou sua pesca diária do cais e colocou fileiras de peixes de escamas prateadas e mexilhões pretos brilhantes sobre uma camada de gelo. A Sra. Elling, cercada por carrinhos de madeira cheios de maçãs, está servindo cidra fumegante em copos de papel.

As pessoas andam ombro a ombro, carregando cestos de palha cheios de uvas e verduras. Elas pechincham e fofocam enquanto compram buquês de flores silvestres e doces, cada um tão brilhante como uma pedra polida. Embora ela não se deixe levar por esse tipo de situação há anos, o cheiro doce e amanteigado do caramelo desperta lembranças. Em dias de festa como este, sua mãe dava a seu irmão, David, um punhado de moedas e o deixava livre. Mas ela permitia que Margaret a guiasse pela mão através do labirinto de barracas do mercado, curvando-se para que Margaret pudesse sussurrar o que ela queria em seu ouvido. Essa sensação de tranquila felicidade parece tão impossível agora. Mesmo se Evelyn estivesse aqui, Margaret duvida que pudesse convencê-la a deixar a mansão.

Quando terminam de montar o estande de Halanan, Margaret estica o pescoço a fim de ver para onde a corrente de pessoas conduz. Elas se amontoam em volta das portas do Bar Raposa Cega. Uma faixa cor de creme acima da placa diz INSCREVA-SE AQUI em letras pretas e chamativas. Um súbito anseio a deixa sem fôlego, e ela quase ri de si mesma. Contra todo o seu bom senso, uma pequena parte dela ainda quer se inscrever para a caçada. Mas *querer* é exatamente o problema. Isso só a machuca.

Halanan segue seu olhar.

— Tem certeza de que é uma boa ideia?

— Só estou olhando.

— A juventude é desperdiçada nos jovens — murmura ele. — Vá dar uma olhada. Eu levarei as compotas mais tarde.

A palavra "obrigada" mal sai de sua boca antes que ela abra caminho pela multidão. Entra no bar, e suas narinas sentem o cheiro familiar de pão assando e sopa fervendo. A Raposa Cega é aconchegante em um dia normal, um lugar acolhedor, aquecido pelo fogo e repleto de moradores locais à procura de uma bebida depois do trabalho. Mas, hoje, está tomado por uma multidão mais sofisticada. Mulheres usando pérolas e calças pantalona de alfaiataria. Homens em ternos de tweed e sapatos sociais.

Ela supõe que não deveria se surpreender em vê-los. Caçadores ávidos criam cães caros, compram armas caras e mantêm estábulos cheios de cavalos caros. A caçada à raposa é uma demonstração tanto de riqueza como de espírito esportivo, o que a torna o passatempo nacional da elite de Nova Albion. E somente os melhores dos melhores viajariam tão longe para arriscar suas vidas na caçada anual à raposa. Ela já ouviu mais de uma vez Jaime Harrington, o filho do prefeito, gabar-se de longos e árduos dias de alegria cavalgando sua égua em campos abertos e bebendo xerez às nove horas da manhã.

Margaret vai até um canto do bar e se senta. De seu ponto de vista, ela tem uma visão nítida de todo o lugar. Embora a esperança a faça se sentir pequena e tola, ela procura os cabelos dourados de sua mãe entre a multidão.

— Você vai pedir alguma coisa ou só vai ficar aí, sentada? — Reginald, o barman, a encara enquanto seca um copo de cerveja.

— Depende de sua vontade de me cobrar hoje. — Ele sempre infialiona os preços para ela. Antes que ele possa formular uma resposta, uma voz corta o barulho da multidão.

— No princípio, havia Um.

Uma mulher está na parte de trás do bar, seus cachos grisalhos envolvendo seu rosto como fumaça. Ela precisa de um momento para reconhecer a Sra. Wreford, a proprietária do bar, quando ela se parece com algo etéreo e ancestral à luz crepitante do fogo.

— Um era Tudo, e Tudo era Um, e Tudo estava dentro de Um — continua ela. — Em sua luz e seu amor infinitos, ele emanou a *prima materia*. Era o caos. Era tudo e nada, perfeição e quintessência, uma extensão do nada como água escura. Mas, quando Deus soprou sobre eles, ele criou a vida.

"Os primeiros seres a emergir desse caos foram os demiurgos. O primeiro a despertar foi chamado Yal. Ele não sabia nada sobre Deus ou sobre de onde vinha seu poder. Ele só sabia que, quando levantava a mão, a *prima materia* respondia ao seu chamado. Enquanto seus irmãos se agitavam, ele lhes disse: *estamos sozinhos aqui, deuses deste caos. Devemos moldá-lo como acharmos melhor?*"

As semelhanças e diferenças entre esse mito da criação e o de seu pai nunca deixam de impressionar Margaret. Os demiurgos, de acordo com a história Katharista, moldaram o mundo material e o governaram como tiranos. Eles aprisionaram a centelha divina de Deus na matéria e criaram os humanos, um pálido escárnio dele e um espelho de suas próprias imperfeições. Quando Deus percebeu o que tinham feito, ele os puniu, prendendo suas almas em formas bestiais. Mas a bíblia Yu'adir diz que Deus criou o mundo material com a atenção amorosa de um escultor. Quando terminou, ele quis compartilhar seu conhecimento divino — o segredo da criação do universo — com seu povo escolhido. Então pegou um punhado de *prima materia*, derramou-a dentro dos corações de dez bestas brancas como a neve e as soltou.

Sejam eles um presente ou um flagelo, o fato é que os demiurgos causaram destruição, e os humanos os massacraram por isso ao longo de toda a história documentada. Agora, tudo o que resta é o mais astuto deles: uma raposa que ainda ronda a costa oeste de Nova Albion.

— Você gosta dessa história, não é mesmo?

O corpo de Margaret enrijece ao som da voz de Jaime Harrington. Ela se vira e o encontra pairando sobre ela, com um cotovelo apoiado no encosto de sua cadeira. Como sempre, ele está radiante em um terno sob medida azul e um chapéu-coco. Veste bem o dinheiro do pai dele. Seu cabelo loiro--acobreado está grudado com gel como um capacete reluzente na cabeça, e seus olhos são de um azul tão claro quanto os raios do sol ao atravessar uma onda no mar. O seu rosto de querubim, no entanto, é marcado pela crueldade de seu sorriso.

— Como você sabe? — pergunta ela.

— Não se faça de boba. — Um ódio familiar e piedoso arde em seus olhos. — Eu sei que seu deus distorcido se orgulha de ter feito o mundo. De qualquer forma, isso explica por que seu povo é tão materialista.

A raiva se agita em seu interior, mas ela praticou a arte de não reagir por tempo demais para deixar Jaime irritá-la. Ele a odeia há anos. Outrora, ela acreditava que era por causa de algo concreto e mesquinho. Talvez por causa da vez que ela o mordeu por pisar no rabo de Encrenca quando eles eram crianças, ou porque ele a achava estranha por sua quietude. Agora, ela entende melhor. Ela é culpada pelo crime de ter um pai Yu'adir.

Se procurar no fundo de suas memórias, pode evocar o tom áspero de uma melodia entoada, o sabor de ervas amargas e *chutney* de maçã, suas explicações simplificadas de uma bíblia que ela nunca será capaz de ler. É difícil saber se esses fragmentos são parte dela o suficiente para lhe dar o direito de se sentir ferida pelas farpas de Jaime. Mas conhecer pouco da fé de seu pai não importa para pessoas como Jaime; importa apenas que seu sangue é "manchado". Nova Albion não expulsa ou massacra os Yu'adir como fazem do outro lado do mar, mas Wickdon fez o seu pior nos limites da lei.

— Fui eu quem a viu primeiro, sabe? — continua ele. — Há duas noites, eu a vi enquanto ela estava destruindo nossos campos.

Se ele realmente a viu há duas noites, então *ela* foi a primeira a vê-la — e sair ilesa. Embora ele não tenha como saber disso, ela se esforça para manter o rosto inexpressivo. Há três anos, houve uma caçada particularmente violenta em Trovador, uma cidade cerca de 80 quilômetros ao norte daqui. Durante sua estada de cinco semanas, a Hala destruiu quase todos os hectares de terras agrícolas, exceto o pomar da única família Yu'adir na cidade. De acordo com a última informação que recebeu, a propriedade agora está desocupada.

— O que você quer, Jaime?

— Só estou puxando assunto. A verdadeira questão é: o que *você* quer? Você rastejou para fora de sua caverna.

— Estou aqui para ouvir a cerimônia de abertura, assim como qualquer outra pessoa.

— Olá, Srta. Welty... Oh, estou interrompendo alguma coisa?

Weston se inclina contra o balcão com afetada indiferença. Ele está vestindo aquele casaco velho de novo. O tecido está desbotado e esfarrapado, e os pontos cuidadosos preservaram sua vida por muito mais tempo do que o normal. Pior de tudo, ele insiste em colocá-lo sobre os ombros como uma capa. Isso a irrita mais do que deveria. Ele parece ridículo.

Ele está perto o suficiente da janela aberta para que uma brisa suave passe por seus cabelos rebeldes, que emanam uma luz dourada das pontas. Margaret não consegue ler sua expressão séria, mas, quando ele a observa entre as pestanas, ela percebe pela primeira vez que seus olhos são de um tom impressionante de marrom, tão intenso e escuro quanto a terra depois da chuva. Seu coração acelera.

— Sr. Winters — diz ela —, vejo que conseguiu encontrar seu caminho até aqui.

— Pois é. As pessoas aqui são amigáveis.

Ele levanta uma garrafa de vinho na direção dela, como se estivesse brindando. Ela não quer adivinhar como ele conseguiu isso.

— Você vai me apresentar ao seu amigo?

Ele soa bastante agradável, mas o brilho frio em seus olhos deixa claro o significado implícito por trás de sua pergunta: *esse cara está incomodando você?* É claro que ele teria um complexo de herói. Margaret considera permanecer em silêncio apenas para irritá-lo por sua intervenção indesejada, mas ela pode sentir a alegria malévola praticamente irradiando de Jaime. Quem é ela para mantê-los longe da garganta um do outro? Com relutância, ela diz:

— Este é Jaime Harrington.

Weston estende a mão para ele.

— Weston Winters.

Jaime olha imperiosamente até Weston, com um sorriso forçado, e enfia a mão de volta no bolso.

— Espere um minuto — diz Jaime. — Acho que consigo entender o que está acontecendo aqui. Vocês dois vão se inscrever na caçada juntos, não vão?

— O qu...

— E se fôssemos? — interrompe Margaret.

Weston a encara, boquiaberto. Ela sabe que é imprudente perder a compostura assim, mas o adverte para ficar em silêncio com um olhar afiado.

O rosto de Jaime fica vermelho de raiva.

— Eu diria que isso não é da sua conta, além de ser uma coisa perigosa. Você não tem nada além daquela arma velha e daquele cão de caça idoso. Você seria rasgada em pedaços.

Ela anseia por desafiá-lo. No entanto, por mais que desça ardendo, Margaret se força a engolir seu orgulho. De que adiantaria discutir com ele agora? Por que se tornar um alvo para sua diversão?

— Agradeço a preocupação.

Ela aprecia o olhar de decepção em seu rosto. Jaime nunca vencerá este jogo contra ela.

Mas então Weston sufoca uma gargalhada. Ele não consegue, porém, manter o sorriso insuportável fora de seu rosto — ou de sua voz.

— Eu ficaria chocado se você se saísse muito melhor. O que foi? Você está com tanto medo que precisa intimidá-la a não competir?

Margaret vai matá-lo. Ele precisa sempre *falar*?

O olhar perigoso de Jaime se aguça, mas, antes que ele possa dizer algo, a voz da Sra. Wreford corta o silêncio.

— Por gerações, a Hala destruiu nossas plantações. Abateu nosso gado. Matou nossos cônjuges e nossos filhos. Com a morte da Hala, uma era chega ao fim. Um de vocês pode ser o último herói da humanidade, e o primeiro de Nova Albion a matar uma besta mítica.

As últimas palavras pairam no ar, ameaçadoramente, até que um sorriso ilumina seu rosto.

— E, claro, um convidado de honra vitalício aqui em Wickdon. Sem mencionar o prêmio em dinheiro, 75 dólares este ano, graças aos nossos generosos doadores, e a própria Hala. Estamos honrados em sediar a 147ª

Caçada Meia-lua anual. As inscrições estarão abertas em duas semanas a partir de hoje, e então a diversão realmente começará. Obrigada a todos. Aproveitem a sua estada!

Enquanto as conversas recomeçam e a cerveja sai das torneiras, Jaime se inclina até Margaret sentir seu hálito quente no ouvido.

— Ouviu isso? Um herói.

Ela compreende plenamente o que ele quer dizer. *Esta herança não é sua para reivindicar.* Os verdadeiros heróis novo-albianos são os Katharistas com árvores genealógicas organizadas, separados por apenas algumas poucas gerações dos primeiros colonos. A caçada não é *para* uma garota metade Yu'adir. É para ele.

Jaime corrige sua postura, enfatizando toda a sua imponente altura.

— Quanto a você, Winters, tratamos as pessoas com respeito nesta cidade. Portanto, se não quer problemas, tenha cuidado com a língua. É o que eu faria se fosse você.

Com isso, ele dá meia-volta e desaparece na multidão. Margaret solta um suspiro trêmulo. Mais do que tudo, ela quer arrancar essa raiva que arde como uma brasa em seu estômago, de forma a recuperar o controle que escapa rapidamente por entre seus dedos. Mas Jaime está *errado*. Uma arma antiga e um cão de caça idoso são tudo o que ela precisa para superá-lo. Ela já o viu repetidas vezes no campo com sua técnica desleixada, mais desleixada ainda sob o efeito do álcool. Ele é muito presunçoso para seu próprio bem, e alguém deveria colocá-lo em seu lugar. E deveria ser ela a fazê-lo.

Mas ela não pode.

Margaret anseia por segurança e certezas. E, com caçadores viajando de todas as regiões do país, todos eles com mais tempo, dinheiro e equipamentos do que ela jamais poderia sonhar, não há certezas nesse jogo. Mesmo com o cachorro perfeito e a melhor arma, ela não pode apostar tudo em um sonho imprudente. Especialmente quando teria que depender de um alquimista. Não importa o quanto sinta falta de Evelyn, essa é a única coisa que ela não pode fazer.

— *"Quanto a você, Winters, tratamos as pessoas com respeito nesta cidade"* — diz Weston, com uma voz nasalada. Não soa muito como Jaime, mas, se ela não estivesse tão irritada com ele, poderia ter achado divertido. — Deus, qual é o problema dele?

— Ele é sempre assim, embora tenda a ser mais agradável se não o provocar.

Weston bufa.

— Eu não o provoquei. Quando muito, ele *me* provocou.

— Eu não preciso de sua galanteria.

— Não é sobre ser galante — diz ele na defensiva. — É sobre ter firmeza. Você ia mesmo deixá-lo falar com você daquele jeito?

— Sim, eu ia. Você pode viver sua vida como quiser, mas fique fora da minha.

— Tudo bem. Desculpe. — Ele tem o bom senso de parecer arrependido. Lentamente, afunda na banqueta ao lado dela. — O que ele quis dizer com "isso não é da sua conta", afinal?

Claro que ele escolheria a única coisa que ela gostaria que ele esquecesse.

— Exatamente o que ele disse. Por quê? Você está interessado na caçada à raposa?

— O que você quer dizer com interessado? — contra-ataca ele.

— Interessado. — Ela suspira quando ele lhe dirige um olhar agonizante. — Você veio assistir aos comentários de abertura, não foi?

— Eu fui aonde as pessoas estavam. — Ele faz uma pausa. — Eu não poderia participar, mesmo se quisesse. Minha mãe me mataria.

— Por quê?

Com cautela, ele diz:

— Ela acha que é bárbaro.

— E o que você acha?

— Não sei. Bárbaro, talvez. Elitista, definitivamente. Claro, eu quero ser o cara que pode se vestir como Harrington. Quero tirar umas férias de cinco semanas para confraternizar com todos os alquimistas famosos e me exibir na frente de todo o país. Mas acho que isso também não é da minha conta.

A amargura e o anseio em sua voz chamam a atenção dela. Ele está dizendo isso porque é pobre ou porque é um forasteiro, assim como ela? Por um momento, ela se esquece de mantê-lo distante.

— O que você achou da história, Sr. Winters?

— Hein? Aquela que a velha contou? O que há para dizer sobre isso? É a mesma história que todos contam. Mas eu vi o que a Hala fez com o pomar dos Harringtons, então por mim está tudo bem. Parece uma pena puni-la por isso.

Embora seja uma resposta mais evasiva do que ela esperava, um sorriso se forma em seu rosto.

— Penso que estamos de acordo.

— Estamos? Oh. — Weston desvia o olhar timidamente. — De qualquer forma, você vai se inscrever?

— Você ouviu o Jaime.

Um sorriso travesso toma conta de seu rosto.

— Mas não é mais divertido fazer o que as pessoas não querem que você faça?

— Talvez.

— Talvez — repete ele ceticamente.

— É impossível. Não tenho um parceiro e não posso pagar a taxa de inscrição. Se minha mãe estivesse aqui, eu teria mais tempo livre para ganhar algum dinheiro, mas...

Ele balança a cabeça em sinal de compreensão.

— Mas, caso contrário, você se inscreveria?

É a pergunta mais estúpida que ela já ouviu. Não há um mundo em que esse *caso contrário* exista. Mas ela não pode negar que essa maneira de pensar sobre o mundo é tentadora. Margaret se permite considerar a possibilidade. Se sua vitória fizesse sua mãe ficar? Se isso irritasse Jaime? Se o medo não a paralisasse? Sim. Ela se inscreveria agora mesmo se pudesse.

Talvez não seja uma pergunta tão estúpida, afinal.

— Sim, eu me inscreveria. E você?

Weston solta um assobio.

— Quer dizer, consegue ao menos imaginar o que você poderia fazer com 75 dólares? Eu mataria por isso. Caramba, eu mataria pelo reconhecimento. Mas estarei muito ocupado quando sua mãe voltar, e, como eu disse, participar da caçada não é realmente algo que alguém como eu... — Ele para, franzindo a testa. — Por quê?

Até agora, Margaret não tinha percebido as implicações de sua pergunta. Como regra geral, ela não confia em alquimistas, mas há um alquimista que ela tem na palma da mão... Talvez, apenas talvez, Weston seja a resposta para seus problemas. Ele a defendeu de Jaime. Ele estava desesperado o suficiente para lhe prometer *qualquer coisa* em troca de ficar na Mansão Welty. E a fotografia que ele lhe mostrou é alguma indicação de que ele tem um coração — pelo menos por enquanto.

Pergunte a ele. Se ela o fizer, talvez suas reservas desmoronem. Embora esteja bancando o tímido, ele praticamente acabou de falar sobre o quanto quer vencer. *Por que devemos deixar pessoas como Jaime dizerem o que é e o que não é para nós?*

Mas sua língua permanece pesada e inútil em sua boca. Ela mal o conhece ou sabe se ele tem algum talento alquímico, além de não haver nenhuma garantia de que ele não roubaria a raposa dela assim que tivesse uma chance. Mesmo que nenhum alquimista, exceto Evelyn, acredite que há alguma utilidade para a Hala além de matá-la para testar suas habilidades, é um troféu de que poucos abririam mão facilmente. Além disso, Margaret só sobreviveu por tanto tempo mantendo-se discreta, não precisando de nada nem de ninguém. Querer algo para si mesma já é ruim o suficiente, mas a simples ideia de admitir que *precisa* de Weston é como cortar sua própria garganta. Se ele a recusasse agora, isso acabaria com ela.

— Razão nenhuma — diz ela.

— Certo. — Ele se recosta na cadeira, como se procurasse algo no teto. — Bem, tenho certeza de que existem muitos alquimistas que se inscreveriam com você. Então, se apenas o valor da taxa de inscrição a impede, por que não me encarrega de algumas tarefas para que você tenha mais tempo livre? Eu prometi a você que faria valer minha estada.

Seu estômago se revira enquanto milhares de sentimentos diferentes se apoderam dela. Principalmente culpa por estar dando esperança a Weston — e medo de que ele esteja oferecendo a ela os meios para se inscrever. Será que ela pode realmente passar por isso? Pensar em se inscrever é uma coisa. Comprometer-se é outra completamente diferente. Ela tem tudo a perder se falhar. A Hala poderia matar tanto ela como Encrenca. Ela poderia gastar todas as suas economias por nada além de decepção. Mas, se não fizer nada, ela não acha que poderia viver consigo mesma. Ela não pode mais esperar como um cão abandonado até que Evelyn retorne. Ela não pode continuar engolindo sua raiva como brasa.

Garotas como ela não precisam de sonhos. Garotas como ela precisam sobreviver. Na maioria dos dias, isso já é o suficiente. Mas hoje, não.

— Tudo bem — diz ela.

— Tudo bem?

— Deixarei você ajudar em casa.

— Ótimo. — Ele faz uma pausa, e seu sorriso se torna cauteloso, como se ele já estivesse se preparando para sua objeção. — Se eu for realmente bom, você vai parar de me evitar?

Ela faz uma careta — e seu rosto deve estar muito ruborizado, porque ele ri. É um som estranhamente agradável, espontâneo e caloroso, quando tantos dos sorrisos dele são perversos e calculados. Quando foi a última vez que alguém riu por causa dela?

— Vou pensar. — Com essas palavras, parte da tensão entre eles desaparece.

Em algum lugar por trás desse ato astuto dele, Weston tem um bom coração. Mas isso ainda não é suficiente para ela se sentir segura. Ela foi machucada vezes demais por pessoas "gentis" para saber que o ódio aos Yu'adir é um veneno poderoso. De qualquer forma, as inscrições não abrirão por mais duas semanas. Isso lhe dá duas semanas para definir se pode confiar nele e reunir coragem para lhe perguntar. Duas semanas para juntar o valor da taxa de inscrição. Duas semanas até que todos os olhos em Wickdon estejam nela. À medida que o senso de propósito se cristaliza dentro dela, sente-se mais segura, mais sólida do que em anos.

Talvez ela realmente tenha pausado sua vida por tempo demais.

5

Wes sibila quando o cabo lascado do machado o atinge. De novo. Ele está começando a se arrepender de não ter sido mais exigente com os termos dessa barganha. Quatro dias atrás, ele foi tolo o suficiente para oferecer qualquer coisa a Maggie em troca de hospedagem e alimentação. Agora, enquanto os galhos das sequoias se debatem como sinos ao vento, ele imagina que teria feito as coisas de forma diferente. Tudo nesta floresta lhe dá arrepios, desde as silhuetas dos galhos quebrados das árvores até o sussurro insistente de seu nome nas folhas moribundas.

O dossel das árvores é tão denso que ele mal consegue ver a superfície rosada do céu, e os troncos das sequoias são tão altos e retos que o prendem como as grades de uma prisão. A escuridão que se estende diante dele é espessa como uma neblina e — ele está convencido disso — cheia de olhos vigilantes. Ele não consegue se desfazer da ideia de que a Hala está lá fora, esperando para cravar seus dentes nele. Sua mãe lhe diria que é um medo ridículo, desde que sua alma esteja bem com Deus, mas ele já não tem tanta certeza sobre isso.

Quando Maggie lhe perguntou se ele estava interessado na caçada, não conseguiu negar a tentação. É sobre mais do que o dinheiro. Talvez, se ele ganhasse, as pessoas olhariam menos para o seu passado Banviniano-Sumítico quando ele concorresse a algum cargo na política; aos olhos do público, seria tão bom quanto ser um herói de guerra. Mas é tão improvável quanto qualquer um de seus outros sonhos. Ninguém em sã consciência se inscreveria ao lado de um alquimista não licenciado que não completou ao menos um estágio. Ainda mais de um banviniano.

Maggie pode conseguir alguém melhor do que ele — tanto por sua reputação quanto por suas chances de vitória. É melhor assim. Se pomares inteiros se decompõem sob as patas da Hala, o que ela poderá fazer com alguém tão frágil como ele?

Wes larga o machado para inspecionar os danos. O que as lascas não esfolaram de sua pele está em carne viva, a fricção formando picos e vales com bolhas de água. No centro de sua palma há um corte vermelho-vivo, um pedaço de carne dependurado que foi arrancado em seu movimento descendente. O sangue jorra da ferida e se espalha pelas dobras de sua mão.

— Porcaria. — Sua respiração se eleva ao seu redor como fumaça.

Por mais que ele odeie admitir, a visão do sangue o deixa nervoso. Sua mãe já lhe contou histórias suficientes para incutir nele um temor saudável a Deus e aos *aos sí*. O suficiente para saber que sangrar sozinho na floresta ao entardecer é tão bom quanto pedir ao rei morto-vivo Avartach ou a alguma fada perversa para fazê-lo desaparecer — ou pior. Mesmo que seja apenas superstição, ele não está disposto a arriscar quando se trata de algo tão astuto e imprevisível quanto a magia feérica.

Wes olha em direção à casa. Através da janela rachada, ele vê Maggie de pé, próxima ao balcão, cortando cenouras com tanta solenidade que só pode ser um ato de devoção a algum deus vegetal. Com o sol poente se inclinando para espiar dentro da casa e as panelas de cobre brilhando sobre o fogão, a cozinha é banhada por um brilho que se parece com grãos de pólen. Na luz da hora dourada, Maggie é quase bonita. Quase. Ele afasta o olhar.

Ele não pode deixar de se sentir um pouco amargurado ao se lembrar da precisão fria com que ela esquartejou aquela galinha, ou da sujeira em seus antebraços musculosos. Maggie provavelmente poderia cortar uma montanha inteira de lenha na metade do tempo que ele levaria. Na cidade, ele não precisa passar por esse tipo de indignidade, principalmente porque seu apartamento é escaldante o ano inteiro. Mas, mesmo que não fosse, a tecnologia moderna e a alquimia...

Ele se deu conta. Precisa praticar a alquimia antes que Evelyn retorne. Sem nenhum equipamento, ele está limitado, mas precisa apenas das transmutações mais básicas para facilitar o corte da madeira. Maggie ficará muito satisfeita.

Wes se senta no cepo e encontra uma pedra e um pedaço de pau no chão. Uma vez que ele destila da pedra a *coincidentia oppositorum* — a essência líquida de um objeto —, ele pode usá-la para encantar o machado. Na teoria, o objeto se tornará mais afiado, mais durável e mais eficiente.

Em uma mão, ele grava a fórmula alquímica para o nigredo, inscrevendo cuidadosamente o perímetro com símbolos da composição química da pedra. Sílica e oxigênio — suficientemente simples. É mais um palpite do que qualquer outra coisa, mas ele acha que pode chegar perto o suficiente para decompor a maior parte dela em algo útil. Destruir coisas sempre foi fácil para ele.

Uma vez que ele termina, aperta a pedra em seu punho e canaliza a magia dentro dele. Fileiras de chamas brancas escapam por entre seus dedos, e uma fumaça sulfúrica serpenteia em torno de sua mão. Quando ele estende os dedos, está segurando uma pilha carbonizada de *caput mortuum*. Ela borbulha e respira inquieta como a água de um pântano. Como seus cálculos eram imprecisos, o resultado é menos estável do que ele gostaria, mas fará o trabalho.

A seguir vem o albedo, a purificação e a segunda etapa do processo alquímico. Queimar tudo o que não compreende a essência de um objeto requer certa sutileza — e uma boa dose de tentativa e erro. Enquanto o nigredo é pura química, o albedo é intuição. O domínio dessa técnica separa os alquimistas competentes dos excepcionais. Seu estômago se revira de pavor.

Relaxe, diz ele a si mesmo. Ele viu o albedo ser executado inúmeras vezes. Assim como muitos professores tentaram incutir a técnica em sua cabeça inúmeras vezes.

Inútil. Sem instrução. Preguiçoso. Algum dia, ele vai provar que estavam errados.

Uma vez que ele desenha e ativa a fórmula, o fogo salta de sua palma. Ele abre o punho e observa o *caput mortuum* branquear como um osso deixado ao sol. Lentamente, ele se derrete em um líquido tão branco e brilhante como diamante. A *coincidentia oppositorum*.

Parte dele escorre por entre seus dedos e afunda na terra semicongelada. Antes de todo o líquido derramar, ele o despeja na cabeça do machado e talha a fórmula para o rubedo — a etapa final, o processo de reconstituição — na terra abaixo dele. Com isso, ele terminará de imbuir a cabeça do machado com as propriedades essenciais da pedra. O metal emana um brilho avermelhado com a luz do rubedo, depois se torna cinza como aço em processo de resfriamento. Sua vida está prestar a se tornar muito mais fácil.

No entanto, quando ele tenta levantar o machado, está insuportavelmente pesado. Ele só consegue erguê-lo uns 2 centímetros do chão antes de deixá-lo cair.

— Porcaria — murmura ele.

Isso definitivamente *não* é o que ele queria que acontecesse, embora consiga compreender por que sua transmutação pode ter tido alguns efeitos colaterais não intencionais. Certas pedras podem destilar em algo extremamente sólido. Outras, em algo afiado... Não, não é hora para pensar em soluções de problemas. Maggie vai matá-lo quando perceber o que ele fez. Ele precisa esconder as evidências, ou pelo menos fingir que nada está errado, até descobrir como reverter o encantamento.

— O que você está fazendo?

A voz de Maggie atravessa seu pânico. Ela está de pé, na varanda, usando um casaco grosso de tricô e botas de couro desamarradas, mas, de alguma forma, ainda é imponente.

— Nada! Eu só estava terminando aqui.

Ela deve farejar seu medo ou percebê-lo no jeito como ele se atrapalha para pegar os gravetos, porque ela se dirige até ele com uma carranca e as sobrancelhas franzidas. O barulho das folhas sob suas botas faz com que a pressão sanguínea dele suba rapidamente.

Ele está tão encrencado.

Ela chega a um metro e meio dele antes de parar repentinamente, suas narinas dilatadas. Seus olhos são invadidos por uma luz estranha e doentia. Ele agora reconhece esse olhar. É o mesmo de quando ela estava saindo para a cerimônia de abertura. Assombrada, como se de repente ela estivesse a milhares de quilômetros de distância.

— Hum, Srta. Welty?

Maggie se sobressalta, então pisca para ele atordoada. Ela soa como se estivesse acordando de um sonho quando diz:

— Sinto cheiro de alquimia.

— Ah, é mesmo?

— Sim. — Seu olhar pousa incisivamente sobre os símbolos desenhados com lama em suas mãos. Ele as enfia nos bolsos, mas a expressão dela se suaviza com um ar de curiosidade. — Você já sabe como fazer alquimia?

— Claro que sei. — Ele soa mais irritadiço do que pretende.

— Você disse que falhou em seus outros estágios.

— Eu nunca disse isso. Você presumiu. E presumiu corretamente, mas isso não vem ao caso. — Ele se senta desajeitadamente no cepo, gemendo. — Não sou um mau alquimista, eu juro. Eu só... estava fazendo um teste.

— Vamos ver, então.

— Bem, hum...

Ela leva apenas um segundo para farejar o que ele queria esconder. Abaixa-se para pegar o machado, então xinga baixinho quando ele se recusa a se mover. Seu rosto se contorce em uma mistura de perplexidade e irritação.

— Está denso como uma bigorna. O que você fez com isso?

— Eu estava tentando ser engenhoso! Mas eu meio que me atrapalhei com a química.

Ela o encara furiosamente.

— Você não deve tentar transmutações que não sabe como fazer. É perigoso.

— Quem disse isso? Eu tinha uma teoria e a testei. Isso é ciência.

— Não é ciência. São danos materiais.

— Eu vou consertar, juro!

Maggie balança a cabeça como se estivesse se convencendo a não dizer o que realmente pensa. Então, limpa o pó das mãos na saia.

— Faça o que quiser. O problema é seu se quer brincar com fogo.

Ela parece tão desapontada que Wes sente como se tivesse falhado em um teste que nem sabia que estava fazendo. Desesperado para salvar pelo menos um pouco de seu orgulho, ele diz:

— Se serve de consolo, eu cortei um pouco de lenha.

O olhar dela se dirige para o amontoado insignificante de gravetos a seus pés.

— Estão grossos demais.

— Eu posso cortar menor — diz ele, miseravelmente. Suas mãos latejam em protesto.

— Não, apenas... deixe como está. — Ela parece exausta, como se ele fosse a pessoa mais inútil com quem ela já teve a infelicidade de falar. — Eu lido com isso mais tarde. Venha para dentro antes que pegue um resfriado.

Wes tenta não pensar tanto nisso enquanto a segue para dentro. Aqui está quase tão frio quanto lá fora. Encrenca, encolhido perto da porta, solta um suspiro longo e dramático quando eles entram. Wes o cutuca com a ponta do sapato. Encrenca grunhe com o esforço de rolar de lado, uma pata encolhida e lânguida. Wes se ajoelha ao lado dele e lhe dá um tapinha gentil no flanco. O som ressoa no silêncio sombrio da cozinha. Um momento depois, ele escuta a resposta ritmada da faca de cozinha de Maggie.

De repente, ele percebe quão deprimente essa cena é. A *vida* dela é isso.

Ele não consegue parar de pensar em como Jaime a tratou no bar, ou nos rumores que ouviu antes de deixar Dunway — que Evelyn Welty é um monstro e uma pessoa reclusa. Mesmo que ele nunca a tenha conhecido, não pode deixar de se perguntar se há alguma verdade nisso. Que tipo de mãe deixa a filha sozinha por meses?

Embora Maggie provavelmente já esteja farta dele por hoje, ele acha que sua companhia é melhor do que nenhuma. Às vezes, ele a pega olhando para ele como se estivesse prestes a lhe perguntar algo. Além disso, ele gosta de como ela fica quando está irritada. Seus olhos ficam muito mais brilhantes quando ela está tentando não o repreender.

— O cachorro diz que gosta mais de mim — fala Wes maliciosamente.

— Ele é um cão de caça, não um cachorro.

— Muito bem. O *cão de caça* diz que gosta mais de mim.

Maggie não lhe dá a honra de sua resposta.

Ele murcha. Esse é o tipo de comentário inconsequente que teria iniciado uma guerra em sua casa. Lembrar-se de suas irmãs deixa seu coração tão pesado quanto seu machado alquimiado. Ele está com saudade de casa, de novo. Pior, está solitário. Ninguém nunca visita este lugar. Todos lhe prometeram que a zona rural de Nova Albion seria tão aconchegante quanto um cobertor de tricô, as pessoas mais calorosas do que na cidade e seus laços mais fortes. Como era em Banva antes das colheitas apodrecerem e a fome esvaziar o campo. Claramente, nenhum deles jamais esteve em Wickdon.

Nas semanas após a morte de seu pai, o apartamento de sua família nunca esteve vazio. Em quantos abraços ele foi esmagado? Quantas refeições caseiras foram colocadas em sua geladeira? Quantas canções de luto foram tocadas? Parecia sufocante na época, mas agora ele não anseia por nada mais do que esse tipo de amor. Será que Maggie ao menos sabe o que está perdendo?

Wes tenta não sentir pena dela. Ela não está interessada em nenhuma de suas bandeiras brancas de amizade, e ele não consegue esquecer facilmente o olhar em seus olhos quando ela rosnou *Eu tenho que ir* depois que ele perguntou se ela estava bem. Seja qual for a camaradagem frágil que eles encontraram ontem, havia desmoronado, e Wes se sente tão sozinho como em seu primeiro dia aqui.

— Ei — diz ele, mais sombrio do que pretendia. — Você tem um telefone?

— Há uma cabine telefônica na cidade.

Claro que o telefone mais próximo fica a 8 quilômetros de distância. Nada o surpreende menos.

Sem responder, ele fica de pé e assobia para o cachorro. Ele não deixa de notar o olhar amargurado de Maggie enquanto Encrenca se espreguiça, sacode as orelhas e obedientemente trota atrás dele. Talvez ele não seja o único ansioso por um pouco de ar fresco.

— Coloque a coleira nele — avisa ela. — Caso contrário, ele não cruzará o limite da propriedade com você.

Ele entende o aviso silencioso em sua voz: *não confio em você para não o perder.*

— Sim, sim. — Wes pega a coleira onde ela está pendurada no cabideiro e a coloca em Encrenca.

Enquanto descem a estrada da montanha, ele tenta se convencer de que está fazendo a coisa certa por permanecer aqui. Durante toda a sua vida, Mad e seus professores o chamaram de vagabundo, preguiçoso, procrastinador — o tipo de cara que se esconde atrás de um charme superficial. Dói, mas não é como se ele tivesse dado a eles uma razão para pensar o contrário. Não é culpa dele ter nascido amigável, mas *é* culpa dele ter transformado isso em um escudo contra seu próprio desespero. Que diferença faria se Mad soubesse que o peso de seus fracassos o esmagaria se ele assim permitisse? Ela não se ressentiria menos dele. Mas, agora, aqui está ele, brincando de lenhador e pausando sua vida. Talvez ele mereça o desprezo dela.

Deus, ele precisa falar com sua mãe antes que a culpa o consuma por inteiro.

No momento em que ele chega à solitária cabine telefônica, está tremendo e sem fôlego. Ele nunca vai se acostumar a escalar essas ladeiras. Lá dentro está amargamente frio e enevoado, o vidro fosco iluminado pela luz prateada do luar. Enquanto Encrenca se aconchega em seus pés, Wes carrega o aparelho e disca o número de casa.

O telefone toca duas vezes antes de alguém atender.

— Alô? — Talvez pela primeira vez em sua vida, o som da voz de Christine o enche de algo parecido com a felicidade.

— Oi. Sou eu. — Há silêncio do outro lado da linha. — Christine?

— Eu? Eu quem?

Wes pressiona a ponte do próprio nariz.

— Wes.

— Wes... Hum. Eu não conheço nenhum Wes...

— Muito engraçado. Você pode passar para a mãe?

— Ah, Wes! — Ele ouve um estalar de dedos enquanto uma falsa compreensão adoça a voz dela. — Meu querido e único irmão, Weston. Faz tanto tempo desde a última vez que você ligou, que eu esqueci o som da sua voz. Você disse que quer falar com Mad?

Ele faz uma careta.

— Não. Eu disse que quero falar com a mãe.

— Ah! Colleen?

— *Não.* — Se ela colocar Colleen no telefone, ele nunca mais estará livre. Ele não tem dinheiro para uma conversa com ela. — Por Deus, não. Estou em uma cabine telefônica. Chame a mãe.

— Tudo bem. — Ele teme o sorriso em sua voz. — Colleen! Wes quer falar com você.

Maldição.

Enquanto ouve o ruído da conversa delas, ele se imagina lá. Eles estariam reunidos na sala de estar, com o rádio ligado. Christine estaria deitada no sofá, com o telefone encostado no queixo. Edie estaria subindo em seu joelho e exigindo que ele brincasse com ela. Colleen estaria tagarelando sobre beisebol, química ou qualquer que fosse o assunto que a interessasse naquela semana. E Mad estaria debruçada na janela aberta com uma caixinha de cigarro entre os dedos.

Deus, ele quer estar lá. Ele quer tanto que sente seus olhos começarem a arder. Ele afasta o pensamento quando Colleen, sua irmã de 14 anos, atende o telefone.

— Wes!

— Oi, docinho! Escute. Eu só tenho cerca de cinco minutos antes que a chamada seja interrompida. Você pode, por favor, chamar a mãe?

— Claro! —Ele ouve o deslizar de uma cadeira pelo chão. Consegue facilmente imaginá-la se afundando nela enquanto enrosca os dedos no fio do telefone. — Já estou com saudades. Como está Wickdon? Quando você volta para casa? Fez algum amigo? Você tem uma *namorada*? Como está seu estágio? Como está...

— Ótimo! Está tudo ótimo.

— Ainda não deu errado?

— Ainda não! — Se o sorriso dele permanecer largo o suficiente, pode ser transferido para a sua voz. — Incrível, não é?

— Ah, isso é ótimo! Ei! A Sra. O'Connor estava perguntando sobre você esta manhã. Já que você não passa por lá há um tempo, ela estava ficando preocupada. A filha dela também estava lá, e ela estava devastada que você foi embora. Devastada.

— Qual delas? Jane? Aquela do pássaro?

Ele odeia aquele pássaro. Ainda tem uma cicatriz de quando ele mordeu sua orelha.

— A própria.

Wes fica intrigado com isso. Jane e ele não trocaram mais do que algumas palavras, mas ele considera que qualquer afeição que ela sente pode ser culpa dele, já que a chama de linda toda vez que a vê. Por mais que ele queira fofocar sobre a filha mais velha do açougueiro, o tempo está passando. Sua carteira vazia arde em seu bolso.

— Diga a ela... que é muito gentil perguntar por mim. Então, você pode chamar a mãe?

O som do outro lado está abafado — como se ela estivesse cobrindo o receptor com a palma da mão. Ansioso, ele tira outra moeda do bolso e a deixa cair na fenda, com um tinido. As discussões que ele ouve não transmitem confiança para ele, mas eventualmente alguém pega o telefone.

Desta vez, sua mãe fala:

— Wes, é você?

Sua voz o enche de um alívio caloroso e o transporta para casa.

— Oi, mãe!

— Ah, meu menino. É tão bom ouvir sua voz. Como você está? Está frio demais aí? Você levou seu casaco, não foi? Está aquecido o suficiente?

— Estou bem aquecido, mãe. Não precisa se preocupar.

— Não me preocupar? Você me conhece há dezoito anos. Eu vou me preocupar.

— Eu sei. Sinto muito. Sei que tenho sido... — Wes respira fundo. Com sua voz mais adulta, ele diz: — Eu não quero que você se preocupe. Você não precisa mais se preocupar comigo, tudo bem?

— Você conseguiu o estágio?

— Sim. — Ele se encolhe ao som de sua mentira descarada. — Claro que consegui.

— Conseguiu? Ah, que notícia fantástica! Estou tão orgulhosa de você.

Você não estaria se pudesse me ver. Em que ponto de sua vida a mentira se tornou algo de sua natureza? Mas há outra escolha? Ele não pode partir o coração dela novamente. Que tipo de filho ele seria se prometeu ao pai que cuidaria de todos eles e não cumprisse a promessa?

— Obrigado.

— Desembuche! Me conte como está sendo.

— Ah, está sendo ótimo. Começou há apenas alguns dias. Mestra Welty é... hum... ela me dá bastante independência para estudar.

— Não se esforce além da conta. Não quero que você se afaste. Você fez amigos?

— Ela tem uma filha da minha idade. Ela é muito... — Não há realmente uma palavra para definir Maggie. — Legal.

— Estão tratando você bem por aí?

— Estão, sim. Honestamente, está tudo incrível. E como você está?

— Estão falando em aumentar o aluguel novamente, mas o que podemos fazer? Estamos todos saudáveis e felizes. Isso é tudo o que importa. Deus proverá o resto.

A linha telefônica vibra, um aviso de que ele tem apenas alguns segundos.

— Ei, estou prestes a ficar sem tempo neste telefone público. Os Welty não têm telefone, então, se precisar de mim, eles recebem chamadas no Albergue Wallace. Ligarei novamente em breve, está bem? Eu te amo.

— Ah! Tudo bem. Eu te a...

A linha fica muda, e ele solta um suspiro trêmulo. Como ele pode ser tão egoísta, colocando toda a sua fé em Maggie quando a situação está tão difícil para sua família? Mas há apenas mais uma semana e meia pela frente até que Evelyn retorne.

Ele coloca o telefone de volta no gancho e enfia as mãos nos bolsos. Está insuportavelmente frio, e ele precisa caminhar mais 8 quilômetros de volta para a Mansão Welty. Ou ele poderia dar meia-volta e andar até que o mar o engolisse por inteiro. Essa seria uma solução mais fácil para seus problemas.

Mas desistir não é uma solução. A situação de sua família não mudará se ele voltar e aceitar um emprego nas docas ou em uma fábrica — supondo que alguém o contrate. O aluguel subirá cada vez mais. As leis de imigração serão cada vez mais restritivas. Tudo depende de ele se tornar aprendiz de Evelyn Welty. Tudo. Ele só espera conseguir ser persuasivo o suficiente quando ela finalmente retornar.

6

Enquanto seguem a estrada de Wickdon para casa, Margaret observa Weston e Encrenca à sua frente, desaparecendo e reaparecendo no nevoeiro que desce lentamente a encosta da montanha. Embora o dia esteja frio e cinza, as folhas sob seus pés brilham com as cores do outono, e ela se sente mais leve do que em semanas. Depois de caçar a semana toda, ela trocou um punhado de peles e agora tinha o valor necessário para a taxa de inscrição e para mais uma semana de comida. Essa liberdade é uma coisa estranha, comprada com sofrimento na companhia de Weston.

Weston. Ela guarda a forma do nome dele em sua boca.

O som da risada dele enquanto persegue Encrenca desperta nela, entre todas as coisas, um sentimento de *carinho*, mesmo que ela esteja pensando em gritar com ele para parar de sacudir os mantimentos que carrega. Mas talvez ela tenha sido muito dura com ele. Graças a ele, Margaret tem tempo para treinar sem interrupções. Há anos ela não conseguia mensurar a monotonia onírica de seus dias com qualquer outra coisa além de obrigações. Fins de tarde preguiçosos como este a lembram de antigamente, quando ela não tinha nada para fazer além de correr livremente com Encrenca na floresta. Pela primeira vez desde que perdeu sua família, ela quase consegue acreditar que está feliz.

As inscrições para a Caçada Meia-lua começam em dois dias, mas Margaret ainda não teve coragem de pedir a ele para participar com ela. Toda vez que imagina lhe contar sobre ser Yu'adir, ela congela. Mas talvez o que mais a deixe paralisada é que ela não terá escolha a não ser confessar por que quer participar da caçada e por que eles precisam vencer. Ambos os seus sonhos dependem disso. Margaret ainda não está pronta para interligar seu destino ao dele, mas não pode se dar ao luxo de deixar que o medo a detenha por muito mais tempo.

— Vamos lá, Srta. Welty — chama ele por cima do ombro. — Você está desperdiçando a luz do dia.

São em momentos como este que ela sente que sua reticência é justificável. Se eles trabalharem juntos, ele não sobreviverá ao mês de preparação. Ela torcerá seu pescoço muito antes de a arma que sinaliza o início da caçada disparar.

À medida que eles adentram as profundezas da floresta, um calafrio se instala sobre ela. As árvores Madrone estão todas seminuas agora, suas cascas descascando em tiras longas como papel, e as sequoias se erguendo acima dela, sólidas e firmes como têm sido por milhares de anos. A ancestralidade desta floresta sempre lhe passou segurança. A floresta a viu crescer e a verá morrer. Deveria haver conforto nessa certeza, nessa familiaridade. Mas, hoje, ela parece ameaçadora. Em sua visão periférica, as sombras sorriem com malícia, e o silvo das folhas soa muito como seu nome.

Margaret, Margaret, Margaret.

Os pelos de sua nuca se arrepiam. Encrenca vai até ela e inclina a cabeça, balançando o rabo com incerteza. Ela encosta as pontas dos dedos na cabeça dele para manter o equilíbrio.

— Você ouviu alguma coisa? — pergunta Weston.

— Apenas o vento.

Ele dirige um olhar cético para ela.

— Eu...

Um estalo ecoa pela floresta, e o bando de corvos empoleirados acima de suas cabeças levanta voo como uma nuvem de fumaça.

Um tiro.

O silêncio que se segue a sufoca. Tudo ficou quieto demais, como se o mundo inteiro estivesse prendendo a respiração. Não deveria ser uma surpresa para ela que outros caçadores estejam praticando seus tiros e aguçando seus cães, mas eles estão perigosamente perto de sua casa. A curiosidade leva a melhor, e logo ela está avançando pela vegetação rasteira, com Encrenca em seu encalço.

— Hum, Srta. Welty? Para onde você está indo? — Ela o ignora, mas, depois de um momento, ele vem correndo em sua direção, ainda carregando os mantimentos. — É uma boa ideia correr *em direção* ao tiro?

— Se está tão preocupado, pode ir para casa guardar a comida.

— Eu não sei onde colocar as coisas, e você vai reclamar comigo de novo se eu guardar no lugar errado.

— Então venha comigo e não reclame.

Weston solta um suspiro longo e sofrido e a segue pela trilha dos cervos. O matagal dá lugar a um bosque, onde aglomerados de sequoias se encostam uns contra os outros, como velhos amigos. Assim que ela vê quem está lá, na hora se arrepende de ter vindo.

Jaime Harrington e seu melhor amigo, Zach Mattis.

Mattis, alto e pesado, parece um urso vestindo um colete. Ele está segurando um rifle ainda fumegante e, mesmo através do cheiro acre da pólvora, ela consegue sentir o odor do óleo que ele passa nos seus painéis de carapaça de tartaruga. É uma bela máquina, uma que ele não merece. Ela o conhece o suficiente para saber que ele não conseguiria atingir uma parede a meio metro de distância. Se o riso de desdém de Jaime é algo que a irrita, hoje não é exceção.

Se ela conseguir se manter silenciosa, pode passar despercebida. Mas, ao dar um passo para trás, esbarra em Weston, que salta para longe como se ela o tivesse eletrocutado.

Jaime se volta para eles, como se tivesse sentido seu cheiro no ar. Seu sorriso se abre lentamente.

— Rastejando pela floresta, Maggie?

— Atirando no ar?

Mattis faz uma careta para ela.

— Cale a sua boca.

— Ignore-a. — Jaime cospe no chão.

Mattis segue seu conselho e se ocupa recarregando a arma, o que serve a ela perfeitamente. Jaime, no entanto, anda em direção a eles, seus olhos claros brilhando como os de um predador.

— Bem, não é que vocês são um casal adorável?

— Não sei do que você está falando — diz Margaret.

— Ah, qual é? Nunca vi você fazer companhia a alguém de bom grado, muito menos duas vezes. Você adotou outro vira-lata?

Weston se eriça ao lado dela.

— Quem você está chamando de...

Margaret lhe lança um olhar fumegante.

— Nós já estávamos indo embora. Desculpe o incômodo.

— O quê? Não, fique mais um pouco. — O olhar de Jaime cai sobre o rifle amarrado às suas costas. — Você veio aqui praticar, não foi?

Margaret não responde. Se Jaime não souber que ela pretende se inscrever, ela terá pelo menos mais alguns dias de paz.

— Ah, pois é, você não pode pagar, já que a bruxa da sua mãe se foi e abandonou você de novo. A menos que você finalmente tenha colocado essa sua cabeça capitalista para funcionar.

O rosto de Margaret esquenta com a provocação. Mattis solta uma gargalhada, o que lhe rende um olhar irritado de Jaime.

Weston se enfia na frente dela como se quisesse protegê-la.

— Honestamente, você não tem nada melhor para fazer com seu tempo? Fique longe dela, está bem?

— Você está desesperado o suficiente para pensar que vai chegar a algum lugar com essa encenação, Winters? — Jaime faz uma pausa, e todo o seu rosto se ilumina como se tivesse repentinamente tido uma ideia brilhante. — Ou será que você não sabe o que ela é?

Margaret puxa o ar bruscamente.

— Jaime, *não*.

Seu sorriso se torna perverso.

— Então, ele não sabe.

Ao longe, alguém grita.

Um grito, ao mesmo tempo, de terror e de tristeza. Por um momento, ela ouve a voz de Evelyn ecoar. Memórias embaçam sua visão. Seu peito aperta, e o cheiro de enxofre sobe pela sua garganta. Encrenca pressiona sua perna, uma âncora contra a maré de seu medo.

Você está aqui, lembra ela a si mesma.

— De onde veio isso? — pergunta Mattis.

— A única coisa nessa direção por quilômetros é a fazendo dos Halanan. — O rosto de Jaime se contorce de preocupação. Isso a atinge mais do que ela gostaria de admitir. É uma evidência de que ele nem sempre é horrível, não com todo mundo.

— Vamos, Mattis.

Os garotos saem correndo pela clareira. Assim que estão sozinhos novamente, Weston pousa uma mão incerta no ombro de Maggie.

— Ei, você está bem?

Ela se afasta dele, odiando o quão culpado ele parece quando seu braço cai ao lado de seu corpo. Seria muito mais fácil para os dois se ele parasse de notar quando ela não está bem.

— Temos de ir.

— O quê? Por quê? Você não pode realmente querer ir atrás deles.

Mark Halanan tem sido nada mais do que gentil com ela ao longo dos anos, e ela já passou muitas galinhas e bezerros por cima da cerca quando ele estava exausto demais para fazer isso sozinho. Por mais que odeie a ideia de passar mais um segundo voluntariamente com Jaime, ela tem de ir.

— Como eu disse, você pode ir para casa se quiser.

— Não. Não vou deixar você sozinha com eles. — Ele hesita. — Olha, eu não sei do que ele estava falando, e não precisa me dizer se não quiser. Mas não há nada que alguém possa dizer que me faça tratar outra pessoa do jeito que ele trata você. Acredite, eu já estive do outro lado vezes o suficiente.

Margaret prende a respiração. Por mais de uma semana, ela não conseguiu encontrar as palavras para obter dele a informação que precisava, e aqui está ele, oferecendo-a a ela livremente. Ela procura em seu rosto qualquer indício de decepção, mas sua expressão é tão insuportavelmente sincera como sempre. É uma sensação de segurança, e algo como familiaridade. Se ela lhe agradecer, se reconhecer isso, ela se preocupa que não será capaz de manter a compostura. Em vez disso, diz:

— Tudo bem. Não me atrapalhe.

— Não vou.

Juntos, eles disparam atrás de Jaime e Mattis. Para sua surpresa, nenhum dos dois protesta quando eles os alcançam e correm lado a lado. Galhos se quebram sob as botas de Maggie, e silvas rasgam o pedaço de pele de seu tornozelo exposto sob o macacão. No momento em que eles tropeçam para dentro do quintal dos Halanan, o céu está manchado de um vermelho furioso e moribundo. A silhueta da casa da fazenda se impõe contra o céu. O vento faz estremecer o centeio selvagem. Eles atravessam a vegetação até que ela se torne mais esparsa e dê lugar ao pasto.

A cerca está quebrada, chamuscada e lascada, e o ar ao redor deles fede a enxofre. *Caput mortuum* polvilha o chão como neve enegrecida, cobrindo a sola de seus sapatos.

Uma reação alquímica.

O cheiro disso desprende sua mente de seu corpo, e o mundo ondula como um sonho ao seu redor. Margaret sente como se estivesse observando a si mesma através dos olhos famintos da floresta enquanto desliza pela fenda irregular da cerca. Ao lado dela, Encrenca estremece como se estivesse se preparando para a perseguição. Um latido ressoa do peito dele.

— Silêncio — diz ela.

Enquanto atravessam o pasto, o fedor crescente de podridão lhe dá ânsia de vômito. Sob o som de sua respiração levemente ofegante, ela ouve o zumbido das moscas. Jaime passa por ela e então solta um som de repulsa.

Quando ele levanta o pé, Margaret vê uma mancha vermelha na sola de sua bota. Ela brilha na luz como uma granada.

— Mas que...? — murmura ele. — Isso é sangue?

Gotas salpicam a grama, formando um terrível caminho até a casa. Eles contornam o estábulo e congelam. No campo, jazem pelo menos cinco vacas, seus corpos envoltos em uma névoa. Mas bem a seus pés está o pônei branco de Halanan. A respiração de Margaret escapa como um sibilo através de seus dentes cerrados.

A garganta de Sugarlump está rasgada, seu pelo emaranhado com sangue e cinzas. Faixas enegrecidas de decomposição serpenteiam ao redor de seu pescoço, exalando *coincidentia oppositorum* e sebo. Mas são as moscas que enxameiam o corpo que reviram o estômago de Margaret. Isso a faz se lembrar das maçãs menores e mais azedas que ninguém colhe. No fim da estação, elas caem dos galhos e se espalham pelo chão, abertas e cobertas por um enxame de abelhas.

A porta da fazenda se abre, e Halanan cambaleia para a varanda, espingarda em mãos.

— O que estão fazendo aqui, garotos?

— Ouvimos alguém gritar — diz Jaime.

— Foi o meu marido. — Halanan passa a mão pelo cabelo. — Eu agradeço a preocupação, mas vocês precisam ir para casa. Está ficando escuro.

— O que diabos aconteceu aqui?

— A Hala — diz Halanan gravemente.

Mal se passaram duas semanas, e já está matando o gado. Margaret teme o que acontecerá quando a lua cheia chegar.

— Podemos expulsá-la por você — diz Jaime.

— De jeito nenhum. O que seu pai diria se soubesse que eu deixei você vagar pela floresta com aquela coisa à solta?

Jaime bate o pé no chão em protesto.

— Ele não se importaria.

— Ah, não? E quanto a você, Zachary? — Halanan faz uma careta furiosa. — Você acha que sua mãe gostaria de receber a notícia de que você perdeu um braço? Ou pior?

— Não, senhor — murmura Mattis.

Antes que Halanan possa voltar sua atenção para Margaret, o ar se torna espesso ao redor deles. Parado e gelado como no momento imediatamente antes da primeira neve cair. Então, o vento sopra com um silvo pela grama. Ele carrega o fedor da morte e o som de uma voz fraca e multifacetada.

Margaret.

Ela se vira, e, ali, de pé, na beira da cerca, está a Hala. Há um terrível momento de antecipação antes que seu olhar branco, que jamais pisca, se fixe no dela. A sensação é a mesma de mergulhar em água fria. Os olhos da fera reluzem, assustadoramente brilhantes na escuridão enevoada.

— Por que ela não está se movendo? — pergunta Weston baixinho.

— Jaime — choraminga Mattis. — O que vamos fazer?

Às vezes, Margaret sente pena dele; Jaime o trata como um animal de estimação. Ele não é nada mais do que um cachorrinho, dependendo da benevolência e da orientação de seu dono.

— Vamos atrás dela. — Os cabelos claros de Jaime balançam ao vento, um espelho do centeio sobre seu ombro. São momentos como esse que fazem Margaret pensar que ele quase poderia ser galante se quisesse. Ela odeia que ele tenha a escolha, e ela, não. Mesmo que esta cidade não tenha amor por ela, ainda é seu lar, e ela está cansada de deixar Jaime fazê-la sentir o contrário. Como se ela não tivesse o direito de protegê-la também.

Mattis aperta a arma contra o próprio peito.

— Não estou certo sobre isso.

— Cresça — provoca Jaime, já se adiantando em direção à cerca. — Vamos.

Margaret o segue a alguns passos de distância.

— Também vou.

— Um caramba que você vai.

Encrenca solta um rosnado baixo e impaciente.

— Encrenca, rastrear. — É todo o incentivo que ele precisa. Encrenca dispara através do campo, uivando, no instante em que a raposa dá meia-volta e desliza por baixo da cerca do pasto. — Esse é o meu cão de caça. Boa sorte em encontrá-la sem ele.

Com um grunhido de frustração, Jaime diz:

— Tudo bem. Vamos.

Margaret olha para Weston. Há algo nele que a deixa sem fôlego. Ele parece selvagem, desde o seu cabelo preto bagunçado pelo vento até a mistura de medo e excitação cintilante em seus olhos. Sob essa luz, eles são da cor do coração de uma sequoia úmida. Ele *é* selvagem, mas da mesma forma familiar e firme que esta floresta é. Ele umedece os lábios e diz:

— Ainda estou com você.

— Então vamos.

Halanan levanta as mãos para o ar, em sinal de derrota.

— Tenham cuidado, tudo bem?

Eles disparam atrás de Encrenca, passam pela cerca e voltam para a floresta, sob galhos emaranhados e sobre o chão repleto de samambaias. Com o sangue bombeando em seus ouvidos, ela se sente mais viva do que se sentiu em anos. À medida que o sol se põe e a lua ascende no céu, a luz que atravessa as árvores se torna vermelha como sangue. À sua frente, os garotos gritam e bradam, golpes escuros contra o céu incendiado. Encrenca uiva, e o som rasga através da mata como uma porca furiosa.

Eles correm até alcançarem uma clareira, e lá está ela, pálida como a lua e empoleirada em um galho. Encrenca circunda a base da árvore, latindo em triunfo. Há algo estranhamente *consciente* sobre a forma como a Hala olha para Margaret. Mas, antes que ela possa processar isso, Mattis está levantando sua arma. Ele mira e atinge um galho da árvore, que estremece e geme antes de cair no chão.

— Seu idiota! — ladra Jaime. — Você terá uma multidão atrás de você se matá-la antes da caçada.

— Você vê uma lua cheia? — Mattis o encara de volta. — Não está nem mesmo alquimiada! Estou apenas tentando afugentá-la.

— Saiam da frente. — Margaret abre caminho entre eles e tira a arma das costas. Ela sente o peso da possibilidade em suas mãos. Ela respira fundo e levanta o rifle, o peso da arma pressionando sua clavícula. Em sua mira, ela vê o focinho da Hala manchado de sangue e seus sólidos olhos brancos. O ódio faz seu coração disparar.

Os demiurgos a arruinaram.

Há sete anos, sua mãe tentou destilar a *prima materia* dos chifres de outro demiurgo, um fragmento que ela roubou de uma igreja Sumítica na Úmbria. Foi a pior noite de sua vida. Margaret não consegue se lembrar da maior parte dela, mas se lembra disso. Enquanto colocava sua mãe na cama, penteando flocos de sangue seco de seu cabelo, tudo o que ela sussurrava era: *ainda não acabou.*

Se Margaret ganhar, finalmente acabará.

Suas mãos tremem. A Hala não é natural. Qualquer outra raposa lutaria por sua vida, mas a Hala apenas fica lá, com a cauda dobrada cuidadosamente sobre as patas. Como se soubesse que eles estão apenas jogando um jogo. Como se soubesse quem *ela* é. Ao seu lado, Weston encara a fera como se tivesse visto a face de Deus. Seus lábios se movem em uma oração silenciosa.

Margaret dispara, e o tiro que ressoa em seus ouvidos abafa o som dos gritos de Jaime. Uma nuvem de fumaça a envolve. Quando a névoa se dissipa, a Hala se foi. Mas, onde sua cabeça estava, a casca da árvore está estilhaçada como um osso despedaçado. A seiva escorre, tão grossa e escura como o sangue do coração.

— Viu? — diz Mattis, claramente procurando uma justificativa para si mesmo. — Ela se foi.

— Não graças a você. — Jaime se volta para Margaret. — Golpe de sorte.

— Então você deveria torcer para que a minha sorte acabe logo. Eu vou me inscrever.

Ela acaba de pintar um alvo em suas costas, mas a satisfação de ver Jaime boquiaberto de indignação faz tudo valer a pena. Margaret dá meia-volta e chama Encrenca. A decepção dele está estampada na cauda caída; ele raramente perde uma presa.

Mas, muito em breve, Encrenca terá sua chance, e ela terá a dela.

Weston trota atrás dela. Enquanto eles retornam para a floresta, o brilho vermelho do pôr do sol fica mais suave, como se passasse através de uma fina tela.

— Como você acha que consegue matar algo assim? — Ela nunca o ouviu tão abalado, nem mesmo no dia em que o conheceu. — É...

Ela pensa na maneira como ele orou quando a viu. Não era como se ele estivesse pedindo proteção a Deus. Era como se estivesse maravilhado.

— Divino?

— De que importa se for? Parecia que ela estava brincando conosco, e ainda estamos no início do mês. Ela vai matá-la antes que você tenha a chance.

— Você está com medo.

— Claro que estou! Você não?

Margaret ajusta a alça de seu rifle.

— Acho sensato ter medo de algo como a Hala.

— Então, por quê? A glória não pode valer mais do que sua vida.

— E se não for pela glória?

— Então pelo quê? Dinheiro? Uma raposa morta?

Margaret ri com escárnio. Uma raposa morta. Como se isso fosse tudo para ele. A essa altura, ela sabe que seus pensamentos são mais complicados do que isso.

Não há nada que alguém possa dizer que me faça tratar outra pessoa do jeito que ele trata você, disse ele a ela. *Acredite, eu já estive do outro lado vezes o suficiente.*

Agora, ela tem quase certeza de que Weston não é Katharista, o que explica sua reticência em se juntar à caçada e sua insistência teimosa em protegê-la de Jaime. A menos que seus interesses de pesquisa sejam tão misteriosos e heréticos quanto os da mãe dela, ele provavelmente nem mesmo quer a Hala morta, muito menos fervida para criar a *prima materia*.

O que significa que ele seria o parceiro perfeito para a caçada.

A esperança nasce dentro dela.

— A raposa não valeria a pena para você?

— Não. — Ele parece estupefato. — Não estou disposto a morrer por um troféu ou para fazer um favor a Deus, ou seja lá o que aquela senhora do bar estava dizendo. Nem mesmo eu sou tão fútil e tenho certeza de que não sou tão piedoso assim. Que uso você poderia ter para isso?

— Não é a Hala que eu quero. Não ela em si. — Quando fecha os olhos, Margaret tenta imaginar como Evelyn a olhará quando ela colocar a Hala em suas mãos. Não consegue imaginar a alegria dela com clareza, mas a ideia disso revira seu estômago de desejo. — Você não diria que vale a pena arriscar sua vida pelas pessoas que ama?

— Claro que sim. — Sua expressão suaviza. — Por isso, vale a pena arriscar tudo.

Se há algo a admirar sobre Weston Winters, é sua convicção. Ele disse a ela que faria qualquer coisa por uma chance de realizar seus sonhos, e agora ela acredita nele. Ela nunca teve muitas certezas em sua vida, mas tem certeza disso. Sua mãe nunca dará um estágio a ele, a menos que a Hala seja usada como moeda de troca. E, assim que Margaret lhe disser que a caçada é o único caminho possível, ele não a abandonará nem tomará a raposa para si.

Até amanhã à noite, ela encontrará as palavras para dar a notícia a ele. Então, pedirá a ele para se juntar à caçada ao seu lado.

7

Depois de quase duas semanas em Wickdon, Wes passou a finalmente entender o pôr do sol. Normalmente são lentos e presunçosos, como uma mulher tirando seu xale. Mas, esta noite, a escuridão cai tão rápido como uma cortina de palco. Nuvens espessas de chuva descem das montanhas e se aglomeram sobre o mar até que não haja nada além de cinza através da janela.

O fogo está aceso na lareira da biblioteca, seiva e umidade crepitando no calor. Ele se senta, curvado sobre um livro de alquimia, os dedos enfiados nos cabelos. Não tem certeza se está aqui há dez minutos ou dez horas, mas, quando piscou, o fogo havia virado cinzas, ele não reteve quase nada deste capítulo e há uma pilha de papel picado ao seu lado. Ele murmura para si mesmo enquanto coleta os pedaços com a mão.

Antes de abandonar a escola — quando as escolas paroquiais Sumíticas não estavam sob ataque por supostamente promoverem sedição — ele com frequência costumava ter problemas por ser inquieto. Entre isso e a humilhação pública que sofria cada vez que seus professores o faziam ler em voz alta, a perspectiva de ir às aulas o deixava enjoado. Ele aprendeu a esconder isso melhor durante seus estágios, rasgando tudo o que estava em seu alcance para ajudá-lo a se concentrar. Papel, os cadarços de seus sapatos, os botões de sua jaqueta, que Christine sempre costurava de volta, a contragosto.

Wes fecha o livro e deita a cabeça em cima dele. Maggie não está em casa há horas, e ela levou Encrenca junto. Ele ainda não se acostumou totalmente com a solidão aqui. Todo som é alto demais. O ranger das tábuas do piso, o tamborilar da chuva no telhado e o lamento da estrutura da casa enquanto ela se move e ondula na tempestade.

Como ela aguenta isso aqui? A 8 quilômetros da civilização. Um irmão morto, um pai desaparecido e uma mãe que se encaixa em ambas as possibilidades. Certa vez, ele sonhou com algo assim: uma mãe que não se importava e uma casa na qual ele pudesse fazer o que bem entendesse. Seus dias de andar furtivamente como um gato de rua, beijando garotas na escada de incêndio ou no parque, desesperadamente abafando qualquer som, estariam acabados. Mas agora que ele viu a realidade disso, o pensamento de que um dia ele invejou esse tipo de vida o deixa enjoado.

E mais uma vez ele sente pena de Maggie Welty. Ela provavelmente o estriparia vivo se pudesse adivinhar o que ele estava pensando.

Alguém bate na porta da frente.

Wes se levanta com um pulo enquanto um trovão sacode a casa até seus alicerces e um relâmpago ilumina a noite com um clarão. Ele provavelmente não deveria atender a porta, considerando que esta não é sua casa, mas, quando a batida vem de novo, incisiva e urgente, ele, com relutância, se arrasta para o saguão. Pelo buraco da porta, ele vê Halanan na varanda, encharcado de chuva e ofegante.

Assustado, ele abre a porta.

— Halanan. Você quer entrar?

— Não há tempo. Eu vim para lhe dizer que você recebeu uma ligação no albergue. Ela diz ser sua irmã. Madeline?

Porcaria. Uma ligação de Mad nunca é algo bom.

— Sobre o quê?

— Lamento ser a pessoa a informar-lhe isso, mas ela disse que sua mãe sofreu um acidente.

O saguão do Albergue Wallace é como ele se lembra da outra noite em que esteve aqui, charmosamente decorado de acordo com alguns dos hotéis mais chamativos da cidade. Um candelabro cintila no alto, brilhante e borbulhante como champanhe, e, sobre a conversa abafada das pessoas no restaurante, alguém toca uma melodia glamorosa de piano com uma batida sincopada que se tornou popular em Dunway.

Uma garota da idade dele está atrás do balcão de check-in, meio escondida pelas folhas de uma planta gigantesca. Em qualquer outro dia, ele com certeza flertaria com ela, mas, agora, não consegue notar nada sobre ela. Tudo em que ele consegue se concentrar é no que Halanan disse, a palavra "acidente" tocando em sua mente sem parar. Sua mãe não pode estar morta. Halanan teria contado a ele. E, no fundo, Wes acha que saberia. Haveria alguma mudança na polaridade da Terra, ou o estalo de algo vital dentro dele sendo despedaçado.

Ele tira sua touca e fala apressadamente:

— Boa noite, senhorita. Meu nome é Weston Winters. Fiquei sabendo que há uma ligação para mim?

— Ah. — Ela pressiona seus lábios em uma linha fina e empática. — Você pode retornar a ligação aqui atrás, Sr. Winters. Aceita um café?

— Sim, na verdade. Seria ótimo.

Ela o conduz por trás do balcão até um escritório aconchegante, com um tapete macio e uma mesa de madeira maciça. Ele afunda em uma cadeira e espera a garota voltar. Ela leva apenas um minuto para reaparecer e colocar uma caneca em suas mãos. O calor que inunda sua pele acalma suas articulações endurecidas pelo frio.

Após reunir coragem, ele disca o número de casa. A superfície do café estremece, estilhaçando seu reflexo repetidamente enquanto o telefone toca em seu ouvido. Chama apenas uma vez antes que a linha fique silenciosa. Ninguém diz nada, mas, pelo zumbido tenso do outro lado, ele pode dizer que tem alguém lá.

— Mad?

— Weston — responde Mad bruscamente.

Ele respira fundo assim que ouve a fúria mal contida em sua voz.

— O que está acontecendo?

— Nossa mãe precisa de cirurgia. Ela adormeceu no trabalho e enfiou uma agulha na mão.

Wes vacila.

— Ela está bem?

— Você ouviu o que eu acabei de dizer?

Ele morde a língua para evitar dizer algo de que iria se arrepender depois. Mad não costuma ser a pessoa mais razoável do mundo, e ela é muito mais apegada a estar certa do que ele.

— Sim. Eu ouvi você.

Ela suspira pesadamente. Ele consegue imaginar a fumaça saindo da ponta de seu cigarro enquanto ela se inclina na janela. Ele quase pode ouvir o barulho do tráfego lá fora e o som da chuva na escada de incêndio.

— Tecnicamente, sim, ela está bem. Mas ela não pode mais trabalhar, não da mesma forma. Se não fizer a cirurgia, não poderá usar a mão novamente.

— Ah. Porcaria.

— Pois é.

A linha estala sob o peso do silêncio.

— Tem sido uma boa experiência — continua ela, mais gentilmente desta vez —, mas você precisa voltar para casa.

As palavras dela são como um soco no estômago. Uma boa experiência? Como se ele estivesse em alguma produção teatral de baixo orçamento? Seus pensamentos se embaralham, e a única coisa que sai de sua boca é:

— Não.

— Não? Nossa mãe tem quase 50 anos! Se ainda não está óbvio para você, ela não pode mais continuar assim. Você ao menos percebeu?

— É claro que eu percebi. — Ele luta para manter o tom de voz firme. Não quer gritar agora. Não quer que ninguém fora desta sala perceba que algo está errado. — Por Deus, Mad. Que tipo de pessoa você acha que eu sou?

— Então você sabe aonde eu quero chegar. Christine e eu com certeza não ganhamos o suficiente para bancar uma cirurgia, muito menos para nos manter vestidos e alimentados. Eu preciso de ajuda, Wes.

— Eu sei. Eu sei que nossa mãe não pode mais continuar assim. Eu sei que você não pode lidar com isso sozinha. Mas, se você me der algum tempo, não terá que pensar nunca mais em trabalhar e...

— Você continua dizendo isso. Você continua fazendo promessas e pedindo mais tempo e segundas chances. E eu deixei você continuar por *anos*, porque pensei que você aprenderia a lição por contra própria. É hora de crescer.

— Então o que você quer que eu faça? Você quer que eu volte e encontre algum emprego horrível sem restrições de contratação? Você quer que continuemos nos contentando com migalhas pelo resto de nossas vidas? Eu não posso fazer isso. Eu estou cansado de sobreviver. Eu quero viver.

— Eu não me importo com o que você quer.

— Eu estou *tentando*, Mad. Eu estou tentando nos fornecer uma saída disso.

— Tentar não é mais o suficiente.

Ele solta um suspiro trêmulo e não consegue dizer nada porque ela tem razão. Maldita seja, ela tem razão.

— Diga alguma coisa, Weston.

— O que você quer que eu diga? — pergunta ele, com a voz rouca.

— Qualquer coisa. Qualquer coisa que não seja sobre *você*.

É inútil discutir. Durante toda a sua vida, tudo o que ele quis foi ser um alquimista, apesar das probabilidades. Acreditar que um garoto banviniano, de fé Sumítica e da Quinta Ala poderia estar à altura dos políticos Katharistas cujas famílias estão aqui há gerações. Acreditar que alguém como ele poderia fazer a diferença. Mas como ele pode esperar proteger os oprimidos deste país quando não consegue nem proteger as pessoas que ama?

Diabos, ele não consegue nem proteger Maggie de pessoas como Jaime Harrington, não que ela queira que ele o faça. Embora nenhum dos dois tenha admitido, ele não consegue afastar a suspeita de que ela enfrentou o mesmo tipo de preconceito que ele. Por isso, ele não consegue evitar o sentimento de querer protegê-la.

Tudo é Um e Um é Tudo, esse é o princípio fundamental da alquimia. Sempre foi um código ético para ele. Ajudar uma pessoa é ajudar a tornar o mundo inteiro melhor. Mas, agora, não é tão preto no branco. Se ficar, ele machucará sua família. Se for embora, estará jogando Maggie aos lobos. Não importa o que faça, ele sai perdendo. Mas, se for forçado a tomar uma decisão, esta será sempre a mesma: sua família. Se seguir seus sonhos significa abandoná-los, são sonhos que não valem a pena. Qual seria o ponto? Ele não seria melhor do que Mad diz que ele é. Egoísta, ingenuamente otimista, infantil.

Talvez ele tenha sido ingênuo todo esse tempo se seus ideais desmoronam tão facilmente. Esse sonho não é para ele. Alquimistas são pessoas que cresceram ricas e sempre serão ricas. Então ele diz:

— Tudo bem.

— Tudo bem?

— Eu vou voltar para casa. — Wes aperta o telefone com mais força. — Estou falando sério. Vou pegar o próximo trem.

Mad não diz nada a princípio. Toda a sua vontade de discutir parece ter se esvaído.

— Ótimo.

— Quer uma lembrancinha? A caçada é aqui este ano.

— Não. — Ela não ri, mas sua voz é mais gentil. — Vejo você esta noite.

A linha fica muda, então ele escuta um zumbido em seu ouvido.

É a decisão certa. Ele sabe disso. Mas ainda se sente *péssimo*.

Se ele se permitir, pode se lembrar de como era *antes*, quando as coisas entre ele e Mad eram boas e ela era seu mundo inteiro. Ele não queria nada além de estar com ela, de ser como ela. Quando eram crianças, ele entrava no quarto dela à noite, puxando todas as cobertas até que ela cedesse e o deixasse dormir em sua cama. À medida que cresciam, eles conversavam enquanto ela se preparava para seu turno no bar. Ela trabalhava mesmo quando o pai era vivo, porque o dinheiro era sempre pouco, e, mesmo naquela época, ela já devia se sentir como se estivesse sufocando.

Ele dizia algo como:

— Quando você chegar em casa, quer ver um filme?

Às vezes, ela atirava coisas nele até que ele fosse embora. Às vezes, ela continuava aplicando lápis em suas sobrancelhas finas e dizia:

— Tenho coisas melhores para fazer hoje do que passar tempo com você.

— Amanhã?

— Amanhã.

Amanhã e amanhã e amanhã, e aqui estão eles. Entre quilômetros de distância. Quilômetros entre eles e um oceano de ressentimento em seu interior.

Quando ele desliga, seu café já está morno. Seria rude não beber depois de ter pedido, então ele bebe tudo em um só gole — o que se prova um erro terrível. É amargo como o pecado e desce feito lama, mas lhe dá a sacudida necessária para que consiga ficar de pé. Wes volta para o saguão e solta um gemido ao ver a água da chuva caindo torrencialmente através das janelas. De alguma forma, ele esqueceu que Deus o odeia, o que significa que ele ainda tem que fazer a caminhada penosa de quilômetros a fio até a Mansão Welty, debaixo de uma tempestade. Ele puxa a parte de trás do casaco de seu pai sobre a cabeça como um capuz.

— Ei.

Ele olha por cima do ombro e vê a garota do balcão. Wes se força a sorrir. Há muito dominou a arte de sufocar seus sentimentos. O desespero não o sufocará se ele não permitir.

— Obrigado mais uma vez pelo café.

Ela apoia a mão em seu ombro.

— Vamos. Deixe-me levá-lo para casa.

— Você não precisa fazer isso.

— Preciso, sim. Há uma tempestade lá fora.

Ele inclina a cabeça para o céu.

— É verdade.

Ela o leva até os fundos, onde seu carro está estacionado em um campo que alaga rapidamente. É um modelo novo, preto, brilhante e cromado.

— Tive que abrir espaço para todas as pessoas que entravam. Cuidado onde pisa.

Ele entra no banco do passageiro, suspirando com o cheiro agradável de couro novo. Ela desliza no banco ao seu lado, trazendo consigo um perfume de rosas e água da chuva. Ele coloca o cinto de segurança enquanto o motor ganha vida. Ele nem precisa dizer para onde está indo. Ela pega a estrada principal e sai da cidade, direto para a Mansão Welty.

A garota não diz nada, nem pergunta como ele está ou o que aconteceu, e Wes poderia chorar de alívio. Ela aumenta o volume do rádio até que a música possa ser vagamente ouvida sobre o tamborilar da chuva no telhado. Ele encosta a cabeça na janela e fecha os olhos quando reconhece uma música que Colleen gosta de cantarolar enquanto lava a louça. Seu coração aperta de saudade, mas não faz sentido sentir saudades de casa. Em breve ele estará com ela novamente.

A garota estaciona o carro na garagem dos Welty. Ao longe, ele imagina ver dois círculos brancos que parecem olhos que não piscam.

— Ei — diz ela. — Sei que não é da minha conta, mas eu realmente sinto muito pela sua mãe.

É claro que ele não teria a sorte de evitar completamente esse assunto.

— Obrigado. De verdade.

— Você vai voltar para casa?

— Infelizmente.

Isso parece intrigá-la.

— Sério? Por que você diz isso?

— Não há nada para mim em Dunway.

— Comparado com aqui? Acho difícil de acreditar.

Ele se vira a fim de olhar para ela. Embora não consiga distinguir claramente suas feições no escuro, consegue ver o vermelho brilhante de seu batom quando ela sorri.

— Você já esteve lá?

— Não — diz ela, com um ar sonhador. — Eu adoraria, no entanto. Todas as luzes, as músicas, as pessoas... parece mágico. Eu sinto que você poderia ser qualquer pessoa e qualquer coisa que quisesse.

Que fofo. Ele gostaria de poder viver nessa visão romântica de seu lar.

Mas, enquanto está neste carro, por que ele não pode? Se essa garota quer gostar dele como um garoto mundano da cidade, ele pode ser isso para ela. Ele pode manter sua vida leve, descomplicada e encantadora. Ele sempre gostou de se cercar de pessoas que o deixam fingir, que o deixam falar o suficiente para abafar o barulho de seus próprios pensamentos.

— E o que você seria? — pergunta ele.

— Uma atriz. — Ela parece quase envergonhada por isso.

— Consigo imaginar. A cidade é o lugar ideal se você quer fazer sucesso. Que tal vir comigo?

— Ah, Sr. Winters...

Ele pisca.

— Estou só brincando.

— Que cruel brincar com os sentimentos de uma garota — diz ela, maliciosamente. — Eu ia dizer que consideraria a possibilidade.

— É mesmo? Bem, o último trem sai em algumas horas. É agora ou nunca.

Talvez ela *fizesse* sucesso na cidade. Ela realmente parece estar considerando a oferta dele. Deixando cair a máscara, ela ri.

— Eu queria poder. Mas, se precisar de mais alguma coisa antes de ir, me avise.

— Você já fez mais do que o suficiente. Obrigado novamente pela carona.

— Por nada. Se cuide, Sr. Winters.

Ele sai do carro e vai até a porta da frente, iluminado pelo brilho dos faróis, que são atravessados por finas rajadas de chuva. Assim que ele entra, toda a sua alegria se esvai. Exaustão é tudo o que resta, e nem mesmo ver Encrenca descendo as escadas para cumprimentá-lo consegue animá-lo. Ele fecha a porta atrás de si, tira a jaqueta e sobe as escadas para arrumar suas coisas.

8

Através de suas cortinas de renda, o brilho do fogo é atenuado. Aqui, enrolada com segurança em seus cobertores e escondida no peitoril da janela, nada pode alcançá-la. Nem o frio pressionando avidamente o vidro coberto de chuva. Nem a Hala rondando a floresta do lado de fora de casa. Nem Jaime e suas farpas. Agora, tudo o que importa é que ela está repleta de calor e de luz — e que finalmente está sozinha.

Deveria ser um conforto maior do que realmente é. Mas Weston está lá fora, nesta tempestade.

Toda vez que ela o imagina entrando pela porta, sente um aperto no estômago. Mas ela está sem tempo. Amanhã é o dia da inscrição, e ela não pode deixar que o medo de deixá-lo entrar em sua vida, de lhe entregar os meios para machucá-la, a impeça. É agora ou nunca.

Enquanto uma cadeia de raios corta o céu, Margaret se volta ansiosamente para o livro em seu colo. É uma leitura reconfortante, um daqueles livros de romance surrados que seu pai costumava ler quando achava que ninguém estava olhando. Margaret passa os dedos pela capa rasgada e desbotada antes de abri-lo como um tomo sagrado. A primeira vez que sua mãe a pegou com um desses, ficou imóvel no batente da porta. Pálida e de queixo caído, ela parecia ter visto um fantasma. Então, com um lábio retraído em sinal de repugnância, disse: *não perca seu tempo com essa bobagem.*

Margaret às vezes deseja que seu sentimentalismo não tivesse sobrevivido à sua criação, mas sobreviveu. Ela começou a ler "bobagem" porque estava esquecendo que tipo de homem era seu pai, além do tipo que abandona a família. A cada dia, a imagem de seu rosto fica mais nebulosa, o exato tom de sua voz, mais impreciso. Mas nesses livros há um pedaço dele que ela não pode perder — diferente das letras de suas canções, dos escritos em sua bíblia ou da receita de bolo de mel com especiarias que ele fazia todo outono.

Assim que ela começa a se familiarizar com a história, ouve o ronco de um motor. Encrenca, que estava cochilando no tapete perto da lareira, levanta a cabeça de suas patas elegantemente cruzadas. Faróis brilhantes atingem pontos simétricos na escuridão, iluminando as nuvens de tempestade rodopiantes que descem das montanhas. Margaret pressiona a testa na janela e aperta os olhos contra a luz ofuscante. A neblina se espalha pelo vidro enquanto ela observa um carro preto e lustroso subindo a entrada da garagem. A esta hora parece a própria materialização do pavor. Quase ninguém em Wickdon dirige um carro quando metade das pessoas não tem nem condições de manter um cavalo. E, de carro ou não, ninguém em Wickdon vem visitar a Mansão Welty.

A porta do passageiro se abre, e um homem — não... é Weston — sai. Ela o reconhece pelo cabelo comprido demais e pelo casaco surrado sobre os ombros. Agora que está olhando mais de perto, também reconhece o carro.

Para o azar dela, Weston decidiu se afiliar a Annette Wallace, amiga de Jaime e uma das queridinhas de Wickdon. A família Wallace é tradicionalmente rica, sua fortuna adquirida por meio de ouro garimpado, e agora tem várias propriedades na cidade. Sem dúvida, eles são uma grande fonte de financiamento para a caçada este ano.

Quando a chave gira na fechadura da porta da frente, Encrenca se levanta em um pulo e desce as escadas às pressas. Traída por seu próprio cão. Com a porta aberta, Margaret consegue ouvir a força total da tempestade que sacode todas as árvores, e a chuva que cai transforma toda a terra congelada em lama. Será um pesadelo chegar à cidade agora, e ela teme que Annette fique presa. Mas, felizmente, o motor do carro acelera, e o veículo dispara da lama em direção ao sopé das colinas.

Enquanto os passos de Weston se arrastam pela escada, o coração de Margaret dispara. A porta do quarto dele se fecha. Ela se volta para o livro, desesperada para acalmar os nervos antes de falar com ele, mas não consegue se concentrar. O som dele vasculhando e batendo gavetas é enlouquecedor. O que ele poderia estar fazendo?

Bufando, ela coloca o livro virado para baixo e anda pelo corredor. Ao abrir a porta, encontra-o recolhendo todos os seus pertences do chão. O estômago de Margaret se revira quando ela vê as malas semifeitas.

— O que você está fazendo?

Wes se sobressalta enquanto se vira para encará-la. Margaret quase cambaleia para trás ao vê-lo. Ele está pálido como um fantasma e com o cabelo grudado na cabeça por causa da água da chuva. Parece um cachorro molhado, pequeno, tremendo e com o pelo emaranhado. O pior de tudo, porém, são seus olhos. Não há mais o brilho malicioso iluminando-os nem um resquício de humor. Apenas uma exaustão vazia que ela reconhece no próprio rosto.

Ele agarra um rosário, que rapidamente enfia no bolso como se tivesse sido pego com algo impróprio. Margaret tinha suas suspeitas, mas isso as confirma. Weston é da religião Sumítica. Mas isso não traz a ela nenhum alívio ou vindicação quando ele está claramente indo embora.

— Já ouviu falar em bater na porta? — gagueja ele.

— Aonde você vai?

Ele recupera a compostura o suficiente para sorrir para ela. A expressão parece torta em seu rosto, uma máscara mal ajustada.

— Para casa.

— O quê? — Ela não consegue manter a voz firme. — Por quê?

— Eu não fui feito para viver no campo — diz ele descontraidamente, olhando para ela por entre as pestanas. Com gotas de chuva peroladas em suas extremidades, elas brilham na luz. — Você parece angustiada. Vai sentir minha falta?

Uma faísca de aborrecimento acende dentro dela. Ela não consegue suportar a petulância de alguém que pensava ser tão dedicado a um sonho. Não agora. Não quando ela precisa que ele fique. Não quando ela finalmente criou coragem...

— Você não pode ir para casa.

— Do que você está falando?

— Você desistiria do seu sonho tão facilmente? Valeu a pena implorar como um cachorro para ficar aqui, só para sentir saudades de casa duas semanas depois? Você valoriza tão pouco seu orgulho?

O sorriso dele vacila.

— Não é bem assim.

— Então como é?

Ele passa a mão pelo cabelo. Gotas de água escorrem por sua mandíbula e pelo seu pescoço. Ela se vê seguindo o caminho das gotas até onde elas deslizam sob o colarinho dele.

— É uma longa história. Digamos apenas que minhas irmãs precisam de mim em casa e deixemos por isso mesmo.

— Mas eu preciso de você aqui — diz ela antes que possa pensar melhor. Ela foi tão cautelosa, tão preparada. Como tudo pode estar dando tão errado?

— Eu pensei que você tinha o suficiente para a taxa de inscrição.

— Eu não tenho um parceiro.

O rosto de Wes exibe uma expressão de total confusão.

— E o que isso tem a ver comigo?

— Eu preciso que você seja meu alquimista. Minha mãe não aceita mais alunos, mas ela quer a Hala mais do que qualquer outra coisa nesta terra. Você é o único em quem posso confiar para entregar a Hala a ela quando a caçada terminar, porque, se você fizer isso, ela não terá escolha a não ser aceitá-lo como aprendiz.

Wes parece totalmente perplexo.

— Mas... mas não sou um alquimista. Não oficialmente.

— Não seja tão modesto. — Margaret se senta cautelosamente na beira da cama, o que parece acalmá-lo um pouco. — Se você consegue realizar uma transmutação, você é um alquimista. Não há nada nas regras sobre ser licenciado.

— Agradeço seu voto de confiança, mas não tenho como lhe oferecer qualquer tipo de vantagem competitiva.

— Tudo o que você precisa fazer é encantar algo que pode matar a Hala e aparecer. Só isso.

É uma versão simplificada do dever de um alquimista durante a caçada, mas é a verdade. Na prática, a Caçada Meia-lua é como qualquer outra caça à raposa que preenche este trecho do outono. Clubes de caça soltam uma matilha de cães farejadores na floresta e os seguem a cavalo. Ela só termina quando sua presa se esconde na toca, é rasgada em pedaços ou é morta a tiros. A única diferença é que a presa *da* caçada só pode morrer pelas mãos de um alquimista na noite da Lua Fria — ou assim afirmam os escassos registros históricos. Apesar de seus melhores esforços, nenhum alquimista matou um demiurgo nos últimos duzentos anos. Agora, a única que sabe com certeza como fazê-lo é Evelyn.

Não, tem que haver outra maneira. Ela precisa acreditar nisso.

— Mas não é isso! — protesta Weston. — Olha, eu ouvi falar dos tipos de acrobacias que os alquimistas fazem durante a caçada. Armadilhas alquímicas? Sabotagem? Nós dois sabemos que não sou astuto ou experiente o suficiente. Além disso, não sei nada sobre caçar. — Ele começa a contar seus motivos nos dedos. — Eu não sei de que tipo de equipamento você precisa além de uma arma. Eu não saberia como antecipar o que outros concorrentes estão planejando. Eu não sei atirar. Eu nunca nem andei a cavalo!

— Eu posso lhe dizer de que equipamento preciso e posso ensiná-lo a andar a cavalo. Quanto ao resto, você não precisará fazer nada disso. Eu não preciso de você para truques baratos. Eu só preciso que você exista. Por que você está discutindo comigo?

— Eu não estou discutindo com você. Estou tentando fazer você entender que a minha partida não deveria ser motivo de decepção. Eu sinto muito. De verdade. Mas você terá que encontrar outra pessoa.

— Você honestamente desistiria dessa oportunidade pelo bem de sua família?

— Sempre.

Como seria se as pessoas voltassem para casa quando a família pedisse? Se o amor sempre superasse a ambição?

— Compreendo.

— Srta. Welty, eu... eu vejo que você está chateada, mas não entendo. Se sua mãe volta amanhã, você pode participar com ela, não é mesmo? — Quando ela não diz nada, a compreensão obscurece lentamente a expressão dele. — Mas você não sabe se ela realmente vai voltar, não é?

— Não. — Ela sente uma pontada de vergonha em seu segredo. — Não com certeza.

Não era uma mentira. Era uma verdade na qual ela queria acreditar.

Ela se prepara para a raiva dele, mas, quando encontra seus olhos novamente, ele sorri com pesar.

— Eu acho que você estava certa em me dizer para ir para casa desde o início, então. Por que mudou de ideia?

— Porque senti pena de você.

Ela espera que ele se irrite com ela, mas a expressão em seu rosto é de algo pior do que raiva. Pena.

— Você sente pena de *mim* quando sua mãe se foi há três meses? Mag... Srta. Welty. Sei que estou ultrapassando meus limites aqui, mas isso não é normal. Você sabe disso, não é?

Isso é exatamente o que ela esperava evitar. Margaret não precisa mais de sua indignação prepotente em nome dela e não vai tolerar seu julgamento.

— Ela não é uma pessoa ruim.

— Eu não disse isso. — Ele hesita. — Não seria melhor ir para algum lugar onde você não ficasse sozinha o tempo inteiro?

— Não me importo de ficar sozinha. Minha mãe confia em mim para manter as coisas em ordem enquanto ela estiver fora.

— *Confia* em você? Por acaso ficar presa nesta casa esquecida por Deus é algum tipo de honra?

Enquanto suas palavras ressoam no tenso silêncio, seus olhos se arregalam. Ele claramente não pretendia dizer isso dessa forma, mas agora é tarde demais.

É uma honra, no entanto. O amor de Evelyn é sutil e duramente conquistado, e Margaret aprendeu a vê-lo em cada pequena bondade, em cada rara palavra gentil. Seu rosto arde de humilhação.

— Eu não espero que você entenda.

Weston passa a mão pelo rosto.

— Eu sinto muito. Você está certa. Mas estou tentando.

Se ele não consegue entender a situação dela, talvez consiga entender sua devoção.

— Minha mãe pesquisa demiurgos. É por isso que ela viaja tanto. Mas, se eu ganhar e der a Hala para ela, ela vai ficar. Eu sei disso. Então eu estou... — Ela faz uma pausa, puxando o ar tremulamente quando sua garganta começa a arder. Ela não vai chorar, não na frente dele. — Estou pedindo novamente, Sr. Winters. Não vou pedir de novo depois disso. Por favor, fique. Não há mais ninguém a quem eu possa pedir.

— Deus — diz ele, suavemente. — Por favor, não me olhe assim.

Ela consegue sentir o gosto da rejeição.

Murmurando, Weston vasculha seus pertences até encontrar um caderno. Ele arranca uma página, rabisca algo e entrega a ela.

— Pegue. Meu número de telefone e meu endereço. Apenas no caso de você precisar de algo ou de sua mãe mudar de ideia sobre aceitar estudantes.

— Obrigada. — Embora não haja mais nada dele de que ela possa precisar, Margaret dobra o papel e o enfia no bolso. — Tem certeza de que não quer ficar até de manhã?

— Tenho certeza. Eu disse que estaria no próximo trem. — Ele franze a testa. — Odeio deixar você assim.

— Eu entendo. — E é verdade. Sua escolha não a surpreende, e ela não consegue se ressentir por isso. Margaret contou quatro irmãos naquela foto, e ele mencionou o falecimento do pai. Ela considera dizer que sente muito por ele ter que tomar essa decisão acima de tudo, mas é melhor deixar as coisas como estão, simples e objetivas.

Ela pega uma de suas malas e o ajuda a descer as escadas. Encrenca saltita alegremente ao redor deles, como se pensasse que está prestes a ir a algum lugar com Weston. Machuca ver como seu cão se acostumou com ele.

— Bem, eu gostaria de poder dizer que foi um prazer. — Ele a saúda com o gorro. — Cuide-se, Srta. Welty.

Ele diz isso com tanta seriedade, como se quisesse colocar essas palavras nas mãos dela como um presente. Sorri para ela, mas tudo o que ela consegue ver é a preocupação em seus olhos. A chuva brilha nas pedras do jardim, e o barulho é tão alto que ela mal consegue ouvir sua própria respiração.

— Adeus, Sr. Winters.

Enquanto ela o observa ir embora, o aperto em seu coração é tanto angustiante quanto dolorosamente familiar. Quantas vezes ela vai ver pessoas irem embora deste lugar sem nunca olhar para trás, enquanto ela é deixada aqui como um fantasma para assombrar a casa?

Quando sua mãe a deixou sozinha pela primeira vez, ela não sabia o que fazer de si mesma. No início, tentou desfrutar de sua liberdade. Ligou o toca-discos e deixou a música preencher o vazio. Comeu todos os doces da casa e se serviu do uísque caro do pai. Mas, pela manhã, sua cabeça doía, seu estômago revirava, e ela ainda estava completa e esmagadoramente sozinha. À medida que as horas se transformavam em dias, que se transformavam em semanas, ela percebeu que, se sua mente podia protegê-la de se lembrar do experimento fracassado de Evelyn, também poderia protegê-la dessa dor. Ela poderia aprender a transformar a dor do abandono em dormência. Ela poderia aprender a se desprender de si mesma até sentir como se ela não fosse real.

Mas, quando fecha a porta de madeira encharcada, Margaret sente a rejeição de Weston como uma lâmina cravada em uma antiga ferida. É um lembrete afiado e repentino de sua terrível solidão na esteira do pesar pela partida de sua mãe. Aqui, na escuridão ecoante da mansão, há fantasmas ao seu redor que ela só consegue ver parcialmente. Ser deixada sozinha com eles novamente é mais do que ela pode suportar agora.

Tudo o que ela quer e toda a tênue felicidade que reivindicou está se esvaindo por entre seus dedos. Ela não consegue acreditar que se tornou vulnerável a essa dor *novamente*. Não consegue acreditar que foi tão estúpida a ponto de esperar até o último minuto. Se ela ao menos tivesse sido mais corajosa...

Não, ela ainda pode fazer isso. Se tiver que escolher entre desistir e trabalhar com outra pessoa — qualquer outra — então terá que se comprometer. Amanhã ela irá para Wickdon e encontrará um alquimista.

O próprio pensamento a faz se sentir mal, e suas mãos se inquietam por algo para fazer. Algo que não demande muita atenção, algo seguro e útil. *Lavar roupa*, pensa ela. Pelo menos isso ela pode fazer.

Atordoada, Margaret vai ao quarto de Weston e tira a roupa de cama. Enquanto ela dobra uma fronha sobre o braço, uma nota enigmática cai — uma exortação duplamente sublinhada para *lembrar da semana dos pescoços de carbin*, o que quer que isso signifique. Os lençóis têm o cheiro dele. Loção pós-barba enjoativa e um toque de enxofre. Respirar essa fragrância é quase doloroso.

Não me importo de ficar sozinha, disse-lhe ela.

Como ela conseguiu se convencer dessa mentira por tanto tempo?

Está frio demais na manhã seguinte, o céu turvo e negro como o mar.

A chuva bate nas janelas do Raposa Cega, que refletem a luz da lamparina. E, quando Margaret entra pelas portas, o barulho do bar se espalha pela rua como cerveja. O pânico aperta seu peito enquanto ela observa a multidão. Acaba de passar das nove horas da manhã, cedo demais para beber. Mas, a julgar pelas risadas e pelos rostos corados ao seu redor, ela se pergunta se alguma dessas pessoas foi para casa. Todo mundo quer ver quem é corajoso — ou tolo — o suficiente para se inscrever na caçada.

Ela nunca quis ser menos vista.

Margaret mantém o capuz levantado enquanto toma seu lugar na fila. Poucos olhos a encontram no escuro do início da manhã, e os que o fazem deslizam sobre ela como água em papel pardo. Leva apenas alguns minutos para que ela chegue à frente da fila, onde a Sra. Wreford está sentada atrás de uma mesa com uma caneta pronta na mão. Ao lado dela, um rádio toca uma melodia alegre demais para a ocasião.

Margaret desliza o capuz para trás e sacode o cabelo encharcado. Assim que elas fazem contato visual, a Sra. Wreford se sobressalta.

— Maggie? O que você está fazendo aqui?

A reação dela chama um pouco de atenção. Margaret afunda ainda mais em seu casaco.

— Estou aqui para me inscrever na caçada.

— E sua mãe sabe sobre essa atitude perigosíssima que você está planejando?

— De uma forma ou de outra, minha mãe não está aqui para ter uma opinião.

Ela solta um suspiro resignado.

— Bem. Acho que é tudo o que podemos dizer sobre isso.

A Sra. Wreford nunca se importou muito com sua mãe.

Margaret coloca o valor da taxa de inscrição na mesa, e dói ver todas aquelas notas espalhadas sobre o tampo manchado. A Sra. Wreford pega o dinheiro da mesa.

— E o alquimista que a acompanha?

— Eu ainda não decidi. Estava esperando que houvesse alguém que ainda não tivesse encontrado um parceiro.

A Sra. Wreford gesticula para o bar lotado atrás delas.

— Tenho certeza de que você poderia escolher entre eles.

Enquanto Margaret olha para todos os rostos corados de cerveja, para todas as pessoas em suas pérolas e roupas finas, ela percebe perfeitamente como estão fora de seu alcance. Algumas dessas pessoas expulsaram aquela família Yu'adir de Trovador. Algumas delas acreditam na conspiração de que os Yu'adir estão envolvidos na manipulação dos mercados financeiros globais, ou que usam o sangue de crianças Katharistas em rituais sombrios. Como ela poderia saber qual delas não iria querer vê-la enforcada por decidir se inscrever assim que descobrirem o que ela é? Como poderia saber quem não roubará dela a raposa?

O único com quem ela podia contar era Weston.

Ela se sente tão tola e desanimada agora por ter contornado a questão por duas semanas. Ele é da religião Sumítica, e ela é Yu'adir. Que julgamento eles poderiam ter feito um do outro? Ele poderia tê-la compreendido melhor do que qualquer outra pessoa em Wickdon.

Como se sentisse seu desespero, a Sra. Wreford diz:

— Você tem até a meia-noite. Retorne e pegue seu dinheiro de volta se não encontrar alguém até lá.

No momento em que Margaret se vira para sair, a Sra. Wreford aperta os dedos ao redor de seu braço. *A garra.* Todos em Wickdon conhecem bem esse movimento. Ele pode estender uma tarefa de quinze minutos em um interrogatório de horas. Ele diz: *você não vai embora até que tenha respondido às minhas perguntas.* Ela aplica apenas pressão suficiente para prender Margaret naquele espaço instável entre a fuga e o congelamento.

— Você sabe que não *precisa* fazer isso, não é mesmo?

— Eu sei.

— E você entende o que as pessoas vão dizer se você for adiante? Está ciente do que elas podem fazer?

— Claro que estou.

A Sra. Wreford parece querer dizer mais alguma coisa, mas seu aperto se afrouxa.

— Então suponho que não há como convencê-la a desistir.

— Eu vou ficar bem. Eu prometo.

O olhar preocupado da Sra. Wreford a segue até a porta. Ela pode sentir a água da chuva e o suor secando sob sua gola. Ela pode sentir uma centena de olhos sobre ela, atravessando-a até os ossos. Ela abre caminho para o frio intenso. Já está tremendo antes mesmo que o vento sopre seu cabelo solto, que está grudado na nuca, escorregadio como algas. Ela o afasta do rosto, depois enfia as mãos nos bolsos para aquecê-las. Seus dedos roçam o papel amassado que Weston entregou a ela antes de ir embora.

Meu número de telefone e meu endereço. Apenas no caso de você precisar de algo, disse-lhe ele. A cidade fica a apenas três horas de trem daqui. Não é tarde demais para ele voltar antes do término das inscrições. Assumindo, é claro, que ele *queira* voltar.

A ambição não foi o suficiente para prendê-lo aqui, mas a família ainda o prende. Se ele leva a sério a ideia de lhes proporcionar uma vida melhor, talvez ela possa tentá-lo com mais do que seus próprios sonhos. O dinheiro está curto hoje em dia, mas Margaret não precisa de 75 dólares.

Tudo de que ela precisa é Evelyn.

Margaret atravessa a rua e entra no Albergue Wallace. Annette está inclinada sobre o balcão com o queixo nas mãos e uma expressão sonhadora e distante. Quando seu olhar pousa em Margaret, ela fica rígida e desvia os olhos como se a garota tivesse algo contagioso. Há muito tempo isso deixou de surpreender ou de incomodar Margaret.

— Bom dia, Maggie. — Pelo menos Annette consegue soar agradável.

— Posso usar seu telefone, por favor?

— Ah, hum. Claro?

Margaret passa por debaixo do balcão e entra no escritório dos fundos. Ela desdobra o papel com o maior cuidado possível, mas suas mãos molhadas estão tremendo de frio e de nervosismo. Quando ela finalmente consegue abri-lo, o que ela vê a desalenta. A umidade borrou a tinta, e, mesmo que ela pudesse ler com clareza, a caligrafia dele é péssima. Isso é um nove ou um seis? O número um ou o sete?

Por que ela esperava que ele facilitasse para ela? Com um gemido de frustração, ela disca o que pensa ser o número correto. O telefone toca repetidamente antes que alguém atenda.

— Alô?

— É da residência dos Winters?

— Desculpe, querida — diz uma voz cansada. — Número errado.

Ela desliga e xinga baixinho, descansando a cabeça nas mãos. Se ela discar todas as permutações possíveis, talvez eventualmente chegue na certa. Mas não tem paciência ou tempo para o *talvez*.

Margaret encara o papel novamente. Embora seus cílios úmidos tornem as palavras nebulosas, o endereço está praticamente intacto. O suficiente para ela ler: Avenida Slate, 7302, apartamento 804.

As inscrições se encerram hoje à noite. Saindo agora, ela pode chegar a Dunway e voltar antes da meia-noite. É o plano mais imprudente e maluco que ela já inventou. Possivelmente o *único* plano imprudente e maluco que já inventou. Mas Weston é sua única chance, e competir é sua única maneira de sobreviver.

Se ela vencer, sua mãe retornará, e Margaret transformará sua vitória em uma armadura. Ninguém como Jaime poderia machucá-la novamente. Ninguém ousaria se ela se transformasse na heroína de Nova Albion que estão esperando. Ela precisa fazer isso. Se quiser que alguma coisa mude, terá que encontrar Weston — e convencê-lo a voltar.

9

Passaram-se doze horas desde que Wes voltou para casa, e ele já sente falta de Wickdon. Sente falta da privacidade de seu quarto na Mansão Welty, da poeira e tudo mais. Sente falta do silêncio completo das montanhas antes do amanhecer e da forma como a névoa reluz nos abetos. Sente falta até mesmo da presença fantasmagórica de Maggie, de seus julgamentos silenciosos e de seus olhos de lua cheia. A vida tinha um ritmo simples e confortável em Wickdon. Melhor ainda, era promissora. Talvez em alguns dias ou semanas, o sonho ao qual ele se apegou todos esses anos pareça tão infantil e impossível quanto Mad julga. Mas, por enquanto, ele se sente completamente miserável.

O sol da tarde se infiltra através da janela e salpica o chão com mosaicos de luz cobertos por uma fina camada de poeira rodopiante. Isso sempre foi uma pequena alegria para ele — morar aqui, onde as janelas se abrem para a cidade lá embaixo. Alguns de seus amigos ainda moram em cortiços construídos antes da reforma há cerca de vinte anos. Seus quartos ficam de frente para eixos de ventilação em formato de haltere, onde o fedor de água suja e de lixo ascende como a fumaça de um incêndio. Mas essa visão é dificilmente reconfortante para Wes, quando tudo o que ele consegue pensar é como a Mansão Welty pairava sobre quilômetros e quilômetros de sequoias e do azul perfeito do mar.

Ele está sentado no sofá puído da sala de estar, observando uma xícara de café esfriar na mesa. Sua irmã mais nova, Edie, está enroscada nele como um gato sonolento. Normalmente, ele pensaria que é um comportamento amável, se não horrivelmente irritante, mas ele não consegue sentir muita coisa agora além de desalento. Ele quer ficar sozinho, mas não tem energia para repreendê-la — ou para lidar com suas inevitáveis lágrimas de crocodilo se ele tentar.

Os braços dela estão travados ao seu redor desde o momento em que ele chegou em casa. Ontem à noite, ele se esgueirou pela porta com a precisão de um ladrão. Mas, assim que a fechadura travou atrás dele, uma figura envolta em um cobertor apareceu no corredor. Ele levou um dedo aos lábios, mas, quando o olhar de Edie se fixou nele, ela, após soltar um suspiro de surpresa, veio rapidamente cambaleando em sua direção. Cada passo dela sacudia as fotos de seus parentes há muito falecidos e as estátuas de toda uma comunhão de santos.

É sempre Edie quem ele vê primeiro. Era sempre ela quem ele encontrava esperando junto à porta quando voltava de outro estágio fracassado ou de uma noitada. Aquelas eram suas noites favoritas. Na maioria das vezes, ele estava levemente embriagado e a carregava cantando pelo apartamento até Christine gritar para eles irem dormir.

Edie encosta uma mão pegajosa em seu rosto, assustando-o tanto que ele quase bate a cabeça na dela.

— O que você tem? Parece tão triste.

— Estou cansado. Só isso.

Ela o encara com ceticismo.

— Você dormiu a manhã inteira.

Ah, sim. Agora há uma pitada do que ele estava acostumado em Wickdon. Só piora a situação o fato de que agora é uma criança de 6 anos que está agindo cheia de atitude com ele.

— Bem, isso é porque eu preciso do meu sono de beleza. Dá muito trabalho ser bonito assim, sabe?

— Aham, sei.

— Ele está apenas sentindo pena de si mesmo — diz Christine da cozinha.

— Não estou!

— Você foi expulso de novo? — pergunta Edie.

— Na verdade, não. Para sua informação, voltei porque senti muito a sua falta, mas, se você vai ser ingrata, acho que vou jogá-la pela janela. Ou talvez direto na caçamba de lixo. O que você acha disso? — Ele a joga por cima do ombro, e Edie grita de alegria.

— Pode parar? — diz Christine. — Nossa mãe está dormindo.

Ele sente a culpa apertar seu estômago.

— Desculpe.

Edie bufa, decepcionada. Enquanto eles afundam de volta nas almofadas, o apartamento fica estranhamente quieto — o mais quieto possível, de qualquer maneira. O relógio faz tique-taque, o tráfego zumbe sete andares abaixo, e, em algum lugar do corredor, os McAlees estão gritando uns com os outros sobre o barulho do rádio.

Então, de todas as coisas, há uma batida na porta.

— Pode atender? — pergunta Christine.

— Saia de cima, Edie. — Ela se agarra ao pescoço dele tão obstinadamente quanto uma craca ao casco de um navio, rindo maliciosamente enquanto ele cambaleia para ficar de pé. Com um gemido, ele se liberta e a coloca no chão. — Vá ajudar sua irmã com o jantar. Talvez ela lhe dê um agrado se você se comportar.

É o suficiente para convencê-la a deixá-lo em paz. Ela corre para a cozinha com tanto entusiasmo que ele ouve Christine soltar um xingamento de surpresa. Ele espera sinceramente que não tenha arruinado o jantar. Christine insistiu em fazer algo supercomplicado em homenagem ao seu retorno.

Agora há a questão da visita.

Não há como ser mais ninguém além de outro vizinho bem-intencionado oferecendo outra caçarola ou perguntando por sua mãe. A perspectiva de jogar conversa fora ou de responder a perguntas sobre seu futuro o faz querer morrer instantaneamente, mas ele terá que atuar, como sempre fez. Respirando fundo, ele sorri e abre a porta.

É Maggie.

Mesmo na luz fraca do corredor, seu cabelo brilha como ouro derramado. Mas seu rosto está contraído, e seus olhos são como grandes espelhos, refletindo a própria perplexidade fatigada dele. Por um momento, ele não consegue fazer nada além de encará-la. Então, percebendo que precisa dizer alguma coisa, ele gagueja:

— S-Srta. Welty? O que você está fazendo aqui?

— Não consegui ler o número de telefone que você me deu.

— Isso... ainda não responde à minha pergunta.

Ela desvia o olhar dele.

— Preciso falar com você.

Wes se apoia no batente da porta.

— Você realmente deve ter sentido minha falta se veio até aqui. Uma carta teria sido suficiente.

— Não tenho tempo ou interesse em escrever cartas de amor para você. — O tom afiado dela causa um aperto em seu estômago que ele não compreende totalmente. — Estou falando sério.

Gentilmente, ele diz:

— Então, fale comigo.

— Eu sei que disse que não pediria de novo, mas vou. Eu preciso. Preciso que você volte para Wickdon comigo.

De todas as coisas que poderiam sair de sua boca, essa é a que ele menos esperava. Wes lança um olhar furtivo por cima do ombro.

— Olha, eu falei sério sobre o que eu disse ontem à noite. Não posso abandoná-las. Elas precisam de mim. Teria te poupado muito trabalho se você...

— Você também sairia ganhando. — A frustração é notável em sua voz. — O prêmio em dinheiro é todo seu.

Todo seu.

Sua mente entra em curto-circuito com a ideia dos 75 dólares. Ele não deveria imaginar isso. Ele *sabe* que deveria dizer não a ela. Mas ontem à noite ele pediu a todos os santos do céu para falarem com Deus em seu nome, e eles o fizeram. Essa oportunidade manteria sua família confortável *e* permitiria que ele pudesse perseguir seu sonho.

Ele só gostaria que eles tivessem algo um pouco mais... certo. Esse plano depende inteiramente de sua vitória — e, mais arriscado ainda, de sua capacidade de ser útil para ela.

— Preciso pensar sobre isso.

— Não há tempo para pensar. — A ferocidade dela o assusta. — Você queria uma chance de ser um alquimista e de ajudar sua família. Essa é a sua chance.

— Oh! E quem é essa?

Christine apoia o cotovelo no ombro dele e sorri tão maliciosamente para Maggie que ele sente seu rosto corar de vergonha. Ela está usando suas roupas de segunda mão novamente: uma camisa limpa e engomada que está mais branca do que quando era dele, calças largas sobre seus sapatos *oxford* e um par de suspensórios. Sua voz é brincalhona, seus cílios estão baixos, transmitindo um ar de flerte, e Wes precisa reunir toda a sua força de vontade para não gritar. Ela só está fazendo isso para irritá-lo — não que nenhum deles tenha algum interesse genuíno em Maggie, é claro, mas ainda assim. É um assunto sensível.

Certa vez, quando ele tinha 16 anos, tentou cortejar uma garota chamada Hedy Baker, que trabalhava em um elegante teatro no centro da cidade.

Ele esperava por ela todos os dias depois de seu turno para poder acompanhá-la até a residência dela, apesar de sua chegada tarde em casa irritar seu professor de alquimia além da conta. A maneira como as luzes do saguão brilhavam no vestido de Hedy fazia cada xingamento valer a pena. Uma noite, ele a convidou para ir ao seu apartamento antes do jantar, e, assim que ele abriu a porta, Christine apareceu, usando uma das velhas gravatas-borboleta de Wes descuidadamente ao redor do pescoço.

Estou pronta para o nosso encontro, anunciou ela. E, no momento em que ele viu a expressão deslumbrada de Hedy, sabia que não tinha nenhuma chance.

Não foi a primeira vez que Christine roubou uma de suas pretendentes, mas pelo menos foi a última. Elas estão juntas há dois anos, e, embora uma pequena parte dele ainda não tenha perdoado a irmã, ele não pode culpá-la. Afinal, ambos são filhos do mesmo pai, charmosos até o fim.

— Christine — diz Wes, com um sorriso forçado —, esta é a Srta. Welty. Srta. Welty, esta é minha irmã Christine.

— Prazer. — Christine passa por ele e estende a mão.

Maggie a aperta incertamente.

— Wes — diz Christine afetadamente —, você vai deixar a pobre Srta. Welty no frio congelante do corredor ou vai convidá-la para entrar?

— Bem...

— Perdoe o meu irmão. Ele é um pouco estúpido às vezes. Por favor, entre. Vou preparar um café para você.

No momento em que Maggie cruza a soleira da porta, parecendo um cachorro pronto para atacar, Christine já está a meio caminho da cozinha. É quase insuportável tê-la *aqui*, neste saguão apertado. Ela parece tão dolorosamente deslocada na casa dele, como se tivesse sido cortada de Wickdon e colada aqui. Uma colagem desleixada de duas vidas que ele não consegue encaixar.

Ele a observa examinar a montanha de sapatos a seus pés, depois a estátua alegremente pintada da Santíssima Mãe coberta com um véu azul. Ele quer destruir todas as relíquias incriminatórias da religião Sumítica e jogar lençóis sobre todos os móveis cobertos de pó. Mas é tarde demais. Ela consegue ver tudo, todos os pedaços de sua alma, assim como ele viu a dela. Não há como esconder as realidades de suas vidas um do outro. Ele se lembra da forma como o lábio dela se curvou quando ele disse que sentia pena dela. Agora, envergonhado de quão pequena e bagunçada sua casa é, ele compreende quão parecidos eles são. O infortúnio endureceu a ambos. Ela se tornou áspera, mas ele foi polido até se tornar brilhante. Se ele permitir que o mundo acredite que ele é completamente superficial, então não há nada sobre ele que possa ser exposto. Entretanto, sob o olhar implacável dela, ele está totalmente despido.

— Posso guardar seu casaco? — murmura ele.

— Se você não vem comigo, eu realmente deveria ir.

— Tome um café, pelo menos. Minha irmã ficará ofendida se você não aceitar.

— Certo. — Maggie tira o casaco e o entrega a ele. É quente e coberto de pelos de cachorro, mas cheira a Wickdon e a ela. Cheira à água salgada do mar e à terra enriquecida depois de uma tempestade. — Mas não posso ficar por muito tempo.

Ela tenta passar por ele, mas ele a segura pelo cotovelo. Ao mesmo tempo em que ela parece ofendida, desta vez não franze a testa ou se encolhe como se ele a tivesse golpeado.

— Eu sei que você quer que sua mãe volte, mas tem que haver outra maneira. Participar da caçada é o mesmo que uma sentença de morte.

— Não é apenas sobre minha mãe — diz ela. — Eu quero ganhar. Quero que Jaime Harrington me deixe em paz. Quero mostrar a todos que não tenho medo de fazer isso, porque não tenho. Não tenho medo de morrer.

— Bem, eu tenho.

Ela olha fixamente para ele.

— Eu não deixaria isso acontecer.

— Ah, não? E quantas pessoas estão participando? Centenas? Não acredito que eu, de todas as pessoas, estou te dizendo isso, mas você precisa pensar melhor. Você realmente acha que existe uma remota chance de ganhar, mesmo que a gente não morra?

— Há mais do que apenas uma chance. Eu não vou perder. Eu juro.

— Como você pode ter tanta certeza?

— Nunca conheci uma atiradora melhor do que eu, um cão melhor do que Encrenca, ou alguém com um motivo melhor do que o nosso.

A convicção ardente nos olhos dela faz com que a boca dele fique seca. Aqui, na luz fraca do sol, eles são da cor inebriante de mel, de uísque, de...

Edie pigarreia.

Eles se viram para encará-la. Ao mesmo tempo em que ela não diz uma palavra, seu olhar está fixo nos dedos de Wes que envolvem o cotovelo de Maggie. Ela sorri angelicalmente.

— Christine disse que o café está pronto.

Com isso, ela se vira e volta para a cozinha. Onde diabos ela está aprendendo essas coisas? Quanto de sua vida ele perdeu enquanto estava fora?

— Ela é fofa — diz Maggie.

— Não a deixe ouvir isso. — Wes faz uma careta e solta o braço dela.

— Tudo bem. Pensei na sua proposta.

O rosto de Maggie suaviza com a surpresa.

— Pensou?

Não bem o suficiente para ser sensato, mas o suficiente para tomar uma decisão. Mesmo que por apenas algumas semanas, ele será um verdadeiro alquimista. Ele não terá que abrir mão de seu sonho. Enquanto houver um resquício de esperança, ele deve aproveitá-lo. Mesmo que sua família o odeie por isso. Dizer à sua mãe que está se juntando à caçada será tão bom quanto dar-lhe um tapa na cara.

Uma parte dele sempre soube que chegaria a este ponto: escolher entre sua herança familiar e suas ambições. Sumíticos devotos não se tornam políticos neste país. Se ele não se integrar, se tornará inelegível, já que a maioria das pessoas acredita que os Sumíticos juram sua lealdade ao papa, e não ao presidente. As eleições têm sido vencidas em uma lógica simples de *Nova Albion para novo-albianos*. Há alguns anos, era raro passar um único dia sem ouvir algum ministro Katharista na rádio condenando o Sumicismo como "o aliado da tirania e o inimigo da prosperidade". Mas que melhor maneira de jurar fidelidade à Nova Albion do que matar a Hala, uma criatura sagrada para os Sumíticos? Assumindo, é claro, que eles não o expulsem de Wickdon no momento em que descobrirem o que ele é.

— Estou dentro — diz ele, com mais confiança do que realmente sente.

— Só preciso descobrir como dar a notícia para minha família.

Ele acha que vê todo o espectro da emoção humana passar pelo rosto dela em um piscar de olhos. Mas a que prevalece é a culpa.

— É melhor fazer isso logo. Temos que nos inscrever antes da meia-noite.

— Antes da *meia-noite*? Leva pelo menos três horas para voltar a Wickdon daqui. — Ele solta um gemido. — Deus, elas vão me matar por ir embora tão em cima da hora.

— Eu realmente tentei ligar.

— Bem, isso teria nos poupado muito sofrimento — murmura ele. O relógio na parede soa. — O resto das minhas irmãs estará em casa para o jantar em breve. Então, direi a elas.

— Onde devo esperar por você?

— Esperar por mim? Ah, não, você vai ficar bem aqui. Você precisa tomar seu café. Além disso, minha mãe torceria meu pescoço se descobrisse que recebi um convidado sem alimentá-lo.

O rosto dela empalidece.

— Você quer que eu fique para o jantar?

— Sim. — Ele joga o casaco dela no cabide abarrotado. — Sei que será um pouco diferente do que você está acostumada, mas minha família é do tipo amigável. Talvez até amigável demais, mas, ei, pelo menos será interessante.

— Interessante — repete ela, monotonamente. — Mal posso esperar.

Wes sorri para ela. Então, sua alegria desaparece quando ele percebe o que finalmente precisa confessar.

— Tenho certeza de que você já percebeu isso, mas... quando eu disser a eles o que estarei fazendo, as coisas podem ficar estranhas, então acho que devo mencionar que minha família é Sumítica. *Eu* sou Sumítico. Apenas no caso de ser um problema para você.

Ele se prepara para ser julgado, mas ela apenas inclina a cabeça para o lado e pisca seus olhos de coelha. Pela primeira vez, ele acha que entende por que as pessoas dizem que os cães se parecem com seus donos. Encrenca já o olhou da mesma forma antes.

— Por que isso seria um problema para mim?

— Eu... — Ele se atrapalha com as palavras, envergonhado de seu próprio medo. — Eu não sei.

Maggie o observa como se quisesse lhe contar um segredo. Como se ela estivesse avaliando sua confiabilidade. No fim, ele não deve ter passado no teste.

— O que você pensa da Hala não importa para mim. Só importa que você está preparado para matá-la.

— Eu estou. — Pelo menos ele certamente espera que sim. Para espantar seu humor sombrio, acrescenta: — Eu prometo que não há ritos pagãos ou canibalismo ritual ou qualquer coisa assim. Isso é apenas durante os Cultos.

— Isso é um pouco decepcionante.

Ele nunca provou um alívio tão doce. Então ri, ofegante.

— Por que você não vem se sentar?

10

Margaret nunca havia visto uma casa como a dos Winters. Embora a noite tenha varrido a cidade como uma maré, a residência permanece quente e cheia de vida. Panelas pendem acima do fogão, ao lado de montes de ervas amarradas com barbante, e todo tipo de objetos estranhos enchem suas prateleiras. Há pequenas estátuas de santos com auréolas, velas acesas dentro de frascos de vidro pintados e uma coleção de ícones particularmente perturbadora: demiurgos encharcados em um sangue dourado e prateado, parecendo beatíficos mesmo quando abatidos por caçadores. Margaret quase consegue entender a propensão de Weston ao drama quando confrontada com essas imagens. A única igreja em Wickdon é uma construção Katharista simples e digna, com janelas claras e paredes brancas. No entanto, a igreja Sumítica que ela encontrou no caminho até aqui resplandecia como se estivesse incrustada de joias.

Do lado de fora da janela, varais se espalham pelo beco, e um gato cinza malhado mia impaciente de seu poleiro no parapeito. Weston destranca o caixilho e o pega nos braços como um bebê. O gato parece indignado, piscando lentamente seus olhos amarelos para ela, mas permanece dócil enquanto ele o carrega para a mesa e se senta despreocupadamente na cadeira ao lado dela.

Cotovelo com cotovelo, os sete se amontoam em volta de uma mesa feita para quatro, todos gritando uns com os outros, quase histéricos de tanto rir. Margaret faz o possível para parecer atenciosa, embora tudo o que ela gostaria de fazer fosse se trancar no banheiro até o barulho diminuir. Weston estava certo ao dizer que ela estaria fora de sua zona de conforto aqui.

Ela não pertence à cidade. Tudo aqui foi feito sob medida para sobrecarregá-la. Carros buzinando no tráfego. Dirigíveis arrastando anúncios de marcas em suas barrigas pelo céu. E as pessoas — todas as pessoas com vestidos de cintura baixa, cobertas de pérolas, saindo de shoppings incrivelmente brilhantes. Mesmo agora, suas mãos tremem com o resquício de adrenalina.

A casa dos Winters não lhe fornece muito mais segurança. Ela não janta com a mãe há anos, e ver o fácil companheirismo que a família de Weston compartilha é quase doloroso. A situação a faz se lembrar de dias mais felizes, quando sua mãe colocava ela e David na bancada para "supervisionar" enquanto cozinhava. Hoje em dia, Evelyn faz suas refeições no laboratório, quando se lembra de comer alguma coisa. O jantar aqui, entretanto, é uma produção. Com todos os copos, as louças e os alimentos empilhados na mesa, a madeira geme sob o peso. O cheiro de carne dourada e louro cozido borbulha de um caldeirão no centro, e uma fatia de pão ainda fumega com o calor do forno. Margaret está prestes a atacar a comida quando a mãe de Weston diz:

— Quem quer fazer a oração?

Todos se calam, como se ela tivesse perguntado qual deles havia quebrado seu vaso favorito. Aoife Winters se senta à cabeceira da mesa, examinando seus filhos com uma seriedade desmentida pela alegria brilhante em seus olhos. Seu cabelo é quase preto, com mechas grisalhas majestosas, como se ela tivesse entrelaçado uma fita prateada em sua trança.

— Ninguém? É mesmo?

Ela fala com um sotaque banviniano que Margaret não ouve com frequência em Wickdon, apenas dos marinheiros e trabalhadores das docas nos dias de carregamento. Quando eles saem da estalagem pela manhã, ela ouve as pessoas murmurarem: *o lugar inteiro vai feder a cerveja por semanas*. A preocupação nos olhos de Weston quando confessou que sua família era Sumítica ainda afeta Margaret. Agora, ela se arrepende de sua resposta. Talvez ela devesse tê-lo tranquilizado com mais seriedade. Talvez ela devesse ter-lhe contado seu próprio segredo, supondo que ele ainda não tenha descoberto.

— A Srta. Welty deveria fazer isso — diz Edie solenemente. — Ela é nossa convidada.

Weston abafa uma risada na manga da camisa. Colleen lhe dá uma cotovelada forte o suficiente para que ele xingue baixinho. O gato em seus braços se solta e aterrissa nas tábuas do assoalho com um baque surdo.

— Eu farei a oração — interrompe Christine.

— Obrigada — diz Aoife.

Em um uníssono sinistro, eles erguem as mãos e abaixam a cabeça. Margaret os imita o melhor que consegue, observando por baixo do cabelo enquanto se afunda na cadeira. A tradição Sumítica não lhe é familiar, mas esses pequenos rituais a confortam. Eles a lembram das orações que seu pai costumava fazer durante as refeições de Shabat.

— Abençoe-nos, ó, Senhor, e estas tuas dádivas que estamos prestes a receber — começa Christine.

O resto passa apressadamente em um tom monótono, tão rápido que Margaret não consegue assimilar as palavras. Quando ela termina, os demais entoam:

— Amém.

Então, a sala irrompe no caos.

Weston se apressa em direção à concha, enquanto Mad lhe dá um tapa na mão.

— Espere sua vez, Weston. Sua *mãe* e sua *convidada* podem querer comer alguma coisa, não acha?

— Sim, sim.

Enquanto Mad não está olhando, Colleen arranca uma fatia de pão e a enfia em suas bochechas como um esquilo. Ela dá uma piscadela conspiratória para Margaret. Os detalhes mais delicados de seus rostos diferem, mas todas as crianças Winters têm diferentes tons do cabelo escuro de sua mãe — e a mesma faísca de malícia nos olhos. Colleen, no entanto, é a única delas com olhos tão pálidos como a geada.

As meninas mais velhas são bonitas de maneiras muito diferentes. Mad, com seu cabelo curto e seus lábios pintados de vermelho, é glamorosa e chamativa como as mulheres nas revistas de moda. Christine usa seu cabelo ainda mais curto — e certamente mais bem-arrumado — do que até mesmo o de Weston, e seu nariz é salpicado de sardas.

— Aqui, deixe-me fazer seu prato, Margaret — diz Aoife. — Eles são mortos de fome, todos eles. Principalmente meu filho.

— Você não precisa fazer isso. — A culpa revira seu estômago quando ela avista a mão enfaixada de Aoife.

— Sem reclamações. — Aoife pega uma porção de guisado com a mão boa e a coloca na frente de Margaret. — O que mais posso lhe servir?

Christine espeta um pedaço de carne em seu prato.

— Mãe, deixe a pobrezinha respirar.

Uma emoção estranha toma conta dela e a faz sentir um aperto no coração. De repente, ela se sente como uma aranha em sua teia, observando a si mesma do canto mais escuro da sala. Daqui, Margaret se vê pelo que ela é: uma mancha de tinta lúgubre no brilho desta casa. Ela não pertence a essas pessoas. Ela não merece sua gentileza ou suas tentativas de incluí-la em sua afinidade umas com as outras. Não, é mais do que uma afinidade. Eles se amam. Esse sentimento permeia cada gesto amável e cada palavra rude.

Eu sei que estou ultrapassando meus limites aqui, mas isso não é normal. Weston disse a ela antes de ir embora. *Você sabe disso, não é?*

Ela se pergunta se *isso* é o normal para ele. Outrora, sua família era como a dele. Se ela fechar os olhos, pode imaginar os quatro aconchegados em segurança dentro da mansão, reunidos ao redor da lareira. A onda repentina de saudade forma um nó na garganta de Margaret. Essa versão da Mansão Welty é irrecuperável, o que a faz se sentir ainda mais desolada.

Wes cutuca seu joelho com o dele e se aproxima o suficiente para murmurar:

— Aguentando firme?

Parece que ele puxou um lençol sobre suas cabeças; o mundo dela se estreita à sensação elétrica da perna dele na dela e ao brilho atento e preocupado em seus olhos. Ela acena com a cabeça. Ele franze a testa com ceticismo, mas não a pressiona. Assim que ele desvia o olhar, a agitação em seu estômago se acalma. Tudo o que ela precisa fazer é terminar o jantar, e então eles estarão a caminho de Wickdon novamente.

Margaret estica a mão para o pão no exato momento em que Weston o faz. Suas mãos se encostam, e ambos se afastam como se o toque os queimasse. O estômago dela se contorce em outro nó impressionante. Se ela não se recompor rapidamente, uma das irmãs dele notará. Margaret suportou zombaria por toda a sua vida, mas, de alguma forma, o constrangimento de ser provocada por *isso* a destruiria. Não é como se ela pudesse dizer-lhes que o acha repulsivo.

— Desculpe — murmura ele. — Depois de você.

O calor ainda faz o seu braço formigar enquanto ela arranca um pedaço de pão para si. Ela o mergulha no guisado e dá uma mordida. É mais saudável e muito melhor do que qualquer coisa que ela comeu em meses, rico em sal e com um toque picante de orégano fresco. Ela só para quando a mesa fica silenciosa. As pontas de seus dedos ardem até os nós com o calor de onde ela os mergulhou em caldo.

Envergonhada, ela diz:

— Está muito bom.

Aoife sorri radiante.

— Coma o quanto quiser.

— Então — diz Christine. — Conte-nos sobre você, Margaret.

Margaret engole em seco. O pão meio mastigado desliza por sua garganta e arranha seu esterno como pregos. De repente, ela se dá conta da perna de Weston roçando a dela novamente. Sua pele coça.

— Não a interrogue — diz ele. — Ela teve um longo dia.

Christine cruza as mãos sob o queixo.

— Interrogá-la? Que acusação. Perdoe-me por querer conhecer melhor nossa convidada.

— Também estou curiosa. — Cada palavra de Mad é afiada como uma faca. — O que a traz aqui, afinal? Você está muito longe de casa.

— Comportem-se. — Aoife espalha manteiga em uma fatia de pão com uma destreza surpreendente. Weston abre a boca, pronto para disparar uma réplica, mas a fecha quando a mãe enfia o pão em sua mão.

— Mãe, honestamente — diz ele ao mesmo tempo que Mad sibila.

— Pare de mimá-lo.

Eles se encaram através da mesa.

Aoife se ocupa em passar manteiga em outra fatia de pão.

— Parem de brigar e comam o jantar. Vai esfriar. Margaret é a única de vocês com algum bom senso.

Mad toma um longo gole de sua bebida. Seus olhos encontram os de Margaret por cima da borda de seu copo. Fica imediatamente claro que Mad não gosta dela, mas Margaret não pode ter certeza se é por algo que ela fez ou se é porque Mad não gosta de ninguém.

— Bem. — Christine bate palmas. — Vamos quebrar o gelo de outra forma? Talvez algumas curiosidades. Madeline, por que você não começa?

— Estou segurando uma faca muito afiada. — Mad gesticula com o objeto no ar para dar ênfase. — Como um lembrete para todos vocês.

— Isso não é *divertido*. Ah! — Colleen bate as mãos na mesa, sacudindo todos os talheres. — Que tal esta? Vocês sabiam que temos dez vezes mais células bacterianas do que...

— Nojento! — grita Edie.

Colleen parece decepcionada.

— Claramente, todos nós temos nossas próprias ideias de diversão aqui.

— Srta. Welty, por favor, salve-nos de nós mesmos — pressiona Christine. — Conte-nos como você conheceu nosso querido irmão.

Seis pares de olhos se fixam nela. Os de Weston ardem com uma intensidade suplicante, cujo significado ela não consegue discernir.

— Evelyn Welty é minha mãe. O Sr. Winters estava planejando ficar em nossa casa até que ela retornasse de sua viagem. Ela está fazendo pesquisas em outro lugar, mas suspeito que voltará assim que souber da caçada. Demiurgos são de seu interesse particular.

— Estou vendo. — O olhar fulminante de Aoife cai sobre seu filho. — Eu tinha a impressão de que ela o estava instruindo.

Weston fica tão pálido como areia no sol.

Colleen cutuca atentamente uma batata em sua tigela, mas sorri com malícia para ele e murmura: *você está muito encrencado*.

— Eu disse que ela me deu muita independência — diz ele debilmente.

— Eu não posso acreditar nisso. — A cadeira de Mad raspa o assoalho enquanto ela se levanta.

O que foi que eu fiz?, pensa Margaret.

Enquanto Christine e Colleen conversam aos sussurros, Margaret observa impotente Mad ir em direção à janela. Ela a abre e acende um cigarro, e as gotas de água da chuva no vidro brilham sob a chama tremulante de seu isqueiro. O gato cinza malhado pula em um banquinho ao lado dela e a cutuca até que ela cede e acaricia sua cabeça.

— Wes, por que você mentiu para mim? — pergunta Aoife.

— Por que ele *não* mentiria para você? — provoca Mad. A fumaça sai da ponta de seu cigarro como uma arma recém-disparada. — Ele é uma criança egoísta que nunca pensou em ninguém além de si próprio.

— Madeline, chega. Nossa convidada...

— Eu não me importo! Não me importo com ela! — Ela se volta para Margaret. — Por que você está aqui, afinal?

— Porque eu preciso da ajuda dele — diz Margaret, tentando manter a voz firme. — Pretendo me inscrever na caçada, mas preciso de um alquimista para isso. Se vencermos, minha mãe lhe dará o estágio e o prêmio em dinheiro será suficiente para a cirurgia de sua mãe.

— Caridade, então. Não estamos interessados na sua pena ou no seu dinheiro sujo.

— Essa decisão não cabe a você! — Weston fica vermelho de raiva. — A escolha é minha, e eu vou.

Colleen abafa uma risada nervosa.

— Mamãe — choraminga Edie.

— Colleen, leve sua irmã para o quarto dela.

— Mas...

— Agora.

Colleen inclina a cabeça respeitosamente e pega Edie pela mão.

— Sim, senhora.

— Quanto a vocês dois — diz Aoife, rodeando Weston e Mad —, se querem brigar como bêbados, então façam isso lá fora. Mas, enquanto estiverem na minha cozinha, falarão um com o outro como adultos razoáveis.

— Não tenho mais nada a dizer a ele — diz Mad. — Ele já virou as costas para esta família.

A tensão paira entre eles como um convidado indesejado. Margaret leva outra colherada de guisado à boca e tenta não estremecer quando queima sua garganta. Seus olhos lacrimejam.

Aoife descansa a cabeça na mão.

— É perigoso demais para uma garota da sua idade. O que sua mãe diria se soubesse o que você está fazendo? Você vai acabar morrendo.

— Mãe, por favor — protesta Weston. — Ninguém vai morrer.

— Mas, se Wes morrer — diz Christine alegremente —, é uma boca a menos para alimentar.

— Ela tem razão — diz ele.

— Nem brinque com isso! — Aoife se exalta. — Essa caçada é errada, Wes. Você sabe que é. Já me preocupo demais com você. Não posso me preocupar com sua alma além de tudo.

— Ele não terá que matá-la. — diz Margaret. — Eu cuidarei disso.

— Não acho que a bíblia diga que cúmplice de assassinato é um pecado mortal — diz Christine. — O Senhor perdoa e tudo mais, não é mesmo?

— Exatamente! — Weston desliza para fora de sua cadeira e se ajoelha ao lado de sua mãe. Ele segura a mão boa dela entre as suas. Assim, ele é a imagem de um filho perfeito e dedicado. — Eu sei que é errado, mas que outra escolha temos? A Srta. Welty precisa de mim, e nós precisamos do dinheiro. Essa é minha última chance. É a última vez que corro esse risco. Juro que, depois disso, voltarei para casa se falhar. Arrumarei um emprego. Você não precisará mais se preocupar comigo.

— E se você conseguir? — pergunta Aoife.

— Então, dedicarei minha vida a compensar pelo que fiz. — Ele faz uma pausa e depois continua com solenidade redobrada: — A você e a Deus.

Quando foi a última vez que Evelyn a olhou tão ternamente? O amor de Aoife é uma mistura de preocupação, raiva e afeto. Se ela destrinchasse Evelyn até que todas as partes se separassem, não tem certeza do que encontraria em seu cerne.

— Não posso deixar você fazer isso de consciência limpa — diz Aoife —, mas também não posso impedi-lo. Tudo o que posso é fazer você prometer que voltará para mim inteiro.

— Eu voltarei. Prometo.

Quando Aoife o segura pelas bochechas e beija o topo de sua cabeça, Christine e Mad trocam olhares exasperados. Existe uma linguagem secreta de irmãs, pensa Margaret. Uma que ela nunca será capaz de compreender.

Mad enrijece, como se sentisse o olhar de Margaret, e se vira bruscamente para ela. É difícil ler sua expressão através do redemoinho de fumaça de seu cigarro, mas seus olhos permanecem de um preto sólido. Sua voz é venenosa quando diz:

— Espero que esteja satisfeita consigo mesma.

A pior parte é que ela não está. Por muito tempo, cuidou apenas de si mesma e de Encrenca. Mas, agora, se eles falharem, não é apenas a vida dela que está em jogo. Não é só ela que sofre. São todas as garotas Winters — e o irmão desesperado delas também.

Weston está suspeitosamente calado.

Ele não falou nada durante a caminhada sombria até a estação e não fala nada agora no trem vazio para o sul. O ar crepita ao redor dele com um dinamismo frenético que não agrada a Margaret. Ele está com um pé esticado no assento em frente a eles e com o outro gradualmente extingue a paciência dela com um *tap tap tap* incessante contra o chão.

É provável que ele nem perceba o que está fazendo. Por mais que isso a irrite, ela mantém a boca fechada. Será complacente com ele por enquanto, considerando que ele ganhou o ressentimento amargo de toda a família em apenas uma noite. Especialmente considerando que é culpa dela por arrastá-lo de volta para esse esquema. Margaret tenta não alimentar demais essa culpa, mas ela é tenaz e não precisa de muito para sobreviver. A lembrança do ódio na voz de Mad a alimentará por dias.

Do lado de fora da janela, a zona rural de Nova Albion se desenrola na noite em fios de verde e dourado. Ela consegue ver pouco além da escuridão ou do reflexo do carrinho de lanches que passa pelo corredor. Quando ele para na frente deles, Weston compra um café.

— Você realmente precisa de cafeína? — pergunta ela.

Ele faz uma pausa no meio do gole, sua expressão azeda.

— Sim. Por quê?

Tap tap tap.

Margaret finca um dedo em seu joelho inquieto e empurra até que seu pé encoste totalmente no chão. Ele resmunga e toma outro gole agitado.

— Você está ansioso — diz ela.

— Eu preciso ficar acordado. Além disso, café me acalma.

— Talvez você devesse tirar um cochilo ao invés disso. Está de mau humor.

— De mau humor? — Ela jura que escuta algo dentro dele se quebrar quando ele sorri. — Não, eu nunca poderia estar de mau humor em uma situação como esta.

— E que tipo de situação é esta?

— Uma em que estou sozinho com uma mulher bonita.

O rosto dela arde. Outrora, esse tipo de comportamento poderia tê-la aborrecido, até mesmo envergonhado. Agora, tudo o que ela sente é raiva de quão vazias e calculistas são essas palavras. E talvez um pouco magoada por ele mentir tão descaradamente para ela. Como se ele pudesse achar uma garota de aparência tão rude quanto ela bonita.

Você não pode se esconder de mim, pensa ela. *Eu vi você.*

Ela percebe agora que Weston Winters é muito bom em deixar as pessoas verem apenas o que ele quer que elas vejam. Máscara de menino de ouro. Confiança imprudente. Palavras melosas. Mas ele não passa de um mentiroso, seus pedaços unidos por uma camada dourada e barata. Enquanto ela o encara sem piscar, seu sorriso murcha. Metade dela quer a satisfação de esfolá-lo até os ossos, mas sua metade mais forte, mais gentil, sente pena dele.

E você me viu. Mesmo que ela quisesse, também não conseguiria mantê-lo completamente distante. Essa é a corrente que os une. Eles se viram em seu estado mais vulnerável e agora devem carregar os fardos um do outro.

— Essa encenação geralmente funciona para você? — pergunta Margaret.

— Como é?

— Fale comigo honestamente, ou não fale nada. — As pontas das orelhas dele ficam vermelhas. *Ótimo*. Se ele estiver com raiva, será mais fácil de desvendar. Ela já viu seu temperamento explosivo o suficiente para saber que é sua fraqueza mais facilmente explorável. — Você está agindo como se não houvesse nada errado.

— E o que você prefere que eu faça? Faria você feliz se eu chorasse?

— Não. — Ela não consegue manter a voz firme. — Quero entender por que você está tão determinado a ser arrogante quando podemos perder tudo. Quero entender por que você está me afastando quando precisamos confiar um no outro. Sua irmã chamou você de mentiroso, e ela claramente acha que você é egoísta. Eu não acho que nenhuma dessas coisas seja inteiramente verdade.

— Quem? Mad? Claro que ela pensa assim. Sempre pensará. Não importa o que eu faça.

— Você facilita as coisas para ela.

— Isso mantém as expectativas dela baixas.

— As minhas estão altas.

Eles se encaram, balançando com o movimento ritmado do trem nos trilhos. Por fim, Weston solta um som derrotado e frustrado.

— Eu tenho que ser arrogante, ou vou enlouquecer. Você viu o que elas pensam que eu estou fazendo. Tudo o que sou é uma decepção e, se eu reconhecesse isso, eu... — Ele passa a mão pelo cabelo já despenteado. — Não é como se eu pudesse ficar em Dunway, de qualquer maneira. As únicas perspectivas que tenho são a fábrica ou as docas, e onde isso nos levará? Então, talvez um dia eu me case e tenha filhos, então eu morreria jovem e deixaria minha família passando dificuldades, assim como meu pai. A menos que eu me torne um alquimista, nada vai mudar.

— Que diferença faz se você é um alquimista?

— Eu falei sério sobre o que disse quando nos conhecemos. Eu quero concorrer ao Senado. Somente alquimistas são elegíveis, e somente políticos podem fazer alguma mudança real neste país.

— No entanto, eles não o fazem.

— Exatamente! A alquimia deveria ser sobre mudança e progresso, mas todos no poder se esqueceram disso. Nenhum deles vai mudar nada desde que se beneficiem de como as coisas são. — A amargura reveste cada palavra sua. — Com políticas realmente progressistas, nenhuma criança de 6 anos dormiria com fome. Ninguém perderia um pai para más condições de trabalho. Ninguém teria que acomodar seis pessoas em um apartamento de dois quartos. Então, é isso. Você está feliz agora?

Ela está e ao mesmo tempo não está. É um sonho nobre. Se não fosse pelo *desejo* ardente queimando em seus olhos, talvez ela não acreditasse nele. Isso a faz pensar em seu pai. Certa vez, ele lhe disse que todas as pessoas têm um dever sagrado: *tikkun olam*, a reparação do mundo.

Para os Yu'adir, a alquimia é uma ciência, assim como uma prática espiritual. Até os Katharistas acreditam nisso. Mas, enquanto os Katharistas veem o fogo alquímico como um símbolo do julgamento divino de Deus — o meio de separar o espírito da matéria como Deus um dia separará o joio do trigo —, os Yu'adir veem a alquimia como algo mais gentil. Somente por meio da compreensão do mundo físico eles podem entender o divino, e isso em si é um meio de *tikkun olam*. Mas a sabedoria é apenas um entre muitos caminhos. Seu pai também falou de boas ações e de atos de justiça. Margaret acha que ele admiraria Weston por querer usar a alquimia para criar uma mudança sistêmica, mas ela não sabe se consegue ser tão idealista.

Ela leu quase todos os textos alquímicos da biblioteca de sua mãe e, apesar do que os primeiros filósofos acreditavam, não importa o que a bíblia diga, a alquimia não é um processo de purificação. É um processo de corrupção. Ela tem um jeito de tornar duros e distantes até mesmo homens de intenções puras como Weston Winters.

— Todos os alquimistas dizem que querem tornar o mundo um lugar melhor — diz ela baixinho. — Não acho que algum deles tenha conseguido.

— Porque todos eles apodrecem em seus laboratórios e passam mais tempo teorizando sobre o mundo do que vivendo nele. São todos cínicos e imediatistas.

Margaret não consegue deixar de sorrir.

— É verdade que a maioria deles não é nada como você.

— Não consigo dizer se você está tirando sarro de mim ou não.

— Não estou. — Ela se surpreende ao descobrir que realmente falou sério.

Weston passa um braço sobre o encosto do assento dela.

— Muito bem, então. É a sua vez de abrir seu coração. Sua mãe não lhe ensinou alquimia?

— Ela tentou.

— E?

— O que você está me perguntando exatamente?

— Estou curioso para saber por que a filha de uma das alquimistas mais famosas do país não é, ela própria, uma alquimista.

Antes de *tudo*, sua mãe disse a ela que lhe ensinaria alquimia. Alquimia — mágica de verdade. Qualquer criança se animaria. Mas, quando Margaret viu do que a alquimia era capaz, o brilho se apagou. Quando chegou a hora das lições que sua mãe prometeu, Margaret empacou. A decepção no rosto de Evelyn ainda a atormenta.

— Eu não ligo para alquimia. É só isso.

— Por que não?

Ela poderia responder a essa pergunta de muitas maneiras. *Porque a alquimia transforma os homens em monstros. Afinal, de que serve a alquimia se não pode trazê-la de volta?*

— Pode ser usada para coisas horríveis.

— Com certeza. — É uma afirmação incontroversa. Embora eles sejam jovens demais para terem vivido a guerra, todo cidadão nova-albiano sabe o dano que as armas alquimicamente aprimoradas podem causar. Todos eles já ouviram histórias de horror de alquimistas militares que adulteraram seus próprios corpos, ou o de cobaias relutantes. — Mas isso pode acontecer com qualquer coisa. A questão é como você a aplica.

Margaret dá de ombros.

— Então talvez nem todos nós sonhemos alto.

Ele dá um sorriso forçado.

— Agora você *está* tirando sarro de mim.

— Não estou. É a verdade.

— Isso é deprimente. Você não pode estar falando sério.

Ele verá em breve. Assim como todos os outros, ele passará a ver Wickdon e a mansão como uma prisão pequena, chata e provinciana. Um obstáculo que ele precisa superar ou apenas um degrau em seu ilustre caminho para o sucesso. Mas, enquanto isso não passa de um pontinho no mapa para ele, para Margaret, Wickdon é seu mundo inteiro. Sobreviver a ele todos os dias não deixa espaço para sonhos.

— Eu estou, Sr. Winters.

Weston franze a testa. Ele claramente não está satisfeito com a resposta dela, mas deixa o assunto de lado.

— Sabe, você pode me chamar de Wes.

As mãos dela de repente parecem vazias e desocupadas. Ela coloca uma mecha solta de cabelo atrás da orelha.

— Está bem.

Enquanto o silêncio se instala sobre eles, ele esfrega a nuca em um gesto de nervosismo. Não é totalmente desconfortável. Ela está acostumada ao silêncio, valoriza-o como seu único amigo além de Encrenca. Mas Weston — Wes — é como uma criatura da floresta, desconfiado e nervoso diante da calmaria.

Então, ela assiste enquanto uma ideia ocorre a ele. Suas sobrancelhas se erguem, e um sorriso malicioso se forma em seus lábios. Ele se aproxima, e ela fica bem ciente de como ele está quase colocando o braço sobre seus ombros. Margaret luta contra a vontade de se afastar. O espectro da sensação da mão dele em sua pele retorna como uma ferida que desabrocha lentamente. É uma dor que ela deseja e odeia em igual medida.

— Então — diz ele. — Você já percebeu que nunca me disse seu nome? É Margaret, não é? Foi assim que você se apresentou à minha família.

Margaret. Ela gosta do som de seu nome na boca dele: a maneira deliberada como ele o segura entre os dentes e como seu sotaque da cidade suaviza as letras R. Ninguém a chama de Margaret, mesmo que ela peça. Ela acena com a cabeça, encontrando-se de repente sem palavras. Como ele conseguiu desestabilizá-la tão facilmente?

Determinada a desmanchar qualquer encantamento que ele tenha colocado nela, ela observa de perto suas feições. Seu cabelo despenteado é do mesmo preto brilhante que a pólvora, e seus olhos são estreitos e margeados por cílios escuros e grossos. Quando ele sorri, ela pode ver um pequeno espaço entre seus dentes da frente. Ele *é* bonito — não que precise de validação —, um fato que dói admitir.

Falando mais baixo, ele diz:

— Então, como posso te chamar? Peggy?

O feitiço quebra instantaneamente, e Weston Winters é mais uma vez o *moleque* detestável que passou a residir no quarto de hóspedes de sua mãe.

— Não.

— Marge?

— Com certeza, não.

Ele ri.

— Tudo bem, tudo bem. Margaret, então. Nesse caso, você não quer ser uma alquimista. O que você quer ser?

— Uma atiradora de elite.

Ela não sabe o que a levou a dizer isso, mas se arrepende imediatamente. Não há nada que Margaret odeie mais do que ser *vista*. Se há uma coisa que ela aprendeu na vida é a se tornar invisível para sobreviver.

— Uma atiradora de elite, hein? Você vai se juntar ao exército?

— Não. Não exatamente.

Ela considerou isso brevemente, mas não está disposta a entregar sua vida a um país que não tem amor por ela.

O *que* ela quer? Margaret imagina inspirar o cheiro de terra úmida e de pinheiro da floresta. O vento despenteando carinhosamente seus cabelos e a névoa se acumulando em seus cílios. O estalo de uma arma e o latido de um cão de caça. Se ela pudesse ser egoísta, se pudesse ter alguma coisa, que fosse isso. Ela, com uma jaqueta de caça vermelha, uma coroa de louros e um punhado de pele branca, alta o suficiente no pódio para pisar no rosto zombeteiro de Jaime Harrington.

— Acho que vencer será o suficiente — diz ela.

— E depois?

— Não sei. Ainda não pensei sobre isso.

— Isso é tão... prático.

— É mesmo? Parece ridículo para mim.

— Não é. Não é ridículo. — Ele está tentando fazer uma expressão séria, mas o ardor sincero e determinado em seus olhos o faz parecer mais jovem, quase doce. — Além disso, sonhos nem sempre precisam ser práticos. Por isso são *sonhos*. E agora os nossos vivem e morrem juntos.

— Juntos. — É um conceito tão estranho.

Ele sorri para ela.

— Somos eu e você contra o mundo, Margaret.

Ela não gosta do jeito que esse pronunciamento faz seu peito doer. Seus destinos estão entrelaçados, mas o que a assusta mais são os sentimentos que ele desperta nela — essa esperança hesitante e esse desejo horrível. É uma sensação muito parecida com estar de pé na beira de um penhasco. O que a espera lá embaixo é tão escuro e inconstante como o mar, e, se ela se jogar, Margaret não sabe se alguém estará lá para pegá-la.

Wes e seus sonhos, decide ela, são coisas realmente perigosas.

11

Margaret está deixando-o nervoso.

Wes a observa por trás do vidro embaçado de uma cabine telefônica enquanto espera que Hohn atenda a sua ligação. Ela está sentada em um banco que dá para um trecho de colinas, onde um pequeno exército de cabras pasta atrás de um cercado de pedras baixas. Sua expressão é tão enigmática quanto uma pesquisa alquímica, e seu olhar, tão vítreo quanto o de uma boneca, mas ele está aos poucos aprendendo sua linguagem. A tensão em seus ombros. O alerta em seus olhos a cada ruído repentino. A maneira como ela prende e solta o cabelo repetidas vezes.

Mesmo quando ela está inquieta, tudo o que faz é preciso e mecanizado — e estranhamente hipnotizante. Ela está juntando o cabelo com uma das mãos e brandindo o prendedor como uma arma na outra quando Hohn finalmente atende.

Uma vez que Wes garante a carona e desliga o telefone, arrasta sua mala para o poleiro inquieto de Margaret. Ele supõe que deveria se sentir mais ansioso do que realmente se sente, considerando que seu futuro depende de se inscrever na caçada a tempo. Mas sua noção de tempo sempre foi um pouco diferente dos demais, e, além disso, não é de muita utilidade se preocupar com algo que ele não pode controlar.

— Relaxa. — Ele aponta o queixo em direção à torre do relógio. Seu rosto brilha como uma lua cheia no céu sem estrelas. — São apenas oito e meia. Nós vamos conseguir.

O último trem da noite desperta de seu sono, chiando, e engole a resposta dela. Ao sair da estação, ele solta um rastro de fumaça e agita o ar úmido atrás de si. As pontas do casaco dele balançam em torno de seus joelhos com a rajada, e algumas mechas do cabelo dela se soltam do coque. Os fios se agarram aos lábios dela, que estão franzidos com sua impassibilidade típica. Ele considera afastá-los — e se pergunta se ela o morderia caso ele deixasse a ponta de seu polegar se demorar. O impulso o faz estremecer. Nunca algo tão banal como *cabelo* o fez se sentir tão depravado.

Quando o vento diminui e o apito do trem se transforma em um gemido distante, ela diz:

— Levará pelo menos uma hora e meia para que ele chegue aqui.

— E uma hora e meia de volta. — Ele acena com desdém. — O que significa que ainda teremos trinta minutos de sobra.

Aparentemente, ela nem se impressiona nem se tranquiliza por seus cálculos, então eles esperam em um silêncio sombrio enquanto o frio se intensifica ao seu redor. Um corvo pousa em um poste próximo e solta um grito que quase separa a alma dele do corpo. Margaret nem vacila.

Quando ele pensa que está prestes a enlouquecer, o relógio marca as dez horas. Momentos depois, ele ouve o ronco de um motor e quase chora de alívio. Os faróis vêm em seguida, piscando na escuridão como grandes olhos amarelos de um gato. Quando o elegante táxi preto de Hohn para no meio-fio, Wes pega sua mochila.

— Viu? Ele está aqui pontualmente. Nada com que se preocupar.

Margaret dirige um olhar fulminante para ele enquanto Hohn desce do carro.

— Sr. Winters, bom vê-lo novamente! E essa é... Maggie Welty. O que diabos *você* está fazendo aqui?

— Fui fazer turismo.

— Se importa em nos dar uma carona até o Raposa Cega? — acrescenta Wes.

Hohn parece confuso, mas diz:

— Muito bem, então. — E pega a mala de Wes e a coloca no porta-malas.

Wes e Margaret entram no banco de trás, separados por apenas alguns centímetros e pela parede sólida da frustração dela. Ele tenta puxar conversa algumas vezes enquanto eles entram na rodovia costeira — sobre como o tempo mudou e o tráfego piorou —, mas nem Hohn nem Margaret prestam atenção nele além de uma ocasional resposta monossilábica. A reticência de Margaret não o surpreende. Levando em consideração que ela ficou em sua companhia tempo demais hoje e seu mau humor rotineiro, é esperado que ela o ignore pelos próximos três dias. O silêncio de Hohn, no entanto, o enerva. Apenas quando ele vislumbra seus olhos no retrovisor, semicerrados como os de uma serpente, começa a entender.

Wes pode facilmente imaginar a rotina de contos de advertência em que as meninas de Wickdon são criadas. Do tipo em que garotos da cidade como ele vêm para abordar garotas solitárias como ela, apenas para sugá-las e esgotá-las, deixando-as vazias. Mas Margaret não é nenhuma donzela corada e ela enfiaria o cano de sua arma na garganta dele antes que ele pudesse sequer pensar em fazer qualquer coisa imprópria.

Ele se lembra de como ela olhou para a Hala, selvagem e determinada no pôr do sol sangrento. Naquele momento, tudo o que ele conseguia pensar em fazer era orar; tudo o que ele podia sentir era seu próprio pulso na garganta. Mas ela parecia tão autoconfiante, tão... aterrorizante.

De verdade, ela não é o tipo dele. Não que Hohn saiba disso.

Wes se pergunta do que exatamente Hohn suspeita. Talvez ele esteja atrás da propriedade dela, especialmente agora que sua mãe não está por perto para protegê-la de cobras oportunistas como ele. A plausibilidade disso o deprime, então ele tenta se distrair com o cenário. Nada além de uma escuridão indefinida passa rapidamente por sua janela. Até o mar está quase invisível esta noite, ondulando preto e índigo por trás do reflexo do rosto de Margaret. A respiração dela se condensa na janela, e seu reflexo se torna um borrão.

Ele sofre pelo que parece uma eternidade até que eles finalmente chegam a Wickdon. Na sua última vinda, era um pequeno vilarejo pitoresco — mas agora está tão barulhenta quanto a Quinta Ala no Dia de São Patrício. Eles descem a rua, separando a multidão como água sob a proa de um navio. Eventualmente são cercados por todos os lados, e o táxi para a cerca de um quarteirão de distância do Raposa Cega.

— Acho que isto é o mais longe que consigo ir — diz Hohn. — Está um maldito zoológico esta noite.

Wes vai pegar sua mala. Ele mal consegue ouvir seus próprios pensamentos por causa das conversas estridentes ao redor, e isso faz com que um sentimento de euforia percorra seu corpo. Quando ele fecha o porta-malas, avista Margaret pagando a corrida enquanto Hohn, com um olhar aguçado na direção dele, sussurra algo no ouvido dela. O rosto de Maggie fica vermelho como as folhas no outono.

Seria muito gratificante se não fosse uma clara confirmação de que Hohn acha que ele não passa de um canalha. Às vezes, ele se pergunta por que se dá ao trabalho de negar. Talvez essa seja a única coisa a que ele se resumirá.

Em um momento ele está perdido em pensamentos, e, no seguinte, Margaret está agarrando-o pelo cotovelo. Ela o puxa para trás no momento em que um homem tropeça em um paralelepípedo solto. Cerveja jorra de seu copo, errando por pouco os sapatos de Wes.

— Não — sussurra o homem. — Que droga.

É quase de partir o coração.

— Você acabou de salvar minha vida — diz Wes, ironicamente.

— Agradeça-me mais tarde. — Margaret dá outro puxão impaciente em seu braço.

— Vamos. Já é quase meia-noite.

Ela os conduz através da multidão com toda a graça e propósito de um trator de esteira. Ao seu redor, ele capta fragmentos de sotaques e vislumbres da moda da cidade. Vogais amplas e lantejoulas. Risadas muito altas e suportes de cigarro envernizados com cerejas brilhantes queimando na ponta.

Uma vez dentro do bar, o clamor atinge um pico febril. Quase não há ar suficiente para respirar; tudo se resume a fumaça de tabaco, vapores sulfúricos e o cheiro amargo de anis do absinto. O fogo crepita na lareira, lançando sua luz nas paredes. Sob essa iluminação, Margaret fica da cor de ouro puro; ela se parece com um dos ícones santos de sua mãe. Ele não consegue desviar o olhar dela. Ela contrai a mandíbula com uma determinação feroz, e o brilho em seus olhos é muito mais reluzente do que o fogo.

Ela não soltou o braço dele, mas ele percebe que não quer que ela o faça. A pressão de sua mão o ancora no caos. Juntos, eles abrem caminho pela multidão até encontrarem um aglomerado de pessoas no que parece ser uma fila. Ele não consegue ver o que está no começo da fila, mesmo na ponta dos pés.

— Maggie Welty! — Wes leva um momento para reconhecer a voz calorosa de Halanan e seus gentis olhos azuis. — E Winters. O que vocês dois estão fazendo aqui esta noite?

— Viemos nos inscrever para a caçada — diz Margaret.

— É mesmo? — Ele não parece empolgado, mas dá um tapinha nas costas do homem ao seu lado. — Abram caminho. Temos mais um.

— Abram caminho!

A informação passa de boca em boca, transformando-se em um grito de guerra que se espalha pelo bar como um incêndio. O caminho é aberto para eles, e, com uma mão em suas costas, ele é empurrado para a multidão. À medida que eles são passados de pessoa para pessoa, Wes consegue ver pouco além do brilho quente das lantejoulas e do vermelho brilhante dos xales de pele de raposa. Finalmente, eles são empurrados para a frente de um balcão que está ocupado pela mesma mulher que contou a lenda na cerimônia de abertura.

Ela fica boquiaberta quando o vê.

— *Este* é o seu alquimista? Onde o encontrou?

— Em Dunway.

A mulher suspira, como se já tivesse recebido uma resposta vazia como essa de Margaret umas mil vezes. Seu olhar se fixa nele com uma intensidade que quase o derruba.

— Qual o seu nome?

— Weston Winters, senhora. — Ele abre um sorriso que espera que seja tão brilhante quanto 10 quilowatts. — Prazer em conhecê-la.

— Weston Winters, hein? Tem certeza de que não o encontrou em um livro infantil?

— Tenho certeza.

A mulher se sobressalta, assustando-o tanto que ele quase pula. Ela aponta um dedo acusador para ele.

— Espere um minuto! Winters. Eu sabia que reconhecia esse nome. Um dia desses, Mark Halanan apareceu e me contou uma história muito estranha. Você sabe o que ele disse?

Nenhum dos dois fala nada.

— Ele disse que Evelyn tinha um novo aprendiz, um jovem chamado Winters. Eu lhe disse que ele estava inventando. Mas aqui está você. — A mulher cruza as mãos cuidadosamente sobre a mesa. — Por que tenho a sensação de que vocês dois estão tramando algo?

— Tramando algo? — Wes gagueja. — Não! Quer dizer, não, *senhora*. Eu jamais ousaria tramar algo.

— Ele é aprendiz dela — interrompe Margaret. — Ela lhe deu permissão para se mudar mais cedo. Suas aulas começarão assim que ela retornar.

— É mesmo? Você não está mentindo para mim?

— Claro que não.

O olhar astuto da mulher oscila entre eles. Wes mantém seu sorriso firme. Ela não parece nada tranquilizada, mas levanta as mãos em um gesto de rendição.

— Muito bem, então. Sabe o que acontece a seguir, rapaz da cidade? Você faz um sacrifício.

Ele deve estar olhando para ela boquiaberto, porque ela solta uma gargalhada e dá uma batidinha na bancada. Esculpida em sua superfície está a fórmula básica para o nigredo. A luz laranja do fogo se acumula nas ranhuras do círculo de transmutação.

— Nada muito valioso. Uma gota de sangue ou uma mecha de cabelo.

Parece-lhe incomum que uma tradição Katharista como essa o lembre tanto de um casamento Sumítico. Tradicionalmente, o sacerdote realiza um ritual alquímico, geralmente nas alianças de casamento, para simbolizar a união de corpos e almas. É quintessencial e morbidamente Sumítico andar por aí usando um anel encantado com a essência dos dentes de leite ou das unhas de seu cônjuge. Eles estão sempre cortando pedaços de si mesmos para o divertimento de Deus. Aparentemente, a igreja na rua de seu prédio tem o dedo mínimo do pé da mártir Santa Cecília perfeitamente preservado sob o altar.

A mulher o observa com expectativa. Ele realmente não quer pensar sobre se casar com Margaret Welty, mesmo metaforicamente, mas acena com a cabeça de qualquer maneira. Satisfeita, ela coloca uma tigela de vidro, um pedaço de giz e uma faca sobre a mesa. Wes se sente um pouco enjoado quando pega a faca. A ideia de cortar qualquer pequeno pedaço de seu cabelo o perturba mais do que a alternativa, então será sangue. Enquanto ele pressiona a lâmina na palma da mão, a multidão fica silenciosa. Seu coração bate em seus tímpanos.

Então alguém grita:

— Esperem!

Jaime Harrington caminha em direção a eles com um olhar arrogante no rosto. Ele está com um chapéu sobre o cabelo loiro como areia, e sua camisa é imaculadamente branca em contraste com seus suspensórios escuros e suas mangas dobradas até os cotovelos. Um ódio visceral se instala no interior de Wes. Margaret se eriça ao lado dele.

Seu amigo de estimação — Mattis, se a memória não falha — segue a alguns passos incertos atrás dele, junto com uma jovem de cabelos ruivos usando penas de corvo em um acessório de cabeça. A julgar pelo pano ensanguentado em sua mão, igual ao de Jaime, eles devem ser parceiros na caçada. O pobre Mattis, enquanto isso, tem uma área careca em sua têmpora, e Wes sente que sua vaidade é justificável.

— As regras dizem que a inscrição deve ser finalizada até a meia-noite.
— Jaime dá um tapinha em seu relógio de pulso. — É meia-noite e cinco.

— O que diabos ele está fazendo? — murmura Wes baixinho.

— Intrometendo-se. — O veneno na voz de Margaret o surpreende.

— A caçada é nossa tradição mais antiga. Nossa herança como novo-albianos de sangue puro — continua Jaime. — Sempre seguimos as regras que os primeiros colonos estabeleceram. Sei que falo por todos quando digo que nada deve arruinar a santidade deste evento.

Um silêncio estranho cai sobre o bar. Então, alguns murmúrios de concordância começam a surgir da multidão.

— Ele não pode estar falando sério — sibila Wes. — Que diferença faz se estamos cinco minutos atrasados?

— Não é sobre o horário.

Seu olhar desliza inquieto para Margaret. Ela abraça a si mesma, encarando a multidão como um animal encurralado. O que ela não está lhe dizendo? De qualquer forma, se eles aplicarem essa regra, acabou para eles. Sua família estará em um beco sem saída, e os sonhos dele e de Margaret serão destruídos.

Do fundo do bar, alguém grita:

— Ah, cuide da sua vida, Harrington.

O deleite no rosto de Jaime se converte em amargura. A mulher atrás do balcão checa o relógio com um gesto exagerado. Wes prende a respiração quando o ponteiro dos minutos se encaixa abaixo do cinco. Eles estão condenados.

— Bem — diz a mulher —, é um ponto discutível. Meu relógio marca exatamente meia-noite.

— Mas...

— Meu bar, meu horário. — Ela volta sua atenção para Wes. — Gostaria de prosseguir, Sr. Winters, antes que mais algum desordeiro apareça?

A luz do fogo reflete na ponta da faca em suas mãos. A própria ideia de fazer um sacrifício por Margaret o petrifica. Quanto de si mesmo ele realmente deu a alguém? Mas, se ela já viu todas as suas feridas, quanto mais doeria derramar um pouco mais de sangue por ela?

Isso não é nada além do que eles já compartilharam. Um sacrifício por um sacrifício, um sonho por um sonho. A barganha deles é um tipo próprio de alquimia. Com a ponta afiada da lâmina, ele reabre o corte meio cicatrizado na palma de sua mão. Algumas gotas vermelhas caem e irrompem sobre o vidro.

Tão delicadamente quanto possível, ele a passa para Margaret. Ela não hesita em soltar o cabelo. Ele se espalha sobre seus ombros como um rio de ouro brilhante. A boca dele fica seca quando ela desliza a faca ao longo da pele delicada na base de seu crânio e corta uma mecha de cabelo pela raiz.

Ela a deixa cair dentro da tigela. Os fios se espalham, finos e pálidos como seda de milho e avermelhados pela mistura com o sangue dele.

Wes se pergunta a que os dois se resumiriam — a que ele se resumiria — se a alquimia pudesse ir fundo o suficiente. Talvez, então, ele pudesse ver do que é feito e que tipo de homem realmente é. Mas não há nada na carne que permita chegar até a alma. Ela não é nada além de uma prisão de oxigênio e carbono.

Wes escreve as runas para a reação, então pressiona as mãos no balcão. Enquanto ele despeja sua energia no conjunto, uma língua de fogo branco salta da tigela, carbonizando seu conteúdo em *caput mortuum* em segundos. Os pedaços se desintegram e se misturam, tornando-se um, e o cheiro de enxofre preenche o ar. O calor tremula ao redor do rosto da mulher como um véu.

— Os últimos de nossos participantes, Margaret Welty e Weston Winters. Que a caçada comece!

O barulho toma conta do bar.

Ele sente uma emoção diferente de qualquer outra que já conheceu. Jaime lhes dirige um olhar de puro nojo e se mistura na multidão com o resto de seu pelotão. Mas, enquanto ele examina o ambiente, seu olhar continua flagrando a mesma expressão, de novo e de novo.

Através das sombras lançadas pelo fogo, ele consegue distinguir algumas pessoas da cidade — pessoas que conhecem Margaret — olhando para ela com um terrível ódio ardendo nos olhos. O homem que vende ostras na rua principal. A padeira que lhe deu uma torta de maçã por elogiar o cabelo dela na semana passada. Um dos garçons que está enchendo demais um copo de cerveja.

Ele conhece bem esses olhares. Eles despertam algo sombrio e protetor dentro dele. Na semana após a morte de seu pai, ele quase foi morto por tentar lutar contra um bando de garotos que seguiram Colleen da escola para casa. Seus dedos ainda saem do lugar se ele apertar a mão no lugar certo. Ele gostaria de ter sabido alquimia naquela época.

Neste mundo, um pedigree Katharista é poder. Dinheiro é poder. Mas a alquimia também é. Ele sente o brilho quente de seu potencial ardendo bem no meio do peito.

— Wes? — Margaret abaixa a cabeça até que o cabelo cubra seu rosto. — Podemos ir embora? Por favor?

A pontada de medo em sua voz o deixa sóbrio.

— Sim. Vou levar você para casa.

— Saiam pelos fundos — diz a mulher. — Lá fora, eles são como lobos esta noite.

— Eu vou. Obrigado.

Sem pensar, ele passa um braço em volta dos ombros de Margaret — então imediatamente percebe o grave erro que cometeu. Ele espera que ela se afaste, mas, em vez disso, ela se aconchega mais perto até que sua testa repouse contra o pescoço dele. Os cílios dela tremulam em seu pulso acelerado. Dócil como um cordeiro, ela o deixa protegê-la e conduzi-la através da porta dos fundos para a noite expectante.

12

O sol do fim da manhã banha Margaret como uma onda. Enquanto ela acorda, aninhando-se mais profundamente em seus cobertores, saboreia a carícia quente e lânguida em seu rosto. Faz tantos anos desde que ela dormiu até depois do amanhecer.

Então, como se de repente tivesse sido mergulhada em água fria, a nebulosidade de seus pensamentos dá lugar a uma percepção amarga. Ela desperdiçou a primeira manhã da temporada de caça.

Praguejando, sai da cama e estremece quando o frio das tábuas do piso penetra seus pés descalços. O estresse e a exaustão das últimas 24 horas não amainaram, mas ela não pode se mimar hoje — e nem nas próximas três semanas. Até que a Hala seja morta, ela não pode relaxar. A agenda lotada da temporada de caça cuidará disso.

Para manter os turistas entretidos, cada semana promete um espetáculo competitivo. Primeiro, uma exposição de alquimia e então um concurso de tiro. O mau desempenho não desqualifica ninguém, mas a vitória oferece vantagens cruciais. A caça à raposa é um esporte tradicional e hierárquico com tantas regras, sejam não ditas ou formalizadas, que Margaret mal consegue acompanhá-las. Mas a principal delas é observar a disposição adequada das pessoas no campo. Um clube de caça comum divide seus membros em quatro grupos de acordo com o nível de habilidade e a senioridade: primeiro voo, segundo voo, terceiro voo e topo da colina. Os oficiais da Caçada Meia-lua, no entanto, colocam cada equipe em um voo de acordo com o quão bem eles pontuam nas competições semanais.

O primeiro voo cavalga mais próximo dos cães e, embora seja o lugar mais perigoso, é também onde terão a melhor chance de encurralar a Hala antes de qualquer outra pessoa. Extraoficialmente, quem terminar no segundo ou no terceiro voo não tem chance de ganhar. Apenas os cavaleiros mais fortes e com os cães mais bem treinados poderiam esperar compensar tal revés.

A noite passada não foi nada além de fanfarra. Hoje, tudo realmente começa.

Margaret se apressa em sua rotina matinal e, quando termina de trançar o cabelo ainda molhado, ouve o som de garras e de passos vindos do andar de baixo. Ela tenta lembrar a si mesma de quão sozinha estava no dia anterior e de quão sortuda é por Wes ter decidido se inscrever com ela. Entretanto, é difícil se agarrar à gratidão quando sabe que ele está aprontando alguma coisa. Ela não precisa vê-lo para ter certeza disso.

Suspirando, Margaret vai investigar a comoção. Ela se pendura no corrimão do segundo andar bem a tempo de ver Encrenca em um canto com um sapato pendurado na boca pelos cadarços. Ele se posiciona para brincar, com o entusiasmo de um cachorro cinco anos mais jovem. Um momento depois, Wes desliza pelo chão com um brilho perverso no olhar.

— Peguei você, espertinho. Desista.

Encrenca rosna, o rabo abanando em antecipação.

Margaret observa a cena se desenrolar com crescente irritação. É menos sobre o fato de que eles estão se unindo contra ela — embora isso também a incomode — e mais sobre Wes estar encorajando um comportamento terrível. Ela precisa de Encrenca em ótima forma, implacável e focado, não pulando pela casa como um filhotinho mal treinado.

— O que você está fazendo? — pergunta ela.

Wes quase tropeça para trás de susto.

— Ah, Srta. Wel... Mag... Margaret! Não vi você aí! Estou tentando recuperar meu sapato.

— Encrenca, largue isso.

Sem um momento de hesitação, ele faz o que ela diz. O sapato cai no chão, brilhando em uma mistura de graxa de couro e saliva. Enquanto ela desce as escadas, tanto o cão quanto o garoto olham para ela com uma espécie de reverência.

— Como você fez isso?

— Ele sabe que você estava brincando. — Ela se agacha para pegar o sapato fugitivo dele e coça atrás das orelhas de Encrenca. — Os cães de caça só vão ouvir você se te respeitarem.

— E como você consegue o respeito de um cão de caça?

— Sendo mais respeitável. — Ela devolve o sapato para ele. — Talvez você possa começar fazendo algo melhor com o seu tempo. A exposição de alquimia é no final da semana.

— Estou ciente — diz ele amargamente. — Você é quem decidiu dormir a manhã toda. Eu queria falar com você antes de começar qualquer coisa.

As orelhas dela ardem, mas ela escolhe não morder a isca.

— Você realmente precisa me consultar? Você arruinou meu machado bem o suficiente por conta própria.

— Muito engraçado — murmura ele. — Prefiro não perder tempo fazendo algo que você não vai usar. Também seria útil se eu tivesse algum equipamento. Como você deve ter notado, apenas estimar a massa e a composição das coisas não fornece exatamente os melhores resultados.

Ela presume que ele tem razão. A alquimia não é uma ciência de adivinhação, e eles nunca terão chance se ela o forçar a tratá-la como uma. Mesmo com a sensação de pavor se agitando dentro dela, ela sabe o que tem que fazer.

— Você pode usar o laboratório da minha mãe.

O rosto dele se ilumina por inteiro.

— Sério?

Ela acena com a cabeça, mesmo quando seu estômago se contorce ansiosamente com o brilho febril em seus olhos.

— Vamos lá.

Margaret o conduz até o andar de cima e hesita na frente da porta de seu quarto. Ficar aqui, com Wes a apenas um passo de distância, faz com que ela se sinta vulnerável, como um caranguejo virado de costas. Deixá-lo entrar não pode causar nenhum dano real, visto que ele já vasculhou os pedaços quebrados de sua vida. Mas este é o único lugar ainda intocado, ainda pertencente a ela. Se puder evitar que ele alcance as partes mais ternas e tolas de si mesma, ela o fará.

— Espere aqui.

Ela o pega esticando o pescoço enquanto ela desliza porta adentro e o encara enquanto fecha a porta atrás de si. No fundo da gaveta da escrivaninha, ela encontra uma velha chave de ferro, com manchas verdes sob uma fina camada de poeira arenosa. Enquanto Margaret a limpa, as escamas gravadas de um ouroboros roçam a ponta de seu polegar.

Desde que sua mãe começou a trabalhar na pedra filosofal, sob nenhuma circunstância Margaret era autorizada a entrar no laboratório sem ser convidada, mas Evelyn confiou a ela um conjunto de chaves sobressalentes em sua ausência. A do laboratório, Margaret mantém em seu quarto. A outra, que abre a gaveta escondida na escrivaninha de Evelyn, está em seguran-ça, em volta de seu pescoço. Permitir a entrada de alguém vai contra todos os seus instintos e todas as suas lições. Mas que outra escolha ela tem? Não pode deixá-lo fazer mais machados imóveis com apenas seis dias restantes.

Do lado de fora do quarto, Wes espera na janela com os braços cruzados nas costas. A chuva da noite passada forma listras no vidro e brilha levemen-te à luz do sol, lançando sombras multicoloridas em seu rosto.

— Está pronto? — pergunta ela baixinho.

— Sim.

Cada passo neste trecho do corredor a enche de um terror lembrado apenas parcialmente. Quantas vezes ela já fez esse caminho, do quarto ao la-boratório, em seus pesadelos? Quantas vezes ela acordou com o grito imagi-nado de sua mãe ainda soando em seus ouvidos? A chave gira na fechadura. O frio da maçaneta perfura sua mão. Então, a porta se abre com um gemido cansado.

A luz do sol preenche o ambiente, cegando-a momentaneamente. Pis-cando para afastar os pontos de luz em sua visão, ela respira a névoa nebu-losa de poeira no ar. Nada sobre este lugar mudou. Certo dia, ela e David se esparramaram no chão e observaram enquanto sua mãe encantava bugi-gangas bobas para eles brincarem. Brinquedos flutuantes, leves como pe-nas, e bichos de pelúcia com narizes que brilhavam como vaga-lumes. A bri-sa de verão soprava pelas janelas abertas e afugentava o cheiro de alquimia.

Mas esse devaneio se desfaz quando seu olhar pousa na mancha irre-gular nas tábuas do assoalho, tão escura quanto ferrugem. Outra memória toma conta dela, mais rápido do que é capaz de detê-la.

Com tudo flutuando e brilhando ao seu redor, Margaret sente como se estivesse no fundo do mar. Sua garganta se fecha, o sangue ruge em seus ouvidos, e ela está aqui e a milhares de quilômetros de distância, engasgan-do-se com o fedor do enxofre, tremendo enquanto a água escorre pelo chão e penetra na bainha de sua camisola...

— Margaret?

É sua mãe chamando por ela novamente. É a Hala, falando seu nome através do silvo das folhas caídas.

— Margaret, você consegue me ouvir?

Não. É a voz de um homem, dizendo seu nome de novo e de novo como um encantamento.

Margaret. Margaret. Margaret.

Ela estremece enquanto solta a respiração. Como se estivesse acordando de um sonho, ela se vê encarando os olhos de sequoia de Wes enquanto o filme que tomava conta de sua visão retrocede.

A confusão e a preocupação que ela vê nos olhos dele a humilham. A princípio, não consegue lembrar onde eles estão ou o que estavam fazendo. Então, pouco a pouco, ela retoma os sentidos. As mãos firmes e estabilizadoras dele em seus ombros. A solidez da cadeira abaixo dela. O suor frio acumulado em suas têmporas e a secura de seus olhos.

— Ei — diz ele, quase ternamente. — Acho que você foi a algum outro lugar por um momento. Está tudo bem?

Ser vítima da bondade dele de novo é doloroso demais, quando ontem à noite ela foi descuidada o suficiente para se deixar envolver sob sua proteção. Ela ainda consegue se lembrar do ritmo exato do pulso dele contra seu nariz, e do jeito que ele não a soltou até que eles tivessem saído da cidade. Ele não a questionou sobre isso, e ela não tem certeza do que teria dito se ele o tivesse feito. Mas isso — esses episódios — são somente dela para suportar. Querer conforto é uma fraqueza que ela não pode se dar ao luxo de ter.

— Sim. — Ela se livra do peso das mãos dele e fica de pé, cambaleante. — Está tudo bem.

Wes enfia as mãos nos bolsos, parecendo muito que estava prestes a discutir com ela.

— Certo, tudo bem.

Margaret sabe que ele quer entender, mas como ela poderia explicar as formas com que sua mente a protege de coisas que ninguém mais pode ver? Como alguém com uma família como a dele poderia realmente entender a dela?

Nos meses após a morte de David, seu pai costumava lhe dizer que havia duas Evelyn que moravam na mansão. Ela não tem certeza se se ressente dele por isso, ou se aprecia o fato de ele estar tentando protegê-la. De certa forma, ele nunca mentiu para ela. Há a primeira Evelyn, envolta em cores ricas e brilhantes como um pôr do sol — a que é fácil de amar. E há a segunda Evelyn, desbotada e cinza, que faz você se perguntar por que ainda insiste em tentar.

A primeira Evelyn tem o riso frouxo. É a Evelyn que grita em êxtase *rápido, rápido, rápido*, para lhe mostrar uma chuva de meteoros em seu telescópio. É a Evelyn que se ajoelha ao seu lado na lama para desenterrar lesmas e salamandras do barro. A segunda Evelyn é tão fria e remota quanto um planeta muito distante. É a Evelyn que não se alimenta por dias, cuja raiva silenciosa preenche a casa como fumaça. É a Evelyn que não olha para trás quando parte.

Lembre-se dela em seus dias bons, seu pai costumava dizer. *Essa é quem ela realmente é.*

Eventualmente, ela foi a única que restou para lembrar de algo, e agora não há mais nenhuma Evelyn.

Margaret sacode a janela até que ela se abra. O golpe do frio contra seu rosto molhado de suor a agrada, e a brisa leve que agita as cortinas varre o ranço do ar. Não é o suficiente para que ela se sinta de volta à realidade, nem mesmo remotamente normal. Se Wes não estivesse aqui, ela se deitaria na cama e se aconchegaria em torno de Encrenca até se lembrar de como ser ela mesma de novo. Mas ela não quer que ele a trate com cuidado como Halanan e a Sra. Wreford. Ela não quer que ele saiba.

Wes a observa com cautela enquanto ela se aproxima, mas aceita a chave quando ela a pressiona em sua palma.

— Está um pouco bagunçado — diz ela —, mas considere seu por enquanto.

— É o suficiente, eu acho. Obrigado.

Wes enfia a chave no bolso e então volta sua atenção para o laboratório. Está cheio de béqueres de vidro e almofarizes, balanças e alambiques com redes de tubos em espiral. Prateleiras repletas de livros cobrem as paredes, que são forradas com notas rabiscadas às pressas. Ele passa os dedos pelos rabiscos, murmurando palavras enquanto tenta ler as fórmulas. Isso lhe fará muito bem, considerando que a mãe dela escreveu tudo em código. Eventualmente, Wes abandona seus esforços de tradução e afunda na cadeira atrás da escrivaninha.

Ele cruza as mãos sob o queixo e olha para ela por baixo dos cílios.

— E então? Pareço um alquimista de verdade?

— Não deixe subir à sua cabeça.

— Tarde demais. — Wes vira uma ampulheta de cabeça para baixo. — Muito bem. Do que você precisa?

— Só podemos levar quatro itens alquimiados conosco na caçada e, como você não consegue cavalgar sozinho, queremos algo para aliviar a tensão sobre o cavalo. Além disso, tudo o que precisamos é de uma arma que possa matar a Hala. Qualquer outra coisa será uma conveniência, já que ficaremos do lado de fora por doze horas, no frio.

— Então, no que você quer que eu trabalhe para a exposição?

Boa pergunta. Embora Margaret esteja ciente de que ela pode ter um bom desempenho na competição de tiro, a pontuação final será uma média de todas elas. Goste ela ou não, ainda está atrelada a ele. A ambição é recompensada na exposição, mas, com base no que ela viu das habilidades dele até agora, duvida que ele possa executar qualquer coisa além de uma transmutação simples.

Claramente sentindo sua preocupação, Wes diz:

— Olha, eu sei que você ainda não viu nada inspirador, mas eu juro que consigo.

— Eu acredito em você. — Ela não está falando totalmente sério, mas dizer isso faz com que ela sinta que eles estão vivendo em um mundo onde a vitória deles é possível. — A opção mais segura é trabalhar em algo que você sabe que realmente consegue fazer.

— Mas e se eu quiser garantir que estaremos no primeiro voo?

— Então você precisará deslumbrá-los.

— Certo. Sem pressão.

— A única coisa de que absolutamente precisamos é de uma bala capaz de matar a Hala, então foque isso. — Margaret reza para que ele possa descobrir um método diferente daquele que ela já conhece. Inconscientemente, ela coloca a mão sobre a clavícula, onde a chave de sua mãe está quente em sua pele.

— Isso eu posso fazer.

Ele sente uma inquietação na garganta acima do colarinho desabotoado, e sua pele pálida fica ainda mais lívida. Ela se lembra da indignação de Mad e da mãe dele com a ideia de Wes se juntar à caçada. Embora ela não conheça os meandros da fé Sumítica, consegue entender os sentimentos complexos que surgem a partir do momento em que ele abandona sua herança.

— Você tem certeza sobre isso?

— Não foi você quem disse que tínhamos que confiar um no outro? Eu sei que você ainda está brava por causa do machado, mas...

— Não foi isso que eu quis dizer.

— Ah, *isso*. — Ele apoia o queixo nos punhos. — Não me diga que você também está preocupada com o destino da minha alma imortal.

— Não estou. Apenas do seu eu mortal.

— Estou bem. De verdade. Não vou decepcionar você. A este ponto, já sei como viver com a culpa.

Margaret hesita, em parte porque não quer ofender, em parte porque não quer ser intrometida. Mas faz tanto tempo que ela não conversa com alguém.

— Por que sua mãe está tão preocupada? A Hala é algum tipo de santo Sumítico?

— Os demiurgos não são realmente santos. Algumas pessoas oram para eles como intercessores, mas eles são mais como extensões do próprio Deus. Eles são Deus, mas também estão separados de Deus, porque todos eles têm a mesma essência divina.

Ele para, como se tivesse explicado suficientemente o conceito. Margaret o encara com um olhar confuso.

Wes cora e então continua:

— Quer dizer, essa é a declaração oficial do papa. É um pouco complicado. Os bispos discutem sobre isso há séculos, e, de qualquer maneira, acho que ninguém realmente entende. Deus em seu mistério infinito e tudo o mais.

— Compreendo.

Ela não acha que seu pai se contentaria com um deus que desfruta de seu próprio afastamento. E ele certamente não se contentaria em aceitar o relato de outro homem sobre a natureza do divino sem testá-lo ele próprio. Mas, se Aoife realmente acredita que seu filho está matando um pedaço de Deus — ou o próprio Deus, por assim dizer —, Margaret consegue entender sua preocupação.

— Você também adora santos?

Wes parece apenas ligeiramente exasperado.

— Na verdade, não. Nós os veneremos, no entanto. Rezamos para eles e tomamos seus nomes quando atingimos a maioridade.

— Qual você tomou?

— Francisco Xavier. O que me faz Weston Carroll Francisco Xavier Winters.

— Carroll — repete ela.

— É um nome de família — diz ele, na defensiva. — De qualquer forma! O ponto é que os santos são pessoas comuns que fizeram algo impressionante o suficiente para serem canonizados. Normalmente, isso significa morrer de alguma forma dramática e terrível quando alguém tenta fazer com que você se converta. Embora eu já tenha ouvido falar de um cão que tem um culto de seguidores.

Essa é a primeira coisa que ele disse que faz sentido. Todos os cães merecem veneração, talvez até canonização.

— E esse é... o objetivo?

— Não para mim. Se você quiser ser um santo, precisa sofrer e ainda por cima ser celibatário, e é por isso que eu pretendo ir para o inferno. — Com as costas do polegar, ele traça um círculo na testa e depois nos lábios e no peito.

Margaret revira os olhos. Toda vez que ela começa a acreditar na existência de um pingo de maturidade nele, ele prova que ela está errada.

— Suponho que ambos estaremos em nosso caminho para o inferno quando tivermos o sangue da Hala em nossas mãos.

Margaret espera que ele faça a pergunta que queima em seus olhos: *por que você iria para o inferno por algo desse tipo?* Esta é mais uma coisa que ela aprendeu sobre ele. Não é apenas sua dor que ele esconde por trás daquele sorriso frouxo. É sua inteligência também. Ele percebe muito mais do que deixa transparecer. Há muitos Katharistas tolerantes no mundo, e a Sra. Wreford e Halanan são prova disso. Mas Wes já viu o suficiente da vida dela e da maneira como esta cidade a trata para saber que ela não é apenas uma Katharista tolerante.

Ele certamente deve saber.

Se ele sabe, não a pressiona. Em vez disso, inclina-se tanto para trás na cadeira que ela teme, ou talvez espere, que ele tombe.

— Bem, se eu for fazer isso nos próximos seis dias, vou precisar de alguns suprimentos. O que significa... — As pernas da cadeira caem de volta no chão com um estrondo alto. — Você não vai ter como escapar de me mostrar a cidade desta vez.

— Muito bem. — Margaret odeia o sorriso triunfante que surge no rosto dele. — Quando você quer ir?

— Um pouco de ar fresco seria bom. Que tal agora?

13

A garota mais linda que Wes já viu está do outro lado da cerca do armazém. Ela está na fila com seus amigos, do lado de fora de uma das barracas de mercado de teto vermelho que surgiram durante a noite como as tendas de um circo ambulante. As pessoas passam apressadas com copos cheios de bebidas fumegantes e maçãs do amor, mas ela é tudo o que ele consegue ver.

Ela usa um suéter de tricô enorme puxado sobre uma saia verde plissada. A bainha desce até suas panturrilhas, cheias de curvas como a água, e a desejada extensão de pele entre o tecido e seus sapatos de salto alto quase o deixa louco. Seu cabelo cai em cachos sob o chapéu clochê, tão encorpados e redondos como castanhas, e pérolas escorrem de suas orelhas como gotas de chuva na borda de uma pétala. Há algo familiar sobre ela. Não apenas em relação à moda da cidade, mas em seu rosto...

Eles devem ter se encontrado antes. Mas, não, ele se lembraria de um rosto como o dela.

Wes considera abandonar seu posto para cumprimentá-la, mas Margaret o deixou com a ordem severa de se comportar. Francamente, ele esperava que esta viagem fosse para comprar suprimentos de alquimia, mas ela queria resolver tudo em sua longa lista de tarefas. A ideia de se arrastar tristemente atrás dela pelo mercado parecia tão boa quanto arrancar a própria pele.

Ele já fez isso antes — essa caminhada penosa —, e é incompreensível o tempo que ela pode gastar ponderando o valor de uma única maçã. Em vez disso, ele optou por observar as pessoas e escutar as fofocas no ruído ambiente. Há rumores de que ontem à noite a Hala destruiu toda a colheita de um vinhedo centenário, o que aparentemente é tão trágico quanto emocionante.

Outro sinal de que será uma perseguição esportiva.

Enquanto espera Margaret terminar suas compras, ele não vê mal nenhum em se ocupar com o flerte. Se ele ficar sem fazer nada, terá que enfrentar seu medo de fracassar, de que três semanas não seja tempo o suficiente para se preparar para a caçada, de que a Hala vai destruí-los. Se ele parar de se mover, estará condenado a afundar.

Uma das amigas da garota lança um olhar furtivo em sua direção, e ela se vira por cima do ombro para olhá-lo. Wes sorri. Ele praticou esse tipo de sorriso muitas vezes no espelho, assim como pratica os padrões de fala de todos os melhores oradores do país. Precisa ser bem calculado. Muito largo faz parecer uma careta, muito solto se transforma em uma encarada de queixo caído. Mas este se encaixa perfeitamente, porque, quando ele acena, elas o recompensam fofocando entre si.

Ele finge não perceber, mas percebe. Ele gosta de receber atenção, um fato que não tem vergonha de admitir. Qualquer um seria assim depois de crescer em uma casa como a dele, onde a atenção é uma mercadoria tão preciosa quanto o ouro. Quando criança, ele tirava proveito de todas as vantagens que tinha sobre suas irmãs como o único menino, o único com uma propensão para a alquimia e o único que conseguia persuadir sua mãe a perdoar seus muitos pecados.

Quando terminam a fofoca, as amigas da garota a empurram em sua direção. Ela navega através da multidão, então cruza os braços cuidadosamente sobre um dos postes da cerca. De tão perto, ele consegue ver todos os tons de verde nos olhos dela, como suas pupilas são rodeadas de um amarelo felino. Ele acha que se esqueceu de como respirar.

— Olá — diz ela. — Posso ajudar? Você está me encarando há uns dez minutos.

— Ah, é mesmo? Me desculpe. Eu estava a caminho de fazer umas compras, mas então... Bem, fiquei terrivelmente distraído e não consegui criar coragem para dizer olá.

— Ah, Sr. Winters, bancar o tímido não combina com você.

— Você... você sabe o meu nome?

Ela sorri maliciosamente.

— Claro que sei. Nos conhecemos um dia desses. No entanto, você se esqueceu de *mim* rápido demais.

O terror tomou conta de sua mente.

— Você está brincando.

— Estou falando muito sério.

Ele geralmente não é tão terrível com rostos. E seguramente não tão terrível com um rosto tão bonito quanto o dela. Onde eles poderiam ter se encontrado?

— Você deve oferecer fuga a muitas garotas se não consegue se lembrar disso.

Ah. *Ah.* A garota do albergue, aquela que lhe deu uma carona para casa. Ele estava tão preso em sua própria mente naquela noite, mas agora consegue se lembrar da silhueta dela na janela do carro, delineada pela água prateada da chuva. Ele se lembra de sua voz sonhadora quando ela falou de Dunway.

Ele sente um calor se espalhar pela parte de trás de seu pescoço.

— Eu acho que essa deve ser a situação mais embaraçosa que já aconteceu comigo.

Ela joga a cabeça para trás e ri, um som tão cintilante quanto champanhe.

— Não se preocupe. Acho que sua mente estava em outro lugar naquela noite.

— Mesmo assim. Estou envergonhado.

— Não há necessidade. — Ela descansa a mão no antebraço dele, em um gesto tranquilizador. — Além disso, eu nunca me apresentei adequadamente. Sou Annette Wallace.

— É um prazer conhecê-la novamente, Srta. Wallace.

— Pode me chamar de Annette.

— Annette, então. — Ele mal acaba de pronunciar essas palavras quando percebe um lampejo de movimento por cima do ombro dela, e então a sensação de frio na espinha causada pela impressão de estar sendo observado. Duas pessoas estão encarando-o. A primeira, claro, é Margaret. A segunda é Jaime Harrington, que paralisa no meio da rua quando o vê.

Wes se pergunta quão pouca sorte ele terá até que finalmente esteja totalmente desprovido dela.

Com Margaret e sua ira, ele pode lidar. Mesmo que ele não tenha certeza sobre qual é a situação entre eles ultimamente, ele já aceitou que irá aborrecê-la independentemente do que faça. Com Jaime, porém... Aquela sua choradeira em forma de protesto no bar ontem à noite ainda o irrita. Embora eles mal tenham trocado mais de cinco palavras, Wes já o tem sob sua mira. Ego grande demais, fanfarrão demais. Wes adoraria confrontá-lo por isso e...

Não, ele não pode se distrair com o pensamento de confrontar Jaime. Pelo bem de Margaret, ele sairá por cima.

Annette segue seu olhar.

— Ah, você está aqui com Maggie?

— Hein?

— Maggie Welty. — Ela não diz isso exatamente com *maldade*, mas Wes detecta o que ela quis dizer. Até onde ele sabe, Evelyn não é muito querida na cidade, e sua filha...

Sua filha. Ele bloqueia qualquer pensamento de Margaret antes que possa se distrair ainda mais. Mas é difícil ignorá-la quando ela está alfinetando-o com os olhos. Eles dizem: *vamos. Agora.*

Só um minuto, ele quer dizer. *Não estrague isso para mim.*

— Não exatamente. Quer dizer, sim, estou aqui com ela, mas apenas no sentido de que ambos estamos aqui ao mesmo tempo. — Ele pigarreia. — Acho que a Srta. Welty não gosta muito de mim.

— Não leve para o lado pessoal. Ela não gosta muito de ninguém.

— Nem Jaime Harrington, aparentemente.

— Jaime? Ah, não ligue para ele. Ele é cauteloso com estranhos, mas é inofensivo.

Wes duvida muito disso, mas responde com um som evasivo.

— De qualquer forma, fico feliz que, afinal, você decidiu ficar. Ouvi boatos de que se inscreveu para a caçada. O que se sabe sobre raposas na cidade, Sr. Winters?

— Por favor. — Oferecendo-lhe seu sorriso mais cativante, ele tira o chapéu. A estática formiga nas pontas de suas orelhas, então ele sabe que seu cabelo deve estar extraordinário neste momento. — Me chame de Wes.

— Muito bem, Wes. A questão permanece.

— Na verdade, nada. Mas, se vou morar aqui por um tempo, achei que deveria viver como os locais. Ouvi dizer que vai ser uma caçada especialmente boa este ano. Você ouviu falar do vinhedo?

— Sabe, por *boa* eles querem dizer perigosa.

— Eu sei. — Wes ri baixinho. — A verdade é que a Srta. Welty me pediu para acompanhá-la, e não posso dizer não a uma mulher necessitada.

— Que galante de sua parte. Agora eu sei com certeza que o que quer que esteja havendo entre nós não significa nada — diz ela, com um suspiro exagerado e provocador.

Wes sente-se aliviado em deixar o assunto sobre Margaret — e sobre a caçada — de lado.

— Isso não é verdade. Deixe-me provar. Eu mal consegui ver os pontos turísticos, então...

— Lamento muito desapontá-lo, mas não há pontos turísticos. Temos água do mar, árvores e peixes.

— Ah, não seja assim. Certamente existem algumas joias escondidas em Wickdon. Aposto que você poderia me mostrar umas coisinhas.

Annette ri.

— Acho que não há nada que uma garota como eu poderia mostrar a você.

— Bem — diz ele, baixando a voz. — Eu duvido muito disso.

Uma sombra cai sobre ele. Uma mão pesada aperta seu ombro.

— Esse cara está incomodando você?

— Jaime — diz Annette, desafinadamente. — Olá.

Wes sacode os ombros enquanto se vira — e encontra a boca zombeteira de Jaime no nível de seus olhos. Ele precisa esticar o pescoço para encará-lo, um fato do qual ele tenta não se ressentir.

— Estamos apenas conversando.

— *Estamos apenas conversando.* — Jaime o imita de uma forma que deixa claro que ele acha ridículo o seu jeito de falar. Todas as vogais exageradamente amplas e consoantes curtas. — Eu não sabia que Maggie Welty deixava seus cachorros soltos por aí.

— Sempre um prazer, Harrington.

— Um prazer. — Jaime balança a cabeça, como se estivesse curtindo alguma piada interna. — Não consigo superar esse sotaque. Você sabe que ele é de Dunway, Annie?

Annette olha para baixo.

— Sei.

— Ela sempre quis ir lá — diz Jaime, do nada. — Não consigo imaginar a razão.

— Você já esteve lá, eu presumo? — Wes luta para não demonstrar irritação em sua voz.

— Certamente não. Meus pais nasceram lá, mas se mudaram quando começou a ficar cheio demais. Imigrantes banvinianos se reproduzem como coelhos, e mais deles saem do barco todos os dias. Não sei como você vive com isso. — Jaime faz uma pausa, como se estivesse esperando a reação de Wes. — Além disso, você não pode competir com os Yu'adir se quiser manter algum tipo de integridade. Eles barateiam seus próprios produtos para ganhar mais dinheiro.

— Um relato muito impressionante — diz Wes —, para alguém que nunca olhou para nada além de seu próprio umbigo.

Annette coloca a mão sobre a boca, sufocando uma risada.

A expressão atordoada de Jaime se torna amarga.

— Você se acha muito esperto, não é? Deixe-me esclarecer isso. Se quiser se manter longe de problemas, mantenha a boca fechada e cuide da sua vida. A inscrição de vocês deixou muitas pessoas com raiva, e seria uma pena se algo acontecesse com vocês por causa disso. Estamos entendidos?

Qualquer pessoa sã pediria desculpas ao ver o ódio puro nos olhos de Jaime. Mas Wes apenas sente seu ego se elevar ao mesmo nível do dele. Especialmente porque Annette está observando-o com uma mistura de horror e fascínio.

— Deixe-o em paz, Jaime — diz Annette. — Ele não está fazendo mal a ninguém.

— Quem disse alguma coisa sobre fazer mal a alguém? Estamos apenas conversando, não é mesmo, Winters?

— Isso mesmo.

— Isso mesmo — ecoa Jaime, dando um tapinha nas costas de Wes. — Na verdade, estou dando a ele alguns conselhos úteis. Conhecer a competição faz parte da preparação para a caçada. Veja bem, nosso Winters é um alquimista. Que tal você mostrar a Annie um truque de mágica, já que está tão disposto a impressioná-la?

A raiva queima como uma forja dentro dele. Mil respostas diferentes se formam no fundo de sua garganta, algumas delas apenas parcialmente coerentes. Uma semana atrás, Wes o teria socado bem na cara, agora mesmo, sem rodeios. Mas há muita coisa em jogo para que ele possa ser qualquer coisa além do cachorrinho de Margaret. Isso não significa que ele não possa lembrá-los de sua garra.

— Honestamente, não sei dizer se você é estúpido ou corajoso. — É o mesmo tom de voz que ele usa quando quer tirar Mad totalmente do sério. Um pouco impertinente, um pouco arrogante. — Você sabe que eu sou um alquimista, e aqui está você, ameaçando-me abertamente.

Jaime inclina a cabeça.

— E daí? Está planejando me incendiar ou algo do tipo? Então faça isso. Eu duvido.

Um clima instável de tensão paira no ar.

— Você sabe o que eu acho? — continua Jaime. — Acho que você não conseguiria fazer absolutamente nada, mesmo se quisesse. Na verdade, fiquei sabendo que você veio aqui para ser aprendiz de Evelyn. Você não acha que está um pouco velho para isso? O último aprendiz dela tinha 10 anos.

Para o inferno com a respeitabilidade. Chegou a hora desse maldito.

— Sr. Winters.

Margaret. Wes reprime um grunhido enquanto se vira relutantemente para ela. Um vento frio atravessa a rua, balançando a saia dela ao seu redor e soltando alguns fios de cabelo de seu coque apertado. Nuvens obstruem o sol no momento em que ela encontra seu olhar, o ouro desaparecendo de seus olhos enquanto eles se estreitam. Desse jeito, ela parece mais loba que menina — como se alguma mágica muito mais selvagem que a alquimia corresse através dela. Essa visão o acalma. Wes relaxa suas mãos. Os tendões em sua mão direita estalam e voltam ao lugar.

— Devemos ir — diz ela. — Precisamos comprar seus suprimentos.

Jaime aponta o queixo em direção a Margaret.

— Vá. Seja um bom garoto.

Os lábios de Margaret se estreitam, mas ela está tão ilegível como sempre.

Como ela consegue tolerar isso? Ou talvez ela tenha tolerado por tanto tempo que se tornou mais fácil. Ele não consegue decidir se sente mais pena ou raiva da passividade dela. A crueldade a desgastou, mas ele não pode se deixar abater sem derramar um pouco de sangue.

— Foi bom ver você de novo, Annette. Vejo você por aí.

Wes vê o momento exato em que Jaime registra o sorriso de resposta de Annette e seu uso deliberado da palavra "de novo". O rosto dele se contorce com uma raiva impotente, e Wes sabe que a primeira vitória pertence a ele.

14

Eles andam lado a lado pela cidade, e, embora Margaret saiba que não deveria, está aborrecida com Wes. Racionalmente, ela sabe que está apenas irritável e cansada, como sempre fica depois de um de seus episódios, mas saber disso não ajuda a melhorar seu humor. Ela não consegue parar de pensar na postura presunçosa dele, gabando-se para Annette Wallace como um pássaro exótico. Ela não consegue parar de vê-lo em sua visão periférica, sorrindo para si mesmo como um idiota. Em trinta minutos, ele conseguiu enfurecer Jaime ainda mais do que eles já o fizeram. Ele não pode ser deixado sozinho — nem por um único segundo. Ele não é melhor do que um filhote de cachorro.

— Vejo que você fez amigos — diz ela.

— Talvez eu tenha feito. — Seu sorriso se torna obsequioso. — Está com ciúme?

— Não.

— Hmm. — É um som cético, provocador, ao qual ela não está exatamente acostumada.

As mangas de seu sobretudo se arrastam frouxamente atrás dele como um segundo par de braços. Ele se parece consigo mesmo novamente — ridículo —, mas ela não consegue esquecer facilmente a visão dele com os dentes à mostra e os olhos tomados de raiva. Mais um momento sem intervenção, e ele teria se engajado em uma briga física com Jaime. Ela tem certeza disso. Talvez ela devesse ter deixado.

— Já disse a você que Jaime não é o tipo de pessoa que você gostaria de ter como inimigo.

— Não tenho medo dele — diz ele com sarcasmo. — De qualquer forma, ele que começou. Eu estava cuidando da minha vida.

— Flertar descaradamente com Annette Wallace não é exatamente cuidar da sua vida.

— Eu não estava flertando *descaradamente*.

— Ele está apaixonado por ela.

— Eu também.

Margaret revira os olhos. Todo mundo sabe que Jaime é completamente apaixonado por Annette desde que eles eram crianças; não que ela já tenha dado algum sinal de reciprocidade. Certa vez, ele fez Sam Plummer chorar porque teve a audácia de convidar Annette para um café.

— Você está pintando um alvo ainda maior nas suas costas. Se ficar fora do caminho dele, e do dela, ele deixará você em paz.

— E você andou se metendo com Annette também? Ele não está exatamente deixando você em paz.

Margaret não gosta do olhar de sondagem que ele dirige a ela. Seria tão fácil contar a ele, mas sua língua parece pesada toda vez que ela pensa em dizer: *é porque eu sou Yu'adir*. Ela ainda sente muito medo da reação dele. Pena seria tão ruim quanto nojo.

— Ele está zangado. E se sentindo ameaçado.

— Obviamente. Só me pergunto por que, dentre todas as pessoas, ele escolheu se sentir ameaçado por você.

— Você nunca me viu atirar para matar — diz ela secamente. — Talvez você gostaria de uma demonstração.

Ele levanta as mãos em um gesto de rendição.

— Não precisa. Eu tenho uma imaginação fértil. Além disso, o que seria de você sem minha presença aqui para incomodá-la?

A julgar pelo brilho conspiratório nos olhos dele, Margaret sabe que ele não tem nenhuma intenção de ouvir seu conselho, e ela tem a sensação de que insistir no assunto só tornará Annette mais irresistível. Se ele quer se envolver nessa bagunça evitável, o problema é dele.

À medida que a claridade da tarde se esvai, as lojas começam a acender as luzes. Wes espia cada vitrine por onde passam, mas seu olhar se demora na alfaiataria. Ele olha com tanta atenção e desejo o terno na vitrine que ela tem certeza de que ele deixará uma marca de seu rosto para trás. O bordado fino nas mangas — costurado em todas as cores do oceano ao amanhecer — quase certamente vale mais do que a vida de ambos juntas.

— Vamos lá — diz ela. — Deve ter o que você precisa na Morgan's.

Eles se arrastam através da passagem até a V. K. Morgan's, e o alegre tilintar do sino no teto anuncia sua chegada. É uma loja que parece um armário apertado, parte farmácia, parte mercearia, parte loja de charutos, o que significa que sempre cheira a algo parecido com vela queimada. Galhadas desbotadas pelo sol pendem como um candelabro sombrio no alto, brilhando com luzes pendentes.

Os turistas a deixaram quase vazia, como um animal abatido e limpo. Nada além de ossos permanece. Todo mundo em Wickdon faz suas compras aqui, e, enquanto as Morgan atingem um ponto de equilíbrio, ou seja, sem lucros nem perdas, com as visitas dos frequentadores regulares, o verdadeiro dinheiro vem da venda de peles para alquimistas em Dunway. Catálogos de moda anunciam todo tipo de roupa alquimiada: estolas de marta imbuídas com luminescência de diamante, capas forradas de pelo com essência de pimenta para aquecer, casacos elegantes de pele de coelho infundidos com as propriedades do petróleo para a absorção da chuva.

As gêmeas Morgan estão sentadas lado a lado, atrás do balcão, como dois corvos em um fio telefônico. Seus cabelos ruivos formam ondas largas e soltas sob os chapéus de abas largas.

— Ah, querida Katherine. — Vivienne se inclina para frente em seu assento. Fragmentos de osso adornam cada um de seus anéis de ouro, que fazem um barulho de chuva quando ela estende as mãos sobre a bancada de vidro. — Parece que Maggie Welty veio nos visitar novamente.

— É mesmo. Faz tanto tempo desde que a vimos pela última vez.

— Não faz tanto tempo assim. Você já se esqueceu? Acho que foi há duas semanas.

— Claro que não, Vivienne. Faz meses.

Elas falam com uma cadência estranha e hesitante que, até onde se sabe, é um sotaque que elas mesmas inventaram desde que nasceram e cresceram em Wickdon. Wes olha para Margaret com um olhar espantado e confuso enquanto elas discutem.

Ainda bem que o nome da loja tem a inicial das duas, considerando que Margaret não consegue se livrar da suspeita formada em sua infância de que elas são, na verdade, a mesma pessoa. Elas são idênticas. E soam idênticas. Elas falam frequentemente na primeira pessoa do plural e conversam como se pudessem ler a mente uma da outra. Enquanto elas tendem a desconcertar a maioria das pessoas, Margaret já está acostumada. Ela precisa estar, considerando que elas estão entre as únicas pessoas na cidade dispostas a pagar um preço justo pelo que ela vende.

— Ignore-as — diz ela a Wes. — Vamos pegar o que você precisa e ir embora.

Assim que ele abre a boca para responder, os olhos delas pousam nele.

— E quem é este? — pergunta Katherine.

Isso é tudo o que ele precisa parar passar por uma radiante transformação. Wes se aproxima do balcão e apoia o cotovelo no tampo. Sua voz é escorregadia como óleo, e seu sorriso, brilhante como a luz do sol.

— Weston Winters, madame. Prazer em conhecê-la.

— Ah. — É apenas uma expiração. — O prazer é todo meu, Sr. Winters.

— Um prazer, de fato — diz Vivienne.

Ele é insaciável. Primeiro Annette Wallace, e agora as gêmeas Morgan. Como todos continuam caindo nessa atuação? Como todos são tão alheios? Cada coisa que ele diz e faz é calculada para fazer as pessoas gostarem dele. É embaraçoso o quão obviamente ele anseia por aceitação.

Enquanto ele fala, Margaret se afasta para percorrer os corredores em busca do que Wes pediu para seus experimentos. Ela o observa por trás de uma pequena torre de ósmio, enquanto a luz do fim da tarde entra pela janela e o cobre de um calor dourado. Ele conversa animadamente com Vivienne, e, se o tom de sua voz e a postura informal de seu corpo contra o balcão lhe dizem alguma coisa, é que ele está flertando com ela. Deveria ser ridículo, mas ela nunca viu as Morgan parecerem tão... cativadas.

Tem sido eu *que tenho estado alheia?*

Seu atrativo é mais do que o sorriso fácil e os olhos sérios, mais do que sua simpatia descomplicada, quase irresistível. Ele é magnético porque parece totalmente apaixonado por quem quer que esteja em sua frente. Ela percebe, tarde demais, que está encarando. Como se sentisse, Wes dirige a Margaret um olhar maroto pelo canto do olho. Seus olhos brilham como uma pedra polida, e um sorriso malicioso se forma em seus lábios. Ele pisca para ela. Realmente *pisca*.

Deus, como ela o despreza às vezes. Ele existe puramente para irritá-la. Para lembrá-la de que tudo vem fácil para ele, e não para ela.

— Você é o novo aprendiz de Evelyn Welty? — pergunta Katherine.

— Não exatamente — diz ele. — Pelo menos não até que ela retorne. Mas sou o alquimista da Srta. Welty para a caçada. Eu queria ajudá-la nos seus afazeres e conhecer os vizinhos, é claro.

— Que gentil de sua parte. Faz muito tempo desde que tivemos nosso próprio alquimista. Muito tempo *mesmo*. Ninguém se interessa pela nossa cidade.

— Como não se interessar? Negócios encantadores, paisagens deslumbrantes, mulheres bonitas...

As gêmeas soltam uma gargalhada, e Margaret se apega a uma esperança particular de que elas finalmente o repreenderão. Mas Vivienne apenas diz:

— Você não chegará a lugar nenhum com bajulação.

A ternura em sua voz a trai. Ele chegará muito longe.

Margaret enfia um pedaço de ósmio na bolsa e começa a vasculhar uma prateleira particularmente assustadora, cheia de garrafas de vidro inconsistentemente rotuladas. Quando ela encontra o óleo de cânfora que ele queria, ela se aproxima do balcão e coloca seus itens sobre ele. Wes olha para ela com olhos brilhantes e divertidos. Ela, imediatamente, quer extinguir esse brilho de seu olhar.

— Tenho algo para mostrar a vocês — diz ela às gêmeas, mantendo a compostura.

Ela encontra a pele de raposa na bolsa e a desenrola na bancada delicadamente, como a cauda de um vestido de noiva. As gêmeas hesitam ao pegá-la, arrancando uma da outra e segurando-a contra o sol como se estivessem procurando uma nota falsa. A pele ondula como trigo agitado pelo vento sob seus dedos ansiosos e brilha em tons cintilantes de vermelho e branco. É encantadora, ela sabe. A maioria das raposas em Wickdon são opacas, quase marrons. Esta, no entanto, pertence ao pescoço de uma mulher rica.

Sem consultar, sem sequer olhar uma para a outra, elas dizem sua sentença em uníssono.

— Três dólares.

— Seis.

— Ah, querida — sussurra Vivienne em desânimo. — Quatro.

— Posso vendê-la a qualquer um dos turistas lá fora pelo dobro disso. Estou fazendo um favor.

Margaret as observa enquanto elas colocam na balança seu orgulho e a beleza do casaco que a raposa se tornará. Katherine diz:

— Cinco. Receio que não possamos oferecer mais do que isso.

— Feito. Dê-me a diferença. — Cada nota de dinheiro vivo faz o som característico da fricção de um papel no outro enquanto Katherine as deposita na palma da mão de Margaret. Será o suficiente para mantê-los pelas próximas duas semanas.

— Pronta para ir? — pergunta Wes.

— Sim. Estou totalmente pronta para ir.

No momento em que pisam no frio do lado de fora, toda a irritação dela retorna. Muito tranquila e pausadamente, ela diz:

— Você não deveria se acostumar com isso. Iremos perder se você passar todo o seu tempo socializando.

— Ah, relaxa. Foram só cinco minutos, não "todo o meu tempo". Isso se chama educação. Talvez você devesse tentar algum dia.

Ela tem a intenção de continuar encarando-o, para fazê-lo perceber que ele não está entendendo o ponto. Mas, quando seus olhos ardem em uma emoção que ela prefere não nomear, ela se afasta dele bruscamente e se dirige a passos rápidos para os limites da cidade. Wes trota para acompanhá-la.

— Ei. O que aconteceu?

— Não consigo compreender como você consegue enfeitiçar todo mundo.

— É porque sou charmoso.

— Dificilmente.

— Você realmente deveria ser mais legal comigo — diz ele, mal-humorado. — Eu arrisquei muito por você.

— E o que Annette pensaria se, de repente, eu começasse a ser legal com você?

Ele faz uma careta. Ela pode ver infinitas e desastrosas possibilidades passando na mente dele. Todos os sonhos de um futuro feliz a dois, frustrados. Pela primeira vez, parece que ele não tem nada a dizer. Satisfeita, ela dá meia-volta — e então ele a alcança pela alça de sua sacola de compras.

— Espere um minuto. Você está com ciúme.

Essa é a questão. Ela está.

Ela não está exatamente com ciúme de Annette. A única coisa invejável em sua posição é que Wes logo ficará entediado dela e Margaret nunca estará livre dele. Não, não é a atenção de Wes que ela quer. Ela viveu aqui a vida inteira, mas poucos em Wickdon olham para ela da forma como olham para Wes. Aqueles que não a odeiam por seu sangue maculado têm apenas pena dela. Ela se ressente dele, por mais injusto que seja. Mesmo sabendo que nunca será, ela gostaria de ser algo além de sua dor e de seu medo. Mas ela não admitirá isso para ele.

Margaret se solta de seu aperto e passa por ele. Ela dá apenas mais alguns passos antes que ele corte na frente dela.

— Você poderia parar por um minuto?

Normalmente, os olhos dele cintilam com malícia ou por causa de algum plano recém-arquitetado. Mas, agora, eles estão cheios de uma melancolia que parece totalmente deslocada nele.

— Sabe, eu não consigo ler sua mente. Podemos continuar jogando este jogo, ou você pode falar comigo.

Ela se irrita com a própria ideia presunçosa de que ele poderia entender alguma coisa sobre sua vida, mesmo algo tão pequeno quanto isso. Mas ele realmente não poderia? Nesse aspecto, eles são dolorosamente parecidos, embora Margaret não consiga se convencer de que isso importa. Mesmo que ele tenha experimentado o mesmo tipo de rejeição que ela gostaria de lhe contar, o que ela diria? Ela se escondeu atrás de muitas portas trancadas para saber como abri-las agora.

— Não há nada para contar. Esse ar preocupado não combina com você, Wes.

Por um momento, ele parece ferido. Então, como se tudo não tivesse passado da imaginação dela, a expressão dele se torna mais uma vez despreocupada, e ele está invulnerável novamente.

15

Wes pega sua caneca e toma um longo gole de café. Quase imediatamente, ele cospe o lodo frio de volta no copo. Ele acumulou uma coleção tão grande de canecas nos últimos dois dias que esqueceu completamente quais ainda são bebíveis. Gemendo, ele esfrega os olhos turvos e tenta descobrir que horas são.

O pequeno trecho de céu que ele pode ver pela janela escureceu para um intenso roxo-ametista. Dentro do laboratório de Evelyn, a única luz vem dos alambiques de vidro, que brilham com a pálida luz prateada da *coincidentia oppositorum*, o subproduto líquido do albedo. Da última vez que ele verificou, ainda era início da tarde, e ele jura que o tempo passou num piscar de olhos. O tempo, como sempre, está lhe escapando.

A exposição de alquimia é em quatro dias, e ele passou todo o seu tempo calculando massas molares, experimentando a colocação de runas e destilando lote após lote de *coincidentia oppositorum*. O laboratório inteiro fede a enxofre e salmoura, mas pelo menos ele conseguiu desenvolver alguns protótipos viáveis. Margaret queria munição, então ele deu o melhor de si para aprender por conta própria ciências balísticas. Três balas brilhantes estão posicionadas na beirada de sua mesa como soldadinhos de brinquedo.

O que importa é o poder de parada, a probabilidade de debilitar um alvo. Por si só, uma bala é um objeto inofensivo; a transferência de energia da bala para o corpo que é mortal. Para maximizar o poder de parada, é necessário maximizar a quantidade de energia armazenada nela. De acordo com o que ele conseguiu absorver da química e da física ao longo dos anos, existem algumas maneiras de conseguir isso. A primeira bala, ele encantou para diminuir sua densidade. A segunda, para aumentar o atrito. A terceira, para aumentar sua capacidade calorífera. Ele ainda precisa pedir a Margaret para testá-las. Está impossível se aproximar dela ultimamente. Ele só a vislumbra pela janela, indo e vindo montada em seu cavalo, Shimmer, em um galope trovejante com Encrenca saltando atrás deles.

Wes empurra uma das balas e a observa rolar pela mesa. Embora ele esteja confiante de que uma delas tecnicamente funcionará, está insatisfeito. O propósito de um alquimista é buscar a verdade, e ele não consegue deixar de sentir que falta algo crucial em todos eles.

Desde que a guerra mundial terminou, há cerca de quinze anos, os militares financiaram generosamente seus alquimistas. Sem dúvida, eles já desenvolveram armas de fogo muito mais avançadas do que Wes — ou do que qualquer outro alquimista civil — jamais poderia sonhar em produzir. Se esse conhecimento está disponível, por que a Hala escapou dos caçadores de Nova Albion por quase 150 anos? O registro mais recente da morte de um demiurgo foi em 1718, quase dois séculos atrás. O que eles sabiam que ele não sabe?

Toda lenda Katharista sobre o ato de matar um demiurgo tem os mesmos três elementos: um herói com uma arma divina, uma lua cheia e uma besta de sangue prateado. Sangue prateado soa como *coincidentia oppositorum*, e, como a alquimia é sempre o caminho para a divindade, independentemente de qual deus você adore, ele precisa acreditar na sabedoria comum extraída dessas histórias. Você mata um demiurgo com alquimia na lua cheia, quando sua luz cai sobre a terra como um círculo de transmutação. A questão é *como*. A alquimia nada mais é do que a decomposição da matéria em sua essência. Mas, se os demiurgos se resumem ao próprio éter do universo, de que são feitos seus corpos? Se eles são verdadeiramente divinos, como é possível decompor o próprio Deus?

Certa vez, Margaret disse que sua mãe não quer nada além da Hala, então certamente Evelyn sabe como é feito. Talvez ela tenha registrado em algum lugar.

Wes se força a se levantar e examina as prateleiras à luz fantasmagórica e pulsante dos alambiques. Velhos tomos acumulam centímetros de poeira, o dourado em suas lombadas está desgastado com o uso. Alguns na prateleira mais baixa chamam sua atenção. *A Matéria de Todas as Formas. A Alma dos Elementos. A Crisopeia de Malaquias.* O último é um documento fino e amarelado que parece que irá se desintegrar se ele olhar demais. Com muito cuidado, ele o tira da prateleira e o leva para a escrivaninha.

A Crisopeia contém apenas ilustrações, mais um diário do que um livro didático. Há um alambique com anotações em um idioma que ele não consegue ler, um círculo de transmutação de anéis duplos sem runas e, na última página, um dos desenhos mais sinistros que ele já viu. Uma raposa engolindo o próprio rabo. Seus olhos são enormes e de um branco sólido, contornados por frenéticas pinceladas negras.

Sentindo-se estranhamente desconfortável, ele fecha o livro e o empurra para a beirada da mesa. Se há algum segredo sobre a Hala na *Crisopeia*, ele não consegue traduzi-lo. Wes reprime sua frustração o quanto pode. Talvez, quando ele tiver seu estágio, Evelyn o ensine o que quer *isso* seja.

Presumindo, é claro, que ele consiga alquimiar algo que vai matá-la.

Não, ele não pode se desesperar ainda. Ele pode fazer ajustes no projeto e testar suas teorias nas próximas semanas. Para os propósitos da exposição, ele só precisa mostrar competência — e deslumbrar os juízes o suficiente para que eles dois sejam colocados no primeiro voo. *É mais fácil falar do que fazer*. Na teoria, falhar não os condenará, mas, na prática, sim. Ninguém no segundo ou no terceiro voos jamais alcançará os cães de caça.

Wes apoia a cabeça nos antebraços. Ele está cansado, inquieto e com uma dor de cabeça como se alguém tivesse enfiado uma picareta em seu crânio. Se ele não respirar um pouco de ar fresco, vai adormecer aqui e agora.

Ele desce as escadas e absorve a completa quietude da mansão. Margaret já retornou de seu treinamento há algum tempo, então ela provavelmente está em seu quarto, evitando-o como sempre. Ele cogita perguntar se ela quer dar uma volta, mas reconsidera. Não está com disposição para rejeição ou discussões esta noite. Wes pega seu casaco do cabide, joga-o sobre os ombros e sai noite adentro.

Está frio demais do lado de fora. Ele coloca as mãos em concha sobre a boca e expira para aquecê-las. Atrás dele, a mansão é imponente na escuridão. Apenas uma única luz está acesa no quarto de Margaret, contornando sua silhueta encolhida no parapeito da janela. A visão dela desperta mais sentimentos do que ele gostaria, nenhum bom. Ele se vira bruscamente e continua pela estrada de terra batida através da floresta. Apesar de ele ter aprendido a apreciar a beleza feroz de Wickdon, as sequoias não são menos inquietantes do que quando ele chegou. Inacreditavelmente altas, com cascas como a pele de algum réptil pré-histórico. A cerca de 3 quilômetros, há uma brecha nas árvores com vista para o oceano. Wes abre caminho através da vegetação rasteira e se empoleira em uma rocha.

Muito abaixo dele, os campos de centeio estremecem e ondulam ao vento. Algo sobre estar tão no alto torna mais fácil lidar com a agitação de seus pensamentos. Mesmo depois de dias, ele ainda não parou de alimentar sua amargura em relação a Margaret. É ridículo, ele sabe, sentir-se tão subestimado — ou pelo menos tão incompreendido. Porém, por mais que ele odeie admitir, as palavras dela ainda doem.

"Esse ar preocupado não combina com você, Wes."

Ele achava que eles já haviam passado da fase dos joguinhos. Ele se abriu para ela de diversas maneiras para isso, mesmo assim, ela finge que nunca viu — que nunca *o* viu. As palavras dela tinham a intenção de machucá-lo, e ele não consegue descobrir o porquê.

Assim como todas as outras garotas que ele conheceu, Margaret é um mistério. No fundo, ele ainda se sente como um garoto de 14 anos, tão confuso quanto quando Erica Antonello o ignorou por uma semana inteira e usou batom vermelho-cereja na escola. Ela nunca tinha agido *assim* antes, e ele não sabia o que tinha feito de errado além de acompanhar Gail Kelly para casa em vez dela. Quando ele explicou a situação para Colleen, que tinha 10 anos na época, ela revirou os olhos e disse: o *que há para entender? Garotas são pessoas, assim como você.*

Colleen sempre foi madura para a idade. Ele ainda não mergulhou nas profundezas dessa sabedoria. É claro que garotas são pessoas. Pessoas muito além de sua compreensão.

Quando o vento úmido e frio atravessa sua jaqueta, ele estremece. O vento cheira levemente a uma reação alquímica, e, quando assobia através dele, Wes jura que ouve seu nome em uma voz sibilante. Este lugar está claramente determinado a enlouquecê-lo.

Isso é o bastante para uma noite.

Ele vagueia cuidadosamente através do emaranhado de samambaias que o separam da estrada. Seu senso de direção sempre foi terrível, mas ele já percorreu essa rota inúmeras vezes — tantas vezes que acha que poderia encontrar o caminho de volta para a mansão de olhos fechados. Mas, quando se aproxima do caminho, ele jura que as árvores se desenraizaram em alguma nova formação. Tudo parece estranho, e as sequoias que se erguem acima dele o encaram com hostilidade.

Wes dá outro passo hesitante e para imediatamente quando sente algo ser esmagado sob seu sapato. Seja o que for, cheira a enxofre e a carne rançosa. Cheira a morte.

Ele se força a olhar para baixo.

A coisa mutilada a seus pés pode ter sido um coelho, mas ele não consegue saber com certeza. Sangue e um líquido prateado escorrem do ferimento em seu estômago, e suas entranhas caem na terra em espiral. Ele sente seu estômago embrulhar. Passa apressadamente enquanto cospe a saliva que inunda sua boca. Ele só consegue pensar em uma coisa que brincaria dessa forma com o alimento.

A Hala.

Acima dele, a lua crescente brilha opaca através das nuvens espessas. Ainda faltam mais duas semanas para a Hala atingir o auge de seu poder. Ela não viria atrás de um humano tão cedo na temporada — pelo menos é o que ele pensa. Mas não consegue se livrar da sensação arrepiante de estar sendo observado.

Quando ele espia a floresta novamente, não há nada. A noite está calma e plácida como um lago. Sem barulho de galhos quebrando. Nenhum farfalhar no mato. Ele está sozinho.

Então o vento sibila, *Weston*, em sua voz fina e fantasmagórica.

Ele pisca, e lá — bem no fundo, entre as folhas das árvores —, ele vê algo.

Olhos brancos, sem pupilas, perfurando-o. São brilhantes como uma poça de luz estelar. A princípio, ele pensa que deve estar alucinando, que talvez os vapores alquímicos tenham finalmente o atingido. Mas não.

Há uma raposa lá, branca como osso.

Wes cambaleia para trás. A Hala o encara com uma intensidade quase humana. Seu sangue gela. Ele já a viu cercado por outras pessoas, mas vê-la sozinho, à noite, é uma coisa totalmente diferente. Com Margaret e sua arma entre eles, o sentimento foi de admiração. Mas, agora, tudo o que ele consegue sentir é um terror primitivo. Não há onde se esconder e há apenas uma distância de 3 metros entre eles.

Sua mãe lhe ensinou as duas coisas que ele deveria fazer diante de um demiurgo. Como um bom e fiel garoto Sumítico, ele deve implorar perdão por cada pensamento e ato pecaminoso. A superstição dos banvinianos exige algo mais tangível — uma oferenda de sangue, creme ou uma fatia de pão coberta de mel —, mas isso está fora de seu alcance.

Tudo o que ele pode fazer é orar.

Wes cai de joelhos. A Hala deve ter dado um passo à frente, mas ele não a vê se mover. Está lá, então, mais perto. O vento geme mais alto. Ele prende a respiração, o som de seu coração bombeando em seus tímpanos.

Deus, proteja-me. Guia-me.

Está perto o suficiente agora para que ele possa sentir seu cheiro. Sal, enxofre e ferro. Seus olhos planos parecem sugá-lo até sua mente zumbir de medo. Enquanto ela abre a mandíbula como uma cobra, ele vê o sangue brilhando em seus dentes. Ele sente a respiração gelada da fera em seu rosto.

Ele vai morrer.

Corra, diz o sussurro frenético do vento. *Corra, corra, corra.*

Quando a Hala avança, Wes se levanta novamente e começa a correr. Nada poderia fazê-lo parar. Nem os galhos e as folhas que rasgam sua pele, nem a pancada dolorosa em seus joelhos quando ele tropeça em uma raiz aparente, nem a dor em seus pulmões a cada vez que ele puxa o ar com dificuldade. Ele não sabe o quanto correu até ver o portão da mansão, pendendo para frente e para trás nas dobradiças.

Wes o empurra e então pula os degraus da varanda. Suas mãos tremem tanto que são necessárias algumas tentativas para encaixar a chave na fechadura. Quando finalmente abre a porta, ele a tranca atrás de si e desliza para o chão.

Tudo dói. Suas pernas latejam, ele sente uma dor aguda em seu tornozelo torcido, e um pedaço de pele acima de suas meias arde com feridas abertas. Mas ele está vivo. Vivo.

— Caramba. — Ele ri sem fôlego, histericamente, até que as lágrimas rolem pelo seu rosto.

— O que você está fazendo?

— Margaret — arqueja ele.

Ela paira sobre ele com a mão no quadril. O cabelo dela está solto ao redor do rosto, e ele está tão aliviado em vê-la que tudo o que consegue pensar é em agarrar um punhado e beijá-la na boca. Embora a ideia o deixe horrorizado, ele ofega até ser capaz de encontrar sua voz novamente.

— Eu a vi. Deus, eu a vi.

— Você a viu? — Ela se joga no chão ao lado dele. Enquanto seus olhos preocupados percorrem o rosto dele, ela estende a mão para tocar sua bochecha. Ele se encolhe, e os dedos dela ficam manchados de vermelho.

— Você está sangrando.

Wes a pega pelo pulso, e desta vez ela não se afasta.

— Não podemos fazer isso.

Ela se enrijece.

— Do que você está falando?

— Está *lá fora*, esperando. Foi... — Ele passa a mão pelo cabelo já bagunçado pelo vento. — Eu estava... Como podemos...?

— Wes, acalme-se.

— Você já a olhou nos olhos? — Ele não consegue articular o horror disso. Como se ele pudesse ter se perdido completamente se não tivesse desviado o olhar. Pela primeira vez, ele realmente entende por que os Sumíticos a adoram. — Foi terrível.

— Eu sei. — Ela fica em silêncio por um longo tempo. — Você quer desistir?

Sim.

Deus, sim. Se isso significa que ele nunca mais terá que enfrentar aquela coisa, então é claro que ele quer. Especialmente porque ela só vai ficar mais agressiva com o passar do mês. Mas desistir não é uma opção, assim como abandonar sua família não é. É a vida dele contra uma vida que vale a pena ser vivida. A vida dele contra a de suas irmãs. Ele preferiria morrer a decepcioná-las novamente.

— Não — diz ele com convicção. — Fiz uma promessa a elas... e a você. Não vou desistir agora.

Ela fica boquiaberta. Pela surpresa em seu rosto, está claro que ela esperava uma resposta diferente.

— Compreendo. Nobre de sua parte.

— Eu sei que o ar preocupado não combina comigo...

— Não. Me desculpe. Foi indelicado de minha parte, e eu não quis dizer isso. Eu estava chateada, então eu...

— Está tudo bem. — Ele não conseguiria suportar se ela confiasse nele apenas por culpa. — Eu estava provocando você o dia inteiro. Eu mereci.

— Por que você é sempre tão teimoso? — A frustração faz a voz dela falhar. — Não está tudo bem.

— Eu disse que está — murmura ele. — Deixe-me decidir pelo menos isso por mim mesmo, está bem?

— Está bem. Onde você estava?

Wes franze a testa. A rapidez com que ela volta às críticas.

— Eu fui dar uma volta. Precisava espairecer por um minuto.

— Um minuto? Você se foi por mais de uma hora sem me dizer para onde ou quanto tempo ficaria. E, quando olhei pela janela e o vi correndo, pensei...

— Ah, Maggie. Não chore por mim ainda.

— Não. Não transforme isso em uma piada. — Ela cerra os punhos no colo. — Não pretendo chorar por você. Certamente não se você for morto de alguma forma descuidada, como vagando sozinho depois de escurecer. Essa coisa está à solta, e você já fez inimigos, então não consigo entender o que você estava pensando. Se tivesse morrido, o que eu teria feito? O que sua família teria feito? Tudo o que você sempre sonhou e tudo pelo que trabalhou teria sido em vão!

— Tudo bem, *tudo bem* — interrompe ele. — Eu entendo. Sou um idiota egoísta. É isso o que você quer ouvir?

— Não, não é isso o que estou dizendo. — A voz dela vacila. É o suficiente para amolecê-lo. — Estou dizendo que estava preocupada com você.

— Margaret... — Ele sente um aperto no coração. — Eu sinto muito.

Ele fica completamente imóvel quando ela coloca sua mão na dele. É quente e calejada, mas seu toque é surpreendentemente gentil.

— Você precisa ter mais cuidado. Wickdon é mais perigosa do que você pensa.

Ele acha que tem uma ideia, no entanto. O perigo de Wickdon é muito mais profundo do que apenas a Hala, Jaime ou o mar agitado. Está aqui, dentro dele, e bem à sua frente. Talvez seja um truque da luz, ou talvez seja a adrenalina. Mas, agora mesmo, ele jura que o cabelo dela é fiado pelo luar e que sua pele é coberta de prata. Por mais que tente, não consegue se lembrar o que exatamente ele achava tão repulsivo nela.

16

Wes está sentado no laboratório da mãe dela, curvado sobre um livro de alquimia e segurando uma xícara de café fumegante. Margaret se pergunta quando deixará de ser estranho vislumbrá-lo através da convidativa porta entreaberta, debruçado sobre o trabalho da mesma forma que sua mãe costumava fazer. Isso a lembra de uma época mais feliz, quando o laboratório era seguro, e não assombrado. Quando sua mãe trabalhava até tarde da noite, ela e David costumavam espiar o laboratório até que Evelyn os notasse e sua expressão turva se transformasse em um sorriso.

O ar aquecido pela alquimia sai como um suspiro através da porta entreaberta. A casa inteira inspira a mudança de temperatura, profunda e lentamente, como se estivesse acordando de um longo sono. Como se sentisse falta de seu alquimista.

Há três dias, ela testou os protótipos dele. Na ocasião, ficou reconhecidamente impressionada com suas respostas vagas sobre a densidade dos metais e o gasto de energia cinética. Ela ficou menos impressionada com os resultados. A bala com menor densidade atingiu o alvo, tão danosa quanto uma gota de chuva. Aquela com maior capacidade calorífica estava quente demais para ser tocada. O modelo de maior atrito parecia não fazer nada, mas Wes murmurou algo para si mesmo, estalando os dedos como se estivesse percebendo algo novo acontecer.

A exposição é no dia seguinte. Ela dará início à temporada de eventos — e, para muitos participantes, aumentará ou diminuirá suas chances de ganhar. Se ele não conseguir fazer *algo* que funcione, eles serão relegados ao terceiro voo, e ela não conseguirá matar a Hala, mesmo que, por algum milagre, eles consigam atingi-la.

Ainda assim, ficar completamente esgotado não fará bem a ele. São quase cinco horas da manhã, e ele está gastando eletricidade, claramente lutando contra o sono. Suas pálpebras estão se fechando, e ele está segurando o cabelo com uma das mãos. Com a outra, pressiona o dedo indicador na página e o arrasta como um *yad*, um ponteiro de leitura. Ele lê de forma diligente, sua testa franzida e sua boca formando silenciosamente cada palavra. Gradualmente, linha por linha, ele se curva até encostar o rosto no livro.

Nesse ritmo, ele passará a manhã toda na primeira página.

A lâmpada projeta um brilho quente e constante em seu rosto. As sombras de seus cílios espessos se espalham pelas maçãs do rosto. Essa luz o suaviza, e ela não tem certeza se gosta disso. Normalmente, Wes é como um incêndio com seu cabelo indomável e sua voz alta. E, assim, ele é tão...

Ela afasta o pensamento, segurando o livro mais perto do peito. Não é que ela tivesse a intenção de observá-lo. Ela queria apenas uma xícara de chá enquanto lia — uma pequena pausa antes de sair para treinar —, mas ele a distraiu com lembranças e com seu rosto irritantemente cativante. Ela sente o gosto da frustração na língua como o de uma moeda enferrujada, algo a se preocupar. Wes tem potencial suficiente. Ele é inteligente, determinado e gentil, mas é tão...

A palavra continua a escapar dela. Tudo o que ela sabe é que não é o bastante. Ela precisa que ele seja *mais* do que isso para justificar seu apego.

Wes começa a roncar. Margaret suspira e enfia a mão no bolso, de onde tira uma velha lista de compras. Amassando-a em seu punho, ela fecha um olho e mira. Há um momento, como o momento antes de um tiro, em que tudo fica perfeitamente imóvel e claro. Ela o alinha em sua mira imaginária, então joga o papel nele. O papel faz um arco pelo ar até ricochetear na têmpora dele com um estalo silencioso.

Ele se endireita imediatamente, agitando os braços como se tentasse se livrar de uma teia de aranha. Então, seu olhar a encontra através da escuridão.

— Por que você fez isso?

— Para mantê-lo na linha. Você tem até amanhã.

Ele resmunga e esfrega os olhos.

Hesitante, Margaret cruza a soleira da porta do laboratório. Ela espera que o terror reflexivo a enraíze no lugar, que o nevoeiro obstrua sua visão. Mas a luz suave da lâmpada e a presença turva dele suavizam as bordas irregulares de sua memória. O círculo de transmutação queimado está adormecido nas reentrâncias das sombras. Sentindo-se encorajada, ela vai até a mesa e se senta ao lado dele. Ela pensa em colocar seu livro sobre a mesa, mas sabe que ele zombará dela implacavelmente por isso. O mais discretamente possível, ela o coloca embaixo da cadeira e avalia o espaço de trabalho dele.

As notas de Wes estão rabiscadas em uma caligrafia desajeitada e desordenada, inclinadas, escritas na margem e marcadas por asteriscos de forma totalmente aleatória. Os pensamentos dele parecem disparar como um cão de caça solto, pronto para a perseguição. O caos faz com que ela sinta um arrepio na pele. Seu mundo é governado por métodos e padrões — como desmontar e limpar uma arma, como esfolar um cervo, como treinar um cão de caça —, não essa loucura.

— O que você faz acordado tão cedo? — pergunta ela.

— Tão tarde — corrige ele. — Estive a noite inteira nisso.

Ela dá um tapinha na página aberta do livro dele.

— Você ainda não leu nem um quarto.

Qualquer resquício de cortesia deixa o rosto dele. Ele puxa o livro para mais perto de si e se curva em torno dele de forma protetora.

— Eu sei.

— Você tem alguma nova versão da bala?

— Ainda não.

— Você espera encontrar algo neste livro? — Ao invés de responder, ele a ignora intencionalmente e escreve letra por letra de forma aleatória em seu caderno. Margaret não se sente culpada por alfinetá-lo. Ninguém jamais deu a ela o luxo de preservar seus sentimentos. — A exposição é amanhã.

— Sim. Você acabou de dizer isso.

— Então por que você está tão relaxado?

Um lampejo de irritação surge nos olhos de Wes.

— Não estou.

Ela alcança as anotações dele.

— Ei!

Margaret as espalha sobre a mesa como uma mão de cartas de baralho. Além de confusas, as anotações estão cheias de erros: letras espelhadas, palavras inteiras indecifráveis e escritas errado. Mas o mais impressionante são as margens. Rabiscos de monstrinhos estranhos sorriem irregularmente para ela. Há até um homem sendo esmagado por um livro intitulado *As Propriedades Alquímicas do Metal*. E está etiquetado com o nome do autor.

Wes junta os papéis tão rapidamente que eles amassam.

— Eu sei o que parece, mas é assim que eu me concentro, está bem?

Margaret já disse o que pensa, então não vê muito sentido em insistir no assunto. Ele solta um suspiro, que agita o cabelo comprido demais em seus olhos. Então, pega sua caneta-tinteiro e faz uma demonstração de leitura atenta do livro. Ele segura a caneta como um martelo e aplica tanta pressão na ponta que ela solta tinta na página.

Um pensamento lhe ocorre, e a vergonha que surge dentro dela é suficiente para lhe embrulhar o estômago.

— Posso perguntar uma coisa?

— Claro — diz ele com entusiasmo exagerado. — Por que não?

— Você tem dificuldades para ler, não é?

Ele dá um sorriso largo para ela, mas não há nenhum resquício de alegria em seus olhos.

— Isso é uma piada? Você, de todas as pessoas?

— Eu não estou brincando.

Wes suspira, girando a caneta entre os dedos.

— Tenho dores de cabeça se leio por muito tempo, e ver palavras que eu não reconheço... é como um sinal de rádio interrompido. — Então, rapidamente: — Não é grande coisa.

Margaret não entende completamente o que ele quer dizer, mas a expressão preocupada em seu rosto indica que ele não é tão preguiçoso quanto ela inicialmente suspeitava. Ele está dando o melhor de si.

— O que você está tentando fazer?

— As últimas transmutações que fiz não funcionaram como eu queria, e ninguém nunca me ensinou realmente como fazer albedo. Então, estou tentando ver se há algo que estou deixando passar. Preciso descobrir como destilar uma *coincidentia oppositorum* mais concentrada.

Margaret puxa o livro que ele está lendo em sua direção. De memória, ela folheia as páginas, capítulos e capítulos de material introdutório e histórico, até chegar à seção que discute o albedo, o processo de purificação, em profundidade.

— Obrigado — diz ele em um tom sombrio.

— Se for lhe poupar tempo, posso ler para você.

Ela surpreende a ambos — principalmente a si mesma. Ela considera isso em um sentido abstrato: que, se eles tiverem sucesso, ele se tornará aprendiz de sua mãe. Que ele já é um alquimista. Mas é diferente colocar ela mesma a arma na mão dele. Apesar das dúvidas, ela quer acreditar nele e em seu sonho. Ela quer acreditar que a bondade dele pode sobreviver ao treinamento.

Ele toma um gole de café.

— Isso ajudaria.

Então, Margaret começa a ler.

Ele escuta de olhos fechados e sobrancelhas franzidas, ocasionalmente rabiscando uma anotação em um pedaço de papel. Quando ela termina o capítulo, o entusiasmo toma conta dele.

— Não se mexa. — Ele arregaça as mangas da camisa até os cotovelos e salta de seu assento. — Não quero que você perca isso quando funcionar.

Margaret o deixa se ocupar do círculo de transmutação que ele desenha na mesa. Ele apaga as runas e as redesenha até que uma fina névoa de pó de giz rodopie no ar dourado da lâmpada ao redor dele. Ela pega seu livro debaixo da cadeira e o acomoda no parapeito da janela com vista para o mar. O sol está começando a irromper da água, tingindo-a de um vermelho cintilante.

Wes coloca as mãos sobre o círculo de giz e começa a queimar um prato cheio de areia. Olhando assim, a alquimia parece tão simples. Às vezes, Margaret se pergunta a que ela se resumiria, ou se ao menos suportaria olhar para a solidão de seu próprio coração.

Rapidamente, o cheiro de enxofre toma conta do ambiente. Ela abre a janela para deixar entrar uma lufada de ar fresco. O frio do início da manhã é agradável contra sua pele. A sensação, combinada com o calor de suas meias de lã e com a alquimia, é estranhamente... aconchegante.

Quando tem certeza de que ele está completamente absorto no trabalho, Margaret fecha as cortinas sobre si mesma e abre seu livro, o mais recente de seu romancista favorito, M. G. Huffman. Ela tem antecipado a próxima cena muito mais do que gostaria de admitir. Embora Margaret leia romances há anos, é raro torcer tão desesperadamente por um casal. Depois de quase duzentas páginas, será recompensada por sua paciência, sua preocupação, seu anseio. Enquanto ela lê, o mundo ao seu redor desaparece. Tudo o que existe são os personagens, o papel entre seus dedos e o doloroso calor familiar que se acumula dentro dela.

— Margaret?

Ela reprime um xingamento enquanto o som da voz de Wes quebra o feitiço. Ele aparece como uma mancha nebulosa por trás do branco-creme da cortina. Talvez ele entenda o recado se ela o ignorar.

— Ah, Margaret — diz ele pausadamente. — Eu sei que você pode me ouvir.

As tábuas do assoalho rangem sob os passos dele. Uma onda de pânico a toma; ela empurra o livro para debaixo das almofadas atrás dela. As cortinas se abrem, e o ambiente é inundado pelos aromas de alquimia e de loção pós-barba de rum e louro.

— Ei. O que você está fazendo aqui atrás?

Ela está bem ciente do vazio de suas mãos e do rubor em suas bochechas.

— Lendo.

— Ah, bem, preciso de sua ajuda com uma coisa e... Ei! Mentirosa. Você não está lendo nada.

Ela sente o canto do livro pressionado em suas costas.

— Eu estava antes de você me interromper.

— Muito bem, então. O que você estava lendo? Hieróglifos na parede?

— Não.

Wes apoia as mãos em ambos os lados da janela e paira sobre ela com um olhar malicioso.

— Eu sei que você está escondendo alguma coisa. Você está vermelha como um pimentão.

— Não, não estou.

— Eu sabia! Eu sabia que você não era perfeita. O que é?

— Não é da sua conta.

Wes estende a mão para a almofada, e ela agarra seu antebraço. Isso apenas o encoraja; ele se desvencilha de seu aperto e a empurra para o lado até conseguir pegar o livro atrás dela. Flutuando de alegria, ele recua alguns passos e observa o conteúdo da capa.

Preferiria morrer a passar uma vergonha destas. Ela enterra o rosto nas mãos. Em sua mente, consegue ver o escandaloso pedaço de pele exposto pela camisa desabotoada do herói e o olhar de puro êxtase no rosto da heroína. Ela consegue vê-lo olhando para ela na mesa, ao lado de todos os alambiques e livros e, ó, *Deus*, por que ela pensou que poderia ler isso em paz com Wes na mesma sala?

Ela o espia por entre os dedos. Um enorme sorriso de satisfação se espalha no rosto dele.

— *Domando o Alquimista*. Há!

— Você não tem seus próprios livros para ler? Devolva.

Wes a ignora. Ele está praticamente inebriado enquanto folheia as páginas. Em questão de segundos, encontra o que estava procurando — ali, marcando o trecho com um dedo indicador acusatório. Margaret o observa escanear o texto com um pavor crescente, amplificado por ele estar murmurando cada palavra que lê de maneira lenta e deliberada. Suas sobrancelhas se erguem até desaparecerem na mecha desgrenhada do cabelo. Quando seu olhar se volta para ela, seus olhos brilham com malícia, e seus dentes estão à mostra em um sorriso tão brilhante como uma lâmina que reflete a luz solar.

Este homem é um demônio, define ela. Não há dúvidas sobre isso.

— Ora, Srta. Welty. Que *impróprio*.

— Devolva, Wes — retruca ela e se arrepende imediatamente. Ela cometeu o erro fatal de deixar sua humilhação transparecer na voz. Isso só o deixa mais travesso.

Ele se senta ao lado dela no parapeito da janela, rindo.

— Tenho que confessar. Nunca, em um milhão de anos, eu teria imaginado que você é do tipo que lê essas besteiras.

— Não é besteira.

— Não? Então o que é isso? — Ele pigarreia e usa o tom mais exageradamente debochado que ela já ouviu. — "Enquanto ele enganchava o joelho dela sobre o ombro e beijava o interior de sua coxa..."

Todos os seus pensamentos racionais são entorpecidos até que o único ruído em sua cabeça é um grito contido. Um impulso de arranhar e morder toma conta dela, algo que ela não sentia desde que um dos aprendizes de sua mãe quebrou uma de suas armas-modelo quando ela era criança. Ela se transforma novamente naquela menina criada na floresta, feroz até o âmago, e avança para o livro.

Wes a impede de se aproximar com o braço estendido.

— "...ela soltou um gemido de..."

— Pare! — sibila ela.

Margaret agarra o pulso dele com uma das mãos e o livro com a outra. Enquanto ela tenta arrancá-lo dele, os dois perdem o equilíbrio.

Wes reprime um xingamento enquanto eles caem juntos no chão. Ela atinge o chão primeiro. O cotovelo dele estala contra a madeira, a centímetros de distância da cabeça dela. Todos os instrumentos de vidro chacoalham nas prateleiras, mas nem isso nem o latido alarmado de Encrenca no andar de baixo conseguem abafar o gemido de dor de Wes. O som reverbera no ouvido dela, enviando uma onda de calafrios através de sua espinha.

Ele se apoia acima dela. Ambos respiram pesadamente, seus lábios a centímetros de distância. Os olhos de Wes são tão escuros e selvagens quanto o mar. Ele parece totalmente atordoado, como se tivesse sido ela quem *o* ofendeu, e suas orelhas começam a ficar em um tom de vermelho-vivo. Quando Margaret se move contra ele, sente seu coração batendo contra o dela e...

Será que...?

Sua mente fica em branco, e ela acerta uma joelhada nas costelas dele. Ele rola para o lado e se dobra com um chiado, finalmente soltando o livro. Margaret o pega do chão e se levanta. Se ficar perto dele mais um segundo, ela vai entrar em combustão. Ela fará ou dirá algo de que irá se arrepender, e isso colocará em risco toda a tênue confiança que eles construíram. Ela não pode, e não vai arriscar isso, quando a exposição é no dia seguinte.

Wes se apoia nos cotovelos e a olha de uma forma que a faz se sentir estranhamento poderosa. Não é uma arma que ela queira, ou saiba, exatamente como manejar.

— Tudo bem, tudo bem. Eu me rendo.

Uma luz prateada brilha no canto dos olhos dela. Inquietação toma conta do rosto de Wes. Então, o conjunto que ele desenhou na mesa começa a fumegar — não com o cheiro revelador de alquimia, mas com uma faísca.

— Hum. — Ele tosse. — Preciso verificar isso.

Ela aquiesce em silêncio, com muito medo de que sua voz poderia traí-la se ela falasse.

Durante o resto do dia, enquanto Margaret pratica tiro, cavalga em Shimmer e treina os comandos de Encrenca, um horrível nó de tensão se forma em seu interior. Entre Wes e a exposição iminente, ela está tensa e prestes a colapsar. Mas, quando a noite envolve a mansão e ela está sozinha e segura em sua cama, ela sucumbe ao desejo de se aliviar. Normalmente, quando deixa suas mãos deslizarem entre suas coxas, não pensa em nada nem em ninguém em particular.

Esta noite, ela pensa em Wes.

Ela pensa no que poderia ter acontecido se tivesse apertado seu quadril contra o dele ao invés de se afastar. Ela pensa no cabelo despenteado dele, nos antebraços expostos e nas suas mãos ásperas uma na outra. Ela pensa na expressão no rosto dele quando eles estavam entrelaçados. Era a mesma expressão de quando ela disparou aquele protótipo fracassado de bala. Como se a realização tomasse conta dele, e ele pudesse ver tudo claramente pela primeira vez. Escondido sob a confusão havia algo a mais, queimando mais quente do que uma reação alquímica. Desejo.

17

A exposição chega no dia seguinte, esteja Wes pronto ou não. É mais uma tarde típica em Wickdon, fria e densa com a promessa de chuva. Uma névoa prateada paira na base das sequoias e sobre a floresta, em um redemoinho cinza. Wes mantém o olhar fixo à frente enquanto caminha em direção à cidade, controlando a respiração e sua crescente inquietação. Para onde quer que ele vire, jura ver os olhos brancos e vazios da Hala cravados nele.

Wes acordou ao amanhecer e passou a manhã assistindo a Margaret testar seus novos projetos. Na varanda, com seu café, ele espreitou com olhos cansados, tentando não fazer contato visual ou notar a forma como a luz da manhã incidia no cabelo dela. Cada uma das balas que ela disparava cravava-se profundamente em uma árvore derrubada. O tronco se estilhaçava com o impacto, cuspindo seiva e lascas de madeira como um furúnculo lancetado. Funcionou mais ou menos como ele esperava, mas faltava pirotecnia. Ele alquimiou uma bala perfeitamente mortal, mas não deslumbrante.

— Eu sei que não é o suficiente para conseguir o primeiro voo — disse ele a Margaret. — Eu sei. Vou resolver.

Margaret não respondeu. Pelo menos sua expressão derrotada tornava mais fácil não ter que olhar para ela. Ele não consegue suportar o peso da ansiedade de ambos mais do que suporta o barulho da sirene que ressoa em seus próprios pensamentos sempre que ela está por perto — e foi exatamente por isso que ele partiu para Wickdon sem ela.

Deus, ele precisa espairecer. Está ansioso, infeliz e sexualmente frustrado; exatamente o coquetel de emoções que geralmente o mete em problemas. Como ela o pegou tão desprevenido ontem?

Quando ela estava presa embaixo dele, não conseguiu pensar em uma única palavra para dizer. Ele *sempre* tem algo a dizer. Mas, naquele momento, sua sagacidade o abandonou; tudo em que ele conseguia pensar era nas palavras daquele livro infernal, no calor da respiração dela contra seus lábios e naquele brilho furioso em seus olhos antes que ela lhe desse uma joelhada nas costelas. Graças a Deus ela o fez. Funcionou tão bem quanto um balde de água fria. Ele torce para que ela não tenha ficado com a ideia errada sobre onde seus pensamentos estavam. Talvez ela assuma que não foi nada além da proximidade entre eles.

Que importância isso tem? Não há tempo para lidar com seus sentimentos confusos ou se perder em fantasias — não, ele não tem tempo para simplesmente *considerar* o conceito abstrato de beijar Margaret Welty insensatamente no chão do laboratório da mãe dela. Ele precisa se concentrar na alquimia, na vitória, em descobrir o que diabos continua dando errado em sua transmutação.

Tudo depende disso. Seu futuro. A saúde de sua mãe. A segurança de sua família. Ele não pode se dar ao luxo de desperdiçar essa chance como todas as outras.

A questão é que sua transmutação funciona. Se causou tanto dano a uma árvore, ele imagina o que faria a uma raposa. Mas é muito simples, é óbvia, e ele não vê sentido em tentar fazer algo vistoso se não puder usar todo o potencial. Ele quer mais do que despedaçar; quer faíscas. O fogo requer uma combinação de calor, combustível e oxigênio. Oxigênio e combustível, ele tem de sobra. O que significa que ainda não gerou os 800 graus necessários para acender uma chama.

À medida que árvores imponentes dão lugar a colinas douradas, ele repassa suas fórmulas mais uma vez. A bala de rifle preferida de Margaret pesa aproximadamente 10 gramas, o que significa que ele pode encantá-la com 10 gramas de *coincidentia oppositorum*. Ele já calculou a massa de cada substância envolvida nessa reação alquímica umas mil vezes e tentou quase todas as combinações possíveis. Sua fórmula de maior sucesso é composta por 6 gramas de areia, 2 gramas de ósmio e 2 gramas de cânfora. Isso resulta em uma bala leve o suficiente para aumentar o impulso total no sistema, mas densa o suficiente para reter o calor da essência de cânfora e a ignição da pólvora. Embora pudesse ter tentado destilar algo diferente, ele duvida que faria uma diferença considerável quando está trabalhando com quantidades tão pequenas...

Seus pensamentos são interrompidos quando um grupo de caçadores a cavalo quase o atropela. Wes solta um grito de surpresa que é abafado pelo som trovejante dos cascos. No rastro deles, o solo está destroçado e enlameado; do outro lado de uma cerca de pasto, ele pode ver o escurecimento revelador em mais um campo de cultivo.

Está piorando, como prometido. É apenas uma questão de tempo até que se transforme em algo mais substancial do que cavalos e vinhedos.

Quando chega propriamente a Wickdon, ele está quase se afogando em um mar de pessoas. As ruas estão repletas de barracas de mercado, onde os vendedores vendem graxa para armas e jaquetas de caça em uma centena de cores vivas. Wes empunha sua maleta como um aríete para manobrar através da multidão. As pessoas se amontoam no perímetro da praça da cidade e se aglomeram nas varandas, esforçando-se para espiar umas sobre as outras em direção ao centro, onde os oficiais de caça dispuseram as mesas em linhas geométricas eficientes, como um conjunto alquímico. O vento que atravessa os becos cheira a tabaco, suor e bebida. Entre seu próprio pavor e a carga inebriante no ar, ele sente como se estivesse prestes a assistir a uma execução pública.

Quando ele finalmente chega à praça, um homem de casaco escarlate o direciona para sua estação de trabalho. Wes coloca sua maleta sobre a mesa e, enquanto descarrega cuidadosamente seus instrumentos, observa os outros alquimistas. Eles se movem em matilhas como lobos bem-vestidos, todos eles autoconfiantes e tranquilos, como se já tivessem feito isso muitas vezes. Alguns deles param para conversar e apertar as mãos dos juízes. Seus relógios de pulso e suas abotoaduras brilham como ouro sob os postes de luz, e Wes sente uma pontada amarga de inveja. A quem ele está tentando enganar? Mesmo que vença, mesmo que seja aceito na melhor universidade do país, nunca será como eles.

— Está nervoso, garoto?

Wes se assusta. Uma mulher baixa e atarracada, de uns vinte e poucos anos, está na estação de trabalho ao lado da dele. Seu sotaque é de Dunway — sutil, mas distinto —, assim como suas roupas, um vestido de babados na altura do joelho com contas de vidro brilhantes. As pontas de seu cabelo castanho-acinzentado escapam de seu chapéu de feltro e se enrolam suavemente em sua mandíbula.

Wes dirige a ela o sorriso mais genuíno que consegue. Mas oscila.

— Nervoso? Não, de jeito nenhum.

— Está tudo bem. Eu também estava nervosa na minha primeira caçada. Judith Harlan.

Desanimado, ele responde:

— Weston Winters.

Harlan o examina da cabeça aos pés, e ele está dolorosamente ciente do casaco gasto de seu pai sobre seus ombros. Isso diminui o efeito geral de seu terno, mas as mangas excessivamente compridas pareceriam piores que a alternativa. Além disso, está frio — e o peso familiar o acalma. Ele resiste à vontade de afrouxar o nó de sua gravata.

— Quinta Ala, hein?

— Sim. Isso mesmo.

— Foi o que eu pensei — diz ela, pensativa. — De qualquer forma, o que você tem? Parece que está prestes a desmaiar.

Wes não é ingênuo o suficiente para confiar nela, mesmo que pareça bem-intencionada. Esforçando-se para recuperar a calma, ele fala lentamente:

— Nada. Mulheres bonitas me deixam nervoso, só isso.

— Senhor. — Ela solta uma risada. — Acho que você é um pouco jovem para mim. Quantos anos você tem, 17?

Ele sente as pontas de suas orelhas queimando com a humilhação, mas consegue manter a voz firme quando diz:

— Dezoito, na verdade.

— Mesma coisa. Não estou tentando enganar você.

— Eu... — Ele passa a mão pelos cabelos e imediatamente se arrepende. Alguns fios teimosos escapam do gel que ele passou esta manhã e caem em seu rosto. Não há mais nada que possa fazer sobre isso agora. — Eu não consigo obter energia o suficiente no sistema. Eu não sei o que está dando errado.

Harlan cantarola de forma compreensiva.

— Você checou seus cálculos?

— Claro que sim.

— Testou a transmutação mais de uma vez? — Ela levanta as mãos para o ar quando ele franze as sobrancelhas. — Tudo bem, tudo bem, chega desse olhar assustador. Só estou perguntando. Ouça, se o sistema é alquimicamente sólido, o problema é você.

— Eu? — diz ele, nervoso. — O que isso deveria significar?

— Você pode ser um químico brilhante, mas um alquimista medíocre, e... bem, você é um bom químico?

— Passável.

— Bom. Se fôssemos químicos brilhantes, estaríamos em um laboratório farmacêutico em algum lugar. Mas a alquimia também é sobre intuição, certo? Não é uma ciência formal. É... bem, é magia. Você é quem canaliza e controla a energia que circula na reação. Não são apenas as leis da matéria que governam o que acontece. É você. — Harlan dá um tapinha no centro de seu próprio peito, exatamente onde ele sente a faísca dentro dele quando realiza transmutações. — Talvez você esteja se segurando, ou talvez esteja pensando demais. De qualquer maneira, em algum momento, você está perdendo muita energia para a entropia. Então, relaxe. Você sabe que funciona na teoria, então por que não funcionaria na prática?

Relaxe. Se fosse assim tão simples.

Outrora, antes de todas as rejeições e decepções, Wes acreditava em si mesmo. Ele acreditava que determinação, boas intenções e aptidão natural poderiam levá-lo adiante. Mas, quando olha para o abismo entre ele e todos esses outros alquimistas, é difícil continuar positivo.

— Eu aprecio o encorajamento e tudo o mais, mas por que está me dizendo isso? Não estamos em uma competição?

Ela pisca.

— Apenas alguns conselhos de uma cria da Quinta Ala para outra.

Antes que ele possa responder, uma voz no microfone se sobressai sobre o barulho da conversa.

— Boa tarde a todos.

De pé em um pódio, envolto na bandeira vermelha e dourada de Nova Albion, está um homem que se parece desconcertantemente com Jaime — loiro, de sorriso afiado e definitivamente uma pessoa ruim.

— Como prefeito de Wickdon, gostaria de dar as boas-vindas a cada um de vocês à 174ª Exposição Anual de Alquimia, uma de nossas tradições mais apreciadas na preparação para a caçada. Este evento é um dos marcos da cultura de Nova Albion, um monumento à imaginação e à indústria de nosso país. A alquimia é um presente de Deus para a humanidade e continua a abrir caminho para um futuro mais brilhante e igualitário.

Wes engole sua amargura com essas palavras vazias. Um dia, se ele sobreviver a isso, subirá em um pódio exatamente como aquele e será sincero em cada palavra.

— Tenho o prazer de apresentar nosso painel de juízes este ano, todos acadêmicos renomados em suas áreas.

Ao lado do prefeito, estão três pessoas de meia-idade cujos rostos ele não consegue distinguir à distância. A primeira, que é apresentada como Abigail Crain, usa um casaco de pele e joias que brilham como estrelas em volta de seu pescoço. A segunda pessoa, Oliver Kent, é um homem tão alto e magro que parece ter sido esticado como massa de balas de caramelo. A terceira, Elizabeth Law, usa em seus cachos loiros um acessório de penas.

— Nossos juízes avaliarão cada competidor em relação à técnica e à inovação — continua o prefeito. — Depois de um breve recesso, eles testarão cada projeto e os avaliarão tanto em apresentação quanto em funcionalidade. É uma honra declarar aberta esta exposição de alquimia, a primeira em Wickdon desde 1898!

E então começa, com um punhado de aplausos e vivas.

Wes faz o possível para observar os dois primeiros competidores com uma fascinação masoquista e nauseante. De seu lugar, ele não consegue ver muito além do clarão prateado do fogo alquímico e da espiral de fumaça que sobe ao céu escurecido. Talvez seja o cheiro cada vez mais forte de enxofre, ou talvez sejam seus nervos, mas ele sente que está prestes a vomitar.

À medida que os juízes avançam pela fila, o som do giz arranhando a madeira fica mais alto, e o zumbido das conversas, mais monótono. Wes não tem certeza se está esperando há segundos ou horas quando o painel finalmente para em frente à sua mesa.

Crain fala primeiro.

— Nome?

Ele está transfixado pelo colar de diamantes acima de suas clavículas; eles devem ter sido modificados alquimicamente para ter esse tipo de brilho.

— Hum, Winters. Weston Winters, senhora.

Ela franze os lábios, mas rabisca algo em seu bloco de notas.

— Muito bem, Sr. Winters. Você pode prosseguir.

Wes alcança o giz em seu bolso. Embora sua mão esteja tremendo, ele desenha o círculo de transmutação para o nigredo com facilidade, pois o fez literalmente centenas de vezes esta semana. Organiza os componentes da reação no centro, depois coloca as mãos sobre o conjunto para ativar a mágica que circula dentro dele. Ele se inflama e, enquanto a areia e o ósmio queimam, gerando *caput mortuum*, Wes observa discretamente os juízes fazerem anotações. Uma parte já foi. Faltam duas.

— Quando você estiver pronto — diz Crain.

Sua confiança vacila.

Não são apenas as leis da matéria que governam o que acontece. É você.

A alquimia é uma ciência muito mais estranha e menos precisa do que qualquer outra que ele conhece. Talvez algo mágico, divino, ou até o mesmo o caos a alimente, mas, seja o que for, a peça que falta nessa reação está dentro dele. *É* ele. Talvez tudo o que ele precise fazer seja se concentrar mais. Para dobrar o universo com a força de sua vontade.

Mas, enquanto ele pensa sobre calor e atrito, seus pensamentos ficam vagos — e então, quando o pânico se instala, eles o levam de volta a Margaret. Deus, não, ele não pode pensar nela agora. Isso irá tirá-lo completamente do eixo, já que cada pensamento nela o força a confrontar uma emoção que ele não suporta encarar de frente. Ele se concentra mais intensamente no conjunto alquímico. Encurrala sua mente, concentrando-se nos fatos do que está fazendo, para que nada seja feito sem propósito. Um círculo para incorporar a unidade de todas as coisas e o fluxo cíclico de energia. Runas para aproveitar essa energia e moldá-la de acordo com seus próprios fins. Calor e atrito. O calor da boca de Margaret se ele a beijasse, o atrito que ele queria desesperadamente entre eles, e, *Senhor*, ele vai perder a cabeça se não conseguir se controlar.

Talvez você esteja se segurando, ou talvez esteja pensando demais.

Talvez Harlan esteja certa. Talvez ele esteja se segurando. Por muito tempo, ele ficou aterrorizado em relação ao que aconteceria se ficasse sentado em silêncio consigo mesmo por muito tempo, se permitisse sentir seu próprio sofrimento, se deixasse sua família ver que estava sofrendo. Mas Margaret tem um jeito de encontrar cada fenda em sua armadura. Enquanto ele se agarra ao pensamento sobre ela, sente a centelha da mágica divina em seu interior se agitar.

Wes ativa o conjunto.

A *coincidentia oppositorum* condensa-se gota a gota no alambique. Ela brilha tanto quanto os diamantes no pescoço de Crain e ilumina a mesa como o luar. Embora ele não possa saber se funcionou até que a bala seja disparada, seu coração acelera ao vê-la. No fundo, ele sabe que é o melhor trabalho que já fez. Depois de conectar a essência à bala com rubedo, ele a coloca nas mãos de Crain.

— Obrigada, Sr. Winters.

— Eu que agradeço.

Assim que os juízes seguem em frente, Wes se curva até apoiar os cotovelos na mesa e a cabeça nas mãos. Através de seus fios de cabelo rebeldes, ele vê Harlan sorrindo disfarçadamente para ele.

— É assim que se faz.

— O-obrigado.

Ele pensa que precisa de um banho.

À medida que a avaliação técnica termina, o sol mergulha no mar, e a tarde se transforma em noite. Em trinta minutos, começará a segunda etapa de julgamento. É uma breve pausa enquanto os juízes e os espectadores se deslocam da praça da cidade para o campo fora dos limites de Wickdon. Ninguém quer arriscar um disparo errado no meio da multidão — ou explodir acidentalmente uma das adoradas vitrines.

Tecnicamente, agora que seu trabalho do dia está feito, Wes está livre. Ele considera a ideia de voltar furtivamente para a mansão ou de persuadir alguém a lhe pagar uma bebida, mas supõe que deveria testemunhar sobriamente caso sua carreira termine esta noite. Mais forte do que qualquer outra tentação, porém, é encontrar Margaret. Ela zumbe insistentemente no fundo de seu crânio e faz sua pele se arrepiar com uma energia inquieta que ele preferiria não sentir.

Mas, supondo que ela esteja mesmo aqui, ele não tem certeza se consegue encará-la. Querê-la, mesmo que apenas sua companhia, faz com que ele se sinta pequeno, patético e vulnerável. Agora que a onda de alquimia e adrenalina foi drenada dele, ele está dolorosamente ciente de quão exposto está. A realização dessa transmutação abriu uma comporta dentro dele — uma que ele está muito ansioso para fechar novamente. Ele não *quer* desejar Margaret. Ele não quer desejar alguém que consome seus pensamentos dessa maneira, que espera algo dele, que o feriria se o rejeitasse.

Ele quer algo mais fácil. Alguém que não o faça ansiar ou reconsiderar sua visão de mundo ou *sentir*. Ele quer...

— Wes!

Nunca a voz de Annette Wallace soou tão doce.

Ele se vira para ela. Seu cabelo está cuidadosamente penteado com cachos impecáveis ao redor de suas têmporas, tão cacheado e brilhante que ele se segura para não puxar um cacho solto.

— Que bom te encontrar aqui. Está livre do trabalho?

— Quem me dera. Estou no intervalo, mas queria te dar um oi.

— Oi — diz ele. — Deixe-me levá-la para fazer alguma coisa.

— Bem, eu... — Ela parece nervosa por um momento, então se recompõe. — Você não deveria estar na exposição?

— Eu terminei a parte técnica. Ainda tenho mais uns trinta minutos antes que eles julguem a execução, então estou livre e entediado. O que me diz? Não me faça implorar.

— Você quer me levar para fazer alguma coisa por trinta minutos?

— Serão os melhores trinta minutos da sua vida. Ou talvez possamos assistir à avaliação juntos. Posso precisar de consolo, dependendo de como for.

Ela abre um sorriso involuntariamente.

— Não posso. Meu pai vai ficar furioso se eu não voltar a tempo.

— Melhor ainda. Vamos. A noite é uma criança, e nós também.

— Tudo bem, tudo bem. — Ela aponta um dedo para ele. — Mas só até eu ver o que você fez. Depois disso, eu realmente tenho que ir.

Serve perfeitamente a ele. Apenas tempo o suficiente para abafar todo o barulho em sua cabeça.

— Você me fez o homem mais feliz do mundo.

Annette bufa antes de pegar na mão dele.

— Você é ridículo.

Wes quase morre naquele instante, mas reúne forças o suficiente para dizer:

— É mesmo?

— Sim. — Uma brisa fria sopra pela rua, cheia de sal e promessas, e emaranha-se nos cachos dela. Ela está dolorosamente adorável assim. — Não acredito que deixei você me convencer disso.

— Você está me dizendo que nunca se atrasou para o trabalho antes? Você tem um longo caminho pela frente. Pelo menos já deu uma escapadinha?

— Claro que sim! — Ela descansa a mão no próprio peito, fingindo indignação.

— Ah, então você tem ideias. Para onde devemos ir?

— Não há muito *para onde* ir.

Wes dá um empurrãozinho no ombro dela com o seu.

— O que você costuma fazer?

— Muitos de nós bebemos no cais às vezes. De vez em quando, mergulhamos de penhascos.

— Mergulhar de penhascos, hein?

— Não é tão emocionante quanto você imagina. Não como toda a dança e convivência com a alta sociedade que tenho certeza que acontece com você na cidade.

Wes considera dizer a ela que ele e seus amigos não têm dinheiro para fazer nada do tipo. Ele considera dizer a ela que ele provavelmente saiu dos piores pesadelos de seu pai, um banviniano sem educação formal e sem perspectivas. Ele considera dizer a ela que mora em um cortiço na Quinta Ala, bem longe dos clubes luxuosos com os quais ela sonha. Mas isso acabaria com o clima. O encontro deles acabou de começar, e o tempo é limitado. É melhor se ela acreditar que ele é o tipo de homem rico e mundano que ela imagina que ele seja.

— Entretenha-me. Eu sou facilmente impressionável.

Ela suspira.

— Você já tomou o sorvete de Wickdon?

— Não posso dizer que sim.

— É bom. — Ela diz isso como se doesse admitir. — Vamos lá.

Eles esperam pelo sorvete em uma fila interminavelmente longa, depois seguem o restante da multidão em direção ao campo. De mãos dadas, caminham através da grama alta até encontrarem um local adequado perto de um penhasco com vista para o oceano. O luar estremece sobre a água e a espuma do mar envolve a areia quase negra. Eles se acomodam na grama, e Wes observa Annette com o canto do olho enquanto o sorvete dela derrete em sua colher de plástico. Ele termina o dele em apenas um minuto, o gosto de menta ainda forte em sua língua.

— É estranho ter tantas pessoas aqui — diz ela.

— Eu imagino. A população quase quintuplicou.

— Não é isso. Eu gosto de vir aqui sozinha, às vezes. — Ele tem a impressão de que ela está tentando lhe dizer algo importante, mas não consegue compreender o significado do olhar triste que ela lhe dirige. — Às vezes eu sento aqui e me pergunto o que há do outro lado de toda aquela água.

— As Ilhas Rebun.

Ela o golpeia de brincadeira.

— Você sabe o que eu quero dizer.

Ele sorri, como quem se desculpa.

— Você realmente nunca saiu de Wickdon?

— Não. Nunca. No entanto, eu quero isso mais do que qualquer outra coisa. Parece que este lugar está sugando a minha vida. Tudo sobre ele. O albergue. Meus pais. Até meus amigos. Acho que nenhum deles realmente entende quando eu tento contar. Eles nasceram aqui e morrerão aqui. É assim que as coisas são.

— Por que você não vai embora, então?

— Isso partiria o coração do meu pai. Ou talvez seja porque sou covarde. Imaginar ir até a cidade sozinha... não acho que eu conseguiria.

— Não é covardia. — Ao longe, um farol pisca na escuridão. — A solidão é uma coisa terrível. Talvez a coisa mais terrível de todas.

— E, ainda assim, você escolheu o canto mais solitário de Wickdon. — Ela lhe dirige um olhar empático. — Como você está se saindo?

A última coisa em que ele quer pensar é Margaret. No entanto, perversamente, ela é tudo em que ele quer pensar.

— Ah, você sabe. Eu faço minha própria diversão.

Ele hesita. Annette é talvez a única pessoa na cidade com quem ele poderia falar honestamente sobre Margaret e sua mãe. Até mesmo pensar nisso parece uma traição. Margaret não tem sido exatamente aberta sobre nada em sua vida, mas, se ela está tão determinada a excluí-lo, que outra opção ele tem para saciar sua curiosidade?

— No entanto, se você não se importa que eu pergunte... Não parece realmente que os Welty fazem parte da comunidade. Por que isso acontece?

— Oh. — O desconforto está estampado no rosto dela. — Bem, Evelyn é uma reclusa. Quando o irmão de Maggie morreu, ela parou de sair de casa. E, então, depois que seu marido foi embora, ela meio que perdeu o controle. Eu sinto muito por Maggie, de verdade. Ela teve uma vida difícil.

Isso ele já sabia — além da partida do pai. Mas isso ainda não explica nada, a menos que as pessoas em Wickdon pensem que o luto é uma doença.

— Se você sente tanto por ela, por que não é amiga dela?

Ele se surpreende com o tom de sua voz. Annette também se surpreende, porque está olhando para ele com uma preocupação genuína em seus olhos arregalados.

— Você mesmo respondeu à sua própria pergunta um dia desses. Ela não é a pessoa mais agradável de se ter por perto. Ela não quer amigos.

— Besteira. — Tudo isso, besteira. Todo mundo quer amigos, até Margaret. Mesmo que ela não admita. — Você está me dizendo que é por isso que Harrington pega no pé dela? Porque ela é desagradável?

— Não — diz ela, um pouco defensivamente. — Jaime pega no pé dela porque ele é um intolerante.

— Obviamente — murmura Wes. — O que isso tem a ver com Margaret?

— Imaginei que você não saberia. O pai dela era Yu'adir. Não que isso importe para *mim*, mas as pessoas aqui podem ser tão retrógradas e... — A voz de Annette desaparece junto do zumbido constante das ondas e da tagarelice da multidão.

Margaret é Yu'adir.

Tanta coisa começa a fazer sentido. Wes fica se sentindo um tolo por não ter descoberto antes e terrivelmente arrependido de ter perguntado. Mas Margaret nunca contou a ele. Por que ela não contou? Mesmo depois de conhecer a família dele. Mesmo depois que ele perguntou por que Jaime estava tão determinado a atormentá-la.

Não são muitos os Yu'adir que vivem na Quinta Ala. Enquanto seus pais fugiam da fome em Banva antes do nascimento de Mad, a maioria dos imigrantes Yu'adir haviam chegado à costa de Nova Albion algumas décadas antes, buscando refúgio dos massacres em seus países de origem. Mas, apesar de eles estarem aqui há mais tempo que as pessoas de Banva, ele viu o quanto essas pessoas são odiadas. Seus negócios e seus templos foram queimados. O inventor do automóvel publicando artigos sobre como eles manipulam a economia global e financiam cada guerra há séculos.

Ele sente um nó no estômago ao perceber por que todas essas pessoas desprezam tanto Margaret, ao pensar que ela suportou isso sozinha por todos esses anos. Se ele soubesse, ele teria... teria o quê, exatamente? Não há nada que possa fazer para protegê-la dessas pessoas quando ele mal consegue proteger a si mesmo. Mas, ainda assim, isso o abala. Por que ela está tão convencida de que tem que suportar tudo sozinha? Ela estava com medo do que ele pensaria ou...

— Ei. — Annette toca o braço dele. — Você está bem?

— Você disse que não importa para você, mas claramente importa.

— O quê?

Wes respira fundo, determinado a manter a voz uniforme.

— Se você se importa, por que não o enfrentou? Você estava lá quando Harrington começou a falar mal dos imigrantes e dos Yu'adir e não disse uma palavra. Se você se importa, isso não deveria incomodá-la?

Annette cora.

— Você viu o que acontece quando alguém o enfrenta.

— Nada — diz ele, bruscamente. — Nada acontece. Tudo o que ele fez foi falar mais bobagens odiosas. A única diferença é que elas seriam direcionadas a você.

— E o que eu deveria ter feito? Ele é meu amigo.

Ele pode ver que ela está chateada, mas não consegue parar de pressionar.

— Talvez você devesse arrumar amigos melhores.

— Eu *não posso*, Wes. — A voz dela falha. — Não posso. Não posso ser melhor do que ele.

— Do que você está falando? É claro que pode.

— Como você poderia saber? — Ela respira fundo. — Jaime é filho do prefeito. Todos os meus amigos o adoram, provavelmente porque têm medo dele, e por uma boa razão. Você ainda não viu o quanto ele pode ser cruel, nem perto disso. Lamento não ser tão cosmopolita quanto você, mas você não pode, do alto de sua arrogância, me julgar ou me dizer como eu deveria me sentir. O que esta cidade tem feito com Maggie é um pecado. Mas não posso acabar como ela. Enquanto eu estiver presa aqui, o silêncio é minha única opção. Meus amigos são tudo o que tenho.

— Sabe, meus pais são imigrantes banvinianos. Eles eram agricultores pobres em Banva, e ainda somos pobres aqui. Eu lidei com pessoas como Harrington toda a minha vida, então, sim, perdoe-me se eu a julgar por se preocupar com o que seus amigos estúpidos pensariam de você. O mundo é maior do que esta cidade. — Ele espera por uma resposta, mas ela não diz nada. Raiva e decepção o preenchem. — Então é isso.

Annette pisca com força e balança a cabeça, como se despertasse de um sonho. Mesmo na escuridão, ele pode ver as lágrimas brilhando nos olhos dela.

— Preciso ir.

— Deus — murmura ele. A culpa revira seu estômago; ele odeia fazer as mulheres chorarem. — Eu sinto muito. Eu não queria... Pelo menos me deixe acompanhá-la de volta.

— Não. — Ela se levanta e sacode a saia. — Ficarei bem sozinha. Boa noite.

Wes a observa até que ela desapareça na multidão, então cai de volta na grama com um gemido. Ele teve sua cota de encontros desastrosos, mas este foi excepcional. Agora ele volta a se sentir tão mal quanto antes. Talvez pior.

A raiva toma conta dele. Talvez não devesse ter dito a ela que era banviniano. Talvez devesse ter apenas rido ou mudado de assunto. Mas ele já riu de muitas piadas às custas dos banvinianos ao longo dos anos e, esta noite, não poderia suportar nenhum deles dois fingindo ser algo que não eram.

Sua visão ininterrupta do céu é repentinamente eclipsada pelo rosto de Margaret, pálido como a lua.

— Annette parecia chateada.

— M-Margaret! — Wes se engasga. Ele luta para se sentar ereto. — Você veio.

— Claro que sim. — Ela cruza os braços. — O que você disse a ela?

O que ele poderia dizer? *Estávamos falando sobre você, e uma coisa levou a outra...* Não, ele não pode contar a verdade. Ele se sente muito miserável pelo que sabe sem o consentimento dela. Cuidadosamente montando uma expressão de indiferença, ele dá de ombros.

— Acho que tomei muita liberdade com ela. Acredita?

Margaret franze a testa.

— Certo.

— A seguir — uma voz crepita em um microfone —, Weston Winters.

— Porcaria. — Wes se levanta. Desde sua decisão de se deitar e morrer aqui, parece que a multidão cresceu ainda mais. — Não tem como chegarmos muito mais perto do que isso.

— Então vamos nos afastar. — Antes que ele possa perguntar qual é a sabedoria por trás desse paradoxo, ela começa a correr. Exasperado, ele a segue o mais rápido que pode.

A grama alta tremula ao redor deles enquanto Margaret o leva até o topo de uma colina. A posição estratégica é melhor — o suficiente para ver alguém se afastar da multidão. A pessoa ergue o rifle, aponta para um alvo montado no galho de um cipreste retorcido e dispara. O som ecoa pelo campo e, então, enquanto eles esperam que a fumaça se dissipe, há um silêncio tenso.

O alvo de madeira acende. Faíscas chovem dele e brilham como vaga-lumes. Um oficial de caça a postos corre em direção ao fogo, gritando e brandindo um extintor de incêndio.

— Sim! — Wes bate palmas. — Sim! Funcionou! Você viu aquilo?

O alvo em chamas é uma mancha laranja contra a noite, mas, mesmo daqui de cima, ele pode ver seu brilho refletido nos olhos de Margaret. Há uma reverência silenciosa em sua voz quando ela diz:

— Eu vi.

— De quantos pontos eu preciso mesmo?

— Cento e quinze — responde ela, sem hesitar. Ela já testou todos os cenários possíveis até agora.

Juntos, eles assistem aos juízes debaterem entre si e ao fogo morrer. Wes torce os dedos em torno das longas folhas de grama e poderia jurar que Margaret tinha parado de respirar. Depois de alguns minutos, o locutor diz:

— O painel concedeu 117 pontos a Weston Winters. A seguir, temos...

— Margaret — diz Wes, baixinho.

Ela está perfeitamente imóvel, como se não tivesse ouvido direito.

— Margaret! — Ele joga o braço em volta do pescoço dela e a esmaga com tanta força que eles quase caem na grama. Só quando ela solta um ruído estrangulado de protesto, ele volta a si e processa que está *abraçando-a*, mas, mesmo assim, está inebriado demais para se importar ou para soltá-la.

— Conseguimos!

Margaret se contorce até ele afrouxar o aperto. Suas bochechas estão salpicadas de vermelho, uma cor quente e rosada que o faz pensar em uma tarde de verão.

— *Você* conseguiu. Sinto muito por duvidar de você.

Ele sorri para ela. Ela sorri de volta suavemente, e isso quase o deixa sem fôlego. Pela primeira vez, ele pensa que talvez, apenas talvez, eles tenham uma chance de conseguir.

18

Wes ainda está dormindo quando a mansão se inunda com a luz dourada e lânguida do sol da tarde. Margaret não pode culpá-lo, considerando que eles chegaram em casa perto da meia-noite e ele se manteve acordado por quase uma semana inteira. Além disso, depois de seu desempenho na noite anterior, ele merece ficar na cama o dia todo.

Ela mal acredita que ele realmente conseguiu. Na exposição, depois de abrir caminho através da multidão, ela viu o momento em que a luz alquímica iluminou o rosto dele, tão radiante quanto uma estrela. Pela primeira vez em anos, ocorreu-lhe que a alquimia pode ser estranhamente bela. Que talvez possa fazer mais do que machucar.

E, agora, se ela conseguir uma boa classificação no concurso de tiro desta semana, eles conseguirão o primeiro voo. E terão uma chance real de vitória.

Em seu quarto, Margaret encontra Encrenca aninhado em sua cama, cochilando em um feixe de luz. Ela pensa em expulsá-lo, mas não consegue. Graças a Wes, hoje ela se sente terna e esperançosa — e estranha. Isso a faz desejar a companhia dele, o que não é adequado de forma alguma.

Já é ruim o suficiente que ela tenha feito algo em que não pode voltar atrás: permitir-se reconhecer, mesmo que uma única vez, a atração entre eles. Ela pode suportar suas fantasias sobre o que eles poderiam fazer nesta casa vazia, com seus quartos escondidos e os recantos aquecidos pelo sol. Ela pode viver com o conhecimento de como ele é em um estado vulnerável e apoiado de joelhos sobre ela. Mas o que parece perigoso é a forma como seu estômago revira quando ela se lembra de como ele a abraçou na noite passada, como se fosse a coisa mais natural do mundo. Seu sorriso era tão largo e sincero. Alegre. Seu afeto desimpedido e espontâneo a lembra muito do que ela perdeu — e do que pode perder novamente.

Margaret abre a janela e inclina o rosto para a brisa fresca. Já está tarde para treinar de novo, a menos que ela queira estar fora quando escurecer, mas também poderia fazer algum uso de toda essa energia inquietante. Seria vergonhoso se Wes a ofuscasse.

Ela pega seu kit de ferramentas no armário, puxa o rifle de seu suporte na parede e se acomoda no chão. Desarmar e limpar sua arma é seu próprio ritual, uma tarefa que ela poderia fazer de olhos fechados. Quando termina de lubrificar o metal e de polir o acabamento da coronha até deixá-la brilhando, está tonta com o cheiro de querosene e de chumbo. A madeira brilha à luz do sol, dourada e quente como mel.

— Encrenca.

Ele se levanta com uma das orelhas dobrada.

— Encrenca — fala ela, com a voz mais brincalhona desta vez.

O cão a observa de seu lugar na cama, abanando o rabo suavemente nos lençóis. Ele sabe que não deveria estar lá em cima, mas também sabe que, hoje, ela está afável. Uma treinadora melhor o corrigiria, mas ela não se importava com deixar passar de vez em quando. Margaret pendura o rifle no ombro.

— Quer ir lá fora?

Ele levanta as orelhas.

— Vem. Vamos lá.

Encrenca pula da cama e corre escada abaixo. Margaret não consegue segurar o riso enquanto o segue. Lá fora, as sombras estão se intensificando à medida que o sol se põe. Ao longe, pinheiros e abetos derramam-se sobre as montanhas e em direção ao oceano, como o lento gotejar de um xarope.

Ela vai até o cercado nos fundos e chama Shimmer, seu cavalo cinza. Ele vem correndo, mas parece traído ao vê-la carregando o cabresto. Depois de amarrá-lo ao poste, ela limpa a sujeira das costas dele e o equipa. Suas coxas estão doendo por causa dos dias seguidos de cavalgada, mas ela se força a subir no dorso de Shimmer, que sai trotando.

Enquanto eles avançam em direção à fronteira das árvores, Margaret se atreve a lançar um olhar para trás por cima do ombro. Ela deveria começar a trazer Wes para que ele pudesse sentir um gostinho da caçada, mas hoje ela precisa se concentrar. Além disso, ele afugentaria qualquer presa em um raio de 8 quilômetros no momento em que abrisse a boca.

— Encrenca — diz ela —, rastrear.

Ele faz uma pausa, o nariz erguido para o céu, então sai correndo em disparada para o mato. O silêncio que se instala em sua ausência preenche o espaço assustadoramente. Não há som além do tamborilar constante dos cascos de Shimmer. Ela acaricia o pescoço dele enquanto ele bufa inquieto.

Eles chegam a um trecho de floresta que ela não reconhece. Samambaias crescem densas e verdes demais na margem da trilha. Canteiros de flores crescem descontroladamente, sufocando uns aos outros, e, no alto, brotos irrompem das árvores, exalando seiva, muito tenros para sobreviver ao frio repentino. Tem vida demais aqui; e estão morrendo por falta de nutrientes enquanto o ar cheira à podridão.

Ela sabe que isso é obra da Hala. Pomares inteiros apodrecendo. Grandes faixas da floresta se destruindo por causa de seu próprio crescimento descontrolado. Isso a lembra de um esboço no caderno de sua mãe, um que ela não vê há muito tempo, de uma serpente devorando o próprio rabo. Margaret aperta a chave pendurada em seu pescoço.

Os Halanan e os Harrington já foram vítimas do flagelo da Hala. Quantos mais sofrerão antes que a Lua Fria surja? Quanto sofrimento vale a promessa de glória?

O som de seu nome sibila entre as folhas. Ela enrijece na montaria.

Não gosta da mudança nesta floresta — *sua* floresta. Outrora, nada sobre ela a incomodava. Nem o crocitar de um corvo ou o trinar de um gaio. Nem o brilho dos olhos de uma lebre no escuro. Mas, agora, ela procura por uma mancha branca nas árvores.

Sua respiração se condensa no frio.

Encrenca late.

Ele encontrou algo. Margaret incita Shimmer a galopar. O vento frio bate em seu rosto, e as rochas descem encosta abaixo enquanto eles cavalgam em direção ao som de seu chamado.

Margaret se inclina para frente, as pernas queimando enquanto Shimmer salta sobre uma sequoia derrubada no caminho e invade uma clareira plana. Encrenca está de pé sobre as patas traseiras, as patas dianteiras contra o tronco de uma enorme sequoia, balançando o rabo. Ele joga a cabeça para trás e late novamente. Saliva escorre de sua boca em fios grossos. Ele se exibe, muito satisfeito consigo mesmo.

— Tudo bem, estou te ouvindo.

Ela desliza do dorso de Shimmer. Três metros acima, avista seu alvo. Uma simples raposa vermelha, pressionada contra um galho coberto de líquen. Margaret desamarra seu rifle e leva a luneta ao olho. A coronha de madeira é lisa e fria na sua bochecha. Ainda cheira à madeira polida e óleo.

Embora ela despreze a alquimia, um de seus princípios fundamentais sempre fez sentido para ela. Tudo — de humanos a raposas — é composto da mesma matéria primordial. Tudo é Um e Um é Tudo. No fundo, são todos iguais, todos estão tentando sobreviver.

Sua mãe chamaria esse tipo de aplicação ética de equivocada ou sentimental. Mas Margaret é, inegavelmente, filha de sua mãe e está longe de ser sentimental. A verdade é simples e imoral. Ela viverá porque a raposa morrerá.

Em sua mira, a raposa leva as orelhas para trás e balança a cauda como um chicote. É um alívio ver uma raposa comum, cheia de uma vontade de luta mortal, e não de um distanciamento sinistro. Além do pulsar de seu coração em seus tímpanos, tudo o que Margaret ouve é o barulho do vento sacudindo as folhas. O som é um prenúncio silencioso que se espalha por uma multidão. Margaret prende a respiração e a segura em seu abdome.

Lá.

Ela puxa o gatilho. O estalo retumbante espanta os pássaros das copas das árvores. Um pequeno corpo vermelho atinge a terra com um baque surdo. A floresta suspira junto com ela, jogando o cabelo em seus olhos. Margaret se aproxima do corpo que foi lançado entre as folhas. Elas são de um tom acobreado, como sangue seco. A raposa está formando um círculo a seus pés, com o rabo em direção à boca aberta. A imagem do ouroboros a assusta. Deve ser algum tipo de mensagem, ou aviso, ou...

Não, a Hala é apenas um animal.

Não está observando-a, muito menos tentando lhe dizer algo. A pressão da caçada e de seus próprios sentimentos confusos por Wes devem estar deixando-a paranoica.

Margaret levanta a raposa pela cauda espessa, e o peso de seu corpo pende de seu punho como uma bolsa cheia de moedas. Seus olhos dourados são igualmente ferozes na morte, ainda cheios de fogo. À medida que a floresta se esquece do tiro, a vida volta aos poucos. Um corvo crocita. Uma lebre farfalha no mato. Até Encrenca se atreve a se mover agora. Ele trota para o lado de Margaret e apoia todo o seu peso nela, quase desequilibrando-a. Quando ela dá um tapinha em seu flanco, o som é agradavelmente ressonante, como bater em uma abóbora madura.

— Bom garoto. Vamos conseguir. — Mais duas semanas para treinar um cão e um cavalo praticamente aposentados para serem os melhores do país. Coisas mais estranhas já foram feitas.

Mas o barulho das árvores ainda a incomoda. Quanto mais continua ali, mais convencida fica de que o vento está realmente falando; de que está compartilhando alguma sabedoria ou aviso que ela não consegue entender.

Quando eles chegam a Wickdon, a fanfarra desta noite já está em pleno andamento.

O sol espalha pequenos pontos de luz sobre o mar e cobre todas as árvores com um xale vermelho. Durante os anos, as árvores ao longo da costa foram açoitadas pelo vento tão violentamente que ficaram com a barriga rente à terra como cães encolhidos. Margaret conhece a curva desta costa tão bem quanto os sulcos entre seus dedos, mas o litoral é a única coisa familiar sobre Wickdon esta noite.

É tão surpreendente quanto a primeira vez que ela viu sua mãe emergir de seu escritório depois da morte de David. Os mesmos ossos, a mesma pele esticada sobre eles, mas algo sombrio e diferente por trás de seus olhos.

Multidões varrem as ruas como água sendo jogada de uma bacia. Elas borbulham em becos e formam redemoinhos sobre os paralelepípedos, que são iluminados pelo brilho de tochas queimando em quase todos os cantos. Crianças correm por entre as pernas dos transeuntes, bigodes falsos pintados em suas bochechas e rabos de raposa balançando nas presilhas de seus cintos. Adultos usam longos delineados nos olhos, vestindo estolas e casacos de pele de raposa. No alto, fios de luz cintilam, e o tecido colorido amarrado em fios telefônicos tremula ao vento. É como um fio de navalha na garganta dela, afiado e frio.

Em algum lugar do outro lado de todas essas pessoas é onde ela precisa estar: o caminho rochoso que leva à costa, onde ela vai atirar para garantir o lugar deles no primeiro voo.

Wes pousa a mão nas costas dela. É um gesto inocente, apenas para chamar sua atenção, mas cada toque dele a eletrifica. Pelo menos ele parece alheio a isso, ou talvez finja não perceber. De qualquer forma, ela é grata pela maneira casual como ele se mantém próximo a ela, firme e seguro em meio ao caos.

— Como você está? — pergunta ele.

— Estou bem. — Ela enfia uma mecha de cabelo rebelde atrás da orelha. A luz quente e laranja das fogueiras e dos postes de luz se derrama sobre os ombros dele. — Você deveria seguir em frente. Aproveite sua noite.

— Já está cansada de mim, Margaret? Sem você, ficarei apenas ansiando, por você e por todas as coisas que não posso comprar.

Ele é tão mentiroso, às vezes.

— Você gostaria de uns trocados?

Sua expressão diabólica se transforma em surpresa.

— Você está falando sério?

— Muito. — Margaret pega a carteira no bolso da jaqueta e vasculha até encontrar uma moeda. Pegando o pulso dele gentilmente, ela o vira e pressiona a moeda na palma de sua mão. — Divirta-se.

Apenas um pouco da luz ambiente atinge os olhos dele, mas Margaret ainda consegue vê-los brilhando na escuridão. Ele parece melancólico, quase triste, mas logo volta a si e balança a cabeça.

— Eu te pago de volta.

— Com que dinheiro?

— Hum. É um bom ponto. — Ele não *diz* nada, mas aquele sorriso abatido e a maneira como ele a examina por baixo dos cílios falam por si só. Margaret odeia que seu rosto esquente sob a atenção dele, mesmo quando ele não está sendo sincero. Isso faz com que ela se sinta tola. — Certamente há algo mais que eu possa fazer...?

— Não. Apenas vá.

Ele ri bem-humorado enquanto deixa a mão cair ao lado do corpo e a coloca no bolso. Ela ainda sente a memória do toque dele queimar em suas costas.

— Tudo bem, tudo bem. Tem certeza de que não posso fazer nada por você? Posso pelo menos ficar para abrir caminho para você.

— Tenho certeza. — Ele já fez a parte dele. Esta noite, ela é quem deve se preocupar, e Margaret sabe que pode vencer.

— Que horas começa? Quero ver você atirar.

— Às seis e meia. No entanto, não tenho certeza se vale a pena esperar. É estilo torneio. Cada rodada termina em segundos.

— Claro que vale a pena — protesta ele. — Você me prometeu uma demonstração. Além disso, de que outra forma eu poderia saber se cometi um erro terrível ao me juntar a você?

Ela não resiste ao sorriso que se forma em seus lábios.

— Vou tentar não te envergonhar.

— Você não vai. — Ele sorri de volta para ela, um de seus raros e sinceros sorrisos que a aquecem de dentro para fora. — Bem, boa sorte. Eu te encontro mais tarde.

Quando ele se esgueira no meio das pessoas, ela se sente mais sozinha do que na floresta, mesmo cercada por uma multidão e centenas de conversas e gritos. Margaret se prepara e abre caminho por entre as pessoas.

O ar cheira à lenha e sal; é de dar água na boca com o aroma de pães e carnes assadas. Barracas de mercado se alinham nas ruas, vendendo chapéus de aba larga feitos a partir de intrincadas flores de feltro, calças de equitação, botas de couro e todos os tipos de produtos alquímicos. Alambiques artesanais confeccionados na forma de conchas, vidros moldados à mão nas cores dos seixos à beira-mar. Na praça, cães de exposição e seus treinadores se exibem em frente a um painel de juízes carrancudos.

Algumas pessoas a encaram enquanto ela passa. O som de seu nome a persegue a cada passo, tão baixo e sibilante quanto o vento através do centeio. Ela sente um aperto de medo no peito. Durante toda a sua vida, sobreviver significou fazer de si mesma pequena e invisível. Mas, esta noite, ela estará sob os holofotes, e isso é tão assustador quanto qualquer demiurgo.

Quando os paralelepípedos acabam no penhasco com vista para o oceano, ela respira com mais facilidade. Margaret desliza o mais graciosamente que consegue pela encosta rochosa e atravessa a grama amarelada da praia até chegar à costa. A água está agitada esta noite, formando uma névoa tão densa que ela mal consegue ver a lua através de um véu prateado. Fogueiras regularmente espaçadas queimam, salpicando a areia com uma luz laranja. A maior de todas faz sombra sobre seus colegas competidores, que estão encolhidos por causa do frio do outono. E, bem acima deles, na beira dos penhascos, os espectadores começam a se reunir, deslocando-se lentamente até a praia.

Margaret se aproxima dos outros atiradores de elite até poder ver suas feições delineadas à luz do fogo. Ela não reconhece quase ninguém. Muitos são mais velhos do que ela, vestidos com majestosas jaquetas de caça em tons de pedras preciosas e carregando rifles com inscrições em ouro. Ela imagina como serão seus cães. Elegantes e poderosos como balas.

Um arrepio de inquietação percorre seu corpo. Ela pode sentir alguém encarando-a.

Ao se voltar para a enseada, ela encontra os olhos de Jaime na escuridão. Ela está acostumada com sua indiferença, sua aversão, mas não está preparada para o ódio desenfreado em seu olhar. Seu olhar faz com que o medo se contorça dentro dela.

Com uma expressão de frieza cuidadosamente calculada, ele se separa do grupo e se aproxima dela. Mattis, bajulador como um cão ansioso, segue-o a alguns passos de distância.

O instinto diz a ela para se afastar, para se esconder. Mas a raiva que ela geralmente engole borbulha dentro de si, quente demais para ser contida. Talvez ela esteja passando tempo demais com Wes, ou talvez já esteja farta, mas se encolher nunca fez com que Jaime a desprezasse menos. Ele a odeia. Ele sempre a odiou e sempre a odiará.

Se ela precisa ser vista esta noite, então que ela seja incandescente.

Quando eles param diante dela, Margaret diz:

— Jaime.

— Maggie. — O hálito de Jaime cheira a uísque e a tabaco de mascar. — Onde está seu vira-lata esta noite?

Ela não responde.

Mattis e ele riem, como se o silêncio dela fosse divertido para eles.

— Sabe, ouvi uma história interessante sobre Winters. Acontece que ele realmente conseguiu chamar atenção na cidade. Você sabia que ele falhou em todos os estágios que já tentou?

— Eu não achei que você fosse do tipo que escuta fofoca.

— Não é fofoca — responde Mattis. — É a verdade.

Jaime dirige um olhar furioso para ele, como se tivesse interrompido algo importante. Mattis fica obedientemente quieto. Balançando a cabeça, Jaime continua:

— Achei estranho alguém ser tão perdedor assim. Mas finalmente cheguei ao cerne da questão. Ele é banviniano.

— Por que isso importa? — Sua voz soa mais baixa e mais incerta do que ela pretendia. Onde ele poderia ter ouvido tal coisa?

— Porque ele é Sumítico! Eles são praticamente animais. Você não tem medo de estar sozinha em casa com ele?

Margaret já ouviu muitas coisas sobre os Sumíticos. Que eles adoram ídolos. Que retiram fetos Katharistas do ventre de suas mães e os devoram crus. Que eles estão aqui para estabelecer a capital de um novo império Sumítico às margens de Nova Albion e jurar lealdade à nação estrangeira de Úmbria, onde o papa se senta em seu trono sagrado. Mas tudo o que ela viu da família Winters foi gentileza.

— Não — diz ela. — Não tenho.

— Ah, entendi agora. Eu deveria ter adivinhado que você gostaria de aquecer sua cama com bestas. Vocês se merecem: o usurpador Sumítico e a conspiradora Yu'adir — zomba ele. — Será um prazer vencê-la esta noite. Meus amigos e eu vamos garantir que você não tenha a mínima chance, Maggie. Eu te avisei.

O toque de uma buzina silencia a multidão. Quando o barulho cessa, tudo o que ela consegue ouvir é o assobio das ondas. Enquanto ela treme de fúria e vergonha, Jaime dá meia-volta e retorna para a proteção de seus amigos. Mattis se arrasta atrás dele, lançando um olhar inquieto para ela por cima do ombro. *Covarde*. Margaret sabe que Jaime pretendia abalar seus ânimos, e o fato de ele ter conseguido a afeta ainda mais.

A voz dele ecoa por seu crânio, de novo e de novo. *Eu te avisei.*

Ao redor dela, a multidão parece faminta, selvagem e perversa. O que ela estava pensando? Contra eles — contra Jaime — ela é impotente e sozinha, como sempre foi. Sua mãe não está aqui para protegê-la e talvez nunca mais esteja. Talvez ela tenha condenado Wes junto com ela.

Ela escuta seu coração bater em seus tímpanos, e um suor frio brota em suas têmporas. Através da espessa névoa de pavor, ela acha que ouve a voz do mestre de cerimônias surgir de um microfone e o rugido da multidão em resposta. Mas tudo à sua volta parece surreal e distante, como se ela tivesse submergido no mar de outono, e ela sabe que está à beira de outro episódio.

O sentimento irrompe junto ao estrondo de tiros. Margaret se assusta e volta a si com a respiração entrecortada. A competição começou sem que ela percebesse.

Você está aqui, diz ela a si mesma. *Foco.*

Se não por ela mesma, então por Wes.

Fumaça sobe da costa, e, quando se dissipa, ela vê dois homens parados na beira da água. Um deles se volta para a multidão com um sorriso no rosto, suas feições fortes e distorcidas à luz do fogo. O outro joga o rifle na areia e sai andando.

O primeiro deles já caiu.

Enquanto a exposição de alquimia é julgada com base em vários critérios, as regras desse jogo são simples. Cinquenta pontos para cada vitória, zero pontos — e o fim da linha — para quem perder uma partida. Wes marcou pontos suficientes para ficar no terço superior dos alquimistas, o suficiente para que eles tenham uma boa chance de se encaixar dentro do limite de pontos para o primeiro voo. Com cerca de cem equipes em disputa, Margaret precisará vencer pelo menos cinco das sete rodadas. Um tiro imperfeito vai lhes custar tudo.

Ela procura se acalmar, concentrando-se no ritmo do evento. O mestre de cerimônias chama um par de nomes. Há o brilho da luz do fogo nos canos dos rifles, o estalo de uma bala disparada, o cheiro estimulante de pólvora no ar. Enquanto seu coração acelera, ansioso, ela enxuga as palmas das mãos suadas nas coxas.

— Margaret Welty e Kate Duncan.

Finalmente chegou a hora.

Os nervos corroem seu estômago, e ela se sente tonta com o calor do fogo ao se aproximar do campo de tiro. Alguns metros à sua frente, uma pequena ilha rompe as ondas. Tochas guiam um caminho bruxuleante através da água até uma frágil estrutura de madeira, onde um alvo balança em correntes barulhentas. O oceano sibila a seus pés, e uma onda particularmente turbulenta surge e a encharca até os joelhos. O frio penetra em seus ossos, mas ela se concentra na luz do fogo, que se derrama na água como sangue. Ao longe, o luar dança e brilha, iridescente como escamas prateadas contra sólidas ondas negras.

Margaret levanta seu rifle e alinha o alvo em sua mira. Ela inspira e prende a respiração. Mais duas batidas de seu coração e o mundo fica completamente imóvel. Sua mente fica vazia. Seu estômago se acalma. Seu dedo se curva ao redor do gatilho com a familiaridade do toque de um amante.

Então, ela atira.

A fumaça paira sobre o oceano como uma névoa. Dissipa-se lentamente, revelando o buraco aberto no centro do alvo. A multidão explode em aplausos, e ela encontra o rosto familiar de Halanan entre as pessoas, exibindo um sorriso largo e triunfante. Margaret se afasta antes que ela possa deixar seu olhar pousar na expressão derrotada de sua oponente. Não há nenhuma satisfação ali — nenhuma até ouvir seu nome ser chamado junto ao das pessoas que irão compor o primeiro voo.

Enquanto ela se mistura novamente à multidão, ouve *Jaime Harrington* enunciado claramente sobre o barulho da multidão. Ele aperta o ombro dela enquanto passa, então assume seu lugar na beira da praia.

Margaret tem observado Jaime disparar uma arma desde que ela consegue se lembrar. Ele sempre fica inquieto antes de atirar, alongando os ombros e estalando o pescoço como se fosse fazer alguma diferença. Mas, esta noite, ele não cumpre nenhum de seus rituais. Ele simplesmente ergue a mira até o olho e dispara, algo feito sem alarde ou prazer. Como se ele não se importasse nem um pouco — ou não tivesse nada a perder. O alvo chacoalha em suas correntes, e o estômago dela revira ao ver o orifício perfeito no centro, um gêmeo do dela.

Um tiro perfeito.

Jaime se volta para a multidão, sorrindo beatificamente. Ela se irrita, mas seu mal-estar é mais profundo do que isso. Será que ele praticou tanto desde a última vez que ela o viu disparar uma arma? Ele ficou surpreendentemente melhor.

Ou talvez ele tenha tido sorte desta vez. Tem que ser isso.

Mas, na próxima rodada, ele faz a mesma coisa. E na seguinte, também, acompanhando-a tiro por tiro. Ele se movimenta com uma graça sobrenatural, com uma precisão quase de outro mundo. Margaret não consegue compreender como ele está fazendo isso. Ela não consegue compreender como ele conseguiu se igualar à habilidade dela tão rapidamente. A luz da fogueira tinge o aço da arma dele de um vermelho sinistro que a lembra muito do rubedo.

Quando é chamada para o quarto tiro e levanta o rifle, ela se sente vulnerável, como se estivesse agarrando-se a uma daquelas pedras que se projetam das ondas. *Mais duas rodadas*, diz ela a si mesma. Mais duas rodadas e ela os colocará no primeiro voo.

Margaret mira, mas aperta o gatilho com força demais. A arma se move, apenas um pouco, e a bala atinge o alvo à esquerda do centro. Ela puxa o ar por entre os dentes.

Descuidado. Esse foi um erro descuidado, de principiante, e pode ter lhes custado tudo. Seu estômago não para de revirar até que a bala de seu oponente atinge a corrente.

Deus, ela precisa se controlar. De que importa se Jaime está indo bem? Ela ficará em paz se dissecar a técnica dele? A única coisa que importa é a seguinte: se ficar cara a cara com ele e não conseguir controlar os nervos, ela vai perder.

Margaret se afasta da multidão e se aninha em uma rocha para se recompor. Ela fecha os olhos e tenta se ancorar à terra, catalogando o barulho das ondas, o sal em seus lábios e o frio em suas bochechas. Apenas mais uma rodada, e eles estarão seguros.

Ela consegue.

— Para a nossa próxima rodada, temos Jaime Harrington — chama o mestre de cerimônias com sua voz estridente — e Margaret Welty.

Margaret abre os olhos. Do outro lado da praia, seus olhares se encontram. À luz do fogo, os cabelos de Jaime brilham como cobre batido, e seu sorriso é o de quem sabe que já venceu.

19

Wes está vibrando de entusiasmo com tudo isso. Com tantas pessoas, todas irreconhecíveis, sorridentes e vestidas para chamar a atenção, ele sente como se estivesse de volta a Dunway. Seu coração bate ao ritmo de uma música que toca em algum lugar distante.

Ele perambula pelo festival, levado pela multidão, até ser praticamente jogado na lateral de uma barraca vermelha que vende maçãs do amor. Elas brilham como pingentes na caixa de um joalheiro, resplandecentes em tons de âmbar e rubro. Ele aperta o punho em torno da moeda que Margaret lhe deu.

A gentileza inesperada dela o desestabiliza. O ato o faz se lembrar de como seu pai costumava dar a ele e a suas irmãs uma única moeda, preciosa como ouro, e os soltava na loja de doces. A memória o atinge com mais força do que ele esperava; ele respira com um nó no fundo da garganta e tenta se concentrar em outra coisa, qualquer coisa.

Como o encantador tom de vermelho que tomou conta do rosto de Margaret quando ele a provocou.

Wes reprime um gemido. Não importa para onde ele se volte ou o que ele faça, tudo o leva de volta a ela. Ele odeia isso. Odeia como a admira, como imaginá-la lendo aqueles livros em seu quarto à noite transformou-se em seu novo método favorito para torturar a si mesmo, como ela o faz se sentir vulnerável e desesperado. Por muito tempo, ele se manteve intacto, recusando-se a olhar para si mesmo muito de perto, nunca deixando ninguém cravar as garras afundo em si. Mas, de todas as mulheres do mundo, Margaret — a severa e taciturna Margaret — o reduziu a isso.

Christine costumava provocá-lo por se apaixonar por todas as mulheres que conhecia, mas nunca foi sério. Nunca foi *real*. Uma vez que ele se apaixona, mergulha de cabeça porque nunca se permite fazer nada pela metade. Mas, antes de chegar ao topo, ele não pode se dar ao luxo de colocar seu coração nas mãos de ninguém. Ainda não pode se dar ao luxo de ter uma fraqueza.

— Vai querer alguma coisa, garoto, ou vai ficar aí, parado, catando moscas a noite toda? — O vendedor olha para Weston com impaciência, apontando para a fila que começa a se formar atrás dele.

— Sim, desculpe. Vou querer um...

Alguém do outro lado da rua acena para chamar sua atenção. Lá, a apenas alguns metros de distância, está Annette Wallace com uma raposa morta pendurada no pescoço. A mandíbula do animal está aberta, revelando dentes brancos perolados e úmidos que brilham à luz das tochas. O cabelo dela está frouxamente encaracolado, e seus lábios são da cor exata de sangue. Quando os olhos dela encontram os seus, seu estômago revira de pavor.

Mas a raiva que ele espera nunca vem. Annette sorri para ele, radiante.

Seus pensamentos entram em curto-circuito quando ela começa a abrir caminho em sua direção. Na semana passada, ele a fez chorar. Aparentemente, agora ele está perdoado. Não tem como ser tão fácil assim, mas a perspectiva da companhia dela supera sua cautela. Conversar com Annette fornecerá uma distração muito necessária de seus próprios pensamentos. Antes que ele possa questionar a ética de usar o dinheiro de Margaret para comprar algo para outra garota, ele diz, para grande alívio do vendedor:

— Vou querer duas maçãs do amor.

Assim que ele faz sua compra e sai da fila, Annette o agarra pelo cotovelo.

— Wes! Eu procurei por você em toda parte.

— É mesmo? — Sua voz soa mais aguda e alarmada do que ele gostaria. Ele pigarreia. — Quão conveniente. Por acaso acabei com duas dessas, então talvez você possa tirar uma de minhas mãos.

— Que engraçado. Eu também. — Antes que ele pudesse piscar, ela trocou uma de suas maçãs por uma caneca fumegante e cheia de algo que tem um cheiro doce de canela. Por alguns instantes, eles se encaram em silêncio. Então, ela diz:

— Trégua?

— Trégua.

— Sinto muito por aquele dia. Eu não deveria ter me descontrolado daquela forma. Você estava certo, e agora percebo que eu devo ter soado tão...

— Annette — interrompe ele. — Está tudo bem.

— Sério? Tem certeza?

Wes se sente repentinamente exausto. Absolvê-la significaria descobrir pelo que exatamente ela sente muito, mas isso exigiria uma conversa séria e potencialmente difícil. Ele não acha que ela realmente seja uma pessoa ruim. Ao mesmo tempo, se ele for honesto consigo mesmo, não tem certeza se tudo está realmente bem ou se o silêncio dela significa que ela é cúmplice no sofrimento de Margaret. Felizmente, para Annette, ele não está muito interessado em ser honesto consigo mesmo, ou de ficar sozinho, no momento. Para o bem de sua sanidade, ele pode manter as coisas leves. Ele pode engolir suas próprias dúvidas.

— Sério.

— Tudo bem. — O alívio dela é tangível. — Bem, obrigada pela maçã.

— Obrigado pelo... o que é isso exatamente?

— Sidra — diz ela, de modo tão angelical que ele não consegue deixar de suspeitar.

Ela desliza a mão na curva do cotovelo dele e deita a cabeça em seu ombro. Se a afeição e o rubor em suas bochechas servirem como indicativo, ela está bêbada. Ele não sente absolutamente nada, o que o perturba. Alguma magia foi drenada do mundo se uma mulher bonita encostada em seu braço não o fizer sentir nada. Quando ele olha para a caneca de cobre que ela lhe deu, descobre que o líquido dentro é da mesma cor dos olhos de Margaret. Isso o deixa um pouco enjoado, mas não permite que seu humor seja afetado.

Aproveite sua noite, Margaret disse a ele. É o que ele pretende fazer, de uma forma ou de outra. Ele toma um gole e quase se engasga. O álcool desce rasgando por sua garganta e se dissolve em um sabor ardente de cravo e de maçãs.

Annette ri.

— Desculpe! Eu deveria ter avisado que dei uma de bartender.

— E que bartender generosa você é! Deus, o que você colocou aqui? Óleo de motor?

— Uísque. Tem um truque extra, no entanto. — Ela fica na ponta dos pés para sussurrar em seu ouvido. — Alquimia. Não conte a ninguém.

Licor alquimiado definitivamente não é legalizado, principalmente porque os legisladores Katharistas pudicos acham que a bebida é responsável por crimes violentos. Ou talvez eles simplesmente não queiram que ninguém se divirta. Hoje em dia, apenas aqueles que têm as informações corretas podem comprá-lo em bares clandestinos ou em destilarias caseiras. Mas, com tantos alquimistas em Wickdon, não é de se admirar que o licor contrabandeado flua tão livremente quanto água.

Ele sempre quis experimentar, e fazer isso agora parece um pouco com a vez que Mad roubou uma garrafa de vinho cara da despensa de sua ex-namorada rica. Eles se esgueiraram para a escada de incêndio depois que sua mãe foi para a cama e, como não tinham saca-rolhas, quebraram a garrafa em um dos degraus e a viraram na boca. Sua língua sangrou, e ele provavelmente ainda tem cacos de vidro no fígado, mas é uma das lembranças mais doces que ele tem de Mad. Essa foi a noite em que ela conseguiu seu primeiro emprego, quando ele provou álcool pela primeira vez, no dia em que completou 14 anos. A primeira vez que ele sentiu o gosto de algo maior do que ele mesmo.

— Eu jamais faria isso — diz ele. — Seu segredo está seguro comigo.

Um calor preguiçoso e alegre já começa a se espalhar por ele. Wes morde sua maçã. É tão crocante e tão doce que faz sua cabeça formigar — ou talvez seja o efeito do que quer que Annette tenha usado para envená-lo agora mesmo.

— Então, o que você acha? — pergunta ela.

Pela primeira vez, ele percebe o pó dourado que ela colocou nas pálpebras. Ele brilha sob as luzes penduradas acima deles, que parecem ter ficado mais brilhantes no último minuto. Ele se pergunta se as cores sempre foram tão vibrantes.

— Do quê?

— Do festival — pressiona ela.

— Ah, hum... — As palavras sempre foram tão evasivas? — Eu gosto. Você já esteve em um desses antes?

— Uma vez. Meu irmão participou da caçada há alguns anos, e toda a minha família foi torcer por ele. Acompanhamos a caçada e tudo o mais. Foi uma produção e tanto.

— Então você já a viu. A Hala.

— Ah, sim, eu a vi. — Sua voz fica mais séria. — E você?

— Sim. — Wes bebe o resto da sidra com uma careta. Ele mal tem a chance de engolir, e ela já lhe serve outra rodada de um frasco de metal que ela tirou de algum lugar junto de si. — E a caçada? Como é?

— É um caos completo. Você não consegue realmente assistir, a menos que acompanhe a cavalo. Mas você pode ouvi-la e pode sentir o cheiro. Não é algo fácil de se esquecer. É como enxofre em um açougue.

— Senhor. Por que as pessoas fazem isso?

— Deus e a pátria. — Ela brinda seu frasco com a caneca dele. — Todos querem ser divinos.

Ele franze o nariz.

— Não tenho certeza sobre isso.

— Não? E você e Maggie? Por que estão fazendo isso?

— Não posso fingir que sei o que se passa na cabeça dela.

— Então fale por você.

— Essa é minha última chance de realizar meu sonho. É a única chance que tenho de ajudar minha família. — E aqui está ele novamente, mergulhado em seus sentimentos. Wes termina sua bebida em um único gole, desesperado para escapar das emoções.

— Bem, não vamos pensar nisso agora. — Ele não consegue ler a expressão dela através da luz do fogo refletida em seus olhos, mas ela está com um sorriso peculiar estampado no rosto. — Que outra travessura podemos fazer esta noite?

A pergunta em tom de voz sugestivo o assusta. Antes que ele possa responder no mesmo tom, uma buzina ecoa pela praça. Alguns turistas — ele incluso — se encolhem, um bebê chora, e a multidão se agita. As pessoas os cercam enquanto avançam em direção à praça.

— O que está acontecendo? — grita Wes acima do barulho.

— A competição de tiro.

Certo, a competição de tiro. A razão pela qual ele está aqui em primeiro lugar.

— Ah! Deveríamos ir assistir.

Ela se aproxima mais dele e faz uma careta.

— Precisamos mesmo?

Claro que sim. Ele tem que ver Margaret.

Ele não consegue entender a reticência dela, mas, antes que ele possa pressioná-la sobre o assunto, eles são separados. Entre a multidão de pessoas e o barulho de mil vozes, ele não consegue ouvir ou se concentrar em quase nada. Em algum momento no meio do caos, ele perde sua caneca e, mais trágico ainda, sua maçã. Pelo menos o calor estonteante do álcool entorpece seu pânico.

Wes segue o fluxo de pessoas, sendo levado como uma folha em um rio, até ser cuspido na praia. Fogueiras ardem no horizonte, as chamas se alongando em direção à lua. Faltando apenas uma semana para a caçada, o satélite o observa como um olho entreaberto. A escuridão tremula e oscila ao seu redor, mas, através da agitação nauseante de sua visão, ele consegue distinguir os competidores alinhados na praia. Quase imediatamente, ele a encontra.

Margaret.

Ela está à margem, sozinha, entre todas essas pessoas. O vento se entrelaça em seu cabelo e o levanta da nuca, como se estivesse se preparando para prender um pingente em seu pescoço. Ele imagina que pode ver o trecho de fios de cabelo delicados que crescem próximos à nuca dela e então imagina como poderia procurá-los com a boca. Ele quer saber que sons ela faria se ele o fizesse. Ele quer arrastá-la para a areia bem aqui e fazê-la olhar para ele do mesmo jeito que ela o olhou no laboratório da mãe dela, selvagem e desejosa. Ele quer beijar o sal de seus lábios e deslizar o joelho entre o dela e...

Deus, isso é muito potente.

Vagamente, ele percebe que alguém está encarando-o. Quando ele vira a cabeça, vê Jaime Harrington olhando para ele com uma fúria assustadora nos olhos. Através da névoa cintilante do uísque, tudo fica vermelho. Margaret o advertiu para ficar longe de Jaime, mas, esta noite, ele acha que não está com vontade.

— Aí está você! — Annette o agarra pelo braço. — Nós realmente temos que ficar e assistir isso? É tão chato.

— Só um pouquinho. Quero ver Margaret atirar.

— Ela é boa. Muito boa. O que mais há para saber? Está escuro demais para ver muita coisa.

O locutor diz:

— Jaime Harrington e Peter Evander.

— Também quero ver Harrington.

Ele a afasta e abre caminho até a frente da multidão. O ruído de frustração de Annette o persegue.

A cada passo, a terra oscila sob seus pés, e as faíscas sibilantes da fogueira preenchem sua visão com um brilho alaranjado. No entanto, enquanto ele observa Jaime subir na plataforma, tudo entra em foco. Ele dispara a arma, e o ar ondula com energia, tão sutil quanto uma onda tremulante de calor. A compreensão o atinge como uma marreta.

Ele está trapaceando.

Wes olha em volta, mas ninguém parece se importar. Ninguém mais viu isso? Como ninguém consegue notar que a arma dele está obviamente encantada?

— Eu acho que ele está trapaceando.

Annette enrijece ao lado dele.

— Por que você acha isso?

— A arma... — Ele gesticula vagamente. — Foi claramente adulterada. Está trapaceando.

— Como você poderia saber disso?

— Eu só sei.

— Você só sabe? — Ela abaixa a voz intencionalmente, como que para dizer-lhe que ele está gritando. — Você está completamente embriagado, Wes.

— Estou *ótimo*.

— Você realmente não está. — Ela segura as bochechas dele com uma das mãos e guia seu rosto de volta para ela. — Vamos lá. Vamos sair daqui.

— E ir para onde?

— Para algum outro lugar. — Ela desliza sua mão livre pelo peito dele e a pressiona em suas costelas. Ela olha para ele como se estivesse tentando comunicar algo muito importante. — Não quero falar sobre Jaime ou Maggie. Não quero falar sobre nada.

Ele puxa o ar.

— Não quer?

— Não, não quero. Por favor.

Por favor. Se palavras pudessem matá-lo.

Seria fácil demais sucumbir. Com o álcool turvando seus pensamentos, ele não consegue se preocupar tanto quanto deveria com qualquer coisa. A promessa não dita dela torna difícil pensar além do horizonte dos próximos trinta minutos. Além disso, ela está certa. Ninguém vai ouvi-lo quando ele está tão bêbado. A trapaça de Jaime pode nem chegar a afetar Margaret e ele.

Por que ele não mentiria para você? Ele se lembra de Mad falando para a mãe deles. *Ele é uma criança egoísta que nunca pensou em ninguém além de si próprio.*

Mad tem razão sobre ele. Talvez isso seja tudo o que ele conseguirá fazer. Talvez ele ache que estava sufocando seus sentimentos, mas, para começo de conversa, é possível que não tenha tantos sentimentos nobres quanto acreditava. Afinal, era exatamente isso o que ele queria. Algo descomplicado, algo para fazê-lo esquecer suas próprias vulnerabilidades. Vencer a caçada é um sonho abstrato, que o destruirá se tentar e falhar. Mas a sensação do corpo de Annette pressionado contra o dele é certa e reconfortante.

— E então? — Ela o puxa para mais perto pela gravata até suas testas se tocarem. O hálito dela é quente e doce como canela.

— Jaime Harrington e Margaret Welty — chama o locutor.

Margaret.

O som do nome dela faz com que a culpa se revire em seu estômago, e há... há um sentimento sobre alguém além dele mesmo. Deus, Mad está tão *errada* sobre ele. Sobre tudo. Como ele pôde se permitir perder isso de vista? Ele não pode abandonar Margaret agora. Não apenas porque suas ambições estão em jogo, mas porque ele se importa — com sua família, com seu país, com *ela*.

— Eu sinto muito mesmo. — Ele afasta cuidadosamente as mãos de Annette de sua gravata e as coloca ao lado dela. — Preciso ir.

— Espere!

Ele se afasta dela e se dirige ao campo de tiro. Ele pisa no pé de alguém e escuta um sibilo, mas mal tem tempo de se desculpar. Margaret e Jaime atirarão em breve, e ele não tem ideia do que fazer. Jaime é um maldito trapaceiro, mas, a menos que ele consiga descobrir o que foi feito para modificar a arma, não poderá desfazer o encantamento. A menos, é claro, que ele orquestre algum tipo de mau funcionamento em larga escala...

Uma ideia lhe ocorre. Afinal, o que é pólvora, senão nitrato de potássio, carvão e enxofre? Ele só precisa chegar perto o suficiente para executar o nigredo — e encontrar algo com que desenhar.

Ele tem um pedaço de giz provavelmente esfarelado no bolso, mas isso não grudaria na pele o suficiente para funcionar. Ele examina a multidão até encontrar uma jovem toda de branco, exceto pela pelagem vermelha em volta de seu pescoço e pelos traços pretos de pintura facial nas bochechas. Isso deve servir.

— Bigodes. — Ele não consegue se lembrar de como formular uma frase coerente no momento, então pronuncia a palavra de forma tão suplicante quanto consegue.

Ela parece confusa, então aponta para o próprio rosto.

— O quê? Você quer um pouco?

Ele acena com a cabeça.

Ela enfia a mão na bolsa e o entrega um pote do que ele só pode descrever como gosma. Sua visão duplica, e ele quase deixa cair a tampa ao torcê-la. Nunca esteve tão bêbado em sua vida. Com o máximo de cuidado possível, ele mergulha a ponta do dedo na tinta e consegue rabiscar um círculo de transmutação nas costas da mão. Ele sente o traço frio e grosso na pele.

— Obrigado, madame. — Ele devolve a tinta para ela. — Preciso ir agora.

— Certo, querido. Boa sorte por aí.

Jaime emerge da multidão, peito estufado, e assume seu lugar na água. No próximo segundo, tudo terá sido em vão.

— Ei, Harrington! — grita Wes. O som é quase totalmente abafado pelo barulho, mas Jaime escuta. Ele ergue a cabeça e olha para ele, um contentamento malicioso em seus olhos.

Wes caminha em direção a ele tão autoconfiante quanto consegue. Não é preciso muito para que ele perca o equilíbrio; ao tropeçar para a frente, ele agarra o ombro de Jaime com uma mão. A outra, marcada com uma fórmula borrada para o nigredo, alcança a arma dele. E isso é tudo de que ele precisa.

Uma luz branca faísca abafada sob sua palma, como um curto-circuito em uma tomada elétrica, e um fino fio de fumaça sulfúrica ondula entre eles. Deus, ele espera que tenha funcionado.

— Talvez você devesse ir com calma, Winters. Você está fazendo papel de idiota.

— Desculpe, desculpe. Eu só precisava dizer para você ir se... quer dizer, boa sorte.

O rosto de Jaime fica num tom de vermelho assassino. Algumas pessoas vaiam impacientemente. Da beira da água, Margaret o perfura com aqueles lindos olhos castanhos. Ela não precisa falar para ele saber o que está querendo dizer. *Que diabos você está fazendo?*

Ele pisca para ela, mas, antes que possa saborear o prêmio de sua reação, alguém o arrasta de volta para a multidão. É o lacaio de Jaime, Mattis. Ele rosna:

— Se recomponha, cara.

A mesma garota ruiva que ele viu no Raposa Cega, a alquimista de Jaime, sorri para ele e se inclina para sussurrar:

— Boa tentativa.

Jaime se aproxima do oceano e hesitantemente levanta seu rifle. Ele puxa o gatilho, e a arma solta um estalo patético como um motor engasgando. A bala voa em um arco lânguido e cai na água.

Murmúrios se espalham pela multidão. O aperto de Mattis em seu braço afrouxa. Os lábios da garota se abrem em horror. E, quando Jaime vira por cima do ombro para encará-lo, Wes sabe que ele entendeu. Talvez, se ele estivesse sóbrio, sentiria um pingo de receio. Mas, agora, bêbado e inebriado por seu próprio brilhantismo, tudo o que ele consegue pensar em fazer é tirar uma mão do bolso e acenar.

Margaret está desconcertantemente quieta. Ela ganhou, mas não está nada feliz.

Através da névoa onírica sobre sua visão, Wes a observou atirar com a mesma precisão eficiente de tudo o que ela faz em sua vida. Mas, mesmo quando o mestre de cerimônias a declarou vencedora, mesmo quando ele leu o nome deles na lista do primeiro voo, mesmo quando eles se afastaram do meio da multidão, a expressão pétrea de Margaret não mudou.

Wes só consegue vê-la de perfil agora, suas feições delicadamente delineadas pela luz dos postes, mas ele pode dizer que ela está preocupada e vigilante. Ele se contém até chegarem nas redondezas de Wickdon, onde os paralelepípedos são substituídos por terra e pela relva tremulante.

— Margaret. — Quando ela o ignora, ele a chama novamente. — Maggie.

— O que foi?

— Em que você está pensando? — Só agora, quando ele tem a atenção dela, percebe o quanto a queria. Ele quer tantas coisas dela agora. Mais do que tudo, ele quer vê-la sorrir. — Você conseguiu. Estamos no primeiro voo. Não deveríamos estar comemorando?

Margaret finalmente condescende em olhar para ele, mas ele quase deseja que ela não o tivesse feito. Ela o analisa com uma mistura de frustração e confusão, como se o motivo pelo qual ela está chateada fosse a coisa mais óbvia do mundo.

— Você está bêbado?

— Não — diz ele defensivamente.

Ela abre a boca, provavelmente para repreendê-lo, mas, de todas as pessoas para salvá-lo de suas críticas, Jaime aparece.

— Olá, Winters.

Se ele fosse uma pessoa melhor, teria continuado andando. Mas seus sapatos arranham os paralelepípedos enquanto ele para e se vira. Os olhos de Jaime são como gelo. De um azul frio e assustador.

— Ah — diz Wes. — Olá.

Eles se encaram em silêncio. Ele consegue ouvir o riso das pessoas voltando da praia. Uma batida distante de tambores ecoa em sua caixa torácica. Mas, nesta rua deserta, estão apenas os três.

— Vocês dois sempre arrumam um jeito de se meterem onde não são chamados — diz Jaime.

— Wes. — A voz de Margaret é firme, mas ele percebe a tensão nela. — Nós deveríamos ir.

Wes joga os ombros para trás.

— Fique fora disso, Margaret.

— Ah, não. Ele não vai a lugar nenhum até que tenhamos uma conversinha franca. — Jaime encurta a distância entre eles. Esticar o pescoço para encontrar o olhar sinistro de Jaime deixa Wes um pouco tonto. — Você não deveria estar no primeiro voo. O que você aprontou?

— Eu não aprontei nada. Você, por outro lado...

Jaime ri com amargura.

— Você é um maldito intrometido.

— E você é um maldito covarde! — Wes enfia a mão no bolso e envolve seus dedos em torno de um pedaço de giz. Quando ele o puxa para fora, Margaret e Jaime ficam boquiabertos, como se ele tivesse puxado um canivete em uma briga de rua. Ele se deleita com a onda de poder que o encobre. — Você ainda quer me testar? Mais cedo, foi sua arma. O que mais você quer perder esta noite? Que tal eu incinerar todo o carbono de sua pele?

Decompor algo tão simples como pólvora é uma coisa. Incendiar uma pessoa inteira requer muito mais competência e sobriedade do que ele tem no momento. Ainda assim, ele não consegue se conter. Ele quer Jaime com medo, assim como ele.

Mas então o medo no rosto de Jaime se transforma em uma superioridade presunçosa.

— Você não vai fazer isso. Não é nenhum alquimista. Você é só um bêbado.

Wes deixa cair o giz com um estalo quebradiço sobre os paralelepípedos.

— Foi o que eu pensei. Agora rasteje para casa como um bom cachorro. O cachorro de um rato Yu'adir imundo...

Sua visão escurece. Jaime o insultou, mas, pior, ele insultou Margaret. Talvez Annette seja covarde demais para enfrentá-lo, mas Wes já está farto. Ele balança o punho e acerta o rosto sarcástico de Jaime.

Vai doer bastante assim que a adrenalina passar, mas o doce som do grito de dor de Jaime faz tudo valer a pena. Há uma emoção inebriante em ver sua expressão atônita. Seu lábio cortado está inchado e roxo como um figo maduro. Por que parar por aí? Mas, quando ele está prestes a acertar outro golpe, Margaret agarra Wes pela parte de trás do colarinho com tanta força que ele tropeça para trás.

— Já *chega*. — Wes nunca a viu tão acesa e feroz como agora, seus olhos brilhando sob a luz dourada dos postes de luz. Uma de suas mãos repousa sobre a arma amarrada às costas.

Jaime intercala o olhar entre eles, calculando. Ele cospe um pouco de saliva ensanguentada no sapato de Wes.

— Muito bem, Winters. Muito bem.

Há uma ameaça em algum lugar dessas palavras inarticuladas.

— Estamos indo — diz Margaret.

— Vocês estão acabados, é isso que vocês estão — diz Jaime. — Estão me ouvindo? Acabados.

Acabados. A palavra ecoa pela rua vazia.

Margaret engancha a mão no cotovelo de Wes e o arrasta para longe. Assim que eles estão longe o suficiente para não serem vistos ou ouvidos, Margaret se aproxima dele. Ela o golpeia no ombro, forte o suficiente para assustá-lo, mas não o suficiente para realmente machucá-lo.

— Ai! — Ele esfrega onde ela o atingiu. — Para que diabos foi isso?

— O que você estava pensando? Foi incrivelmente imprudente interferir no equipamento dele daquele jeito. E, se ele contar a alguém que você o agrediu, nós dois podemos ser desclassificados! O que mais eu preciso dizer para fazer você entender? O que posso fazer para convencê-lo a parar? Você precisa escolher suas batalhas e agora não pode mais.

Ele fica chocado. Durante seu mandato como irmão mais velho, ele brigou com mais valentões do que pode contar nos dedos das duas mãos. Suas irmãs sempre foram gratas, mas Margaret está agindo como se ele tivesse socado o focinho de um cachorrinho.

— O que havia para pensar? O que mais eu deveria fazer? Eu não ia deixá-lo trapacear, e com certeza não ia deixá-lo falar sobre você daquele jeito!

— Ah, era sobre mim? — A voz dela está cheia de uma condescendência seca.

— Sim! Era!

— Não estou interessada em alimentar seu ego. Se eu quisesse que Jaime sofresse pelas coisas preconceituosas que ele fala, eu mesma o teria socado.

Wes não tem nada a dizer sobre isso. Um sentimento de vergonha toma conta dele.

Margaret suspira pesadamente e pressiona a ponte do nariz. A fúria se esvai lentamente de seu rosto.

— Ele provavelmente não vai dizer nada. Ele terá vergonha de admitir o que aconteceu. Mas você precisa ficar longe de problemas até a caçada.

— Os problemas me encontram.

— Não, você procura por eles, e eu não posso estar sempre por perto para mantê-lo na linha.

Wes ri incrédulo.

— Você não precisa fazer isso.

— Claramente, eu preciso.

— Não é sua função. Você sabe disso, não é? Não é sua função tomar conta de mim ou limpar a casa como uma empregada doméstica ou fazer jantar para nós dois todas as noites ou... Deus, Margaret, não é sua função cuidar de todo mundo exceto de si mesma.

Ela se encolhe como se ele a tivesse golpeado.

— E não é sua função proteger todo mundo. Tampouco vale a pena tentar provar seu valor para pessoas que desprezariam você de qualquer maneira.

— Do que você está falando?

— Você ameaçou matá-lo.

— Ah, qual é. Eu não estava falando sério.

— Não importa se você estava falando sério — retruca ela. — Isso fez você se sentir bem?

Ele não pode negar. Sim. Naquele glorioso momento, ele se sentiu invencível.

— É isso mesmo que você quer fazer da sua vida, da sua alquimia? — continua ela. — Você quer ser como Jaime, como o resto deles? Quer ser um valentão?

As palavras dela o atingem como uma bala bem no meio do peito. Antes que ele possa dizer qualquer coisa passível de arrependimento futuro, ele se vira e começa a andar em direção à mansão.

— Wes — chama Margaret, impacientemente. — Wes?

Ele não olha para trás.

Margaret está errada sobre ele. Este mundo está cheio de valentões, mas ele não é um deles. Valentões são os donos de seu prédio, que aumentam o aluguel mês após mês. São os donos das fábricas que se recusam a assumir qualquer responsabilidade pela morte de seu pai ou pela lesão de sua mãe. São garotos como Jaime Harrington, que acham que podem passar por cima de todo mundo porque nasceram ricos em solo nova-albiano.

Enquanto existirem pessoas como eles — pessoas que utilizam seu tamanho, seu dinheiro e seu sangue como uma arma — Wes não pode proteger ninguém. Porque essa é a função dele, seu propósito, não importa o que Margaret diga. O princípio fundamental da alquimia é que Tudo é Um e Um é Tudo. Assim na terra como no céu. Proteger uma pessoa é proteger todas as outras.

Mas ele não pode fazer isso sem alquimia. Não pode fazer isso sem poder.

20

Quando Margaret abre a porta da frente, a mansão está, como sempre, imersa em um silêncio mortal. De todas as coisas que ela poderia sentir, sente raiva. Ela está com raiva porque tem medo. Medo do que ela viu nos olhos de Wes, medo do que Jaime fará agora, medo porque ela *se importa*.

— Wes? — chama ela. — Você está em casa?

Apenas o silêncio a responde.

Ela manteve esta casa durante anos. Tem sido seu refúgio, mesmo em ruínas. Cada canto, cada recanto e cada pedacinho quente e iluminado pelo sol estão repletos de memórias — lembretes de que este já foi um lar cheio de vida, alegria e felicidade. Mas, agora, seu vazio é um lembrete amargo de que ela é a única que resta. Que, se as sombras a engolissem por inteira, não importaria nem um pouco, porque não há ninguém para chorar por ela. Cadê sua mãe para questionar onde e com quem ela esteva? Para lhe dizer para não se juntar com garotos que provocam brigas com o filho do homem mais rico e poderoso da cidade?

Ela faria qualquer coisa para Evelyn repreendê-la.

Encrenca sai de seu quarto enquanto ela sobe as escadas. O rabo dele pende sonolento, mas ainda abana para ela. Ele boceja, um som agudo que consegue penetrar através do peso opressivo de seu humor. Margaret cai de joelhos ao lado dele e o acaricia entre as orelhas.

— Você é um bom garoto, Encrenca.

Pela primeira vez, ele não protesta quando ela encosta a testa na dele e choraminga. Ela nunca pode esconder seus sentimentos dele, mesmo que queira. Os cachorros sempre sabem.

A fechadura da porta da frente se abre, e as dobradiças rangem como os lamentos de um animal ferido. Encrenca se afasta dela e solta um latido baixo de advertência.

— Ah, cale a boca, Encrenca — diz Wes. — Sou eu.

Margaret se encolhe ainda mais nas sombras da escada no primeiro andar. De seu poleiro, ela o observa tirar os sapatos sem desamarrá-los e quase tropeçar ao jogá-los no saguão de entrada. Em seguida, ele se atrapalha com os botões de sua jaqueta. O farfalhar do tecido e os vários gemidos de dor murmurados permitem que ela saiba que ele está enfrentando dificuldades para se desfazer da peça de roupa.

Com cuidado exagerado, Wes sobe a escada. A estrutura geme embaixo dele e, quando ele alivia o peso de cada degrau, os pregos emitem um som quase cômico. A coisa lógica a se fazer é entrar em seu quarto, trancar a porta e desligar todas as luzes para que ele pense que ela não está acordada. Não é produtivo falar com ele agora, quando ele está mal-humorado, *tempestuoso* e bêbado.

Mas, quando ela o vê, com seu cabelo bagunçado e cheio de sal, o pequeno ponto de raiva que se enraizou dentro dela acende uma fogueira. É algo irracional e inarticulado, o que a faz se sentir perdida e insegura. Ela gosta de organizar suas coisas em ficheiros, de fixar seus arquivos na parede para entendê-los. De manter tudo em ordem, por dentro e por fora. Mas Wes quebrou algo dentro dela.

Ela não poderia mais conter seus sentimentos, mesmo se tentasse.

Margaret o aborda enquanto ele alcança o corredor na ponta dos pés. Na fraca luz azul que passa através da janela, os olhos dele são redondos e brilhantes como luas cheias. Ele tem a aparência distinta de um cachorro que foi pego roubando comida da bancada.

— Margaret? — sussurra ele.

Ela quer perguntar a ele por quem ele está fazendo tanto silêncio ou por quem mais poderia ser, mas ela está muito exasperada por sua presença para se desviar do assunto. Sem responder, ela diminui a distância entre eles até que estejam nariz com nariz. A primeira pergunta que vem à mente é:

— O que você está fazendo?

— Indo para a cama — diz ele defensivamente. — O que *você* está fazendo?

— Esperando por você.

— Por quê?

— Porque eu estava preocupada que Jaime voltasse e atacasse você no caminho de casa.

Parte da impertinência desaparece de seu rosto, mas ainda há um tom arrogante em sua voz.

— Bem, pode ficar tranquila agora. Voltei inteiro e totalmente sozinho.

Ele claramente queria fazer uma saída dramática, mas, quando se vira, perde o equilíbrio e se segura no corrimão. Através da escuridão, ela consegue ver os dedos da mão direita dele começando a inchar.

Margaret solta um longo suspiro.

— Vou trazer um pouco de água para você.

Não é sua função, disse ele a ela. *Não é sua função cuidar de todo mundo exceto de si mesma.*

Mas é. Depois que seu pai foi embora, tornou-se sua função cuidar de Evelyn, já que ela estava determinada a se autodestruir. Sem ela, como o mundo se manteria inteiro? Como ela se manteria inteira se não pudesse se ocupar? E talvez a questão mais imperiosa de todas: quando Wes foi sugado para sua órbita tão reduzida? Ela caiu direitinho em suas palavras baratas e seus sorrisos falsos.

Sem esperar pela resposta dele, ela desce correndo para pegar um copo de água e um saco de ervilhas congeladas na geladeira. Quando ela volta, a porta do quarto dele está fechada. Margaret bate suavemente e espera. Quando ela não o escuta lá dentro, tenta abrir a porta com o quadril e encontra resistência. Ele se trancou lá dentro? Ele não está acima de travessuras desse tipo.

Grunhindo com o esforço, ela abre caminho para dentro e acende a luz. Certamente há uma barricada. Ela chuta para o lado a pilha de roupas no chão e examina o resto com desânimo. As coisas dele estão espalhadas por toda parte. Gravatas penduradas nas costas da cadeira de sua escrivaninha. Livros dispostos em pilhas aleatórias no chão como uma pequena paisagem urbana. Pedaços de folha de caderno espalhados por todas as superfícies como flocos de neve. Ele não é melhor que a mãe dela.

E ele não está aqui.

Ela fica parada como uma tola no meio do quarto vazio, com a água e as ervilhas, até que a porta se abre com tanta força que bate na parede. Wes aparece na soleira, olhando para ela com grande consternação.

— O que foi? — pergunta ela.

— Você não pode simplesmente entrar no meu quarto sem avisar. E se eu estivesse nu?

— E se estivesse, Wes?

— Uau, você estava tentando me emboscar de novo? — Ele se desvia do assunto de forma admirável, suas palavras despejando algo entre a ofensa simulada e o flerte. — Margaret, Margaret, Margaret...

Ela revira os olhos e aponta para a beirada da cama dele.

— Sente-se.

Ele obedece. Margaret se senta ao seu lado e pega a mão dele entre as suas. Os nós dos dedos já estão com manchas azuis e vermelhas. Ele prende a respiração quando ela passa as pontas dos dedos sobre os hematomas.

— Está doendo?

— Não.

Claro que não.

O luar que entra pela janela é tão delicado quanto um tecido de renda. A luz da lua cobre o cabelo preto dele com uma camada de prata e suaviza a escuridão melancólica de seus olhos para um marrom profundo cor de café. Uma pequena parte dela, a mesma parte que suspirou o nome dele em seu quarto vazio, quer se demorar nessa visão. Ela ainda não terminou de lidar com o que quer que sinta por ele. Mas agora ele precisa de disciplina, não de bajulação. Margaret prende o saco sobre o punho inchado dele e ignora seu som abafado de protesto.

— Trate-me com carinho. Sou delicado.

— Você vai sobreviver. — Ela posiciona a mão dele em seu colo. A palma da mão dele é quente contra seu joelho, um contraste bem-vindo com o frio das ervilhas congeladas entre eles. — De qualquer forma, a culpa é toda sua.

— Suponho que sim. — Ele fica em silêncio por um momento. — Eu não entendo. Jaime também conseguiu o primeiro voo, e não é como se ele precisasse do dinheiro do prêmio.

— Não é sobre dinheiro para a maioria deles. Não é nem sobre a segurança da cidade. É sobre matar a Hala e, mais importante, sobre quem a mata. — Margaret mantém o olhar para baixo. — Não é uma honra que eles entregariam para pessoas como nós.

— O que você quer dizer com *pessoas como nós*? — De repente, ele parece mais sóbrio.

— Pessoas que não são como Jaime — explica ela. — Quem mata a Hala está fazendo o trabalho de Deus, e isso é a coisa mais patriótica que existe. É tudo simbólico. Definir o que é um herói. Dominar a natureza. Então, o que significaria vencer para alguém como você? A alma da nação é o que está em jogo para eles.

— Então será muito heroico quando nós vencermos. Admita, Margaret. Bater nele foi muito heroico.

Ela não vai admitir. Tudo o que ela se lembra é do pânico que sentiu quando viu Jaime pairando sobre ele como um cão raivoso e aquele olhar faminto nos olhos de Wes enquanto ele contemplava o rosto ensanguentado de Jaime. Se ela não tivesse interferido, quem sabe o que poderia ter acontecido? Ela ainda teme o que acontecerá quando Jaime decidir parar de se conter.

— Suas intenções são nobres, mas suas ações são imprudentes. Você não sabe do que ele é capaz.

— Sim, eu sei, Margaret. — É a primeira vez que ela o ouve soar tão exausto. — Você honestamente acha que eu nunca lidei com pessoas como ele? Elas estão por toda parte na cidade e comandam este país. Elas queimam igrejas Sumíticas. Elas mantêm os Yu'adir fora das universidades e quebram as vitrines de suas lojas. Elas restringem a imigração de pessoas que fogem da fome e de massacres. Elas nos obrigam a viver em favelas e a trabalhar em empregos que eventualmente nos matarão. Elas... — Ele para de falar e passa a mão livre pelo cabelo. — Estou tão cansado disso. Estou cansado de aguentar isso. Você não está?

— O que mais podemos fazer?

— Revidar. — Sua voz está carregada de frustração. — Rebeliões. Voto. Qualquer coisa.

— Isso não me servirá de nada. Estou sozinha aqui.

— Não, você não está.

Ela não suporta mais manter o segredo — não quando ele está olhando para ela com tanta sinceridade. Não quando ela está tão cansada de mantê-lo distante.

— Eu sou Yu'adir.

Na sequência de sua confissão, há apenas o leve farfalhar das cortinas na brisa fraca e o som instável da respiração dela. Margaret se prepara para algum tipo de reação, mas Wes apenas franze a testa.

— De que isso importa? Eu estou com você.

O alívio que ela sente é arrebatador.

— Eu sei que você acha que estou sendo imprudente — continua ele. — Mas eu não posso ser de outro jeito. Não posso ficar quieto ou fazer concessões se vou mudar a forma como as coisas estão. Quando eu terminar, não vai importar de onde vieram nossos avós.

Ela não consegue imaginar um mundo como esse. Mas ela nunca foi capaz de ver além da costa de Wickdon.

— Nada me agradaria mais do que ver esse sonho se tornar realidade, mas você não pode mudar o mundo se não vencermos. Você não pode chegar ao topo se for morto por Jaime primeiro. Você tem que me ouvir às vezes. Você tem que me deixar ajudá-lo.

Você não pode deixar que a alquimia o consuma.

Mas ela não diz isso. As palavras ficam presas no fundo de sua garganta.

Normalmente, ele é tão expressivo. Mas, agora, ela não consegue desvendá-lo.

— Você não disse que não tinha grandes sonhos?

— Eu só quero sobreviver a isso. Quero ver minha mãe de novo. Isso é grande o suficiente para mim. — Margaret aperta a mão dele entre as dela. — E quero ajudá-lo a ajudar a sua. Nossos sonhos vivem e morrem juntos. Não foi isso que você me disse?

Wes está bêbado o suficiente para que ela consiga sentir o gosto em seu hálito. Um gosto doce de licor e maçãs do amor. Ele cheira à pólvora, à sua loção pós-barba e ao mar. A tudo que a faz se sentir viva.

— Você quer me ajudar? Como?

— Por enquanto? Deixe-me aconselhá-lo. Deixe-me protegê-lo.

— E quando vencermos? E então?

— Então te ensinarei a sobreviver à minha mãe.

Ele balança a cabeça.

— Depois disso.

Não há nada depois disso.

— Não sei.

Wes solta um ruído frustrado e conflituoso.

— Você não quer ir embora? Ver o mundo? Encontrar pessoas que não vão te julgar apenas com base em qual deus seu pai adorava?

— Eu gosto daqui. É tranquilo.

— Então talvez eu fique com você.

— Não. — Ela se surpreende com a impetuosidade com que cospe a palavra. Margaret não entende de onde isso está vindo ou o que deu nele. — Você se cansaria de mim. Você se sentiria solitário.

— Eu nunca me cansaria de você — diz ele, suplicante. — Pense nisso. Poderíamos construir uma casa ao lado da estação de trem. Eu iria à cidade alguns dias por semana, e iríamos ao mercado nos finais de semana, faríamos tortas, geleias, ou qualquer outra coisa. Haveria um pasto para Shimmer, a floresta para você e Encrenca, e todos os lugares ensolarados para leitura que você poderia desejar.

Quando ele descreve esse futuro para ela, ela quase consegue imaginá-lo. Ele tem sonhos tão lindos.

— E para você?

Quando os olhos dele encontram os dela, ela não consegue se lembrar de como respirar. Ela já havia percebido a cor deles antes, um marrom tão intenso quanto a sequoia, tão escuro quanto a terra molhada. Desta vez, essa percepção provoca nela algo mais profundo que o desejo.

É verdade que Wes é um tolo e é verdade que Wes é brilhante. Ambicioso e preguiçoso, generoso e egoísta, ponderado e imprudente — todos os seus opostos se combinam em um todo perfeito como uma reação alquímica. No fundo, ele é bom e gentil e a olha como se ela fosse algo a ser valorizado. Isso a assusta mais do que o fracasso e mais do que a morte.

— Você realmente precisa que eu diga, Margaret?

Margaret afasta suas mãos da dele.

Ele sorri para ela maliciosamente.

— Todas as lindas garotas do interior que pensam que sou viajado.

Decepção e alívio tomam conta dela.

— Cale a boca e beba sua água.

— Sim, senhora. — Ele pega o copo da mesa de cabeceira e toma um gole sem entusiasmo.

— Tudo.

Ele franze a testa.

— Mais alguma coisa?

— Não. Isso é tudo.

Margaret permanece ao lado dele, as mãos cruzadas firmemente no colo. É só quando a cabeça dele pende e o copo se inclina em sua mão, que ela se move, pegando-o e recolocando-o na mesa de cabeceira. Ele vai estar com uma ressaca terrível pela manhã, mas não há nada que possa ser feito agora. De qualquer forma, ele merece.

No sono, ele parece tranquilo. Sem esquemas, sem mau humor, sem fogo.

Margaret analisa o futuro que ele lhe ofereceu como uma maçã na feira, comparando-o com a memória brilhante e calorosa de sua família. Que tipo de vida eles realmente teriam juntos? Será que ela permaneceria nas sombras, assombrando uma nova e grandiosa casa? Será que ela continuaria vivendo seus dias apenas parcialmente, preparada para alguma tragédia inevitável que viria roubar sua felicidade?

Não, ela não suportaria perder algo tão precioso novamente. Ela não pode desejá-lo e não pode entregar seu coração a mais um alquimista.

O melhor desfecho para ela é o mais simples. Eles vencerão a caçada. Evelyn retornará e se lembrará de como amá-la novamente. Wes receberá seu certificado da mãe dela. E, então, ele partirá para tornar seus sonhos realidade. Margaret afasta o cabelo dele da testa antes de sair do quarto e de trancar a porta de seus desejos.

21

Na manhã seguinte, a luz do sol acorda Wes como uma pancada na cabeça. A primeira coisa que ele percebe é que está completamente vestido e deitado por cima dos lençóis. A segunda, é que está tão enjoado que só o pensamento de se sentar o faz querer morrer. Quando ele finalmente se recupera o suficiente para abrir os olhos, está olhando para um copo de água intocado na mesa de cabeceira.

Ele nunca se odiou tanto.

Por causa do véu desagradável que cobre seus pensamentos, ele precisa piscar algumas vezes para registrar onde está. Ele vê todos os seus livros abertos na escrivaninha. Vê suas camisas amassadas e empilhadas no canto do quarto. Vê a nota que ele não consegue decifrar há dias e um pedaço de papel afixado na cabeceira da cama que diz: *talvez tentar acertar H?*

Pelo menos ele conseguiu achar o caminho de casa e de sua própria cama. Então, sente sua mão latejar dolorosamente e se lembra de onde esteve na noite passada — e exatamente do que fez. Insultou Annette *de novo*. Socou Jaime e provavelmente quebrou sua maldita mão no processo. Indiretamente pediu Margaret em casamento. Quanto de seu comportamento ele pode atribuir à bebida?

O pedido, decide ele, no mínimo. Esse não foi inteiramente culpa dele.

Wes geme enquanto sente suas têmporas latejando e puxa um travesseiro sobre a cabeça para bloquear a luz do sol brilhante demais. Talvez tivesse sido melhor deixar Jaime matá-lo. Pelo menos assim ele não conseguiria pensar em nada. Ele não seria capaz de se torturar com imagens do rosto magoado de Annette ou com a sensação de que foi longe demais com Margaret Welty.

O som de tiros ricocheteia em seu crânio.

Ele tenta se enfiar mais fundo no colchão para abafar o barulho, mas é insistentemente ensurdecedor. Margaret só pode estar fazendo de propósito para puni-lo. Jogando os cobertores para longe, ele cambaleia até a janela e abre as cortinas. Ela está na extremidade do quintal, apontando seu rifle para um alvo que ela armou na linha das árvores. Garrafas de vidro, lascas de cerâmica e latas pendem de galhos e repousam sobre tocos de sequoia enegrecidos pelo carvão. Ela atira, e uma garrafa explode em cacos como fogos de artifício. Atira novamente, e um prato se estilhaça. Cada tiro o sacode até os ossos. Ainda assim, ele não consegue desviar o olhar.

O que estou fazendo aqui?

Por que alguém como ela precisaria dele? Está dentro das regras encantar armas para a caçada, mas, quando olha para Margaret, ele não tem certeza do que poderia fazer para incrementar o tiro dela. É diferente de tudo o que ele já viu, lindo em suas sutis imperfeições. Seu foco, sua firmeza... É magnético.

Ela é magnética.

Wes se afasta da janela e decide lidar com o gosto amargo e indistinto em sua boca. Ele escova os dentes duas vezes, depois toma um banho para tirar a sensação desagradável de maresia e álcool da pele. A condensação da água quente embaça o espelho. Ele o esfrega para poder examinar seu rosto. Ele está tão horrível quanto se sente, com uma palidez doentia e sombras sob os olhos. Como sempre, seu maxilar está mais arredondado e macio do que ele gostaria, mas, se ele inclinar o queixo para a luz, consegue ver um leve sombreado de barba. É o resultado de vários dias de espera, mas o suficiente para ele se sentir satisfeito — o suficiente para espalhar uma camada de creme de barbear no rosto e pegar uma das lâminas com cabo de marfim do kit de seu pai.

Quando ele termina de se barbear e de beber água o suficiente para minimizar levemente sua ressaca, ele vai para o laboratório. Na semana seguinte à exposição, ele trabalhou na destilação de uma essência de flutuabilidade para encantar o fio que costurou na manta de sela do cavalo. Provavelmente também tem algumas gotas de seu próprio sangue costuradas junto. Christine faz a maior parte do conserto que envolve costura, então ele está enferrujado no que diz respeito a esse tipo de agulha. Com apenas mais uma semana até a caçada, ele pode começar a mexer em outra coisa.

Mas ele ainda não consegue se livrar da preocupação de que talvez a bala que ele fez seja insuficiente. Se armas alquimicamente encantadas fossem suficientes para matar a Hala, alguém já não o teria feito? Se os demiurgos são verdadeiramente divinos, é discutível. Que eles são imortais, é um fato, o que significa que é provável que sejam fundamentalmente diferentes de qualquer outro ser de carne e osso baseado em carbono deste planeta. Para destruir algo alquimicamente, é preciso saber do que é composto. Se eles têm alguma esperança de matar a Hala, ele precisa descobrir o que ela *é*.

Os estranhos textos alquímicos de Evelyn estão sobre a mesa, provocando-o com seus segredos intraduzíveis. *Ela sabe*, pensa Wes. *Ela tem que saber.*

E, seja qual for a verdade, é perigosa o suficiente para ser codificada.

Ele pega sua caneta e abre um intitulado *Mutus Liber*. É outro livro como *A Crisopeia*, cheio de ilustrações estranhas. Em cada página há mais uma esquisitice perturbadora. O sol com o rosto de um homem. Anjos horripilantes com asas cravejadas de olhos. Pessoas subindo escadas que levam a lugar nenhum. Demiurgos mortos olhando para ele com seus olhares brancos e vazios. As páginas são margeadas por elaborados padrões geométricos e runas alquímicas. Ao contrário da *Crisopeia*, no entanto, cada ilustração contém a caligrafia fraca de Evelyn. Ela escreveu instruções, mas uma a cada três palavras está em albiano.

Ela deve ter decifrado o código do autor original — apenas para reescrevê-lo em seu próprio código. Alquimistas são pessoas estranhas, reservadas e peculiares. Eles sempre codificam suas pesquisas para protegê-las de olhares indignos e para atormentar os outros que buscam a verdade.

Wes aperta os olhos para o manuscrito, sua dor de cabeça pulsando violentamente nas têmporas. Ler já é uma tarefa bastante impossível na maioria das vezes, mas isso é um absurdo. Essas instruções nada mais são do que uma miscelânea de números e palavras em línguas estrangeiras, incluindo...

Banviniano?

Finalmente, formas de palavras que ele conhece. Wes bate em cada uma delas com sua caneta. *Bás. Athbhreithe. Óir.* Wes não entende muita coisa, já que seus pais raramente falavam banviniano em casa, mas ele tem conhecimento o suficiente para saber que todas essas são metáforas comuns para as etapas do processo alquímico. Mais abaixo, há nomes de runas e ingredientes. Foi inteligente da parte de Evelyn esconder sua pesquisa em um idioma que poucos nova-albianos conheceriam. Ele nunca foi um bom leitor, mas é bom em padrões. Mesmo com este pequeno fragmento do código, ele deve ser capaz de decifrá-lo em algum tempo.

É só quando sua mão machucada começa a doer que ele larga a caneta. Ele olha para o relógio e percebe que duas horas já se passaram. Perdeu a noção do tempo de novo, e tudo o que tem para mostrar são páginas cheias de tentativas de traduções e alguns rabiscos de olhos que se parecem suspeitosamente com os de Margaret.

Wes fecha o caderno e massageia os músculos rígidos da mão. Uma semana não é tempo suficiente para entender nada disso, se é que há realmente algo a ser entendido. Talvez Evelyn nunca tenha resolvido o quebra-cabeça, ou talvez esses manuscritos não passem de uma piada elaborada. Não, ele tem que decifrar o código. Se ele não encontrar uma maneira de matar a Hala, seu estágio e a segurança de sua família estarão perdidos. O que o lembra de que ele não telefona para casa há uma semana. Sua mãe provavelmente está fora de si.

Wes se arrasta até o corredor e espia pela janela dupla. Margaret não está mais no quintal, e ele também não a ouve na cozinha. Mas a porta do banheiro está entreaberta. Uma névoa de ar quente do chuveiro chega ao corredor junto com o cheiro de sabonete de lavanda. Ele poderia sair sem dizer nada, mas certamente ela gostaria de saber se ele está saindo. Talvez ela queira alguma coisa da cidade — ou pelo menos gostaria de ouvir uma palavra de gratidão por ter cuidado dele na noite passada. Wes se aproxima cautelosamente da porta do quarto dela e bate.

Ele escuta sons abafados vindos do outro lado. O barulho de uma fechadura. Então, um nariz e um olho castanho aparecem no vão. Seus dedos contornam a borda da porta.

— Oi — diz ele.

— Olá.

Os detalhes exatos da conversa deles na noite passada estão um pouco nebulosos, mas eles estão se dando bem de novo, pelo menos é o que ele acha. A incerteza faz seu estômago já revirado se revirar ainda mais. Talvez seja toda a coisa do pedido de casamento que a deixou tão cautelosa. Deus, ele gostaria de poder calar a boca às vezes.

— Então — diz ele. — Você vai falar comigo assim, ou...?

Margaret abre totalmente a porta, e Wes tenta ao máximo não hesitar. Ela está usando um roupão com estampa floral amarrado na cintura. Seu cabelo está escuro como a cor de terra molhada, e sua pele ainda está corada do calor do chuveiro.

Neste ponto de sua vida, Wes já se esqueceu em grande parte do que significa ficar envergonhado por estados de nudez. Suas irmãs andam pelo apartamento com o que quiserem: saias de algodão e aventais nada lisonjeiros, combinações de seda e corseletes, pijamas largos, toalhas, o único vestido de lantejoulas que elas dividem entre si. Mas ver Margaret de qualquer outro jeito além de perfeitamente composta deixa-o sem palavras. Ela parece vulnerável — mais desarmada do que ele jamais a viu. Seu rosto está impassível, mas expectante, como se ela estivesse avaliando a reação dele ou esperando que diga algo inteligente. Pela primeira vez, ele não tem nada a oferecer.

Com um olhar exasperado, ela se vira e dá meia-volta. Ela deixa a porta aberta, o que ele decide encarar como um convite. E, assim, ele está no quarto de Margaret Welty. O quarto de uma garota. Uma garota que não é sua irmã. Isso o afeta mais do que ele gostaria de admitir.

O quarto em si é terrivelmente simples. Ela tem menos pertences do que ele, o que significa algo, considerando que ele só tem um guarda-roupa cheio de ternos baratos. Tudo é limpo e branco. Cortinas de renda branca sobre as janelas. Estantes brancas acima de sua mesa branca. Uma cama de dossel branca, perfeitamente arrumada, é claro. Wes sente um impulso súbito de perturbar sua preciosa ordem. Ele quer desfazer aqueles vincos cuidadosos, afrouxar o lençol da cama como uma gravata depois de um longo dia, nem que seja só para irritá-la. Então, ele vislumbra a fileira polida de armas montadas acima da cabeceira da cama e pensa melhor.

Margaret se empoleira na beirada da cama.

— Como você está se sentindo hoje?

Por algum motivo, ele não acha que essa é a pergunta que ela gostaria de fazer. Ele se senta na cadeira da escrivaninha dela.

— Terrível, se serve de consolo. Obrigado por ter cuidado de mim ontem à noite. Preciso admitir que não me lembro claramente, então espero não ter passado muita vergonha.

Ela faz uma careta e começa a trançar o cabelo por cima do ombro.

— Não mais do que você já passa normalmente.

— O que isso deveria significar? — pergunta ele amargamente.

— Você precisa de alguma coisa?

— Tenho que estar precisando de alguma coisa para falar com você? Quer saber, não responda. Estou indo à cidade para telefonar para minha mãe e queria saber se você gostaria de alguma coisa enquanto eu estiver fora. Ou se gostaria de vir.

— Claro. — Ela amarra a ponta da trança. — Poderíamos levar o cavalo.

— O cavalo — repete ele com ceticismo.

— Você precisa aprender a ficar ereto dentro da próxima semana.

— Eu sei, eu sei. — Ele precisa de todas as suas forças para resistir a morder a isca do *ereto*. Sinceramente, é como se ela quisesse vê-lo sofrer. — Eu preciso ver se o encantamento da manta de sela funciona, então é o melhor a se fazer. A propósito, gostei do roupão de banho. Você vai assim?

— Não. Você pode pegá-lo emprestado, se quiser.

Margaret Welty acabou de flertar com ele?

Enquanto ele tenta se recuperar, ela lhe dirige um de seus raros e misteriosos sorrisos, quando seus lábios se curvam brevemente em uma autossatisfação que quase o desmonta.

— Encontro você lá embaixo.

Completamente abalado, Wes pega a manta de sela e desce as escadas para esperar por ela. Quando ela ressurge de seu quarto, se parece com ela mesma novamente, usando uma saia até os tornozelos, um suéter com as mangas dobradas e botas sujas de lama.

Ela o conduz para fora, até a cerca do pasto, e então chama Shimmer. Ele vem galopando, ansioso como um cachorro, e quase mata Wes de medo quando não diminui a velocidade até o último segundo possível. A fera bufa e olha para ele com um olho castanho gigante, claramente tão desconfiado de Wes quanto Wes está dele.

Margaret passa o cabresto sobre a cabeça do animal e o prende no poste da cerca. Ela se ocupa dele por um tempo, tirando a sujeira de suas costas e ajustando as fivelas e as correias na sela. Quando ela termina, dá um tapinha no pescoço de Shimmer e se vira para Wes com expectativa.

— Pronto?

Não.

— Sim. O que faço agora?

Ela oferece a mão para Wes.

— Suba na cerca e passe a perna por cima.

A mão dela, quente e áspera do trabalho, encaixa-se na dele como uma agulha de gramofone nas ranhuras de um disco. Wes sobe na cerca e nas costas do cavalo. Ele está muito mais alto do que esperava — e muito mais instável, especialmente com a sutil corrente ascendente de energia que flui da sela alquimiada. Sua náusea volta com força total, mas pelo menos ele sabe que o encantamento funciona.

— Vou conduzi-lo a pé para que você possa ter uma ideia de como cavalgar. — Margaret desamarra Shimmer e prende uma corda chumbada em seu cabresto. — Tudo bem aí em cima?

Ele segura as rédeas com os nós dos dedos brancos.

— Nunca estive melhor.

Com um olhar cético, ela destranca o portão e guia Shimmer pela estrada para Wickdon. Depois que Wes se acostuma com o ritmo oscilante do passo do cavalo, é surpreendentemente relaxante. A floresta iluminada pelo sol se desenrola ao redor deles em padrões de dourado e marrom. Essas cores o lembram de Margaret, brilhante e terrosa como o outono. Quando eles chegam a meio caminho da cidade, ela faz Shimmer parar.

— Vá mais para trás. Estou cansada de andar.

— Tudo bem, hum... — Ele mal teve tempo de se mover antes que ela pulasse no assento. Enquanto ela se acomoda na frente dele, ele é atingido novamente pelo cheiro de lavanda e sal marinho.

— Segure-se.

— Em quê?

— Em mim.

Wes envolve seus braços em volta da cintura dela. Ela faz um som para Shimmer, que dá um suspiro resignado antes de seguir caminho. A cada passo, Margaret afunda ainda mais nele até que eles estejam alinhados e a respiração dele agite os cabelos soltos em volta das orelhas dela. Ele pode sentir o movimento de seus músculos e cada tortuoso movimento de seus quadris nos dele.

Deus, será que algum dia se tornará mais fácil estar perto dela?

Ela olha por cima do ombro. Nesta luz dourada e no jeito carinhoso que ela olha para ele, seus olhos brilham da cor de manteiga e mel.

— Quer ir mais rápido?

— Tudo bem — diz ele, sentindo-se um pouco tonto.

Ela cutuca Shimmer com as panturrilhas. Como se eles tivessem falado alguma linguagem secreta, Shimmer mexe a orelha e faz a transição para um trote irregular. Um passo, dois, e Wes sente o ar livre abaixo dele. Ele grita e se agarra nela com mais força para não cair.

Margaret ri enquanto diminui a velocidade, chamando:

— Woah, woah!

É a primeira vez que ele a ouve rir: um som caloroso e suave que percorre seu sangue como vinho. Enquanto Shimmer desacelera para uma caminhada e lhes dirige um olhar de reprovação, Wes observa o brilho do sol no cabelo de Margaret e passa o resto da jornada sonhando em como fazê-la repetir isso.

Margaret amarra o cavalo na praça da cidade e afrouxa o cabresto. Então, ela tira uma cenoura do bolso — porque é claro, *é claro* que ela teria uma — e a oferece a Shimmer. Wes observa horrorizado como aqueles dentes chegam perto da pele dela, cada um como um ladrilho amarelo.

— Encontro você aqui quando terminar. — Ela coça as costas de Shimmer, depois limpa as mãos na jaqueta. — Vou dar uma volta.

— Tudo bem. Vejo você em breve.

Ela o deixa sozinho com Shimmer, que o olha com ressentimento. Sua cauda açoita moscas invisíveis. Wes não confia nessa coisa, nem por um segundo, depois que quase o matou.

— Você se comporte enquanto eu estiver fora.

Ele considera ir até o Wallace para pegar o telefone emprestado, mas tem a sensação de que Annette não gostaria de vê-lo tão cedo. Ou nunca. Vai demorar muito até que ele esqueça a decepção nos olhos dela quando a deixou sozinha na praia. Ele pode usar alguns trocados para a cabine telefônica se isso o ajudar a evitar o constrangimento desse encontro.

Wes segue por uma rua lateral estreita que se ramifica a partir da praça de Wickdon, tão sombria quanto um parque de diversões abandonado. A cidade inteira parece ter sido saqueada. Todas as vitrines estão escurecidas, e os paralelepípedos estão cheios de sementes de maçã e copos de papel amassados. Depois de desviar de algumas poças de líquido misterioso questionável, ele encontra a cabine telefônica no fim da rua. Por dentro, é como um confessionário com sua privacidade envolta por grades de ferro. Ele tira algumas moedas do bolso e as coloca na fenda. Elas atingem o fundo com um tinido alegre.

O telefone toca apenas uma vez antes de alguém atender.

— Alô?

— Ora, ora, ora. Se não é minha irmã favorita! Que surpresa agradável. — Não é. De verdade. Mad era a última pessoa que ele esperava que atendesse.

A linha estala.

— Ah. O que você quer?

— Estou ótimo, obrigado por perguntar. Por que você acha que eu quero alguma coisa?

— Você só liga quando precisa de alguma coisa.

Isso é simplesmente mentira. Wes franze a testa, mas mantém a voz alegre.

— Quero apenas o presente de falar com minha querida irmã.

— Você é um mentiroso. — Então, depois de um segundo: — Quando é a caçada?

— Semana que vem. — Ele enrola o fio do telefone no pulso. — Vocês deveriam vir. Vai ser divertido, supondo que ninguém morra.

— Christine e eu temos que trabalhar, Colleen tem que ir para a escola. Não podemos ir passear no campo por você.

— É no fim de semana, então o docinho pode vir. — Ele hesita. — E, se vencermos, você não precisará voltar a trabalhar por um bom tempo se não quiser.

— Você realmente quer pedir à nossa mãe para assistir a isso?

— Ela vai ficar bem. Eu já disse a ela que iria me confessar. Acho que rezar o rosário por uma ou duas décadas deve ser penitência o suficiente.

Mad bufa. Ele morde o lábio para evitar abusar da sorte. Brincar com Mad é como boxe; é preciso saber quando deixar o ringue.

— Pense nisso, certo?

— Certo. Vou pensar. Com quem você quer falar?

Com você. Porém, as palavras ficam presas em sua garganta, e, mesmo que ela continuasse na linha, o que ele diria? Que sente falta dela? Que quer que ela o perdoe? Seria verdade, mas as intenções dele nunca importaram muito para ela. Até que ele encha uma banheira cheia de ouro para ela ou conserte ele mesmo a mão da mãe, suplicar não o levará a lugar nenhum. Em vez disso, ele diz:

— Poderia chamar a mãe?

— Claro.

Ele espera, torcendo o fio do telefone em seus dedos com força suficiente para que as pontas fiquem vermelhas e depois brancas. Depois de um minuto e mais uma moeda na fenda, sua mãe diz:

— Wes?

— Como você está, mãe?

— Estou tão feliz em ouvir sua voz. Você não liga há eras. Eu estava preocupada com você.

— Bem, eu tenho estado um pouco ocupado. Mas estou aqui agora! São e inteiro.

— Está mesmo? Você está comendo o suficiente? Dormindo o suficiente?

Wes passa a mão pelo rosto.

— Sim, senhora...

— Ah, não me venha com essa voz. Você parece cansado. Só isso.

— Só estou um pouco estressado. Como você está se sentindo?

— A ferida está cicatrizando bem. Mas não tenho muita mobilidade. Não se preocupe com isso, querido. Não há o que ser feito sobre isso agora. O que está incomodando você?

Ele precisa mentir. Mas, assim que ele abre a boca para dar a ela uma resposta evasiva, seu estômago dá uma guinada como se estivesse tentando escapar do corpo.

— Muita coisa, na verdade.

Ela fica em silêncio por tanto tempo que ele começa a achar que ela não o ouviu. Então, como se estivesse com medo de assustá-lo, ela diz:

— Por que você não me conta sobre isso?

— Mestra Welty ainda não voltou para Wickdon. Os outros competidores são... — Contar a ela sobre Jaime iria apenas fazê-la perder o sono; ele não pode sobrecarregá-la com isso. — Tem muita gente querendo ganhar. E, se perdermos, nunca serei um alquimista, e Margaret ficará miserável para sempre, e ficaremos desabrigados, e, acima de tudo, acho que Mad me odeia.

— Sua irmã não odeia você.

Wes torce o nariz.

— Eu ouvi isso.

— Eu não disse nada!

— Eu ouvi o que você estava pensando — repreende ela. — Mad tem raiva de muitas coisas, e você é um bode expiatório fácil. Não estou dizendo quem está certo ou errado. Só estou dizendo como as coisas são.

— Não entendo por que *eu*.

Ela suspira.

— Madeline faria qualquer coisa pelas pessoas que ama. Assim como você. Mas o amor dela é duramente conquistado. O coração dela só tem espaço para algumas pessoas. E você... você ama todos que encontra.

— E ainda assim ela acha que eu sou egoísta.

— Talvez isso seja o que ela diz. A realidade é que você é muito idealista. Ela acha que você valoriza estranhos tanto quanto sua própria família.

— Mas eu não...

— Eu sei que não. Mas você não facilita para *ninguém* ver isso. E você é orgulhoso demais para reconhecer como ela faria qualquer coisa por você.

— Eu pensei que você me amasse — diz ele, mal-humorado.

— Eu amo, e é por isso que estou lhe dizendo isso. Concentre-se no que você pode controlar agora. Faça sua parte e confie que Deus providenciará o resto. Nós precisamos de você. — Ela faz uma pausa. — Margaret precisa de você.

— É mais como se eu precisasse dela.

Ele não gosta do peso do silêncio que se seguiu. Não confia nele.

— Ela é uma boa garota — diz ela.

— Você está falando sério? — Ele dá uma risada. — Você sabe que ela não é Sumítica, mãe.

— Bem, desde que ela se case em uma igreja. Ela gosta de crianças?

— Senhor — murmura ele.

— Cuidado com a boca, Weston.

— Desculpe, desculpe. — Ele passa a mão pelo cabelo. — Preciso dizer, eu não acho que ela... acho que não sou o tipo dela.

— Bobagem. De qualquer forma, estou apenas brincando. Apenas seja bom para ela, certo? A pobrezinha precisa de um amigo. A mãe dela nunca nem sequer escreveu?

Wes encosta a cabeça no vidro da cabine telefônica.

— Não. Nada. É como se ela tivesse desaparecido.

— Que tipo de mãe faria uma coisa dessas com a filha? Não me importa se ela tem idade o suficiente para cuidar de si mesma. Ninguém deveria ficar sozinha assim.

Ele já pensou a mesma coisa inúmeras vezes. Ele se pergunta o que Margaret precisou suportar se a simples visão do escritório de sua mãe a deixou fora de si. Mas ele não sabe se tem a energia — ou o dinheiro — para encorajar a indignação de sua mãe.

— Eu sei. É por isso que ela precisa de todo o clã Winters para lhe dar amor. Você vem assistir à caçada?

— Não sei se aguento assistir, mas estarei lá.

— Que bom. — Wes hesita. — Estou com saudades, sabia?

— Ah, querido. Vejo você muito em breve. Apenas faça o seu melhor. Sua irmã vai te perdoar, não importa o que aconteça. Vamos sobreviver a isso.

— Espero que sim, eu... eu não quero mais te magoar. Eu quero que você seja feliz. Sei que os últimos anos têm sido difíceis e sei que não facilitei as coisas. Eu fui um filho ruim, mas...

Ele escuta quando ela puxa a respiração com força.

— Weston, não se atreva. Você me enche de orgulho todos os dias. Eu só me preocupo com você. Faz anos que não vejo você sorrir como antes de seu pai morrer. Não sei se já consegui fazer você falar comigo sobre o que se passa na sua cabeça desde então, e eu...

E é exatamente isso: ela não conseguiu. Ele não queria preocupá-la, mas nunca considerou que se fechar a machucaria ainda mais.

— Ah, mãe, por favor, não chore — diz ele com a voz rouca. — Não consigo suportar.

— Às vezes você me lembra tanto dele. Sei que ele também ficaria orgulhoso de você.

Ficaria? Seus olhos se enchem de lágrimas. Já se passaram dois anos, mas ele ainda se surpreende com o que é capaz de reabrir a ferida de sua dor. Ele pigarreia para não fazer barulho. Quando finalmente está estável o suficiente, consegue dizer:

— Obrigado. Isso significa muito.

— Eu te amo. Vejo você no final de semana, certo?

— Eu também te amo. Vejo você em breve.

A linha fica silenciosa. Ele não sabe quando falar com ela se tornará menos doloroso. Ele não sabe quando começará a sentir que está fazendo a coisa certa ou se algum dia será o tipo de homem que merece o orgulho dos pais. Mas, por enquanto, a mãe está certa, tão certa quanto Margaret. Até que eles vençam, ele não pode fazer nada pelas pessoas que ama, muito menos por um país inteiro.

Então, ele se concentrará nas coisas que pode controlar. Decifrar as notas de pesquisa de Evelyn. Humilhar Jaime Harrington. Colocar o corpo sem vida da Hala nas mãos de Margaret.

Depois disso, ele e Margaret terão o que desejam. Wes apenas se pergunta se isso realmente os fará felizes. Assim que Evelyn retornar, eles terão que decidir isso. Sendo honesto, ele não tem certeza se pode suportar aprender com alguém tão fria quanto Evelyn — ou se pode manter a boca fechada quando estiver cara a cara com a mulher que arruinou a vida de Margaret.

22

O mar está cinzento e inquieto sob um céu que escurece. De vez em quando, uma onda de crista branca se ergue, rosnando, e se quebra nas rochas — agressiva o suficiente para provar que não é uma criatura domada. Margaret deixa suas botas na areia e caminha até a beira da água, onde a espuma contorna a costa. A onda brilha levemente na luz do sol que se põe, um meio-sorriso cheio de dentes.

A poucos metros do local onde as ondam se quebram, um dos alvos de madeira da competição da noite anterior balança em suas correntes como um homem em uma corda de forca. Margaret encontra um pedaço irregular do alvo preso em um emaranhado de algas marinhas que atingiram a praia. É um lembrete sombrio de que, depois da noite passada, nem ela nem Wes estão mais seguros.

— Maggie?

Ela se vira em direção à voz familiar da Sra. Wreford — mas seu alívio se desfaz assim que ela vê Jaime ao lado dela. Seu rosto parece ainda mais cruel do que o normal, com o lábio cortado e hematomas escuros em sua bochecha. Wes ficará feliz em ver sua obra.

Jaime mantém a boca fechada e o olhar desviado, como se estivesse com vergonha de ser pego fazendo algo tão banal quanto caminhar na praia. A Sra. Wreford lança um olhar penetrante em sua direção, e ele murmura uma saudação quase ininteligível.

A Sra. Wreford suspira. Seu rosto está corado de frio, e, com os respingos do mar se acumulando nos fios rebeldes do cabelo, ela está cercada por uma aura prateada.

— O que você está fazendo aqui? Uma tempestade está chegando.

Ela aponta o queixo em direção às montanhas, onde nuvens espessas se arrastam tão sorrateiramente quanto uma escavadeira e se desenrolam sobre a extensão escura dos bosques de ciprestes. A névoa se derrama na enseada e se enrosca em torno de seus tornozelos. Em breve, não será mais possível distinguir o mar do céu.

— Pensei em dar um mergulho — diz Margaret.

— Está maluca? Você morreria congelada ou afogada.

Ela está prestes a dizer que a água gelada não é tão ruim assim, mas, quando vira o rosto para o mar novamente, sua boca se enche de água salgada. O mar se agita inquieto, e, embora seja assustador, Margaret prefere quando ele está com raiva. Há algo satisfatório nisso, o poder de toda aquela fúria. Ela sobe sua saia e a amarra acima dos joelhos.

— E o que vocês dois estão fazendo aqui?

— Nós? Estamos procurando por Zach Mattis. A mãe dele me disse que o maldito idiota não voltou para casa ontem à noite, e eu disse a ela que aposto que ele ainda está desmaiado naquela caverna em que todos vocês acham que são espertos o suficiente para se esconder. Como se eu nunca tivesse tido 17 anos e nunca tivesse me esgueirado para o mesmo lugar depois de roubar bebida dos meus pais. — Ela aponta um dedo para Jaime. — Ao menos eu tinha amigos com bom senso o suficiente para me levar para casa no fim da noite. Suponho que você estava muito ocupado arranjando brigas.

— Eu já disse que tropecei — diz Jaime envergonhado.

Margaret abaixa a cabeça para esconder um sorriso.

— Muito bem. — A Sra. Wreford encara Margaret com um olhar inquisitivo, como se esperasse alguma confissão. — Tropeçou. O que você acha disso, Maggie?

— Não sei nada sobre isso.

— Não. Imagino que não. — A Sra. Wreford suspira, e Jaime a encara. — Bem, se você quiser nos dar uma mãozinha na busca, ficaremos gratos. Acho que o tempo está prestes a piorar.

Rajadas de vento sopram violentamente ao redor deles, agarrando a saia de Margaret. Em seus ouvidos, o som da maré fica mais e mais alto, até que tudo o que ela escuta é o sibilo de seu nome.

Margaret, Margaret, Margaret.

O medo a faz cerrar os punhos ao ouvir aquela voz novamente, quebradiça como folhas secas, arenosa como conchas esmagadas no mar. A areia estala entre seus molares. O gosto de sal e cobre reveste sua língua.

Um gemido terrível se eleva acima do barulho crescente da tempestade. A Sra. Wreford aperta os olhos contra o vento.

— O que diabos foi isso?

Margaret já ouviu um som como esse antes. Ano passado, um cervo tentou passar pela cerca do pasto dos Halanan e acabou com a cabeça presa entre as tábuas. Ao tentar se desvencilhar, quebrou o próprio pescoço. Ela o encontrou lá, ainda respirando, olhos totalmente revirados, pernas se contorcendo inutilmente sob o corpo. Ele lamentou, de novo e de novo. Sons horríveis, suplicantes. Sons de morte. Margaret deu-lhe uma morte misericordiosa, mas ele ainda sofreu sozinho.

O gemido se repete.

— Parece a voz de Mattis — diz Jaime.

Eles correm. O vento os açoita, jogando o cabelo de Margaret no rosto e fazendo seus olhos arderem com o sal. A areia é de um preto sólido e brilhante como um espelho, sugando avidamente seus pés descalços, e suas panturrilhas queimam enquanto eles se aproximam de uma pequena caverna escavada na lateral de um penhasco. Talhada em suas paredes de pedra está a história secreta e silenciosa da juventude de Wickdon: iniciais gravadas em corações, desenhos fálicos e o estranho trecho de um poema. Garrafas de cerveja vazias se amontoam na areia.

Assim que a maré subir, toda a caverna ficará submersa.

Margaret avança cuidadosamente no chão instável. A pouca luz que existe é refratada pelas poças de água parada. Margaret não consegue ver muita coisa através da penumbra e da luz refletida — mas vê uma forma escura caída a alguns metros à sua frente.

Mattis.

— Ah, meu Deus — sussurra a Sra. Wreford. — Não olhem, crianças.

Mas Jaime não hesita antes de atravessar as poças de água salgada e cair de joelhos ao lado do amigo.

— Zach!

Margaret cuidadosamente se aproxima deles e se agacha para examinar os danos. A pele de Mattis está pálida como giz, seus lábios são do mesmo azul-pálido das escamas de um peixe, a mordida em seu ombro é de um tom de vermelho chocantemente vivo. Ele parece ter sido aberto e fechado de volta. A carne queimada borbulha sobre fios irregulares de músculo exposto, e as bordas da ferida estão cobertas por uma pasta preta de *caput mortuum*. Através da carnificina, Margaret consegue ver até as articulações de seu ombro. Ele cheira à alquimia, mar e morte.

A Hala deve tê-lo encontrado aqui sozinho: a primeira baixa humana da temporada. Se foi ousada o suficiente para atacar alguém tão perto da cidade, ela está se aproximando de seu poder total agora.

Então, eles escutam uma respiração fraca.

— Ele está vivo — diz Jaime. — Chame ajuda!

— Não se mexam — diz a Sra. Wreford. — Nenhum de vocês.

Margaret obedece.

Enquanto ela observa o leve subir e descer do peito dele, ouve os passos da Sra. Wreford chapinhando na água rasa. Ouve os gritos dela enquanto eles são arrebatados e arremessados pelo vento. Ouve os murmúrios de Jaime enquanto ele se levanta e anda de um lado para o outro como uma fera em uma gaiola. O mar ainda se aproxima. As ondas ainda sussurram o nome dela.

Margaret, Margaret, Margaret.

— Cale a boca — sussurra ela. — Cale a boca.

A água invade a caverna e se infiltra no tecido de sua saia. É tão fria que ela fica sem fôlego. Quando o fedor de sal, cobre e enxofre azeda o ar, a visão de Margaret é encoberta por uma névoa. A lembrança daquela noite terrível se cristaliza no mundo real.

Ela está aqui e ao mesmo tempo não está. Ela está ajoelhada na maré que sobe e está ajoelhada no chão do laboratório de sua mãe. Ela embala a cabeça de Evelyn enquanto seu cabelo dourado pinta com sangue as tábuas do assoalho. Sua mãe agarra seu pulso. Seus dedos são como faixas de gelo.

Maggie, murmura ela.

— Maggie. — Ela volta à realidade, ofegante. Sua pele está escorregadia por causa do suor e da água do mar. Mattis se agarra fracamente a ela enquanto seus olhos se abrem. — Eu não quero morrer.

Ao som da voz dele, Jaime para de andar.

— Zach. Você está... Aguente firme, certo? A ajuda está a caminho. Você vai ficar bem, eu prometo.

Os lábios de Mattis tremem. O rosto pálido e desorientado dela é refletido no terror vítreo dos olhos dele. Se ele ouviu Jaime, não respondeu.

— Ele está em choque — diz Margaret.

Jaime faz um som sofrido e agonizante que ela não achava que ele fosse capaz de fazer. Ele enterra o rosto nas mãos.

— Era para ser uma brincadeira. Uma maldita brincadeira. Eu não pensei... Eu não deveria... É tudo culpa minha. Deus, é tudo culpa minha.

— Maggie — sussurra Mattis. — Eu sinto muito.

Jaime enrijece. Seu olhar oscila entre eles.

— Eu sinto muito. — Mattis se engasga com as palavras enquanto começa a chorar. — Você não pode me perdoar?

Se ela fosse mais forte, se ainda não estivesse meio desconectada de seu corpo, ela perguntaria a ele por quê. Por que ele está arrependido? Por que ela deveria perdoá-lo? Mattis nunca foi gentil com ela, mas era menos cruel em comparação a Jaime. Era mecânico e irracional, como um cachorro executando um truque para agradar seu dono. Fácil de suportar, fácil de engolir.

Apenas sobreviva, disse ela a si mesma por anos. *Apenas aguente.*

Mas ela está cansada de aguentar, assim como Wes. Ela não consegue oferecer a ele nenhum conforto, nenhuma absolvição. Nesse estranho estado de alheamento, ela só consegue pensar em enfiar o polegar no ferimento dele até o nó do dedo, até alcançar aquela protuberância amarela de osso sob o músculo dilacerado. Ela quer machucá-lo mesmo que uma fração do quanto ele a machucou. Ela quer que Jaime veja o que ele a levou a fazer.

— Maggie — choraminga ele. — Por favor.

Jaime se aproxima dela.

— Diga alguma coisa!

Mas de que adiantaria a ela descontar sua raiva nele? A água pinga do teto, caindo tão pesada quanto pedras na maré que sobe. O cabelo dele e a saia dela ondulam ao redor deles, espalhando-se como sangue na água.

— Você vai ficar bem — diz ela e fecha a mão livre sobre a dele. — Está tudo bem.

Quando os paramédicos chegam, eles os encontram com a mão dele esfriando na dela.

A chuva tamborila no telhado do apartamento da Sra. Wreford, um conjunto rangente de cômodos acima do Raposa Cega. Margaret está sentada em uma mesa frágil que ocupa metade da cozinha aquecida pelo forno, embalando a cabeça nas mãos enquanto escuta as risadas fracas que atravessam as tábuas do assoalho.

Ela não consegue parar de tremer, apesar de todo o esforço que a Sra. Wreford fez para aquecê-la. Assim que ela foi arrastada até aqui, a Sra. Wreford a convenceu a trocar de roupa e a colocou em frente ao fogo. Margaret não disse nada enquanto a Sra. Wreford enxugava seu cabelo com a toalha e o trançava novamente, e um nó se formou em sua garganta por causa do gesto simples de ternura. Quando terminou, amarrando a trança com uma tira fina de couro, a Sra. Wreford pediu licença para solicitar ao médico uma atualização sobre Mattis.

Um pesado cobertor de pele paira sobre seus ombros e uma tigela intocada de sopa esfria na sua frente. A salmoura do molusco e a textura escorregadia e emborrachada entre seus dentes a lembram demais da carne exposta no ombro de Mattis. Toda vez que ela fecha os olhos, vê a mesma imagem fixada em sua mente. Mattis e sua mãe, unidos em um só, rostos pálidos e sangrando na água que espuma. Margaret esfrega o rosto e tenta esquecer.

O apartamento inteiro cheira à cerveja e a pão assando, à levedura e à conforto. Garrafas estão maturando na bancada, e os barris que não cabem no andar de baixo do bar servem como móveis improvisados aqui. Mesinhas de centro e cadeiras cheias de cerveja preta. De algum ponto mais ao fundo do apartamento, um rádio crepita com estática e com o alegre som de um saxofone. A familiaridade deste lugar não é suficiente para acalmá-la. De todas as coisas, ela quer Wes. Ela quer a firmeza de seu olhar sobre ela, a facilidade de sua risada.

Ele provavelmente está se perguntando onde ela está. Ela prometeu encontrá-lo no cavalo.

A porta se abre, e as tábuas do assoalho rangem sob os passos da Sra. Wreford. Ela está carregando dois copos gelados de cerveja preta. Seu casaco está salpicado de água da chuva, e seu cabelo está emaranhado por causa da umidade. O cheiro da caverna ainda está impregnado nela: enxofre e algas podres. O odor enche a boca de Margaret de bile.

— Com sede? — pergunta a Sra. Wreford.

Ela se acomoda na cadeira em frente a Margaret e coloca os copos na mesa. Margaret envolve um deles com as mãos, grata pela pontada de frio em seus dedos. É algo que ela pode sentir.

— Obrigada.

— Ele vai sobreviver.

Margaret fecha os olhos e solta um suspiro. Sem o medo para mantê-la alerta, ela está repentinamente exausta.

— Fico feliz em ouvir isso.

O olhar da Sra. Wreford paira sobre a tigela intocada de sopa.

— Você não comeu.

— Não estou com fome. Só cansada.

— Então por que não fica aqui esta noite? Não quero que volte para casa no escuro e na chuva, principalmente agora que a Hala sentiu o gosto de sangue pela primeira vez.

Margaret se ressente da ideia de ser acolhida como um gato de rua.

— Eu vou ficar bem. Faço o trajeto com bastante frequência.

— Quando você vai parar de me contrariar, Maggie? — A frustração na voz da Sra. Wreford a assusta. — Eu não tenho filhos de sangue, então você é como se fosse minha. Para o bem dos meus nervos, fique. Você estará *me* fazendo um favor. É só uma noite.

— Tudo bem — diz ela fracamente. — Mas Wes... O Sr. Winters está...

A Sra. Wreford aponta o queixo em direção à janela.

— Ele quase arrombou a porta quando soube que você estava aqui, mas eu disse a ele que você poderia querer um pouco de espaço.

Margaret estica o pescoço. Wes está parado embaixo de um toldo, parecendo meio afogado com o cabelo grudado nas laterais do rosto. Ele está gentilmente empurrando a cabeça de Shimmer para longe enquanto ele tenta morder a gola da jaqueta enorme dele. Neste momento, ele olha para cima e encontra os olhos dela. O sorriso que ele dá é impressionantemente brilhante, misturado com alguma outra coisa que faz o coração dela bater rápido demais.

— Ele também pode ficar, se conseguir se comportar. — A Sra. Wreford lhe dirige um olhar significativo, e ela não gosta muito da insinuação. — Ele é radiante.

Margaret toma um pequeno gole de sua cerveja. Tem um gosto intenso e maltado, como chocolate e aveia. Ela faz com que o líquido passeie por sua língua antes de engolir.

— Sim. Ele tende a ser.

— Você gosta dele?

— O suficiente.

— Ora, essa é a coisa mais positiva que já ouvi você dizer sobre alguém.

Margaret reza para que o rubor que se espalha por suas clavículas não atinja seu rosto. É suficientemente verdade. Existem poucas pessoas em sua vida que ela chegou ao ponto de considerar gostar.

— Ele parece se importar com você também.

Agora, *esse* é um pensamento no qual ela não pode se debruçar. Ela se ocupa em traçar padrões distraidamente na condensação de seu copo.

— Maggie. — A gravidade da voz da Sra. Wreford a deixa imóvel. — Por que você está fazendo isso?

Para fazer sua mãe ficar. Por amor. Essa sempre foi a resposta, sem hesitação.

Mas, desde que Wes se infiltrou em sua vida, ela começou a questionar sua própria certeza. O amor não é aquela coisa cortante que ela sempre acreditou que fosse. Não é como o mar, sujeito a escorregar por entre seus dedos se ela o segurar com muita força. Não é uma moeda, algo a ser conquistado, negado ou trocado. O amor pode ser firme. Pode ser certo e seguro, ou tão selvagem quanto um incêndio. É uma fatia de pão com manteiga em uma mesa de jantar. É um ressentimento nascido da preocupação. É uma pele rasgada sobre nós de dedos inchados.

Fazer isso por Evelyn não é mais suficiente. Talvez ela esteja fazendo isso por Wes também.

Mas se preocupar com ele pode significar o fim para ela. Se ela vencer, ele ficará e se tornará um alquimista. Se ela perder, ele vai embora. Não importa o resultado, ela está acabada. Não importa o que ela faça, forjará a lâmina sobre a qual ela cairá. Ou ele realizará seus sonhos e se casará com uma mulher bonita e mundana, ou retornará a Dunway sem ela. Ela não pode ir com ele. Ela não suportaria a cidade com sua extensão cinzenta, suas multidões agitadas e todo aquele barulho horrível. Ela viveria seus dias como a lenda mitológica da esposa *selkie*,* trancada em sua casa, longe do mar.

Não há um mundo em que ambos possam ser felizes.

— O que esse olhar significa? — pressiona a Sra. Wreford.

— Nada. Estou fazendo isso porque preciso.

— Você não precisa fazer nada que não queira.

— Minha mãe...

A Sra. Wreford bate o copo na mesa. Espuma espessa escorre da borda do copo até a mesa.

— Você quase viu um homem morrer hoje. Esqueça sua mãe.

Margaret se encolhe.

— Desculpe. Ultrapassei os limites. — A Sra. Wreford esfrega suas têmporas. — Ouça-me, está bem? Eu vivi alguns anos a mais do que você e gosto de pensar que isso me deu alguma perspectiva. Sou mais sábia que você em alguns aspectos. Pouquíssimos, inclusive, mas o que posso dizer com certeza é isto: existem poucas pessoas neste mundo, se é que existe alguma, pelas quais

----

* *Selkies* são criaturas mitológicas que são focas quando estão na água e seres humanos quando estão em terra. Existe a lenda de um humano que convenceu uma *selkie* a se tornar sua esposa. E então a esposa passou seus dias em cativeiro, ansiando pelo mar, seu verdadeiro lar. [N. da T.]

vale a pena lutar. E menos ainda por quem vale a pena tornar-se infeliz. Você me entende?

Margaret assente com a cabeça.

Aparentemente não foi uma resposta satisfatória.

— Quando sua mãe voltar, o que você vai fazer?

— Ficarei feliz, e o Sr. Winters terá seu estágio.

— Mas o que você vai *fazer*?

E quando vencermos?, perguntou Wes a ela ontem à noite. *E então?*

Ela não sabia como responder a ele antes e não sabe como responder à Sra. Wreford agora. O que há para ela, além da expectativa do retorno iminente de sua mãe? Quem é ela sem a dor de sua ausência e o medo de perdê-la novamente?

— Você ainda está convencida de que sou uma tola, não é? — pergunta a Sra. Wreford. — Eu sei muito bem que ela não tem ideia do que você andou aprontando este mês. O que você espera que ela faça quando encontrar aquele garoto em sua casa?

Margaret considerou isso apenas momentos antes de pegar no sono. Evelyn incrivelmente protege sua pesquisa. E, de todas as regras que sua mãe incutiu nela depois que seu pai partiu, estas eram fundamentais: não confie em ninguém e não dependa de ninguém. Deixar Wes entrar em sua vida quebrou facilmente as duas.

— Acho que ela vai ficar com raiva. Mas, se tivermos a Hala, ele terá o poder de conquistá-la.

— Evelyn não é o tipo de mulher que aceita suborno. Acho que, no fundo, você sabe disso.

— Então o que você quer que eu faça? Desista?

— Seria muito melhor para os meus nervos se você desistisse, mas não vou gastar saliva com isso. O que estou pedindo a você é para pensar bem sobre o que é melhor para você. Não para sua mãe. Não para Weston. Para Margaret.

E se eu não souber?, ela quer perguntar. *Como eu poderia saber?*

— Eu sei que você ama sua mãe e sei que ela ama você do jeito dela. Mas há muitas outras pessoas que também amam você. — A Sra. Wreford estende o braço por cima da mesa e coloca a mão sobre o punho cerrado de Margaret. — Espero que você saiba disso.

— Eu sei — mente ela.

Os olhos da Sra. Wreford se enchem de uma tristeza terrível, e Margaret a deixa ir.

Do lado de fora da janela, Margaret vê que Shimmer teve sucesso em livrar Wes de seu casaco. Ele aperta o tecido entre os dentes e balança a cabeça triunfantemente. Wes grita algo que ela não consegue entender daqui, tentando alcançar a massa mole e molhada de sua jaqueta em meio a súplicas.

— Esse garoto é... fora do comum, não é?

— Sim — diz Margaret suavemente. — Ele é.

— Vou deixá-lo entrar.

Assim que a Sra. Wreford resgata Wes do cavalo e o deixa entrar, ela oferece a ele uma toalha e um lugar em seu sofá para passar a noite. Ele toma a sopa fria de Margaret alegremente, preenchendo o silêncio com conversas despreocupadas até que o ceticismo da Sra. Wreford é vencido. Ele conseguiu penetrar as barreiras de mais uma pessoa — só que, desta vez, Margaret se sente satisfeita, em vez de irritada, por alguém em sua vida ter se afeiçoado a ele. A Sra. Wreford se agarra no braço dele e o metralha de perguntas excessivamente diretas até que ela esteja satisfeita com o relato de sua família, suas aspirações e os méritos de Wickdon sobre Dunway. Depois disso, é como se fossem velhos amigos. A Sra. Wreford ri até lágrimas escorrerem dos olhos, até precisar sair para o seu turno no bar.

Com a mão na maçaneta, ela se vira por cima do ombro e dirige a cada um deles um olhar demorado.

— Estarei lá embaixo e tenho ouvidos em toda parte. Estou falando com você, Weston.

— Não se preocupe. Eu cuidarei dela.

A Sra. Wreford arregala os olhos para ele, uma advertência silenciosa.

— Espero que sim.

A porta se fecha atrás dela, deixando-os sozinhos.

Margaret se acomoda no sofá e puxa o cobertor até o queixo. A exaustão dos últimos dias pesa sobre ela, e ela sente como se ainda não tivesse ressurgido completamente das profundezas de seu episódio na caverna. O frio não desapareceu de seus ossos, nem a espessa parede de neblina que a separa do resto do mundo.

Seus dedos dormentes estão dobrados contra suas clavículas; ela sente como se a mão de um estranho estivesse sobre seu peito. Ela não sabe como alguém consegue viver na cidade. Até o silêncio não é silencioso, com o barulho constante das ondas quebrando lá fora, o tamborilar da chuva, a tagarelice dos turistas nas ruas.

— Margaret. — Wes se agacha ao lado dela. Ele estende a mão para ela, como se pretendesse afastar o cabelo de sua testa ou tocar o lado de seu rosto. No fim das contas, ele coloca a mão sobre o próprio joelho. — Você está bem?

— Estou bem.

— Quer conversar sobre isso?

Isso. Não é sobre a Hala. Não é nem sobre o que aconteceu com Mattis. É sobre a mãe dela. É sobre ele. Mas como ela poderia começar a dizer a ele o que sente sem assustá-lo? Como ela poderia decidir o que é melhor para si quando tudo o que ela quer vai acabar por machucá-la?

— Não. Eu quero ir dormir.

— Claro, tudo bem. Vou apagar as luzes para você.

Ele atravessa a sala para desligar o interruptor. As luzes se apagam, e Margaret se aninha nas almofadas. As molas do sofá golpeiam suas costas e gemem sob seu peso, mas ela está tão cansada que acha que vai adormecer no momento em que fechar os olhos.

Wes se joga no sofá perto dela e deita de lado. Mesmo no escuro, ela pode ver o brilho felino de seus olhos. A luz dos postes penetra suavemente na sala, iluminando tudo com um brilho dourado. Eles estão perto o suficiente para que ela possa estender a mão e tocá-lo se quiser. Conforme os olhos dela se ajustam, a expressão preocupada dele entra em foco.

— A bala não é o suficiente — diz ele.

— Foi o suficiente.

— *Foi*, mas não é. Eu não acho que vai matar a Hala. Na verdade, eu sei que não. E, se não temos como matá-la, então tudo isso é em vão.

O coração dela acelera. Não, ele está errado. A bala tem que funcionar. Tem que haver outra maneira. *Tem* que haver, caso contrário o que aconteceu com Evelyn acontecerá novamente com Wes. Ela sente como se estivesse sendo sugada pelas águas frias de seu medo novamente.

— Não consigo falar sobre isso agora. Não agora.

— Justo. Desculpe. — Ele rola de costas e suspira. — Eu só não consigo parar de pensar se fosse você quem tivesse se machucado.

— Mas não foi.

— Isso não é muito reconfortante.

— Não é para ser reconfortante. Foi o que aconteceu.

— Eu não te entendo às vezes. Na maioria das vezes, na verdade.

Margaret sorri, o que parece tranquilizá-lo.

— Sinto muito por ter preocupado você.

— Não sinta. Eu acho que você está certa. Foi o que aconteceu. Mas o fato é que eu ainda não terminei meu trabalho. A única coisa que posso fazer é trabalhar mais, e terei uma solução para você até o final de semana. Eu juro. — Ele estende o braço no espaço entre as camas improvisadas, como se esperasse que ela apertasse sua mão.

— O que é isso?

— Uma promessa.

— Você é ridículo.

— Na verdade, estou falando muito sério.

Margaret pega a mão dele. Comparada com a dela, a dele é suave e imaculada pelo trabalho. Nenhum deles recua. Embora ela possa ver suas feições banhadas pela suave luz ambiente, ela não consegue adivinhar o que ele está pensando. Wes afrouxa o aperto o suficiente para deslizar o polegar pela parte inferior do pulso dela. A sensação, o cuidado com que ele acaricia sua pele, faz com que ela prenda a respiração. Ela se pergunta se ele está ciente de que está fazendo isso. Ela se pergunta, com mais urgência, se ele está ciente do que está fazendo com ela.

— A Sra. Wreford disse que tem ouvidos em toda parte — lembra ela.

— E? — Mais uma vez, ela vê seus olhos escuros brilhando. O peso do olhar dele acende uma tensão familiar na boca do estômago dela. — Não há nada acontecendo para ela ouvir.

Ele a toca com uma intensidade renovada, cada pincelada de seu polegar leve como uma pluma, e ela se contorce com o arrepio que percorre sua espinha. Ao ouvir a súbita irregularidade da respiração dele, ela não consegue mais se convencer de que é a única imaginando os dedos dele em outro lugar.

— Não. Creio que não.

— Você quer que eu pare? — Apesar do tom de flerte em sua pergunta, ele parece genuinamente preocupado.

Se ele parar, ela terá sua sanidade de volta. Mas então ele não estaria mais tocando-a, e isso seria quase insuportável. Ela não confia em si mesma para falar, então sacode a cabeça desajeitadamente.

Ele pressiona o polegar acima da curva do osso do pulso dela. Ele guia a mão de Margaret para mais perto dele, até que ela possa sentir o calor da respiração dele espalhando-se contra sua palma. Os lábios de Wes pairando a alguns centímetros do pulso dela a lembram do momento imediatamente anterior a puxar o gatilho de seu rifle. Sangue retumbando em seus ouvidos, coração batendo no peito, respiração congelada em seu ponto mais alto.

Pura expectativa.

Mas, assim que a boca dele tocar a pele dela, o que quer que esteja acontecendo entre eles se tornará concreto, impossível de ignorar ou de descartar como loucura. Dar esse passo é assustador demais. Margaret se desvencilha de seu toque.

Wes puxa a mão de volta e pisca, como se tivesse sido arrancado de um feitiço.

— Hum? Ah... Bom. Desta vez, vou acertar. Vai ser perfeito.

Ela quer acreditar nele.

À medida que os minutos passam, o silêncio ao redor deles se suaviza. Ela inveja a rapidez com que ele adormece, mas isso dá a ela a oportunidade de admirá-lo abertamente. Ele está com uma aparência inocente com a boca aberta e o cotovelo dobrado sobre o rosto. O cabelo dele está espalhado sobre o travesseiro como a crista de um galo.

Perfeito.

Weston Winters está longe de ser perfeito, mas, desse jeito, ele pode muito bem ser. A luz quente dos postes através da janela e o ritmo cintilante da chuva fazem com que tudo pareça de alguma forma irreal. Como se ela estivesse sonhando com os olhos abertos.

23

Os próximos dois dias se esvaem como mel escorrendo da ponta de uma colher.

Margaret passa seus dias na floresta, e Wes passa os dele no laboratório, traduzindo o misterioso livro de Evelyn. Ele fez algum progresso em relação ao primeiro passo das instruções dela, que parece detalhar um círculo de transmutação particularmente complicado. Quando fica muito frustrado com o código, ele se debruça sobre registros de mortes de demiurgos em busca de alguma dica ou sinal. Todos eles são iguais: sob a luz da lua cheia, algum Katharista devoto com um arco, uma oração oportuna ou uma rocha particularmente afiada o derruba em um ataque justificado de fúria. Wes não acha que Deus vai lhe dar uma mão tão cedo, dado o estado sombrio de sua alma.

Margaret Welty o lançou em um estado de pecado mortal.

À noite, quando ela chega em casa do treinamento, ele transfere seu trabalho para a biblioteca e lê com dificuldade, enquanto Margaret se aconchega com seus livros grossos ou termina de costurar em sua jaqueta o fio alquimiado que ele fez. É a hora do dia favorita dele, porque ela solta o cabelo, que brilha tão dourado quanto a luz do sol através da água. Ele sempre sabe exatamente o que ela está lendo pela intensificação da cor em suas bochechas.

É terrivelmente distrativo.

Desde que pegou na mão dela no apartamento da Sra. Wreford, ele sente como se ela o tivesse enfeitiçado com alguma mágica feérica. Ele não consegue parar de olhar para ela. Ele não consegue parar de pensar nela. Ele não consegue parar de notar cada movimento suave das páginas viradas, ou de desejar poder tornar aquela passagem que ele leu realidade para ela. Ele quer arrancar o livro das mãos dela e beijá-la até que seu próprio nome saia da boca dela e...

Alquimia. De volta à alquimia.

Deus, ela nem sequer está aqui, e ele já está se sentindo doente de desejo. Ela provavelmente o esfolaria vivo se soubesse os tipos de pensamento que ele tem sobre ela, mas Wes nunca foi bom em se concentrar no que deveria. Ele ainda tem trabalho a fazer antes de mergulhar em água fria e orar por perdão. Mas, se a luxúria é tão perversa, por que Deus criaria garotas como Margaret?

Ele pressiona a caneta no papel e tenta se agarrar ao que resta de sua concentração. Contra todas as probabilidades, o trabalho o mantém na realidade. Os rabiscos de sua caligrafia, símbolos dando forma a seus pensamentos e guiando-os para longe de Margaret como um farol através de uma tempestade.

Ele esfrega os olhos e olha pela janela, sentindo-se como um cachorro esperando seu dono voltar para casa. Margaret saiu com Encrenca e Shimmer há algumas horas, e ele espera que ela volte logo. A luz do sol do fim da tarde se derrama sobre as folhas vermelhas caídas, suave como o toque de um amante. É muito difícil se concentrar agora, especialmente com essa dor de cabeça que se instala. Ele está trabalhando há horas e sente como se fosse explodir se ficar parado por mais tempo.

Dentro de apenas alguns dias, todos os seus problemas serão resolvidos. Sua família estará estável financeiramente, e ele terá os meios para garantir seu estágio. Supondo que consiga decifrar os segredos deste manuscrito. Supondo que Evelyn decida voltar para a Mansão Welty.

Alguém bate na porta da frente, assustando-o. O pavor toma conta dele. Ninguém vem aqui a menos que esteja trazendo más notícias.

Mas, quando ele abre a porta, é Annette.

— Ah — fala ele, surpreso. — Boa noite.

Ela está parada na varanda, usando um vestido largo com estampa de caxemira azul. As lapelas enormes se enrolam em torno de sua garganta como um par de mãos, e um laço elegante está preso sob suas clavículas. Do lado de fora, logo depois do portão de entrada, as janelas do carro dela o encaram, tão brancas quanto o olhar da Hala sob a luz brilhante do sol.

— Oi. — Annette enfia um cacho solto atrás da orelha. — Se importa se eu entrar?

A família dele lhe deu muitas, muitas chances ao longo dos anos. No entanto, Annette deve ser a pessoa mais misericordiosa do mundo se ainda quiser vê-lo.

— Não, de jeito nenhum. Entre.

Ela passa por ele, perto o suficiente para que ele sinta o cheiro de seu perfume. Cereja, pensa ele — tão docemente vermelhas quanto o batom dela. Wes se pergunta se ele alguma vez pareceu tão deslocado nesta casa quanto agora. Tão radiante e afiada quanto um diamante, Annette brilha demais em contraste com os marrons e os tons de cobre terrosos da mansão. Ele está perfeitamente ciente das partículas de poeira que dançam nos grossos trechos de luz do sol.

— Posso te oferecer alguma coisa? — pergunta ele.

— Não, estou bem. Maggie está em casa?

— Não. — *Infelizmente.*

Annette olha para a porta da frente.

— Ela estará em casa em breve?

— Imagino que sim. Por quê?

— Eu esperava que pudéssemos conversar sozinhos.

— Estamos sozinhos agora.

Annette ergue as sobrancelhas.

— Sozinhos *mesmo.*

— Ah. — Todos os seus pensamentos coerentes são substituídos por uma estática granulada. Ele reza para que o calor que sobe pela sua nuca não alcance seu rosto. — Hum, claro. Siga-me.

Enquanto ele a conduz escada acima, Wes não consegue se convencer de que isso seja real. Eles não se falam desde a noite da competição de tiro. Embora ele esteja terrivelmente confuso, não está exatamente em posição de rejeitá-la. Ele ainda se sente enjaulado em seu próprio corpo, como se não houvesse espaço o suficiente sob sua pele. Mas, com Annette à sua frente, ele descobre que não quer se atormentar pensando em Margaret. Desta vez, ele pode ser decente o suficiente para dar a ela toda a sua atenção.

No patamar do primeiro andar, ele hesita. O laboratório está desorganizado demais agora, sem lugar para ela se sentar, e ele suspeita que está começando a cheirar mal, algo como uma mistura de ar estagnado, enxofre e seu próprio cheiro.

— Podemos ir para o meu quarto?

— Perfeito.

Wes abre a porta de seu quarto e imediatamente se arrepende. Cerca de cinco dias de canecas vazias e meia biblioteca de livros estão espalhados sobre todas as superfícies disponíveis. Wes arranca sua jaqueta das costas da cadeira e a joga na cama desarrumada.

— Pode se sentar aí, se quiser.

Ele se senta na beirada da cama enquanto Annette fecha a porta atrás dela, que bate com um ar sombrio de ultimato. Ela examina o quarto com uma mistura de divertimento e julgamento antes de parar em frente à janela. A luz do sol do entardecer atravessa as árvores e pinta as paredes brancas com um brilho alaranjado.

Ela fecha as persianas.

— Este quarto tem chave?

A garganta dele fica seca.

— Está tentando me trancar? Acredite em mim, não há nenhum outro lugar onde eu queira estar.

Ela se sobressalta, como se tivesse sido pega fazendo algo que não deveria. Então, ri.

— Ah, você sabe. Checar é apenas um hábito. Meu pai faz uma ronda na casa a cada dez minutos sempre que eu tenho companhia.

Ele abre a gaveta da mesa de cabeceira com entusiasmo exagerado. Ela estremece quando atinge o fim de seus trilhos. Ele tira a chave e a coloca em cima da mesa.

— Para tranquilizar sua mente.

— Que gentil. — Annette o surpreende ao se sentar ao lado dele. As molas do colchão gemem sob o peso dos dois.

Ele se dá conta de *quão* sozinhos estão. A 8 quilômetros da civilização, na borda lilás do crepúsculo, atrás de sua porta fechada, o joelho dela roçando o dele. É a situação exata em que uma garota como ela não deveria estar. O tipo de cena que faria o pai dela checar o quarto.

— Você parece nervoso — diz ela.

— É mesmo?

— Sim. Eu nunca pensei que você fosse do tipo formal e certinho. Será que toda aquela bravata era apenas uma encenação?

— Não, não. Você só me pegou de surpresa. Eu não estava esperando você.

— Imaginei que não estivesse. — Ela se apoia nas mãos. — Sinto muito por vir aqui sem ser convidada e por não ter entrado em contato antes, e... bem, sinto muito. Foi isso o que eu vim dizer.

— O quê? Por quê?

— Porque você fez a coisa certa naquela noite, enfrentando Jaime. Você foi mais corajoso do que eu teria sido. Eu não deveria ter tentado te impedir.

— Ah. Obrigado. Honestamente, eu só estava bêbado.

A porta da frente se abre. Margaret deve ter voltado para casa, embora ele não ouça o barulho revelador das unhas de Encrenca nas tábuas do assoalho.

Annette cutuca seu joelho, atraindo sua atenção de volta para ela.

— Acho que devo me desculpar por isso também. Fui eu quem te encheu de álcool.

— Então você foi minha cúmplice na bravura.

— Ou a arquiteta do meu próprio tormento.

— Tormento? Espero que você não tenha perdido o sono por minha causa.

Ela sorri levemente.

— Um pouco. Tolice da minha parte, na verdade.

— Eu não queria te causar nenhum sofrimento. Não é que eu não *queria* passar tempo com você. É só que... — *Maldição*. Agora ele está pensando em Margaret de novo.

— Eu entendo. De verdade.

— Sério? Quer dizer... Fico feliz. Eu odiaria pensar que te prejudiquei sem ter a chance de compensar.

— Não há nada para compensar, sério. Fico feliz por termos tido a chance de conversar. — Annette plissa o tecido de sua saia. — É fácil conversar com você. Sinto que você me entende mais do que a maioria das pessoas em Wickdon e certamente me desafia mais do que todos aqui. É embaraçoso admitir, mas eu estava tão chateada naquela noite porque... bem, acho que é porque eu gosto de você. E pensei que talvez tivesse interpretado mal como você se sentia.

— Não, você não interpretou mal. Eu também gosto de você. — E ele está falando sério; Annette é uma garota legal o suficiente, mesmo que superprotegida. Mas, assim que as palavras saem de sua boca, ele não tem certeza se eles querem dizer a mesma coisa.

Os olhos dela se fixam nos dele, arregalados e esperançosos. Ele se sente instantaneamente enjoado.

— Você gosta?

Ele nunca teve problemas com isso antes. É familiarizado o suficiente com aceitar confissões e desaparecer depois de conseguir o que queria. Mad já gritou com ele por causa disso muitas vezes, e, embora ele sempre tenha estado ciente de que essa não é uma de suas maiores qualidades, isso aqui parece errado de diversas maneiras.

— Eu...

Os passos de Margaret soam na escada, depois se arrastam suavemente em direção ao quarto dela no lado oposto do corredor.

Wes passa a mão pelo cabelo de forma ansiosa.

— O que exatamente você quer dizer com *gostar*?

Annette aperta o joelho dele.

— Você quer que eu soletre para você?

A agitação no estômago dele desaparece e então se transforma em uma pontada de desejo quando a mão dela desliza um pouco mais para cima em sua coxa.

Ele tem estado tão reprimido nos últimos dias, torturando-se com suas próprias fantasias patéticas. O quanto ele deseja Margaret o assusta — o quanto ela consome seus pensamentos, o quanto ela o faz querer ser vulnerável, o quanto ele tem medo de perdê-la. Mas, há duas noites, ela o rejeitou quando puxou a mão da dele. Mesmo que fosse apenas nervosismo, foi o melhor a se fazer. Se ele se tornar aprendiz da mãe dela, não poderá tê-la e não pode continuar com ela se ela não estiver disposta a deixar Wickdon. Mas, talvez, se ele tiver outra saída, ele possa suportar esse sofrimento. Ele possa sufocar seus sentimentos por Margaret, assim como qualquer outra emoção que já tentou afogá-lo.

Fácil, pensa ele. Tudo o que ele precisa fazer é deixar isso acontecer. Desta vez, não é totalmente egoísta ceder. É autopreservação.

Annette se aproxima dele, e seus lábios encontram a curva da mandíbula de Wes. Ele inclina a cabeça para trás, suspirando.

— Vai escurecer logo.

— E daí? Você vai me expulsar? — pergunta ela na orelha dele. Um arrepio percorre seu corpo.

— Claro que não. Isso não seria nada cordial de minha parte.

— Não sei se quero que você seja *cordial*.

Quando a boca dela desliza sobre a dele, o instinto assume o controle. A mão dele se agarra na curva da cintura dela, e a dela puxa o cabelo dele na nuca. Ele se sente grosseiro e desajeitado, como se seus dedos manchados de tinta fossem estragar o tecido delicado do vestido dela, como se ele fosse rasgar a faixa em volta de sua cintura ao desamarrá-la. Mas ela faz um som suave e encorajador e separa os lábios nos dele. O gosto dela é tão doce quanto o som de sua voz.

A sensação de beijá-la é boa, como vestir um suéter familiar. Mas seu coração quer algo — alguém — diferente. Ele quer solidez onde ela é macia. Cabelos dourados, não castanhos, enrolados em seus dedos. Ele não sabe como seria beijar Margaret, mas acha que haveria dentes e fogo no ato. Ele está confortável há tempo demais. Ele não quer mais se esconder. Ele quer ser exposto e consumido.

Ele quer Margaret.

Wes se afasta.

— Eu sinto muito.

Os olhos de Annette se abrem. Neles, há uma centelha de dor atordoada.

— Você *sente muito*?

— Sim — diz ele miseravelmente. — Sinto muito. Não consigo fazer isso.

— Por que não?

Ele apoia os cotovelos nos joelhos e aninha a cabeça nas mãos.

— Não sei.

— Você parecia perfeitamente capaz um minuto atrás. — Ele ouve o farfalhar do tecido enquanto ela ajusta seu vestido aberto e amarra a faixa. Então, vem o som de algo brilhante e afiado, como metal deslizando contra madeira.

— Não é você. Sou eu. Minha mente está totalmente confusa agora, e minha vida está uma bagunça, e...

— É Maggie?

— Não — fala ele apressadamente. Então, de forma mais suave, diz: — Não. Não é a Margaret.

Ela olha para ele com ceticismo, mas o que ela espera que ele diga? Sim? Wes sabe que ele é muitas coisas, nem todas boas, mas ele não é cruel. De que adiantaria a qualquer um deles confessar que ele estava imaginando beijar Margaret em vez dela? Por mais horrível que ele se sinta, acabar com isso agora é a coisa mais gentil a se fazer. A coisa mais justa.

— Não sei qual de nós é mais tolo por não ter percebido antes. Quando você vai dizer a ela que a ama?

— Eu não a amo. — Cada palavra sai pesada como uma pedra de sua boca.

A expressão dela é peculiar — e sua voz mais ainda, fria e composta quando ela diz:

— Adeus, Wes.

A porta se fecha atrás dela.

Gemendo, ele cai de volta no colchão e olha para o teto com sua triste coleção de teias de aranha e mofo. Ele pensa em se masturbar para pelo menos conseguir voltar ao trabalho, mas se sente infeliz demais e envergonhado de si mesmo com o gosto do batom de cereja de Annette ainda em sua língua.

Quando você vai dizer a ela que a ama?

Wes bufa. Ele não ama Margaret.

Ou será que ama?

No último mês, ele se acostumou com a ideia de que está irremedia-velmente atraído por ela, por mais simples que ele um dia acreditou que ela fosse. Nunca foi difícil admitir que ele a admira: sua força e sua convicção silenciosa, sua inteligência e sua ternura surpreendentes, sua devoção e sua tenacidade. Mais do que tudo, Wes quer que ela seja feliz, ele quer protegê-la — do mesmo modo que ele se sente sobre sua família.

Mas isso é *amor*? Ele ao menos saberia, quando se enganou completa-mente a cada passo? Colleen uma vez disse a ele que as garotas não são tão complicadas quanto ele imaginava, e talvez ela esteja certa. Talvez as pes-soas em geral sejam complicadas. Ele mesmo, acima de todas as outras.

Ao longe, ele escuta o som de vidro se estilhaçando e deslizando pe-las tábuas do assoalho. Risos abafados ecoam pelo corredor. Ele reconhece aquela voz.

Jaime.

Wes pula da cama e tenta passar pela porta, mas ela o segura. Trancada pelo lado de fora. Ele se vira e vê que a chave desapareceu da mesa de cabe-ceira. Annette teve tê-la levado quando saiu.

— Maldição — rosna ele, batendo um punho na porta.

— O que diabos você está fazendo? — pergunta Annette, claramente horrorizada. — Você não disse nada sobre...

O som de vidro estourando vem novamente, e o frio da maçaneta de metal se espalha por todo o seu corpo. A única chance que ele tem de sair daqui é arrombando a porta — ou derretendo a fechadura. Ele leva apenas um minuto para circular a maçaneta com giz e rabiscar desajeitadamente a composição química do bronze ao redor dela. A chama alquímica crepita fracamente, mas o suficiente para desintegrar uma parte do metal em *caput mortuum*, e ele conseguir abrir a porta. O resto escorre para o chão em uma pasta grossa e borbulhante.

Quando ele chega ao corredor, já é tarde demais. Pelas janelas acima da porta da frente, ele consegue ver Jaime, Annette e a alquimista ruiva de Jaime correndo para o carro.

Então, não foi Margaret quem ele ouviu chegar em casa.

No fim do corredor, a porta do laboratório de Evelyn está entreaberta. Ele não quer ver o que tem dentro. Mas precisa. Precisa suportar isso. Wes sente como se estivesse se movendo na água quando se aproxima dela e abre caminho para dentro.

A visão o paralisa como um soco no estômago.

Os alambiques estão em cacos no chão. As gavetas destrancadas da escrivaninha foram todas arrancadas e jogadas de lado. Papel rasgado espalha-se pelo chão, transformando-se em uma pasta no líquido prateado que se espalha pelo assoalho, como sangue. A manta de sela encantada jaz em fitas esfarrapadas, e os carretéis de linha alquimiada se foram. Tudo em que ele trabalhou nas duas últimas semanas, todo o progresso que ele fez de decifração do livro de Evelyn, todo o equipamento do laboratório...

Está tudo arruinado.

Mas o pior de tudo é o que está escrito a giz nas tábuas do assoalho.

Um dos insultos lhe é dolorosamente familiar. Foi lançado sobre ele e sobre suas irmãs quando eles se candidatavam a vagas de emprego, ou quando ele tinha problemas para ler ou se concentrar em suas lições. Ecoava pelos becos quando ele e seus amigos voltavam de bares. O outro é dirigido a Margaret e o enche de uma raiva que ele não consegue conter.

Jaime foi longe demais desta vez.

Mas quem vai se importar? Não importa que tipo de justiça insignificante esta cidade imponha, ela não salvará suas chances de vitória e não os deixará seguros. A Hala não é o único monstro nesta floresta. Os humanos são muito piores. A caçada nunca foi algo para ele e Margaret. Nunca foi sobre proteger esta cidade ou sobre dinheiro, segurança ou glória. Nunca foi nem sobre Deus. É sobre o veneno no coração deste país.

A caçada é nossa tradição mais antiga. Nossa herança como nova-albianos de sangue puro, disse Jaime na noite da inscrição.

Porque o que significaria, de verdade, para eles — uma garota Yu'adir e um garoto Sumítico da cidade — reivindicar essa herança? Pessoas como Jaime jamais aceitariam. E, como ele não conseguiu trapacear ou intimidá-los a deixar a caçada, ele os sabotou.

E agora vai pagar por isso. Wes vai fazê-lo sofrer.

Ele dedicará seus dias a aprender a composição exata da vida de Jaime. Será sua obsessão, sua *magnum opus*, destruir tudo o que importa para ele. Ele murchará seus pomares e derrubará sua mansão tábua por tábua. Ele incinerará tudo o que ele possui até que não reste nada além de *caput mortuum* para espalhar ao vento.

É tão bom imaginar isso — mais inebriante do que qualquer vinho, mais tentador do que o toque de qualquer mulher. Um sentimento de poder. Jaime pode ser um verdadeiro nova-albiano de sangue puro, mas não é nenhum alquimista. Ele nunca tocou o divino. Nunca alcançou nada além de suas limitações. Ele é dolorosamente mortal e fracamente ambicioso.

E, no entanto, tudo o que Wes consegue enxergar é o olhar acusatório de Margaret. *É isso mesmo que você quer fazer da sua vida, da sua alquimia? Você quer ser como Jaime, como o resto deles? Quer ser um valentão?*

— Maldição! — Wes encontra um pedaço quase intacto de um alambique e o arremessa contra a parede. Ele se estilhaça e cintila como gotas de chuva ao cair. Por mais que queira, ele não pode descer ao nível de Jaime. Ele não suportaria ver Margaret desapontada com ele novamente.

24

Quando Margaret retorna do treinamento, a primeira coisa que ela nota é o silêncio mortal da casa. A luz do sol entra preguiçosamente pelas janelas, traçando padrões no chão. Nada se move, exceto a fundação da casa, que geme ao vento, e a poeira que gira em torno dela quando ela fecha a porta.

Ela se desvencilha de seu casaco e tira as botas.

— Wes?

Quase que imediatamente, ele aparece no topo da escada, iluminado pela luz suave das arandelas acesas no corredor. Suas mangas estão arregaçadas até os cotovelos, os primeiros botões de sua camisa amarrotada estão abertos, e seu cabelo faz parecer que ele enfiou o dedo em uma tomada. Seria quase encantador se não fosse pela raiva palpável que irradia dele. Ela não o via assim desde a noite da competição de tiro, tão diferente de seu jeito despreocupado de sempre.

— O que há de errado?

— Não suba.

Como se isso fosse uma opção agora que ela o viu tão abalado.

— Por quê?

Ele a olha impotente enquanto ela joga o casaco no cabideiro e começa a subir a escada. Ela conhece cada fenda desta casa. Onde pisar nos degraus em ruínas para que não ranjam, exatamente onde a madeira do corrimão tem uma farpa para que ela não corte a mão. Mas, agora, a casa parece pouco familiar, como um animal ferido eriçado ao toque. Wes a intercepta assim que ela chega ao primeiro andar. De perto, ele parece ainda mais furioso do que imediatamente antes de socar Jaime. Naquele momento, ele estava bêbado, impulsivo e em busca de justiça. Agora, está totalmente sóbrio, perceptivo e ardendo silenciosamente de uma forma que a perturba.

— Margaret, sério. Você poderia, por favor, voltar lá para baixo?

— Você está sendo enigmático. Diga-me o que aconteceu.

— Eu vou matar Jaime Harrington. — É tudo o que ele diz.

Ela segue seu olhar taciturno até a porta do laboratório de sua mãe, que está aberta como um convite sombrio.

— Ele está amarrado lá dentro?

— Bem que eu queria. — Ele estende um braço para bloquear o caminho dela. — É ruim.

— Não há nada lá dentro pior do que o que eu já vi.

Margaret abaixa o braço dele e abre a porta. Ela sente o estômago embrulhar.

É *realmente* ruim... pior do que ela esperava.

Cacos de vidro de alambiques brilham em um trecho vermelho de luz solar, e pedaços perversamente afiados do vidro da janela brilham como placas de gelo no parapeito. Uma pasta aterradora de *coincidentia oppositorum* e *caput mortuum* se espalha no chão, restos de quaisquer transmutações que Wes não havia concluído. Está longe de ser a primeira vez que ela encontra este cômodo destruído, e ela duvida muito que seja a última. O equipamento é substituível. Até a pesquisa é substituível, considerando que quase todo alquimista pode recriar seu trabalho de memória. Mas o que mais dói são as palavras rabiscadas no assoalho com o mesmo fervor determinado com que um alquimista desenha um círculo de transmutação.

Palavras que ela ouviu murmuradas toda a sua vida, mas que ninguém jamais ousou dizê-las diretamente a ela. Palavras que ela tem certeza de que Wes também já suportou muitas vezes antes.

Ele aparece sobre seu ombro.

— Sinto muito.

— Por que você sente muito?

— Porque você não merece ser tratada desse jeito.

— Nem você.

Uma compreensão silenciosa paira sobre eles. Durante toda a sua vida, ela quis ser pequena, invisível. Mas pessoas como Jaime nunca permitiram isso e nunca permitirão. *Estou tão cansado disso*, disse Wes a ela uma noite dessas. *Estou cansado de aguentar isso. Você não está?*

Ela está. Jaime a rondou como um cachorro faminto durante anos, nunca mordendo com força o suficiente para fazer sangrar. Um teste do poder dele, um lembrete da impotência dela. Mas, agora que ele finalmente cravou os dentes, ela não vai se deixar adestrar tão facilmente.

— Como isso aconteceu? — pergunta ela, surpresa com a firmeza de sua voz.

— Bem, hum... — Pela primeira vez, ela nota as leves manchas vermelhas nos lábios e na mandíbula dele e como o cabelo dele está despenteado. — Annette veio aqui, e acho que me distraí um pouco.

— Não preciso saber dos detalhes. — Margaret odeia a mágoa aparente em sua voz. Uma pontada de ciúme é cravada em seu estômago como uma pedra afiada.

Por que deveria importar para ela o que Wes faz com seu tempo livre? Não é como se ele tivesse mantido seu interesse por Annette em segredo, mesmo que ela pudesse jurar... Não, agora não importa o que ela pensou. Ela já o rejeitou muitas vezes para exigir que ele a esperasse.

Margaret se prepara, esperando que ele faça alguma piada ou comentário despreocupado, mas ele se encolhe como um cachorro que foi chutado.

— Ouvi alguém entrar pela porta da frente, mas presumi que fosse você. De repente, ela começou a agir de forma estranha, mais estranha do que já estava agindo, e saiu de repente do meu quarto. Ela me trancou lá dentro, e, quando derreti a maçaneta da porta, eles haviam sumido.

— Você derreteu a maçaneta?

— Eu sinto muito! Eu não sabia mais o que fazer. Vou substituí-la.

Margaret solta um sibilo por entre os dentes.

— Eu entendo por que Jaime faria algo assim, mas por que Annette? Ela nunca foi abertamente cruel.

— Não, eu não acho que ela seja cruel. Não de propósito, pelo menos.

Wes franze a testa.

— Já falei com ela sobre Jaime antes. Ela parece pensar que vai ser excluída se não concordar com o que ele diz.

Ao longo dos anos, Annette nunca disse nada abertamente desagradável para ela. Na verdade, ela sempre evitou dizer muita coisa para Margaret.

— Isso provavelmente é verdade.

— Eu não acho que ela sabia o que ele estava planejando. Ela pareceu muito chateada quando viu o laboratório, mas... Deus, talvez isso seja minha culpa. Eu a larguei na praia naquela noite, e ela não aceitou muito bem.

— Não — diz ela com firmeza. — Isso não é culpa sua. É deles.

Ele lhe dá um sorriso fraco.

— Imagino que sim.

Margaret pega um caco de vidro grosso, como se estivesse testando o peso do objeto.

— Onde isso nos deixa?

Wes enfia as mãos nos bolsos e examina os danos.

— Eles destruíram tudo o que eu fiz. E todo o equipamento. E todas as notas em que eu estava trabalhando.

As bordas do vidro quebrado pressionam a palma da mão dela até que uma dor viva e latejante comece a ser sentida. Ela solta o objeto enquanto o sangue emerge em sua pele.

— Então estamos arruinados.

— Não. — Ele pressiona os lábios em uma linha severa. — Temos quatro dias, e eu me lembro de como recriar tudo. Eu consigo.

— Então acho que deveríamos limpar isso.

Eles trabalham até que a noite cubra a mansão como uma espessa camada de neve. Depois de varrer o vidro quebrado, eles jogam um balde de água no chão e esfregam até que não haja vestígios da mensagem odiosa que Jaime deixou para trás. Margaret observa o reflexo de Wes ondular nas tábuas do assoalho, ao mesmo tempo temendo e admirando a determinação em seus olhos. Ela agarra a chave em volta de seu próprio pescoço e a aperta. Com apenas quatro dias restantes, quanto tempo mais ela pode se agarrar à sua fantasia? Não importa o quão habilidoso ele seja, não importa o quanto ele tente, ele falhará. Só há uma maneira de matar a Hala.

E dar a ele esse conhecimento destruirá ambos.

Depois de dois dias, Wes emerge do laboratório.

Acontece quando ela menos espera, quando ela está saindo do quarto a fim de levar Shimmer para dar uma volta. Eles quase se esbarram no corredor, e, por um momento, Margaret não o reconhece. Ele parece ainda mais desgrenhado do que o normal. Seu cabelo está de pé em ângulos impressionantes e rígidos, e, para grande surpresa dela, há uma fina camada de barba por fazer em seu queixo. Tinta e *caput mortuum* formam manchas em seu rosto, aprofundando as sombras sob seus olhos. Ele parece exausto, mas, de alguma forma, animado, como se algum espírito o tivesse possuído e a olhasse através da máscara do rosto dele. Isso quase a assusta.

— Ah! — Aparentemente ele está tão chocado em vê-la quanto ficaria se ela fosse um pássaro raro. — Margaret.

É tão inapropriado para as circunstâncias. Tão casual, como se ele não tivesse desaparecido por dois dias e a deixado sozinha com suas preocupações.

— Onde você esteve?

— Trabalhando?

Ela gostaria que aquela resposta loquaz não a tivesse enfurecido tanto — e que sua própria raiva não a envergonhasse. Ela deseja poder entender a tempestade de emoções que se forma dentro dela e a dor causada pelo súbito abandono dele.

— Você cheira a café velho e parece que não dorme há dias.

— Talvez eu não tenha dormido mesmo — diz ele amargamente. — Você está de bom humor hoje.

Ela balança a cabeça e engole o nó na garganta.

— Estou de saída.

Parte da irritação dele se esvai.

— Está ficando tarde.

— E daí?

— Eu esperava que você pudesse me ajudar com uma coisa. Refiz tudo e acho que estou perto de descobrir como fazer algo que vai matar a Hala.

Ela sente um arrepio na espinha. Será que ele pode realmente ter encontrado outra maneira?

— É mesmo?

— Sim. Você vem dar uma olhada?

— Claro. — A voz dela vacila.

Enquanto ela o segue até o laboratório, Margaret mais uma vez se sente como aquela garotinha assustada de seus pesadelos. O coração dela palpita enquanto ele abre a porta. Lá dentro, o ar paira denso e estático como névoa. As anotações dele cobrem as paredes, cada uma delas freneticamente escrita e manchada de café. Um manuscrito familiar está aberto sobre a mesa.

Margaret absorve a cena com uma incompreensão entorpecida. Os lábios dele se movem, mas o significado de suas palavras se desvanece em um som nebuloso como o zumbido das abelhas. É só quando ele franze a testa e a toca que ela o escuta dizer:

— Margaret?

Ela volta a si.

— Sim?

— E então? O que você acha? — A voz dele ondula como se eles estivessem embaixo d'água. Quase a destrói vê-lo olhando para ela com uma expectativa ofegante, como um cão que realizou um truque particularmente difícil. Ele realmente quer agradá-la?

— Perdão. O que você disse?

Ele parece afetado.

— Eu estava dizendo que queria perguntar a você sobre esse problema que continua me intrigando. Por que ninguém foi capaz de matar o último demiurgo? Se fosse apenas uma questão de fazer uma bala forte o suficiente, alguém já deveria ter feito isso, certo? Imaginei que deveria haver algum tipo de arte perdida nisso, algo que havíamos esquecido nos últimos duzentos anos. E, já que você disse que sua mãe estava pesquisando sobre a Hala, imaginei que ela provavelmente sabia algo sobre isso. Talvez até tenha descoberto o segredo.

À medida que Wes caminha para o centro da sala e chuta para o lado uma pilha precária de livros, os detalhes do cômodo se tornam mais confusos. A visão dela se estreita cada vez mais até que tudo o que ela consegue ver é o círculo de transmutação aos pés dele, desenhado com detalhes meticulosos em giz. Uma serpente consumindo sua própria cauda serve como base do conjunto, cercada por traços resolutos que se parecem com raios de sol.

Margaret reconheceria aquele conjunto em qualquer lugar.

Ele assombra seus pesadelos. Ele marca as tábuas do assoalho desta mesma sala. Seus componentes preenchem todos os cadernos codificados de sua mãe. O primeiro passo da *magnum opus*, a fórmula que pode decompor o corpo físico de um demiurgo. Com isso, Wes poderia reduzir a Hala a cinzas e, se decifrar o restante da pesquisa de sua mãe, transformar seus restos na matéria-prima da pedra filosofal.

— Estive estudando este livro nas últimas semanas. Está cheio dessas ilustrações bizarras, mas sua mãe escreveu algumas instruções. Ela deve ter passado anos tentando extrair o significado delas.

Como? Como ele poderia ter encontrado o único manuscrito no laboratório dela — talvez o último sobrevivente no mundo inteiro — que contém instruções sobre como realizar a *magnum opus*?

— Ela escreveu tudo em código, então demorei uma eternidade para descobrir. Pelo que reuni, ela explica como desenhar três conjuntos, começando com este. Mas ela deixou as instruções inacabadas, provavelmente de propósito. — Ele gesticula para o anel interno vazio do círculo. — Se ao menos eu soubesse o que está faltando, acho que seríamos capazes de matá-la. Fiquei me perguntando se...

— Não — diz ela de forma áspera. — Você não pode fazer isso. Você não pode mais investigar isso!

Ele parece totalmente confuso.

— Mas...

— Então é isso o que você tem feito esse tempo todo?

— Parcialmente, mas eu...

Margaret cai de joelhos ao lado do círculo. Ela sabe que deve parecer fora de si pela forma como ele está observando-a, mas não consegue se importar com isso enquanto espalha as palmas das mãos pelo conjunto.

— Ei! — A voz dele transmite algo entre indignação e preocupação. Wes se agacha ao lado dela e segura seus antebraços. As mãos dela se contorcem inutilmente entre eles, trêmulas e brancas como osso. O olhar dele oscila entre as palmas das mãos dela cobertas de giz e o seu rosto, e, enquanto a visão dela se torna turva com lágrimas não derramadas, Wes fala com ela como se ela fosse um pônei assustado. — Margaret, o que está acontecendo?

— Destrua isso. Agora. O que quer que você tenha encontrado, queime. O que quer que você pensa que sabe, esqueça. Você precisa. Você precisa me prometer, Wes. Prometa!

— Essa pode ser a única maneira de vencermos.

— Por favor! — Ela soluça.

— Está bem, está bem. Eu prometo. — Wes dirige a ela um olhar de desespero impotente. Lentamente, seu aperto no braço dela afrouxa. — Deus. Você está olhando para mim como se eu fosse fazer algo terrível.

— Você não tem ideia do tipo de coisa com que está mexendo. Aquele livro, essa transmutação... tudo isso faz coisas com as pessoas. Torna-as diferentes.

— Então você já viu alguém tentar isso antes.

— Sim. Minha mãe.

Ele fica boquiaberto de surpresa. E, então, seus olhos escurecem de raiva.

— O que ela fez?

Margaret balança a cabeça. Ela sente seus dentes batendo mais do que os escuta.

— Você pode me dizer. Por favor, me diga.

— Ela não fez nada. Foi a alquimia.

A expressão dele se torna cética, o que sempre acontece quando ela fala mal de sua preciosa ciência. Como ela poderia fazê-lo entender? Ela precisa fazê-lo entender, mesmo que reabrir essa ferida a destrua.

— Há cerca de seis anos, minha mãe pensou ter concluído a próxima fase de sua pesquisa. Na noite em que ela testou o segundo círculo de transmutação que decifrou daquele livro, acordei sobressaltada porque ouvi esse som terrível. Um grito.

A princípio, foi fácil acreditar que ela estava imaginando, que não era nada além de uma raposa gritando lá fora. Mas então o som veio de novo.

Maggie.

Mesmo agora, a lembrança disso causa arrepios em toda a sua pele. Parecia que Evelyn tinha sido rasgada em pedaços. Como se ela tivesse encontrado o corpo frio de David em sua cama novamente.

— Era minha mãe me chamando. Ela nunca me chamou antes e nunca me deixou entrar em seu laboratório novamente, então eu sabia que algo tinha dado terrivelmente errado. — Fora da segurança de seu quarto, as sombras transformavam os móveis em monstros. Lá estava a criatura comprida e rastejante ao pé da escada, aquela curvada à espreita na varanda, a outra com dedos com garras arranhando a vidraça. Todas elas pareciam ferozes e famintas naquela noite. — Quando abri a porta do laboratório, estava muito quente e cheirava mal. Cheirava à alquimia. À sangue.

Já se passaram anos desde que se permitiu examinar os detalhes dessa memória, e ela já sente como se estivesse voando muito próximo do sol. O peito dela se contrai até que fique sem ar e precise inspirar, ofegante.

— Eu vi minha mãe caída no chão. Por alguma razão, tudo de que consigo me lembrar com clareza é o cabelo dela. Ela sempre foi tão composta, mas seu cabelo estava emaranhado e encharcado de sangue. A princípio, pensei que estivesse morta. — O emaranhado oleoso de seu cabelo espalhava-se ao redor dela como uma auréola. E ao seu lado estava o círculo de transmutação, desenhado em giz e salpicado de sangue, brilhando em um tom de vermelho sinistro e lúgubre. Mas o pior de tudo era o que estava fumegando no centro dele.

Algo enegrecido e disforme, respirando como que através de soluços de partir o coração.

Chorava um líquido negro como a terra molhada, negro como o mar à meia-noite. Ela não consegue se lembrar dos contornos exatos, por mais que tente. Ela apenas se lembra de que aquilo a atingiu com um terror que abriu um buraco em seu estômago, um terror que ainda a deixa tonta e em pânico até agora.

— O que ela fez? — pergunta Wes com a voz rouca.

— Não sei. Era... essa *coisa* meio sem forma. Não era nada. Parecia maligna. Como se não devesse existir. Como se ela estivesse sendo punida por ao menos tentar.

Quando ela virou sua mãe de frente, o rosto dela estava pálido, os olhos desfocados e com manchas roxas. *Eu cheguei tão perto desta vez*, disse sua mãe com a voz rouca. *Eu podia sentir. Eu podia ouvi-lo.*

Vamos, mãe, disse Margaret, em uma voz que ela havia dominado nos últimos meses — uma voz gentil, quase severa, que seu pai costumava usar antes de partir. *Vamos levar você para a cama.*

Ela se lembra de como ajudou Evelyn a ficar de pé, de como sua mãe estava lânguida contra ela, como uma criança cansada agarrada à mãe.

— Por um momento, fiquei petrificada. E então, de repente, não senti mais medo. Não senti mais nada. Nada parecia real, nem mesmo eu. Apenas fiz o que tinha que fazer. Eu a tirei do laboratório e a coloquei na banheira. Tudo o que ela dizia, de novo e de novo, era "sinto muito".

Depois disso, Margaret foi até a cozinha e encheu um balde com água. Ela subiu as escadas instáveis e não procurou nenhum monstro no escuro. Entrou no laboratório, ainda turvo com a fumaça, e esvaziou o balde inteiro nas tábuas do assoalho. A água atingiu seus pés descalços e encharcou sua camisola quando ela se ajoelhou. Ela esfregou e esfregou até que suas mãos e seus joelhos estivessem em carne viva e sangrando, até que não restasse um único traço da reação alquímica.

— O que você fez com...? — pergunta Wes.

— Enterrei na floresta.

O rosto dele empalidece.

— Você entende agora? — Margaret não tem certeza se ela soa convincente ou desesperada. — Outrora, eu acreditava em todas as mentiras. Que a alquimia é para o bem maior. Que é o caminho para a redenção, a perfeição ou a verdade. Mas não é. Ela pavimenta o caminho para o inferno. Eu vi naquela noite. Ela quase a matou.

— Margaret, o que ela fez... — Ele hesita. — Eu não sei exatamente o que ela fez, mas, o que quer que tenha sido, não foi a alquimia que a possuiu para que fizesse. A alquimia apenas a capacitou. Foi escolha dela mexer com aquela transmutação, e, se ela sabia que era tão perigoso, nunca deveria ter exposto você a isso ou deixado você lidar com as consequências.

Mas não foi escolha dela. Porque, se fosse, se a mulher que sua mãe se tornou tivesse saído de algum lugar podre dentro dela, então Margaret não saberia o que fazer. Ela não saberia como se livrar desse veneno. A alquimia corrompeu Evelyn. Tinha que ter sido. Caso contrário, que tipo de pessoa isso a tornava? Que tipo de mãe?

Ela não pode ver isso acontecer novamente. Não com alguém como Wes.

— Preciso de ar.

Wes faz um barulho abafado enquanto ela sai correndo do laboratório. Ela está encharcada de suor frio, sua cabeça gira, e sua caixa torácica pressiona seus pulmões como um espartilho. Mesmo que o sol esteja começando a se pôr, e as nuvens, começando a escurecer, ela não pode ficar nesta casa nem mais um minuto. Isso iria matá-la; ela sabe disso.

Ela pega a arma pendurada na parede de seu quarto, veste o casaco e abre a porta da frente. Margaret não o chamou, mas Encrenca aparece ao seu lado, abanando o rabo ansiosamente. O sol definha no horizonte, exalando luz vermelha como uma fatia de carne ensanguentada. O vento sibila por entre as árvores, chamando-a.

— Espere! — grita Wes da varanda.

Ele está tendo problemas com os sapatos, vestindo apenas uma manga do casaco. O vento chicoteia seu cabelo no rosto, levando embora sua voz. Ela mal consegue ouvi-lo gritar seu nome sobre o barulho das folhas secas e vermelhas.

— Vamos — sussurra ela para Encrenca.

Ele choraminga, mas segue logo atrás enquanto as sombras na linha das árvores se alongam em direção a ela e a engolem por inteiro.

Margaret corre até não conseguir pensar em nada além da exaustão em seus membros, até que todo o seu corpo esteja fervilhando de frio e adrenalina, até que cada respiração rasgue seus pulmões como urtiga. Tudo o que importa é que ela está longe, muito longe daquela casa e de todas aquelas memórias que ela gostaria de apagar como um círculo de giz no assoalho.

Quando suas pernas ameaçam ceder, ela se senta sobre uma rocha. Encrenca, ofegante, acomoda-se ao seu lado. Leal e firme como sempre, ele é o único que não a deixou e o único que não a deixará. Ele deita a cabeça no colo dela e solta uma respiração quente e aliviada nas suas mãos. Ele não merecia ter corrido tanto por causa dela.

Margaret se inclina e dá um beijo no topo de sua cabeça.

— Sinto muito. Você está bem?

As árvores ficam de sentinela ao redor deles, tremendo ao vento. A luz que se filtra através do dossel é espessa e vermelha como sangue. Em algum nível, ela sabe que cometeu um erro vindo até aqui sozinha. Ela viu o tipo de dano que a Hala pode infligir. Mas essa floresta outrora já foi sua casa — seu santuário. Embora já não seja dela há semanas, a mansão parece tão perigosa quanto qualquer animal feroz agora. Ela está satisfeita com os quilômetros entre elas.

Margaret levanta o cabelo da nuca e se inclina para trás até que o frio da pedra sob ela penetre em sua pele. Ela deixa o cabelo cair e se espalhar na grama. No alto, as estrelas mais brilhantes ganham vida no céu violeta, cada uma brilhando em um tom de prata frio e implacável. Os olhos dela se fecham.

E então o cheiro revelador de enxofre começa a subir ao seu redor.

Margaret, Margaret, Margaret.

Ela se levanta, de repente.

A temperatura cai. Quando ela solta uma respiração trêmula, o vapor forma uma névoa em frente ao seu rosto, e o mundo através dela estremece como uma miragem. Com o cheiro de alquimia se intensificando ao seu redor e suas piores lembranças revividas, ela está tão confusa que mal consegue dizer o que é real.

Está vindo, vindo, vindo.

Um rosnado ressoa na garganta de Encrenca, e o pelo dele se arrepia. As folhas caídas sibilam e chocalham.

Aqui. O som ecoa ao seu redor. *Aqui, aqui, aqui.*

Um galho se parte como um osso. A visão dela estremece novamente. Em algum lugar no matagal, um par de olhos redondos e vazios brilha na escuridão.

Com apenas dois dias restantes até a Lua Fria, sua mágica nunca pareceu tão potente — ou tão malévola. Ela zumbe sobre sua pele como eletricidade.

Esconda-se, pensa ela. Ela tem que se esconder.

Ela vira a trava de segurança de seu rifle e puxa a coleira de Encrenca. A poucos metros, há uma depressão na terra que desce até o leito de um riacho represado com folhas. É o único abrigo que eles têm aqui, a menos que ela queira se enfiar no tronco oco de uma sequoia. Se ela for encontrada lá, não terá para onde correr.

— Encrenca, venha — sussurra ela.

Ela desliza pelo barranco, estremecendo com a torção de seu tornozelo. Quando ela chega ao fundo, a terra fria penetra em suas costas, e suas botas afundam no riacho lamacento. A água negra borbulha lentamente em volta de suas solas como sangue em uma ferida. Sobre o som abafado, tudo o que ela consegue ouvir é o martelar de seu coração e a respiração ofegante de Encrenca ao seu lado. Margaret gentilmente fecha a mão em volta do focinho dele. Ela inclina a cabeça para trás apenas para evitar o seu olhar ofendido.

Por fim, o silêncio é total.

Ela solta um suspiro trêmulo de alívio — ao mesmo tempo em que uma faixa rastejante de decomposição se enrola ao redor do barranco como dedos longos. Ela dissolve a terra como o fogo que consome um conjunto de gravetos, como a podridão que toma conta de uma fruta madura. Um líquido brilhante forma poças nos sulcos até começar a escorrer, escorrer e pingar no topo de sua cabeça.

Aqui.

Margaret morde a língua para abafar um gemido. Outro galho se parte na clareira. *Caput mortuum* paira acima dela como cinzas de um céu em chamas.

Por favor, vá embora, pensa ela. *Por favor, por favor, por favor.*

Ela se atreve a olhar para cima. A criatura está olhando diretamente para ela. Margaret se arrasta para trás, sufocando um grito de medo. A Hala permanece perfeitamente imóvel, mas as árvores parecem se afastar dela, gemendo e estalando como articulações rígidas. Seu olhar, branco, sólido, e com quilômetros de profundidade, suga o que há nela até que seus pensamentos se tornem horríveis e estridentes sons metálicos.

Os lábios negros da Hala se separam, revelando um conjunto torto de dentes. Encrenca rosna.

— Encrenca, fica!

Ela se atrapalha com a arma, mas poderia muito bem ser um galho em suas mãos. De que adianta uma bala não alquimiada? Não é nem noite de lua cheia. Mas, se não fizer nada, ela morrerá. E onde isso deixará Wes? Xingando, ela leva a mira do rifle ao olho. Margaret dispara, e a bala atravessa o ombro da raposa, quase atingindo um ponto vital. Ela não grita nem sangra, mas, em vez disso, um estremecimento sacode seu corpo como se seus ossos estivessem se realinhando.

Ela cambaleia um passo para trás e tropeça em uma raiz. Ela cai no chão, molhando-se com a água fria do riacho. Antes que consiga recuperar o fôlego, Encrenca dispara do barranco, latindo e rosnando.

A Hala não parece se mover. Está lá, e então não está. Ela só a vê novamente quando seus dentes afundam no ombro de Encrenca. Ele gane, debatendo-se enquanto cai no chão.

— Encrenca!

Suas mãos tremem, mas ela mantém a mira fixa na Hala. Ela não pensa, só age. Ela puxa o gatilho de novo e de novo e de novo, até esvaziar o pente.

No momento em que a fumaça se dissipa, a Hala se foi. Alguns tufos de pelo branco flutuam na brisa. Sobre o zumbido em seus ouvidos e o barulho distante de trovão, ela não tem certeza se o choro é dela ou de Encrenca.

Encrenca.

Ele jaz imóvel, seu pelo acobreado como uma mancha de sangue na grama. Ela joga a arma no chão.

— Não, não, não.

Margaret repete a palavra como uma oração enquanto rasteja até ele. Deus nunca a ouviu antes, não importa o quanto ela tenha implorado.

Depois do que sua mãe falhou em fazer no laboratório, depois de tudo o que ela suportou em nome dele, ela não tem certeza se ele está mesmo por aí ou se ele se importa com eles. Se os Katharistas estiverem certos, eles são humanos imperfeitos, reflexos de um deus imperfeito. Quão interessantes eles poderiam ser para ele? Mas, se ele tiver alguma bondade, qualquer resquício dela, ele a deixará ficar com Encrenca. Apenas uma coisa — a única coisa que é verdadeiramente dela.

Margaret deita a cabeça sobre ele e solta um soluço estrangulado ao sentir a barriga dele subir trêmula contra sua orelha. Líquido prateado e sangue escorrem das perfurações irregulares em seu ombro, mas ele está vivo. Graças a Deus, ele está vivo. A ferida é profunda o suficiente para precisar de pontos, mas nada de que ela não possa cuidar sozinha.

— Encrenca — sussurra ela. — Você está bem?

Em resposta, a cauda dele dá um baque fraco na terra. Pela primeira vez em anos, ela chora. De culpa, de medo e de *alívio*. A Hala o deixou ir.

A chuva começa a cair, atravessando os galhos sem folhas acima. À distância, ela ouve algo passando pela floresta. É muito desajeitado para ser a Hala dando meia-volta. Parece o som de um rebanho inteiro de veados pisoteando a vegetação rasteira.

— Margaret!

Wes.

— Margaret?

Ela enterra o nariz na nuca de Encrenca. Agora que ela foi totalmente exposta, agora que ela desnudou sua alma para ele, nada resta além de uma raiva fraca e teimosa. Raiva por ele ter desenterrado o trabalho de sua mãe. Raiva por ela ser covarde demais para confiar nele ou encarar sua compaixão. Raiva de si mesma por não conseguir mais conter seus sentimentos. Com tudo desmoronando ao seu redor, como ela poderia manter os muros que havia erguido? Ela não os quer mais.

Ela não quer ficar sozinha.

— Estou aqui — chama ela suavemente. — Estou aqui.

25

Enquanto Wes corre em direção ao som da voz de Margaret, tudo o que ele consegue imaginar é aquela coisa e seus olhos horríveis. Seus dentes afundando no pescoço dela. O cabelo dourado de Margaret encharcado em uma poça crescente de sangue. Medo e raiva ardem no fundo de seus olhos. Se alguma coisa aconteceu com ela...

Não, ele não pode perder alguém de novo.

Ofegante, ele atravessa a floresta até encontrá-la ajoelhada em uma clareira, com os braços em volta de Encrenca e seu rifle abandonado no leito do riacho. Ele o pega e o coloca ao lado dela.

— Margaret. — Ele nunca ouviu sua própria voz assim, tão áspera e desesperada. — Graças a Deus você está bem. Eu estava tão...

Quando ela se vira para olhar para ele, uma centelha de alívio crepita em seus olhos. Isso o surpreende.

— O que você está fazendo aqui? É perigoso.

— Claramente! — Nas últimas três semanas, Wes a observou se isolar repetidas vezes. Ele está tão cansado de deixar que ela o afaste. Ele está tão cansado de vê-la se afundar. — Eu ouvi você descarregar o pente em alguma coisa. O que diabos aconteceu? E por que você fugiu de mim?

Um trovão ressoa à distância. Margaret não responde. Quando se ajoelha ao lado dela, estremecendo com a lama sob seus pés, ele vê que as mãos dela estão cobertas por um líquido pálido que brilha como diamantes triturados. *Coincidentia oppositorum*. Está escorrendo de uma ferida no ombro de Encrenca. Ele sente um nó no estômago.

— Ele vai ficar bem?

— Sim. — Ela acaricia as orelhas de Encrenca, inquieta. — A Hala o mordeu.

A fera fez uma reação alquímica com o cachorro dela, e eles tiveram sorte de não ter feito algo pior.

— Precisamos levar vocês dois para casa. Posso fazer algo para ajudá-lo com a dor.

Margaret não se move, mesmo quando a chuva cai mais forte. Ela parece tão frágil assim, a água da chuva brilhando em sua pele e grudando seu casaco no corpo. Ele quer se aproximar dela, livrá-la de qualquer feitiço que a tenha possuído. Ele quer pegá-la em seus braços e carregá-la para casa, nem que seja apenas para sentir o coração dela batendo no dele. Mas há um oceano inteiro entre eles que ele não pode cruzar.

— Margaret — diz ele em voz baixa. — Já chegamos à conclusão de que eu sou estúpido, então você vai precisar me explicar. Você está brava comigo. Eu quero ser melhor, mas não posso se você não falar comigo. Então, por favor, fale. Por favor, não me afaste de novo.

— Você estava igual a ela. Nos últimos dias, você agiu exatamente como ela. Você se preocupa com coisas abstratas, com seus ideais e suas ambições. Mas você vê as pessoas bem na sua frente?

As palavras dela o afetam, porque soam como algo que Mad diria. Isso significa que provavelmente há um fundo de verdade nisso.

— Claro que vejo. Eu vejo você.

Ela se encolhe, e pelo menos ele sabe que acertou em cheio.

— Eu disse que faria qualquer coisa ao meu alcance para ajudá-lo a realizar seus sonhos. Você se lembra?

A lembrança daquela noite ainda é nebulosa, como se estivesse presa atrás de uma janela coberta por pingos de chuva. Mas dessa parte ele se lembra.

— Tão bem quanto possível.

— Então me escute quando digo que nada de bom jamais poderia resultar do que você desenterrou. Você quer ajudar as pessoas, e tudo o que aquela pesquisa pode fazer é prejudicar.

— Então eu vou queimar tudo assim que chegarmos em casa se é isso o que você quer. Eu não me importo com a pesquisa. Eu só me importo se isso nos ajuda a vencer, se isso ajuda você, e bem... acho que estraguei tudo. Sinto muito. Nunca fui bom em dar o que você precisa.

— Não é verdade, Wes. — Margaret olha resolutamente para Encrenca. — Mas você está certo ao dizer que o círculo de transmutação que você desenhou, uma vez completo, será capaz de matar a Hala. Esse manuscrito é o único registro de como fazer isso, até onde eu sei.

— Ah. — Wes não tem certeza se quer saber a resposta, mas precisa perguntar. — Eu sei que você disse que não sabia o que sua mãe fez naquela noite. Mas o que ela deveria ser?

— Deveria ser a *prima materia*. Ela executou o que pensava ser a segunda etapa da *magnum opus*. O que você estava tentando fazer é a primeira.

A *magnum opus*: a grande obra. A criação da pedra filosofal. Com ela, diz-se que um alquimista poderia viver para sempre — e criar matéria a partir do nada, como um deus.

— E presumo que você prefere não deixar ninguém chegar até o fim — diz ele.

Por um momento, ele pensa que ela vai afastá-lo de novo. Ela está com aquele olhar que ele conhece muito bem. Há momentos em que uma garota quer que você a persiga e há momentos em que ela quer que você se afaste. E, por mais que isso o destrua, ele se afastará se ela pedir. A expressão dela suaviza.

— É verdade. Eu faria qualquer coisa para impedir. Minha mãe nem sempre foi do jeito que é. Mas, quando eu tinha cerca de 6 anos, meu irmão adoeceu e morreu durante o sono. Depois disso, minha mãe se dedicou unicamente ao trabalho. Ela passava todo o seu tempo adquirindo e traduzindo antigos textos apócrifos. Assim que ela encontrou o *Mutus Liber*, foi capaz de juntar as peças do processo de criação da pedra.

A pedra filosofal é só uma nota de rodapé na maioria dos livros didáticos, relegada à leitura de apoio ou a apenas um tópico em uma lista de tabus alquímicos. Os antigos alquimistas se dedicavam à pesquisa da *prima materia — a centelha divina enterrada na escuridão da matéria*, entoara um de seus professores — com a mesma intensidade de um santo asceta. Eles acreditavam que destilar aquela substância divina e transformá-la na pedra filosofal era a chave que os libertaria da prisão da materialidade.

Contudo, ninguém jamais conseguiu tal feito, e a maioria que tentou acabou enlouquecendo. Por fim, a igreja Katharista decretou que tal busca deveria ser considerada heresia, uma ofensa contra o próprio Deus.

Wes quase consegue entender como a busca pela pedra poderia levar alguém a uma autodestruição determinada. Apenas as pessoas mais desesperadas ou sedentas por poder esperariam atingir tal objetivo.

— Eu esperaria que sua mãe fosse mais pragmática. A maioria das pessoas a considera um mito. Por que ela dedicaria sua vida a algo assim?

— Porque ela acredita que a pedra pode trazer meu irmão de volta.

— *O quê?*

Se a pedra pode, teoricamente, criar qualquer coisa, por que não poderia trazer alguém de volta à vida — ou, mais precisamente, recriar uma pessoa a partir de nada além da memória? A repugnância azeda seu estômago. Nem mesmo Deus conseguiu acertar quando criou os humanos. O que quer que a pedra crie seria mesmo humano ou apenas um recipiente vazio sem alma? Uma massa de carbono com o rosto de seu irmão?

— Isso se tornou a obsessão dela. Acho que ela se culpava pelo que aconteceu. Na maioria dos dias, ela não comia nem bebia e, então, parou de sair do escritório para qualquer coisa. Meu pai tentou me proteger do pior, mas não acho que ele foi capaz de suportar tudo sozinho. Ele foi embora e nunca mais voltou para me buscar. Ele nunca ao menos escreveu.

Que tipo de pai deixaria sua filha sozinha com alguém assim?

— Margaret, você não precisa passar a vida inteira esperando alguém voltar. Você não precisa mais ficar aqui.

Ela abraça a si mesma pela cintura. Com a água perolada se acumulando nos cílios dela, ele não consegue dizer se ela está chorando.

— Eu preciso. Eu preciso acreditar que ela não está mudada para sempre. Eu posso trazê-la de volta. Não posso desistir da minha própria mãe. Você desistiria?

— Não, eu não desistiria. Mas não por que estou me apegando a quem ela costumava ser.

— Estou fazendo isso porque a amo.

— Eu sei — diz ele, embora não consiga entender por quê. — Mas ela te machucou.

— Não de propósito. Nunca de propósito. — A voz dela vacila. Embora a chuva tenha começado a diminuir, ambos estão encharcados. A água da chuva pinga das pontas do cabelo dela. Seus lábios estão pálidos, e seus olhos, febrilmente brilhantes. — Nem sei se ela se lembra da noite em que tentou realizar a segunda etapa. Mas eu não consigo parar de me lembrar. Cada vez que algo me lembra disso, sinto que estou naquela sala novamente.

É como se eu parasse de existir, exceto pelo medo que sinto. Peço desculpas por você precisar ver isso acontecendo.

— Não. Por favor, não se desculpe, Margaret. *Eu* sinto muito. — Faz muito sentido, e ele quer dar um sacolejo em si mesmo por não ter notado o padrão antes. Ele nunca se sentiu tão inútil em toda a sua vida. Ele nunca sentiu tão intensamente a insuficiência de dizer *sinto muito*. Ele não quer nada além de tocá-la, mas não pode arriscar afugentá-la novamente. — Sua mãe, ela é... bem, você sabe melhor do que eu como ela é. Mas o que aconteceu com você, o que aconteceu com ela... Nada disso foi culpa sua, e não era sua função impedi-la de se afundar. Você era apenas uma criança. Você merecia ser cuidada, e alguém deveria ter feito alguma coisa. Você merece ser amada.

Por um momento horrível, ela olha para ele como se ele tivesse proferido algo impensável.

— Não tenho tanta certeza. Em determinados dias, eu pensava que era invisível. Por fim, aprendi a me convencer de que eu realmente era, de que eu não existia. Acho que essa é a única razão de eu ainda estar aqui.

— Você não era invisível, Margaret. E certamente não é agora. Você fez o que foi preciso para sobreviver. — Ele põe a mão na poça de lama entre eles, as pontas de seus dedos roçando nos dela. — Não acho que a alquimia seja boa ou má, assim como não acho que as pessoas são boas ou más. Há algo dentro de mim, dentro de todos nós, que pode mudar. Deus, quando meu pai morreu, eu teria feito qualquer coisa para trazê-lo de volta. Talvez se eu soubesse sobre a pedra, na época, eu também teria tentado. Mas sei que ele se foi, e tudo o que tenho agora são as pessoas que ainda estão aqui. Eu juro a você, não vou abandoná-las.

Ele reza para que ela entenda o que ele é covarde demais para dizer. *Eu não vou abandonar você.*

Quando ela não diz nada, ele cruza o espaço entre eles para entrelaçar seus dedos nos dela. Margaret se afasta dele e pega sua arma no chão. Enquanto ela se levanta, Wes observa algo dentro dela ceder, como uma represa finalmente se rompendo.

E então ela levanta a arma e mira bem no meio dos olhos dele.

— E-ei, preste atenção para onde você está apontando essa coisa.

— Estou prestando.

Ele levanta as mãos em sinal de rendição, mas não se move e continua ajoelhado aos pés dela.

— Você está meio que me assustando.

— Ótimo.

Wes abre a boca para responder, mas cada palavra que ele conhece lhe escapa no momento em que as nuvens se abrem. O céu está incrivelmente brilhante esta noite. Sob a luz da lua quase cheia, as gotas de água que caem das folhas e das pontas do cabelo de Margaret resplandecem com um brilho prateado. E, assim, ela está coberta de luz estelar. Ela é mais brilhante do que ele jamais poderia ter imaginado.

E então ele percebe que ela está chorando. Margaret ergue o queixo e limpa as lágrimas com seu braço livre. A lama forma linhas grossas e pretas em sua bochecha. Ela é aterrorizante e selvagem, como um dos *aos sí*, e vê-la assim abre um buraco no peito dele. Ele é deixado sem fôlego e vacilante, e esse sentimento...

Não é só que ela é aterrorizante e selvagem. Não é que ele a queira, apesar de sua simplicidade, ou apesar de ela tê-lo enlouquecido ou enfeitiçado. É muito mais do que isso. Como ele pode ter sido tão cego por tanto tempo? Margaret Welty é a mulher mais linda que ele já viu, e ele está perdidamente apaixonado por ela.

Senhor, ele está tão encrencado.

— Você me disse que nossos sonhos vivem e morrem juntos — diz Margaret. — Então aqui está o meu. Que não haja mais alquimistas como Evelyn Welty no mundo.

— Não sou inteligente o suficiente para ser como ela.

— Estou falando sério.

— Eu sei disso. Eu juro a você que, se, algum dia, eu ao menos pensar em fazer algo como o que sua mãe fez, eu pintarei um alvo em mim mesmo para você. — Wes se levanta cambaleante e, apesar de ela ainda manter o rifle apontado para sua testa, segura o cano. Ele consegue senti-la tremendo ao final dele. Com cuidado, ele abaixa a arma de seu próprio rosto. — Tudo bem?

Os ombros de Margaret relaxam. A máscara fria dela se estilhaça, e a arma cai na terra entre eles.

— Tudo bem.

Ela joga os braços em volta da cintura dele. Wes grunhe em surpresa quando eles colidem, mas envolvê-la é a coisa mais natural do mundo. Ele desliza uma das mãos pelas costas de sua jaqueta, de forma a puxá-la mais para perto, e envolve sua cabeça com a outra mão, entrelaçando os dedos em sua nuca. Através de sua própria camisa encharcada, ele consegue sentir o quão quente ela é. Ele sente as batidas do coração dela no dele. Ele pressiona os lábios na têmpora dela e respira o cheiro de água da chuva e de terra.

 Ele precisa dizer a ela. Agora que quase a perdeu, agora que a abraçou assim, não pode mais suportar o peso disso em silêncio por muito mais tempo. Ele quer muito mais do que se permitiu imaginar. Ele *a* quer, desesperada e inteiramente. Mas, por enquanto, tê-la segura e inteira em seus braços é o suficiente.

26

Quando Margaret termina de limpar e suturar o ferimento de Encrenca, Wes aparece na porta do laboratório de sua mãe carregando duas canecas de chá. Embora ele tenha enxugado o cabelo com uma toalha, os fios ainda estão úmidos e rebeldes como sempre, implorando para serem arrumados no lugar. Ele se senta de pernas cruzadas no chão ao lado dela e coloca uma das canecas em suas mãos. O vapor que sobe tem um cheiro forte de canela, casca de laranja e açúcar mascavo.

— Obrigada.

— Sem problemas. — Ele solta o ar pelos lábios como um cavalo. — Ei, Margaret?

Ninguém nunca havia dito o nome dela assim, lenta e deliberadamente, como se quisesse sentir o gosto de cada sílaba. Ela espera.

— Já que estamos pondo as cartas na mesa... — Ele para, inclinando a cabeça para trás como se procurasse as palavras de que precisa no teto. — Eu e Annette... Não sei o que eu estava pensando.

O estômago dela dá um nó.

— Está tudo bem, Wes.

— Não, não está tudo bem. Eu passei uma impressão errada a vocês duas. — Ele coloca sua caneca entre eles e apoia as mãos nos joelhos. — Quando meu pai morreu, parecia que o mundo havia se despedaçado. De repente, minha mãe tinha cinco filhos para cuidar sozinha, além de precisar trabalhar. Christine estava um desastre completo, já que ela era a pessoa mais próxima do nosso pai. Então, depois do funeral, Mad e eu decidimos que iríamos segurar as pontas juntos. Para mim, acho que isso significava desligar uma parte de mim mesmo. Era assustador demais confrontar o quanto eu sentia falta dele, e pensei que seria melhor se eu fosse a pessoa que estava bem, aquela com quem minha mãe não precisaria se preocupar.

Uma vez, Wes disse a ela: *eu tenho que ser arrogante, ou vou enlouquecer*. Agora ela vê exatamente do que ele estava fugindo.

— O tiro meio que saiu pela culatra para mim, já que agora Mad acha que eu não levo nada a sério, e, aparentemente, minha mãe percebeu o que eu estava tentando fazer, mas... elas são minha família, então sou muito bom em ignorar as coisas que elas me dizem e que eu não quero ouvir. Mas, desde que te conheci, você nunca deixou passar nem uma maldita coisa. Você vem derrubando minhas barreiras aos poucos. E, quando te vi lá fora esta noite, foi como se tudo o que eu já tentei me impedir de sentir voltasse com força total. — Wes hesita. — Eu errei tantas vezes. Joguei fora quase todas as chances que tive de ser sincero com você. Eu te machuquei. Mas você ainda confia em mim. Você ainda me deixa entrar. Você ainda me pressiona para ser melhor.

Margaret se sente estranhamente desorientada, como se tivesse perdido totalmente o domínio da linguagem.

Ele sorri para ela, com tristeza e esperança ao mesmo tempo.

— Eu fui um tolo, não fui?

Não, pensa ela. *Mas eu fui.*

Talvez ela devesse ter percebido isso antes. Talvez ele já tenha dito a ela mil vezes, na maneira como o pega olhando para ela, na maneira como ele parecia radiante na mira da arma dela, na maneira como ele lutou por ela repetidas vezes.

Mas ela não quer a confissão dele.

Será que ela ao menos acreditaria nele? Isso mudaria alguma coisa, quando chegasse a hora de ele deixar Wickdon para sempre? Ela teme o que acontecerá se ela se permitir abraçar essa felicidade hesitante que surge dentro dela. Se ela não se permitir torná-la real, não pode perdê-la. Ela não pode perdê-lo.

— Não faça isso — sussurra ela.

Alívio e aflição percorrem o rosto dele tão rapidamente que ela não consegue identificar exatamente o que ele sentiu. Dói mais do que ela esperava, mas confortá-lo seria como sua própria confissão. Quando seus olhares se encontram, ele parece encontrar o que precisava. A expressão dele suaviza.

— Muito bem. A questão mais premente é que a caçada é daqui a dois dias. Estamos *realmente* perdidos, não estamos?

Eles estão. A menos, é claro, que sigam pelo caminho mais óbvio.

— Não — diz ela. — Não estamos.

— O que você quer dizer?

Margaret leva seu chá até a escrivaninha de sua mãe e abre a gaveta de cima, onde uma pilha de papéis esconde uma fechadura em seu fundo falso. Suas mãos tremem quando ela tira a corrente do pescoço e pega a chave. Ela gira a chave na fechadura e retira a placa de madeira da gaveta.

Dentro, há um diário encadernado em couro — um que contém a peça que faltava no círculo de transmutação, o último dos segredos de sua mãe. Evelyn confiou sua localização a Margaret. Se algo acontecesse com ela, o diário deveria ser destruído. Assim, o trabalho de sua vida morreria com ela. Não há nenhum alquimista no mundo com intenções puras o suficiente para merecer o conhecimento da pedra filosofal.

Mas Wes é diferente.

Margaret tira uma camada de poeira da capa, que é costurada com ouro e tem uma imagem vermelho-sangue de um ouroboros gravada. Wes a observa enquanto ela se aproxima, sua expressão enevoada através do vapor que sai de sua caneca.

— O que é isso?

— Você disse que achava que havia algo faltando no círculo de transmutação que desenhou. Você tem razão. Estas são as notas de pesquisa completas da minha mãe. Você encontrará o que precisa aqui. Está explicado exatamente como realizar a transmutação capaz de matar um demiurgo.

Ele fica de queixo caído.

— Não. Depois de tudo o que você me contou, não posso aceitar.

— Você precisa.

— Não, não preciso.

— Então eu *quero* que você aceite. — Ela segura o objeto no espaço vazio entre eles. — Não posso puni-lo por meus próprios medos. Não vou deixar sua família sofrer porque fui covarde demais para confiar em você. Se houver alguma chance de vitória para nós, precisamos aproveitá-la.

— Você realmente confiaria isso a mim?

— Sim. — Margaret pressiona o livro no peito dele. — Eu confiaria.

— Você sabe que não posso simplesmente gravar uma bala com um círculo de transmutação, não é? Não posso ativar o conjunto à distância.

Matá-la de perto está longe de ser o ideal, mas ela consegue.

— Tudo bem. Se você gravar uma faca de caça, eu consigo.

— Você sabe como realizar uma transmutação? Porque se não...

Então será ele a dar o golpe final. Apenas a ideia de Wes em qualquer lugar perto daquela fera faz com que uma onda de pânico tome conta dela.

— Você não pode fazer isso. A Hala vai te matar.

— Eu vou ficar bem. — Ela consegue ouvir o medo emaranhado em seu alegre tom habitual. — Você só precisa mantê-la sob controle para mim.

Ela se abaixa no chão ao lado dele. Eles se ajoelham no centro do cômodo, logo acima dos resquícios do círculo de transmutação fracassado de Evelyn. Margaret sempre soube o que a caçada implicava. Ela nunca teve medo de morrer. Mas, esta noite, com menos de 48 horas antes do tiro de largada disparar, todas as possibilidades desastrosas parecem reais demais.

Perder. E, pior ainda, perder Wes.

— Isso é loucura.

— Talvez. — Ele segura o olhar dela firmemente. — Tem certeza de que quer mesmo fazer isso? E se sua mãe não voltar?

— Então encontraremos outra pessoa que possa ensinar...

— Eu não me importo com isso — diz ele suavemente. — O que isso significaria para você?

É um destino cruel demais para imaginar. Mas já se passaram quase quatro meses, muito mais do que Evelyn prometeu. Talvez ela finalmente tenha se desprendido de seja lá qual dever a prendia aqui.

— Se ela não voltar, que seja. Estou fazendo isso pela sua família. Por nós.

Os lábios dele se abrem, e seus olhos ficam turvos com a emoção que ela o proibiu de nomear. O sentimento surge e desaparece em um único instante, antes mesmo que ele se afaste dela, esfregando as lágrimas não derramadas com os nós dos dedos.

— Droga. A limpeza daquele dia realmente levantou toda a poeira daqui, hein?

Ela põe uma das mãos nas costas dele.

— Pois é.

Wes puxa o ar por entre os dentes, seus ombros subindo e descendo lentamente enquanto se recompõe. Quando ele olha para ela novamente, seus cílios escuros estão emaranhados e úmidos.

— Bem. Vamos dar uma olhada no que sua mãe deixou para nós.

Ele coloca o diário da mãe dela no chão e o abre com uma reverência temerosa. A boca de Margaret fica seca quando ela observa a caligrafia familiar e frenética de sua mãe. Wes dá uma olhada e ri. É um som ofegante e amargo.

— Acho que sua mãe tem um senso de humor sombrio.

— O que quer dizer?

— Está tudo em código. Este é completamente diferente do outro livro. Sinto muito. Ainda acho que não posso fazer nada com... Aonde você vai?

Margaret alcança uma caneta na escrivaninha e pega o livro das mãos dele. Com traços cuidadosos e incertos, ela escreve uma única palavra Yu'adir.

Wes passa seus dedos sobre a página quando ela o devolve para ele.

— O que é isso?

— A cifra. O que Deus usou para fazer o mundo.

Davar.

Eles passam a noite inteira enfurnados na biblioteca, decodificando página após página do diário criptografado da mãe dela. Eles mal dormem, exceto por alguns momentos não planejados, quando Margaret pisca, inconsciente, e encontra sua cabeça a centímetros da dele na mesa. Ela tem que segurar seu desejo de contornar a linha suave da mandíbula dele e de pentear para trás o cabelo que está na testa dele. Especialmente quando ele acorda de repente e dirige um sorriso cansado para ela. Especialmente quando ele ainda a olha como se quisesse contá-la o segredo mais bonito que ela já ouviu.

Eles levam até o amanhecer para decodificar e, quando finalmente terminam, são deixados com um códice de símbolos — e o arranjo preciso deles em torno de um círculo cercado por uma serpente que devora a própria cauda.

— Você deveria ir dormir — diz Wes a ela. Ele começou a pintar cuidadosamente o círculo de transmutação no cabo da faca de caça dela. — Eu posso terminar sozinho.

Ela não quer deixá-lo. Ela sente como se eles tivessem sido amarrados com algum fio inquebrável durante a noite, mas faz o que ele sugere. A exaustão já tomou conta dela, e, com a caçada no dia seguinte, ela precisa descansar tanto quanto possível.

Horas mais tarde, ela acorda com o tamborilar constante da chuva. As nuvens estão tão densas que ela não consegue dizer que horas são. No andar de baixo, ela encontra Wes debruçado sobre a mesa da sala de estar, cercado por pilhas aleatórias de anotações.

— Que horas são?

Ele se sobressalta, virando-se para ela com olhos cansados.

— Quase quatro da tarde.

Ela não consegue se lembrar da última vez que dormiu até tão tarde.

— Você dormiu?

— Um pouco. — Wes gira a faca em suas mãos repetidamente. A lâmina cintila em tons de branco, prata, branco, até que, por fim, ela encontra seu próprio olhar no aço. Ele a oferece a ela. — Está pronta.

O detalhe no cabo é incrivelmente intrincado, cada escama do ouroboros pintada de vermelho-sangue. Nas mãos dela, é uma arma cruel. Nas dele, é quase divina. Ela mal consegue acreditar que essa será a arma que matará a Hala. Que estes símbolos inscritos denotam do que uma fera mítica é feita — uma que a magia de Wes transformará em cinzas. Ela contorna cada uma das escamas com um toque delicado.

— Como você está se sentindo? — pergunta ele.

— Bem. — Ela coloca a faca de volta na mesa. — E você?

— Exausto. Um pouco nervoso. Mas estou pronto. — Ambos sabem que é mais complicado do que isso, mas Margaret supõe que eles estão se tornando adeptos desse jogo de querer dizer mais do que dizem em voz alta.

— Bem. Não deveríamos queimar as provas?

Enquanto Wes junta as anotações, Margaret empilha gravetos na lareira e traz o fogo que se extinguia de volta à vida. Quando as chamas finalmente se erguem acima das laterais dos tijolos da chaminé, ela se agacha e suspira com a doce carícia do calor em seu rosto.

Wes passa os papéis para ela.

— Gostaria de fazer as honras?

Ela hesita por apenas um momento antes de jogá-las nas chamas. À medida que o fogo crepita e sibila, as anotações se espalham como folhas caídas e então começam a borbulhar. Ele fica de pé com as mãos nos bolsos, sua expressão ilegível sob a luz bruxuleante. É só quando o último fragmento se desfaz em cinzas que o aperto no peito dela se afrouxa, carregado pela fumaça.

— E agora? — pergunta ela.

— Deveríamos comemorar.

— Comemorar?

— Sim, comemorar. — Wes atravessa a sala até onde o velho toca-discos do pai dela está juntando poeira. — Você sabe. Descontrair, relaxar, aproveitar nossa última noite no plano material.

— Isso não tem graça.

— *Claro* que tem graça. — Ele vasculha uma caixa de papelão até encontrar uma capa brilhante e tira um vinil de dentro. Após colocá-lo na plataforma giratória, ele ajusta a agulha até que o som de trompas saia do sino.

Ela reconhece a música como uma das favoritas de seu pai. — Você ao menos sabe como relaxar?

Margaret faz uma careta. Ele se acha tão esperto.

— Claro que sei. No entanto, você torna isso muito difícil.

— Então faça isso por mim. Por que você não fica à vontade? — A malícia brilha como uma lâmina nos olhos dele. — Ou dança comigo?

Nunca, nem em um milhão de anos, ela dançaria. Margaret franze a testa enquanto se senta na ponta de uma poltrona.

— Estou muito à vontade aqui.

— Muito bem. — Wes se ocupa em apagar todas as luzes e vasculhar o carrinho-bar encurralado em um canto. Com um *aha!* de autossatisfação, ele brande uma garrafa de uísque. Ela é tomada por uma nostalgia amarga por estar sentada nesta sala, ouvindo esta música, enquanto Wes abre o licor premiado pelo qual o pai dela nunca voltou. Wes sorri para ela com aquele seu jeito bobo e infantil, e ela não consegue conter um sorriso. Com uma pompa encenada, ele diz:

— Aceita uma bebida, madame?

Parte da apreensão dela se dissipa. Talvez ela consiga suportar se ele estiver aqui para afugentar as memórias.

— Claro.

Ele serve um gole de uísque para cada um. A bebida reluz como âmbar no fundo de seus copos de cristal, refratando a luz do fogo, e, quando ele pressiona o copo na mão dela, ela inala o cheiro dolorosamente familiar. Turfa e madeira.

— Não bebo isso há anos — diz ela.

— Mas já bebeu. Você é cheia de surpresas.

— Uma vez. E você?

Ele afunda na poltrona ao lado da dela e eleva os pés na mesa de canto.

— Por favor. Esta garrafa vale mais do que a minha vida. Preciso dizer que estou feliz por ter passado a imagem de alguém que beberia uísque, e não cerveja barata.

Margaret suspira com exasperação afetuosa. Enquanto ela gira o uísque no copo, percebe o quão surreal isso é. Ela sente como se estivesse espiando através de uma janela, observando outra Margaret viver a rotina feliz que ela nunca imaginou para si mesma. Nunca ocorreu a ela que seria possível existir fora da sombra de sua mãe — ou que ela algum dia iria querer isso.

No entanto, aqui está ela, imersa na luz do fogo e no castanho profundo dos olhos de Wes. É quase romântico. Antes que ela possa se permitir ficar piegas, ele se inclina e diz:

— Vamos fazer um brinde?

— Ao quê?

— À vitória.

— À vitória — ecoa ela.

Seus copos tilintam. Enquanto bebem, ele a observa com uma expressão que ela não consegue decifrar. Ela sente um nó de tensão ser agradavelmente esticado dentro dela.

— Que foi? — pergunta ela.

— Nada. — A voz dele é tão quente quanto o uísque na barriga dela.

— Não é de seu feitio manter a boca fechada.

— Só porque você me pediu. E faço isso porque não quero pressioná-la, mesmo que me mate um pouco cada vez que você olha para mim, porque consigo saber exatamente o que você diria de volta e... por quê? — Ele coloca o copo na mesa de forma enfática, a testa franzida em consternação. — Por que você não me deixa dizer?

Margaret não consegue se lembrar da última vez que alguém disse que a amava. Ela não consegue suportar a ideia dessas três palavras. Elas afundam em seu estômago como rochas, cada uma soando mais vazia do que a outra. Ela não quer ver a expressão magoada dele quando seus olhos se encherem de ceticismo. Ela não quer ouvir a si mesma gaguejando quando tentar dizer de volta. É melhor que eles se importem um com o outro silenciosamente, que permaneçam no reino seguro da negação plausível.

O amor a aterroriza. E, no entanto, ela não quer dissuadi-lo. Não quando ele olha para ela de forma tão desesperada. Não quando ela não quer que ele desista dela.

— Porque eu não quero te chamar de mentiroso.

— Eu não preciso falar — diz ele depois de um momento —, se isso faz diferença.

Ela sente uma dor bem no centro de seu peito que então se espalha como tinta na água. É a bebida que está deixando o rosto dela tão quente. Mesmo que ela tenha tomado apenas um gole, tem que ser isso.

— Sim. Eu acho que faz.

O espaço entre as poltronas deles parece impossivelmente grande. Wes a observa como um coiote, faminto e arisco. Ele se levanta, e, embora não tenha certeza de quando se moveu, ela também está de pé. Ele cruza a distância entre eles em um único passo, agarrando-a pela cintura. Ele a empurra para trás até que ela esbarre na escrivaninha de frente para a janela. Enquanto ele a levanta, Margaret afasta os livros e os papéis em seu caminho. Os objetos atingem o chão com um baque que ela mal percebe.

Quando ela está acomodada, Wes separa os joelhos dela e fica de pé entre eles. O calor que ele emana toma conta dela, e, enquanto ele a observa, a intensidade voraz de seu olhar se transforma em uma reverência silenciosa. A luz do fogo proporciona uma luz dourada às feições dele e tinge sua íris de um vermelho tão intenso como chá forte. Agora, ela pode ler todos os seus pensamentos. Ele não tem pretensão, nem arrogância, nem nenhuma armadura dourada.

É apenas ele, totalmente sincero e completamente dela.

O nervosismo faz o interior dela vibrar enquanto ele remove a presilha de seu cabelo, deixando-o cair em cascata sobre os ombros. Wes entrelaça os dedos nos fios e beija a testa dela, depois o nariz. Por fim, a boca dele roça a dela com tanta ternura que a respiração dela falha.

Ele é muito mais gentil do que em suas fantasias. Reverente, até, como se ela pudesse quebrar ou fugir se ele não a manuseasse com o máximo cuidado. As mãos dele incendeiam cada centímetro dela enquanto ele as arrasta ao longo de sua mandíbula e desce por suas costelas até acomodá-las em seus joelhos. Ele traça círculos inquietos neles, e cada carícia quase imperceptível é tentadora, deixando-a tonta e ansiosa de uma forma mortificante. Ela esperou tanto por isso, e é exatamente como ele disse.

Ele não precisa de palavras para dizer a ela como se sente.

— Wes — sussurra Margaret, com uma voz carregada de emoção.

Ele aproveita a oportunidade para deslizar a língua para além dos lábios dela. O gosto dele é exatamente como ela imaginava: café preto e uísque. Wes a beija como se não tivesse a mínima pressa, como se quisesse atormentá-la e saboreá-la. É enlouquecedor como isso intensifica a dor que cresce dentro de si, ao invés de acalmá-la. Semanas desejando-o consumiram toda a sua paciência e racionalidade. Margaret agarra punhados do cabelo dele, e seu gemido de resposta reverbera no peito dela. Esse estranho e novo poder sobre ele a encoraja.

Ela desliza as mãos mais para baixo no corpo dele, ao longo de seu peito e de sua barriga plana, até sentir o metal frio da fivela de um cinto. Ela mexe na fivela até que ela se solte e caia no chão com um barulho, como o de gelo em um copo, mas seu triunfo dura pouco. Agora que ela conseguiu, não sabe o que planeja fazer em seguida. Wes se afasta o suficiente para que ela possa ver seus olhos arregalados olhando-a intensamente. Ele parece tão interessado quanto em pânico.

— Hum… — A voz dele está rouca de desejo, mesmo quando seu rosto enrubesce. — Preciso dizer que, na verdade, eu nunca…

— Nem eu.

Ela o puxa pelas lapelas e captura seus lábios com os dela novamente. Ele a recompensa com outro ruído baixo do fundo de sua garganta e a arrasta mais para perto. A palma da mão dele está firme na parte inferior das costas dela; seus quadris pressionados insistentemente nos dela. Com a mão livre, ele encontra a bainha de sua saia e a sobe até que o frio da sala suspire em sua pele descoberta. Os dedos dele deslizam pela parte interna de sua coxa e provocam um ruído que ela não se considerava capaz de emitir. Ela o sente sorrir na sua boca; idiota presunçoso.

E então Encrenca late.

Margaret se sobressalta. Os dentes deles se chocam. A fechadura gira na porta da frente.

Wes se afasta como se ela o tivesse queimado, e o horror que ilumina os olhos dele é um espelho dos dela. Apenas mais uma pessoa tem a chave da casa.

O que significa que a mãe dela finalmente retornou.

27

Em seu terno bem-arrumado, Evelyn Welty aparece como uma figura rígida em contraste com a luz suave e quente da sala de estar. Embora ela seja estreita como um galho, sua presença fervilhante preenche toda a sala. Assim que Wes se recupera do choque inicial, a primeira coisa que ele nota em Evelyn é que ela se parece alarmantemente com Margaret. Ela usa o cabelo dourado puxado para trás na nuca, e, por trás dos óculos, seus olhos são tão redondos quanto os da filha. Mas, enquanto os de Margaret são da cor de uísque, os de Evelyn são da cor de rum, escuros e fortes. Ele nota a expressão dela se transformar de surpresa em desgosto e de desgosto em raiva, em um piscar de olhos.

Wes observa a cena através dos olhos dela. Margaret, ainda equilibrada na beirada da mesa, o cabelo solto e despenteado. Ele, igualmente desarrumado, trabalhando arduamente para afivelar o cinto de novo. Um animado vinil tocando, o fogo crepitando alegremente e dois copos de cristal cheios de uísque.

Ele não pode nem dizer que não é o que parece.
Wes gagueja:
— Mestra Welty.
Ao mesmo tempo, Margaret engasga:
— Mãe.
Eles deixaram Evelyn sem palavras, mas a raiva dela é algo palpável, posicionada na nuca dele como uma lâmina de carrasco. Agora, é

dolorosamente óbvio onde Margaret aprendeu a encarar um homem como se estivesse prestes a esfolá-lo vivo.

Ao lado dele, Margaret empalidece. Seus dentes rangem, apesar do calor do fogo. Ele deveria estar mortificado — e está. Mas a pontada de seu constrangimento é engolida pela torrente fria de sua raiva, mais profunda que o oceano.

Onde diabos você esteve?, ele quer gritar. *Por que não estava aqui por ela?*

Por fim, Evelyn encontra sua voz:

— Vá embora. Agora.

Ela fala como se ele fosse um cachorro de rua, mas ele engole seu orgulho. Pelo bem de Margaret e pelo seu próprio, precisa manter a compostura. Wes passa a mão pelo cabelo, mas não há jeito de amenizar o que Margaret fez com ele.

— Mestra Welty, por favor, permita-me explicar. Meu nome é Weston Winters, e eu sou...

— Eu não ligo se você é o maldito presidente. Quero você fora da minha casa. — Evelyn chuta a porta atrás dela. Encrenca late enquanto ela se esgueira pelos cantos da sala, abanando o rabo ansiosamente.

Margaret se recompõe o suficiente para acalmá-lo, mas, quando ela se levanta novamente, sua voz é mansa e distante.

— Ele é um aluno em potencial. Não tem para onde ir na cidade, então tem morado aqui.

— Tem morado aqui — ecoa Evelyn. O distanciamento em sua voz o assusta mais do que o contrário. E então ela ri, uma explosão de som breve e sem humor que faz o sangue dele gelar. — Você deixou um estranho morar em casa sem mim aqui? Quão ingênua você pode ser?

Margaret se encolhe com o desprezo na voz de sua mãe. Ela está cada vez mais se tornando menor, desaparecendo diante dos olhos dele. Ela não tem nada de seu fogo habitual, nada da ousadia da garota que ele beijou ou da ferocidade da garota que apontou uma arma para ele.

— Quanto a você... já chega, Encrenca!

Encrenca solta um som fraco novamente, mas obedientemente se enrosca perto da lareira, seus olhos fixos em Evelyn. Ela esfrega as têmporas e solta um suspiro frustrado.

— Quanto a você, não estou aceitando nenhum aluno, o que minha filha já deveria ter lhe contado. Espero que possa encontrar a saída. Você já se aproveitou da hospitalidade dela o suficiente, não acha? — Evelyn pega suas malas e caminha em direção à escada. — Margaret, venha aqui. Precisamos conversar.

Quando Margaret fala, sua voz é quase baixa demais para ser ouvida.

— Não.

Evelyn olha para a filha como se nunca a tivesse visto antes.

— Não?

— Você não pode mandá-lo embora.

— Você está agindo como uma criança. Suba e vamos discutir isso como adultas.

Uma memória ressurge, e, de repente, ele tem 6 anos de novo, colado ao rádio que funcionava apenas parcialmente na sala de estar. Quase todas as noites, ele se recusava a ir dormir, e seu pai o pegava no colo e o carregava para a cama. Wes se agarrava a tudo em seu caminho — a borda da mesa, um batente da porta — enquanto seu pai, paciente e silenciosamente, soltava cada um de seus dedos de tudo o que ele conseguia agarrar.

Isso é o que Evelyn terá que fazer com ele.

Ele não deixará Margaret sozinha com ela e não se renderá tão facilmente enquanto ainda tiver o trunfo deles.

— Eu sei que você quer a Hala e sei no que está trabalhando. Você não pode obtê-la sem mim. Margaret e eu nos inscrevemos na caçada juntos.

Evelyn para no meio da escada e se vira para Margaret.

— Isso é verdade?

— Sim — sussurra ela.

— Quando vencermos amanhã, considere como meu pagamento. — Wes injeta tanta confiança quanto possível em sua voz. — Tanto pela hospitalidade quanto pela instrução.

Evelyn larga as malas e caminha na direção dele com a precisão fria e lenta de um predador. Ela é alta — muito mais alta do que ele — e o atravessa com um olhar capaz de corroer metal. O cheiro de café velho e enxofre arde no fundo de sua garganta.

— Que palavras bonitas você usou para encher a cabeça dela e convencê-la a concordar com esse seu esquema, sua cobra?

— Mãe...

— Não — retruca ela para Margaret. — Não suporto olhar para você agora.

— Não se atreva a falar com ela desse jeito!

Evelyn sorri como se estivesse encantada com a explosão dele.

— Você tem muita coragem, Sr. Winters, para tirar vantagem de minha filha sob meu próprio teto e depois querer me dizer como cuidar dela. Eu sei que você acha que pode ser mais esperto do que eu, mas, acredite em mim, você não quer jogar esse jogo. Você realmente achou que tinha alguma influência aqui? Que eu não tinha como conseguir o que quero sem você? Que o mundo acadêmico é tão vasto que você poderia esconder um insulto como este? Se você insistir em se meter comigo, com meu trabalho e com meus filhos, vou garantir que você não tenha nem carreira, nem futuro, nem esperança. Se você me contrariar, nunca mais realizará outra transmutação. Estamos entendidos?

Wes não consegue pensar em uma única palavra para dizer. O que ele *poderia* dizer? Ele não tem nada. Nada além da raiva que ferve dentro dele, e o que isso poderia fazer contra a influência dela? Não importa o que faça, ele sempre será impotente.

— Foi o que eu pensei. Agora, a menos que você queira que uma carta seja enviada para cada universidade, cada escritório político, cada seminário, ora, cada família deste país, eu espero que todas as suas coisas tenham desaparecido daqui dentro de uma hora. — Ela dá meia-volta. — Tenha um ótimo resto de noite, Sr. Winters.

Os cantos da sala ficam turvos enquanto ele ouve os passos dela na escada, tão barulhentos quanto o disparo de uma arma. Em algum lugar no andar de cima, uma porta bate. Margaret se ajoelha perto da lareira e enterra o rosto em Encrenca. Mesmo daqui, ele consegue vê-la tremendo. Todo o calor foi drenado da mansão. O que antes parecia um lar torna-se hostil ao seu redor, frio e desolado.

— Não importa. — Ele fala cada palavra com dificuldade. — Deixe que ela faça isso. Se ela não vai me ensinar, minha carreira já está arruinada. Minha família já teve ter chegado à cidade. Vou pegar minhas coisas e depois podemos ir...

— E fazer o quê? — Margaret vira o rosto para encontrar o olhar dele, e, imediatamente, ele fica sem ar. Ela é linda, mas tão remota quanto uma estrela distante. O olhar vago nos olhos dela o convence de que o beijo deles deve ter sido um sonho. — Que tipo de vida teríamos se desistíssemos de tudo?

Ele sente um nó no estômago.

— Uma vida boa. O que você está dizendo?

— Teríamos mesmo?

— Claro que sim! Seria melhor do que isso. Qualquer coisa seria. — Mas ele ficaria realmente satisfeito se nunca pudesse ser um alquimista? Será que ele se sentiria *assim* pelo resto da vida, derrotado e totalmente desamparado? Não é um futuro a ser almejado.

— Não posso abandoná-la.

— O quê? Por quê? O jeito como ela tratou você agora há pouco...

— Não. Não aja como se soubesse alguma coisa sobre ela.

— Desculpe. — Wes se senta no chão ao lado dela. — Só sei o que eu vi.

— Ela não é sempre assim. Ela só... — Ela pressiona as palmas das mãos nos olhos. — As coisas podem ser diferentes desta vez. E, sem mim, não sei o que seria dela. Ela já perdeu tudo. Seria cruel.

— Ela se saiu bem sem você por quase quatro meses. O que acontece com ela não é sua responsabilidade. — Apesar de não ser a intenção dele, cada palavra está imersa em frustração. — Margaret, não é sua função cuidar dela quando ela nunca lhe deu a mesma cortesia. O amor não deveria ser assim. Não consegue ver isso?

— E como deveria ser? — A voz dela treme. — Seguir você sem questionar?

— Não! Deus, não. Não é isso que estou pedindo. — Ele gostaria de poder tocá-la novamente, de poder agarrá-la pelos ombros e fazê-la entender. — Poderíamos ir a qualquer lugar que você quiser. Poderíamos dar um jeito juntos.

Por um momento, ele pensa que conseguiu fazê-la compreender. Os olhos dela se enchem de esperança, e seus lábios tremem. Mas então ela os pressiona em uma linha firme e balança a cabeça.

— Não posso. Não posso confiar que seria melhor. Não sou como você, Wes. A única coisa que eu sempre quis foi estar segura. Este é meu lar e é a única segurança que já conheci. Não posso abandonar isso, assim como não posso passar minha vida inteira esperando que tudo dê errado.

— Mas e se nunca der errado? — Ele está implorando agora, o que é perceptível no desespero de suas palavras, mas é tarde demais para se preocupar com seu orgulho. — Como você poderia saber?

O corpo inteiro dela fica tenso, como se ela estivesse se preparando para receber um golpe.

— Não posso arriscar tudo por hipóteses. Promessas vazias não são o suficiente.

É como se ela o tivesse rasgado em pedaços. Promessas vazias? É isso o que ela ainda pensa dele?

— Então é isso?

— Sim. É isso. — A expressão dela congela. — Não posso ir embora com você.

Algo dentro dele se quebra. De repente, ele não tem mais nada. Sem perspectiva. Sem dinheiro. Sem Margaret. Mais uma vez, ele não passa de um garoto imprudente da Quinta Ala com um sonho maior do que ele próprio. Só que, desta vez, ele não tem nenhuma chance. Pior de tudo, ele não tem nada a dizer a ela. Margaret sempre foi boa demais em deixá-lo sem palavras.

Wes sobe para guardar suas coisas. Tornou-se um ritual familiar, fazer as malas e ir embora. Mais tarde, enquanto caminha para Wickdon na última luz do entardecer, ele não se lembra com clareza de ter feito isso — apenas que não levou mais de dez minutos para enfiar todos os seus pertences na única mala que trouxe de Dunway. Mas se lembra da expressão no rosto de Margaret quando ele disse:

— Cuide-se.

Anseio.

Ele acha que vai passar o resto da vida tentando se livrar desse sentimento. A sensação o preenche por dentro como uma água fria e escura.

Margaret o rejeitou. Ele pode viver com isso. O fato de ter visto a mulher que ele ama pela última vez quase o destrói, mas ele consegue suportar. O pior é que ela rejeitou *tudo*. A visão dele, os sonhos deles, o futuro deles.

Ele não conseguiu convencê-la. Falhou.

Pela primeira vez, Wes entende o que um coração partido realmente significa. Sem alquimia, ele é apenas um homem. E, sem Margaret, não tem mais a menor ideia de como se orientar.

Annette empalidece assim que o vê entrar pela porta do albergue.

Em um outro dia, Wes poderia ter saboreado a vergonha apavorada no rosto dela, mas, agora, ele está muito além do ponto de exaustão emocional para se importar muito em preservar os sentimentos dela — ou em alimentar seu próprio rancor. Vê-la ali, pressionada na parede como se tentasse convencê-lo de que faz parte do cenário, estranhamente faz com que ele não sinta nada. Sob as brilhantes luzes de cristal do candelabro, tudo aqui parece falso e estéril. Ele tira o gorro, o enfia embaixo do braço e, então, arrasta sua mala até o balcão de check-in.

— Olá.

— Wes — gagueja ela. — O que você está fazendo aqui?

— Estou procurando minha família.

Como se ele não tivesse dito nada, ela dispara:

— Sinto muito! Se eu soubesse o que ele estava planejando, juro por Deus que nunca teria concordado.

— Não? — Ele mantém seu tom leve, quase em uma conversa corriqueira. — E o que você achou que fosse acontecer?

— Não sei! Eu só pensei que ele fosse te dar um susto, e não realmente...

— E você ainda estava disposta a isso.

— Eu não pensei muito. Estava magoada, e Jaime pode ser muito persuasivo quando tem uma ferida para cutucar. — Ela se inclina sobre o balcão, sua voz quase um sussurro. — Isso não faz com que seja certo, e não tenho orgulho disso. Mas é a verdade. Nós dois sabemos que sou uma covarde quando se trata dele.

Ele está tentado a pedir o número do quarto de sua família, desejar-lhe boa noite e nunca mais falar com ela. Mas, aparentemente, não está tão emocionalmente drenado quanto pensava, porque sente seu rosto arder e seu corpo tremer em uma súbita onda de raiva. Durante todo esse tempo, ele negou seus sentimentos por Margaret. E pelo quê? Por uma garota igual a ele, proferindo palavras vazias pintadas de ouro. Deus, ele é tão tolo por não ter percebido antes.

— Quanto foi fingimento?

— Nem tudo — diz ela baixinho.

Ele se sente humilhado quando sua voz falha ao perguntar:

— Quanto?

— Da primeira vez que eu te vi, flertei com você porque sabia que você era da cidade e que isso irritaria Jaime. Eu queria que você me desejasse. Eu queria acreditar que você poderia ser minha saída deste lugar. Mas acabei me divertindo, e, apesar de ter ficado com raiva de você na exposição, ainda não me pareceu uma obrigação quando Jaime me pediu para mantê-lo ocupado durante a competição de tiro.

— Então você sabia que ele iria trapacear?

— Não! Eu juro que não sabia. — Ela abaixa os olhos. — Mas eu realmente gostei de você, Wes. Eu gosto. Foi por isso que fiquei chateada quando não consegui prender sua atenção. E acho que depois que você me contou sobre seus pais...

— Eu não parecia um bom negócio? — pergunta ele ironicamente.

— Não — admite ela.

— Então você nunca gostou de mim. Você gostava da ideia que tinha sobre mim.

— Parece horrível quando você fala assim. — Os olhos dela estão cheios de lágrimas. Quatro irmãs o prepararam bem para isso. O tipo de lágrimas de quem procura ser absolvido, e não de quem quer se redimir.

— Se você quer ir embora, então vá. Você nunca precisou de mim para levá-la comigo e com certeza não precisa de Jaime e do resto deles. Eles trazem à tona o que há de pior em você. — Uma pontada de raiva se insinua em sua voz, o que o consterna. Faz parte de seu código não gritar com mulheres que não sejam suas irmãs, e ele não quer violá-lo agora em um momento de fraqueza. Wes respira fundo e passa a mão pelo cabelo. — O que você fez foi cruel, mas não importa agora. Jaime conseguiu o que queria, não graças às suas próprias artimanhas. Eu desisti.

— Você *desistiu*? Por quê?

— Evelyn quis que eu fosse embora, então eu fui. Amanhã estarei de volta a Dunway.

— Mas e Maggie?

Até o nome dela é suficiente para apunhalar seu coração com um desejo desesperado. Ele quase perde a compostura.

— O que tem ela?

O silêncio é preenchido com a tagarelice das pessoas no bar e com o tilintar dos copos sobre a música. Ele se sente insuportável e terrivelmente solitário.

— Sinto muito, Wes — diz Annette. — Por tudo. Pelo menos agora eu sei que Jaime não é inofensivo. Eu gostaria de poder desfazer tudo ou de encontrar um jeito de compensá-lo.

Ele tem vontade de rir. Como alguém poderia compensá-lo? Se ela fosse capaz de destruir o núcleo podre de Nova Albion que gera malditos como Jaime Harrington, talvez pudesse compensá-lo. Mas ela é apenas uma garota que nunca encarará as consequências pelo que fez a ele e a Margaret.

Mesmo assim, ele tem um coração mole, e, desta vez, ela parece sincera.

— Eu te perdoo. — Ele suspira. — Principalmente porque eu só quero ir dormir. Você viu quatro mulheres e uma garotinha passarem por aqui recentemente? Barulhentas? Meio parecidas comigo?

— Na verdade, sim... espere. Esta é sua família?

Wes consegue dar um sorriso verdadeiro ao ver o olhar alarmado no rosto dela.

— É, sim.

Annette abre uma gaveta e começa a vasculhar.

— Então você tem que deixar o quarto por minha conta. Por favor. É o mínimo que eu posso fazer.

— Você não vai se meter em problemas por isso?

— Eu deveria me meter em problemas por alguma coisa, não acha? — Ela joga um punhado de notas para ele. É mais dinheiro do que ele não via há muito tempo. Mad deve ter usado uma boa parte de suas economias para trazê-las até aqui, o que faz seu estômago se revirar de culpa e de gratidão.

— Obrigado. Isso significa mais do que você imagina.

— Sem problemas. — Ela sorri, insegura. — Elas estão no segundo andar, quarto 200.

Wes se esgueira pelo salão, sobe um lance de escadas e, quase imediatamente, ele as ouve. Deus, ele sente pena dos vizinhos. A voz de Colleen pode ser ouvida a pelo menos um quilômetro e meio, e a gargalhada de Christine ameaça sacudir o espelho de moldura dourada no final do corredor. Wes desvia o olhar de seu próprio reflexo. Ele já está sentindo pena de si mesmo e não precisa de um lembrete visual do quão amarrotado e vazio ele se parece para piorar as coisas. Seus passos ecoam gravemente no piso de madeira lustroso enquanto ele se aproxima do quarto 200. Ele bate na porta, e, meio segundo depois, ela se abre.

— Wes! — Colleen joga os braços em volta do pescoço dele, quase derrubando-o. Quando ela o solta e olha para ele, ela franze a testa. — Ah. Você parece péssimo.

Antes que ele possa dar algum tipo de resposta engraçadinha, quatro outras cabeças de cabelos escuros aparecem na porta. Sua mãe está praticamente radiante de alegria, mas, assim que o avalia, sua expressão é tomada de preocupação.

— Ah, querido. O que aconteceu?

— Por que você está triste? — Edie entra na conversa.

— Qual é o problema? — pergunta Christine.

Mad o encara em silêncio, o que ele aprecia, considerando que não sabe por onde começar a responder a nenhuma dessas perguntas. Tudo o que ele consegue pensar é o quão desesperadamente ele quer se deitar. Ele larga a mala e se joga na cama mais próxima, que está repleta de um número verdadeiramente surpreendente de almofadas decorativas, coloridas e desnecessárias. As molas gemem em um protesto fraco enquanto suas irmãs e sua mãe se amontoam no colchão ao seu lado.

— Bem, estou fora da caçada — diz ele, tão alegremente quanto consegue. — Mas a boa notícia é que recuperei seu dinheiro, Mad.

Tão rápido quanto um raio, seus olhos começam a arder, e sua visão fica embaçada, e — droga, ele está chorando como um idiota na frente de toda a sua família. Elas nunca o deixarão esquecer isso enquanto ele viver.

Christine diz *aww* de um jeito que, de alguma forma, consegue ser ao mesmo tempo reconfortante e condescendente. Colleen pula da cama para buscar um lenço de papel no banheiro, enquanto Edie se deita mais próxima ainda dele.

Rigidamente, Mad coloca a mão na testa dele e afasta o cabelo de seu rosto. A ternura dela o surpreende.

— Onde está Margaret?

Ele conta a história inteira, desde a sabotagem de Jaime, passando pela pesquisa de Evelyn, até a recusa de Margaret em ir embora com ele. Quando ele termina, todas estão em silêncio. Ele não consegue interpretar suas expressões confusas. Até mesmo a pintura assustadora da raposa acima da cabeceira da cama o encara com julgamento.

— Então, deixe-me tentar entender isso — diz Christine. — Você está me dizendo que deixou ela lá?

— O que mais eu poderia fazer? Me jogar de joelhos e implorar?

— Sim! — Colleen cora quando todos se viram a fim de olhar para ela. — Quer dizer, *eu* acho que teria sido romântico.

Sua raiva e sua tristeza retornam com força total — e, junto, toda a sua autopiedade.

— Não tem nada de romântico nisso. Mesmo que ela viesse comigo, não tenho nada para oferecer a ela. Não tenho dinheiro, nem emprego, nem perspectiva. Nada. Sou um inútil.

Tudo o que ele tem é o sonho de um mundo melhor onde eles poderiam ser felizes juntos. Mas é só isso. Um sonho estúpido. Uma promessa vazia, exatamente como ela disse. Outrora, ele acreditava que a sua pura força de vontade era suficiente para levá-lo longe. Mas agora ele vê que Mad e Margaret sempre tiveram razão. Ele foi ingênuo ao acreditar que poderia construir algo a partir do nada, uma visão de mundo baseada em uma impossibilidade alquímica.

— Weston Winters — diz sua mãe. — Não se atreva a falar de si mesmo dessa maneira.

— Pode parar com essa besteira, mãe! A própria Margaret me disse isso, e é verdade. Eu não pude ajudar você. Eu não pude ajudar nenhuma de vocês e com certeza eu não poderia ajudar Margaret. De que eu sirvo se não posso fazer uma única coisa concreta pelas pessoas que amo?

— Seu pai e eu não tínhamos nada além de um ao outro e de um sonho quando deixamos Banva. Você tem mais do que o suficiente para oferecer a ela. — Ela o atinge no centro do peito. — Isso.

Wes fecha os olhos com força, desesperado para se recompor.

— Ela não quer.

Ela não me quer.

— Ah, cale a boca — provoca Mad. — Quando foi que isso te impediu antes?

Christine se aproxima dela.

— Vocês dois poderiam não brigar, só por uma noite? Estou tão cansada disso. Vocês brigam há anos e...

— Eu não estou comprando briga. — Mad desliza as mãos afetadamente sobre sua saia. — Quero que ele responda à minha pergunta. Quando foi que uma rejeição já te dissuadiu? Quando foi que você já decidiu que ficou sem opções? Quando foi que a opinião de alguém sobre suas decisões ingênuas e egoístas já o impediu de tomá-las?

Wes franze a testa.

— Nunca.

— Exatamente. Agora me explique o que torna esta situação diferente.

— Porque ela me disse para ir embora.

— E? Assim como todos os professores de alquimia em Dunway. Veja bem, não estou querendo dizer que ela não tinha um bom motivo para mandar você sumir. Eu te amo, Weston, mas não vou discordar de você quando diz que não é exatamente o mais promissor dos parceiros. Você é um idealista impetuoso sem dinheiro, e ela é uma garota prática que se trancou naquela casa para se esconder do mundo. Faz sentido que ela esteja apreensiva.

Nem todos nós sonhamos alto, disse-lhe ela uma vez.

Wes a achou tão mesquinha naquela época e agora ele quer dar um chute em si mesmo por ter sido tão tolo. É claro que ela não sonhava alto quando não conseguia ver muito além de sobreviver a mais uma semana. Ela não pode utilizar sonhos como uma arma, ou se alimentar deles, ou queimá-los para manter a casa aquecida.

— Você disse a ela como se sente? — pergunta Christine.

— Não, mas...

Todas elas, exceto Mad, gritam algo inarticulado e indignado.

— Mas por que isso seria suficiente para mudar a opinião dela? — geme Wes.

— Porque você não está apenas oferecendo a ela seu amor — diz Mad. — Você está oferecendo esperança.

Não posso arriscar tudo por hipóteses. Promessas vazias não são o suficiente.

Então ele lhe dará algo sólido a que se agarrar. Se ele puder convencê-la de uma coisa em sua vida, que seja esta: uma vida além daquela casa, além de todos os fantasmas que a assombram, é um sonho no qual vale a pena acreditar. Que vale a pena tentar.

— Mad... obrigado...

— Me agradeça depois. — Ela aperta o ombro dele. — Agora, vá atrás da sua garota.

28

Agora que a porta do laboratório de sua mãe foi trancada e o silêncio se instalou na mansão como um calafrio em seus ossos, Margaret não sabe o que fazer consigo mesma. Ela não sabe como descansar, com a raiva de sua mãe preenchendo a casa como fumaça.

Em breve, tudo voltará ao normal. Elas retomarão o ritmo confortável de suas vidas — um planeta e sua lua em órbita. Essa perspectiva deveria ser reconfortante. O trecho de luz que escapa por baixo da fresta da porta deveria ser um alívio. Evelyn está finalmente em casa, e é toda dela.

E, ainda assim, ela está sozinha.

O som da porta se fechando atrás de Wes ainda ecoa pelos corredores, e ela tem certeza de que a formalidade tensa de sua despedida e a dor em seus olhos irão assombrá-la pelo resto da vida. Vê-lo partir foi quase mais do que ela poderia suportar, e agora todas as suas feridas mais antigas estão doendo. Se ela se permitir pensar nele por mais tempo, vai desmoronar. Então ela limpa a casa. Esfrega cada superfície até que esteja brilhando, até que sua mente comece a se desconectar da realidade, até que sua dor pareça distante. Mas, quando ela começa a lavar a louça, é puxada de volta para seu corpo ao ver as canecas manchadas de café que Wes acumulava em seu quarto por dias a fio. Ele contaminou até mesmo essa rotina. Não há ninguém para incomodá-la ou distraí-la ou para preencher o silêncio com conversas incessantes, murmúrios e risadas. Para todos os efeitos, deveria ser uma bênção.

Mas não é. É sufocante.

Não há mais nada neste lugar intocado por ele. Margaret tem vontade de jogar o cabideiro em que ele pendurava seu casaco esfarrapado pela janela. Ela tem vontade de partir todos os discos de seu pai pela metade. Ela tem vontade de quebrar todos os copos de cristal e de queimar todos os livros de alquimia que acumulam poeira na prateleira. Ela tem vontade de gritar até que o som que ecoa não seja ela, só ela, apenas ela. Enquanto enche um balde na pia, ela observa seu reflexo se estilhaçar repetidamente, pálido e já meio morto. Sua mãe sempre se contentou com fantasmas, mas Margaret está viva pela primeira vez em anos. Ela não está pronta para voltar a assombrar este lugar, silenciosa e invisível.

— Margaret. — A silhueta alta de Evelyn aparece no topo da escada. — Precisamos ter uma conversa.

Suas mãos estão tremendo tanto que ela quase derruba o balde. Entorpecida, ela o coloca no chão. A água espirra sobre seus pés, e ela deixa pegadas molhadas pela casa enquanto segue a mãe escada acima, até seu laboratório.

Nas últimas semanas, Wes e ela substituíram quase todas as memórias dolorosas deste cômodo por algo alegre e novo. Mas, quando sua mãe se senta atrás da escrivaninha dela e cruza as mãos, o ambiente mais uma vez parece opressivo e escuro demais na luz do entardecer. As mangas da jaqueta de Evelyn estão arregaçadas o suficiente para expor seus pulsos. Não deveria surpreender Margaret o quão frágeis eles são, mas ela é surpreendida toda vez.

— A janela está quebrada — diz Evelyn —, e parece que meus alambiques e vários de meus manuscritos desapareceram.

Sua mãe é uma caçadora brilhante, à sua maneira. Ela preparou sua armadilha com observações simples e um tom casual. Agora é só esperar até que Margaret caia nela. Mas, de todos os lugares por onde ela poderia ter começado seu interrogatório, este é de longe o mais fácil. Ela não tem nada a esconder.

— Foi Jaime Harrington. Ele destruiu o laboratório.

— E por que ele faria algo assim?

— Você sabe o porquê.

— Imagino que sim. — Evelyn tira os óculos e esfrega a ponte do nariz. — O pai dele foi informado disso?

— Não.

A primeira brecha em sua compostura aparece.

— E por que não?

— Ele não teria feito nada. Wes e eu...

— Wes. — Ela pronuncia o nome dele com zombaria, como se tivesse um gosto azedo em sua língua. — Sim, vamos discutir sobre ele. Acho que você entende por que estou frustrada, Margaret. Se vocês dois não tivessem agido pelas minhas costas e se inscrito na caçada, duvido muito que Jaime teria prestado atenção em vocês. Duvido que eu precisaria gastar dezenas de dólares para substituir meu equipamento e duvido que estaríamos tendo esta conversa desagradável. Mas aqui estamos nós.

O diário com capa de couro de sua mãe aparece na escrivaninha entre elas. A visão de Margaret se torna enevoada nas bordas até que ela não consegue ver nada além do selo do ouroboros brilhando vermelho como o pôr do sol. O objeto tremula como uma moeda jogada no fundo de um poço.

— Agora, você se importaria de me explicar por que tirou isto da minha escrivaninha?

Margaret o recolocou na gaveta exatamente como o encontrou. Ela apagou todas as marcas que eles deixaram. Como ela poderia *saber*?

— Bem? — Evelyn ainda não levanta a voz. Ela nunca precisou recorrer a isso para se fazer entender. A raiva dela é como o lento ferver da água. Enfrentá-la é como dar o primeiro passo hesitante em uma fina camada de gelo.

— Sinto muito. — É tudo o que Margaret consegue dizer através de seus dentes batendo.

— Como eu suspeitava — sibila ela.

Ela caiu direitinho. A armadilha aperta em torno de sua garganta.

— Sinto muito.

— Por que você está se encolhendo como um cachorro chutado? Eu não fiz nada para você. — A voz de Evelyn soa abafada, como se uma lã grossa tivesse sido puxada sobre as orelhas de Margaret. Está ficando cada vez mais difícil se apegar aos detalhes quando ela quer fugir tão desesperadamente. — Você espera que eu volte para casa e encontre meu laboratório destruído e saqueado, minha filha metida com um oportunista, e fique feliz por isso? Que faça vista grossa? Não. Não serei desrespeitada desse jeito. Agora, me responda. Você mostrou isto a ele?

— Sim.

— Ele tem uma cópia?

— Não. — Margaret se encolhe ainda mais. — Não, eu juro.

— Mas ele viu. Deus, Margaret, o que você estava pensando?

Margaret se sente como se tivesse sido jogada de volta naquela enseada, agachada ao lado de Mattis enquanto a maré transformava o sangue dele em uma espuma rosada ao seu redor. Ela vai se afogar se não se mexer, mas ela não consegue. Tudo o que consegue fazer é tremer enquanto a maré de seu próprio medo sobe ao seu redor e enche seus ouvidos, sua boca, seus olhos. Sua mãe nunca levantou a mão para ela, mas, quando Margaret pensa no que acontecerá se ela a decepcionar além do perdão, é tomada por um vazio tão vasto e aterrorizante quanto sua memória daquela coisa fumegante no centro do círculo de transmutação de Evelyn. Por muito tempo, Evelyn tem sido seu mundo inteiro e também o deus dele. Existem punições muito piores do que ser espancada. Ser abandonada e não ser amada — esse é o pior destino de todos.

Wes sempre ficou tão indignado por ela. *Alguém deveria ter feito alguma coisa*, disse-lhe ele uma vez. Mas o que eles teriam feito? Em que eles teriam intervindo? Evelyn nunca a machucou de uma forma que alguém pudesse ver.

— Você entende quais seriam as ramificações se essa transmutação decodificada fosse amplamente divulgada? Você tem ideia do que poderia acontecer se essa pesquisa caísse nas mãos erradas?

— Sim, eu tenho. — Margaret congela assim que as palavras escapam. Ela não tem certeza se foi realmente ela quem disse isso, e claramente nem sua mãe, porque ela pisca, atônita, como se tivesse levado um tapa.

— Cuidado com o que você está insinuando.

— Eu vi em primeira mão o que esta pesquisa pode fazer nas mãos erradas. — Sua voz treme tanto quanto ela, mas ela se obriga a continuar. — Mostrei a ele porque não há outra maneira de matar a Hala. Mostrei porque confio nele e porque ele é meu amigo.

— Então foi amizade o que eu vi, não foi? — Evelyn se levanta de seu assento. Sua sombra se ergue no chão. — Sinceramente. Você está tão carente de atenção que deixaria qualquer garoto de conversa mole envenenar sua mente...

— Sim! Porque você me deixou aqui, sozinha. Por tanto tempo eu vivi como se nem existisse. Eu pensei que era a *magnum opus* que consumia as pessoas. Pensei que era a alquimia. Mas, o tempo todo, era você. Você *se deixou* consumir. Como você pode agir como uma mãe para mim agora, quando não faz isso há anos?

Dizer isso em voz alta desperta algo dentro dela e agora ela pode ver com perfeita clareza. O pior já lhe aconteceu incontáveis vezes, e ela sobreviveu. Evelyn já a abandonou.

O amor não deveria ser assim.

Margaret não consegue acreditar que acabou de negar a si mesma a chance de aprender isso em primeira mão. Não consegue acreditar que praticamente empurrou Wes porta afora.

— O que deu em você? — Os olhos de Evelyn brilham de mágoa. — Você pode me criticar o quanto quiser, mas tudo o que faço é pela nossa família. Lamento não poder ser como todas as boas mulheres Katharistas da cidade e dedicar minha vida inteira a você. Depois que seu pai foi embora, tive que sustentar você sozinha e não a teria deixado aqui se você não fosse madura o suficiente para lidar com isso.

— Talvez eu não seja madura o suficiente.

Evelyn respira fundo, como se estivesse reunindo seus últimos resquícios de paciência.

— Não. Talvez você não seja. Mas estou em casa agora e pensei em você todos os dias. Tenho sido o mais paciente possível com você, dadas as circunstâncias. Isso não é suficiente para você? O mínimo que você poderia fazer é me tratar com um pouco de decência em vez de ser cruel.

Não, ela quer dizer. *Não é o suficiente.*

Evelyn está aqui, mas ela não está presente e não esteve há anos. Parte dela saiu pela porta e nunca mais voltou no dia em que David morreu. Lágrimas quentes escorrem pelo rosto de Margaret, e ela sente o gosto de sal em seus lábios. Ela se sente tão humilhada por estar chorando — tão humilhada por provar que sua mãe está certa. Talvez ela não seja madura o suficiente para lidar com nada disso, mas ela está tão cansada de tentar ser. Está tão cansada de esperar que as coisas mudem.

Ela está tão cansada de ficar sozinha.

— De manhã, logo cedo — diz Evelyn —, vamos para a cidade e substituiremos Wes por mim como sua alquimista. Certamente não era o que eu tinha em mente, mas, já que você me deu esta oportunidade, seria tolice não aproveitá-la.

— Não — diz Margaret suavemente. — Eu não consigo mais fazer isso. Não vou.

Evelyn ri, incrédula.

— Você quer tentar me extorquir também? Deu muito certo para o seu amigo. Fique à vontade.

— Não. Isso não é uma extorsão. Não é uma negociação. Estou indo embora. Amanhã de manhã, Wes e eu venceremos a caçada, e você pode fazer o que quiser. De qualquer forma, continue trabalhando até os ossos para sua família de um.

Antes que ela perca a coragem, Margaret escapa para o corredor. Ela ouve a perseguição meio indiferente de sua mãe. O raspar exasperado da cadeira dela contra as tábuas do assoalho, o estalar condescendentemente lento de seus saltos.

— Quem diabos você pensa que é para falar assim comigo?

Margaret escancara a porta do quarto e puxa a mala de debaixo da cama. Tudo o que ela consegue ouvir são os batimentos selvagens de seu coração em seus tímpanos e o ritmo apavorado de sua respiração. *Controle-se.* Suas mãos tremem tanto que ela se esforça para não rasgar todos os cardigãs que tem enquanto os arranca dos cabides do armário e os enfia na mala.

Certamente deve haver algo mais que ela está esquecendo, algo mais que pertence a ela. Mas, além de suas roupas e de sua arma, nada nesta casa tem valor sentimental para ela. Nada além de seus livros, mas as páginas gastas se transformariam em pó se ela tentasse carregá-los montanha abaixo. Ela terá que deixá-los.

Evelyn espera por ela próximo ao topo da escada, braços cruzados impacientemente.

— E para onde você planeja ir agora? Já pensou sobre isso?

Para longe de você. Para Wes.

— Saia da frente.

— Não vou deixar você fugir desta conversa.

Ela passa por Evelyn e desce as escadas correndo.

— Encrenca!

Ele se levanta rapidamente enquanto Margaret pega a faca de caça pintada da sala de estar. Ela a enfia no bolso de sua saia o mais discretamente possível.

— Não. — A aspereza da voz de sua mãe quase acaba com ela. — Você não pode fazer isso. Você não pode me deixar também. Eu te amo, Maggie. Isso não significa nada para você?

Eu te amo. Quanto tempo se passou desde que Evelyn disse isso a ela?

Outrora, ela dizia isso todos os dias de mil maneiras diferentes. Quando ela enfia a mão naquele bolso brilhante em sua mente, cheio de todas as suas lembranças mais felizes e seguras, encontra uma tão dourada quanto centeio e luz do sol. Na primavera, elas caminhavam pelos topos das colinas, onde as papoulas floresciam desenfreadamente por quilômetros e os falcões voavam no alto. Evelyn colhia cada flor silvestre pelas quais passavam e dizia seus nomes como se fossem um segredo precioso: mil-folhas, ipomeia e calota craniana. Elas deitavam lado a lado na grama enquanto sua mãe trançava as flores cuidadosamente em uma coroa. *Rainha Maggie*, dizia ela com reverência enquanto a colocava em sua cabeça.

Margaret sufoca um soluço enquanto segura a maçaneta.

Como ela poderia se desprender de sua própria mãe? Como poderia retribuir seu amor com abandono? Como poderia se forçar a esquecer as pequenas gentilezas, a ternura, que ela lhe mostrou? Mas isso nunca foi ela — elas — por inteiro, não importa o quão desesperadamente Margaret desejasse que fosse. Ela construiu para si uma mãe a partir dessas memórias preciosas e se manteve viva nelas. Mas ela não pode mais viver de migalhas.

Ao abrir a porta, ela comete o erro de olhar para trás. Embora Evelyn seja iluminada por trás pela estranha luz amarela que emana das arandelas, Margaret a observa mudar como mercúrio. Seu rosto franzido se suaviza em uma máscara tão calma e controlada que é como se ela nunca tivesse perdido a compostura.

— Muito bem. Vá, então. Você é filha de seu pai, no fim das contas.

Margaret bate a porta atrás de si.

Ela caminha com uma determinação soturna para o cercado e pega Shimmer. Então, com o cão e o cavalo consigo, desce pela estrada e adentra a floresta. Enquanto continuar se movendo, não vai desmoronar. A Sra. Wreford disse a ela uma vez que há mais na vida além de preservar aquela mansão, que há pessoas que a amam. Pessoas como ela — e como Wes. Eles já jogaram vários botes salva-vidas em direção a ela, e agora ela está finalmente pronta para segurá-los. Em algum lugar do outro lado dessas sequoias, há um mundo esperando por ela.

Pouco a pouco, as árvores imponentes dão lugar a colinas ondulantes cobertas de centeio. O Mar Meia-lua se estende preguiçosamente contra a praia esta noite, brilhando sob a luz da lua crescente. E lá, ao longe, ela vê a tênue silhueta de uma pessoa.

Seu coração dá uma guinada de ansiedade. É incomum ver alguém tão longe de Wickdon, especialmente a pé e a esta hora. Margaret trota pela estrada até conseguir ver a figura com mais clareza, banhada pelo brilho prateado da lua. Daqui, ela consegue distinguir a ponta alongada de seu fraque e um emaranhado de cabelos pretos desgrenhados.

— Wes? — chama ela. O vento silencia sua voz.

Mas ela percebe que ele a ouviu pelo súbito relaxamento de seus ombros. Ela nunca provou nada mais doce do que esse alívio. Ela duvidou dele. Ela o rejeitou. E, ainda assim, ele voltou por ela. Teimoso como sempre.

Margaret solta a rédea de Shimmer e sua mala e corre em direção a ele. Assim que ela está ao seu alcance, ele a envolve em um abraço que a deixa sem fôlego. Ela poderia se perder nisso. O calor do corpo dele no dela; o cheiro inebriante e ridículo de sua loção pós-barba e do sal selvagem e brilhante do mar; a maneira como ele a abraça como se ela fosse algo precioso.

— Eu nunca deveria ter deixado você — diz ele em seu ouvido.

— Eu nunca deveria ter deixado você ir.

Wes se afasta o suficiente para olhar nos olhos dela, ainda segurando-a pelos ombros. Ele está com uma expressão muito séria, que faz o estômago dela revirar.

— Margaret, sei que não tenho muito a oferecer a você, e sei que é difícil imaginar qualquer coisa acontecendo logo após a caçada, e sei que você provavelmente poderia pensar em pelo menos uma centena de homens melhores do que eu para se casar, mas eu falei sério quando disse que há uma vida para nós, uma vida boa. Um país onde não precisamos ter medo. Uma casa no campo. Uma biblioteca inteira cheia de livros obscenos, uma cozinha enorme e sete crianças, ou nenhuma, e cinco cães iguaizinhos a Encrenca. Seja lá o que você queira, eu juro que farei acontecer. Eu juro que te farei feliz.

Ela fica sem ar. Uma vez, quando estava muito bêbado, ele descreveu esse exato cenário para ela, e foi a coisa mais linda que ela já ouviu. Ela nunca foi capaz de imaginar nada além de Wickdon ou das paredes da casa de sua mãe. Mas, nos olhos de Wes, ela pode ver mil possibilidades, todas tão brilhantes e vívidas quanto pérolas.

Como ele pode realmente acreditar que não tem nada a oferecer a ela? Ela nunca teve o dom da imaginação, ou um sonho, ou um futuro no qual acreditar, mas ele está dando tudo isso a ela. Ela quer isso — *o* quer — mais do que qualquer coisa que ela já quis, e isso a apavora. Ela se sente como se estivesse caindo da beira de um penhasco. Mas, talvez, apenas desta vez, ela possa acreditar que alguém vai pegá-la.

— Você acabou de me pedir em casamento?

— O quê? Não! Deus, não. — Ele empalidece enquanto processa o que disse. — Não porque eu não queira, mas... eu nem tenho um anel, e ainda não te disse...

— Eu sei. — Margaret segura as bochechas dele.

— Eu só quero fazer isso do jeito certo. E irei, algum dia, se você me permitir. — Ele a olha como se ela fosse a coisa mais brilhante no lugar, ainda mais brilhante do que a Lua Fria e do que todas as estrelas acima deles. — Como você está?

Ela ri baixinho.

— Eu não sei, sinceramente. Nunca estive tão miserável ou tão feliz.

— É o suficiente para mim. — Ele esfrega as mãos nos braços expostos dela. Eles estão pontilhados de arrepios. — Onde está o seu casaco?

— Devo ter esquecido. Saí com pressa.

— Bem, não podemos deixar que você morra de frio. — Ele tira sua própria jaqueta e a coloca sobre os ombros dela como uma capa, do mesmo jeito que ele sempre usa. Tem o cheiro dele, e o tecido é macio pelo uso. Ele está com uma expressão peculiar no rosto enquanto alisa as mangas, como se estivesse examinando uma obra de arte muito estranha.

— Tão ruim assim?

— Não, de jeito nenhum. Combina com você. Eu gosto quando você me deixa fazer isso.

— Fazer o quê?

— Cuidar de você. — Ele esfrega a própria nuca. — Minha família toda está esperando por você. Elas estão ansiosas para te ver.

— Sério?

— Sério. Mas posso despistá-las se você estiver cansada.

Estranhamente, a ideia de passar um tempo com todas as cinco mulheres Winters soa... legal.

— Não, tudo bem. Estou ansiosa para vê-las também.

Ele pega a mão dela e dá um beijo em seus dedos.

— Não vá se arrepender depois, Margaret.

Com jaqueta ou não, ela estará aquecida desde que ele continue sorrindo assim para ela.

As duas suítes adjacentes no Albergue Wallace parecem ter sido devastadas por uma tempestade. Com seis malas, e todos os lençóis e os travesseiros espalhados pelo chão, há apenas um pequeno corredor de espaço aberto. Torna-se um terreno traiçoeiro para tropeçar quando ela é arrancada dos braços de Wes e passada de pessoa para pessoa. Margaret não tem certeza se já foi tão abraçada assim em sua vida. É uma sensação estranha e vertiginosa; quando ela finalmente consegue se sentar, uma xícara de chá é imediatamente colocada em suas mãos. Ela está começando a entender que a família Winters pode fazer de qualquer lugar um lar.

— Sentimos sua falta, querida — diz Aoife. — E estamos muito felizes por você estar aqui.

Margaret sorri, baixando o olhar.

— Obrigada. Encrenca também está, eu acho.

Ele rapidamente escolheu Edie como favorita, que está agachada no chão ao lado dele enquanto coça atrás de suas orelhas.

— Vou sair para comprar alguma coisa para o jantar. Aceita alguma coisa?

— Não, não precisa. Obrigada, Sra. Winters.

Aoife suspira, claramente afetada.

— Tudo bem, então. Voltarei em alguns minutos.

Assim que a porta se fecha atrás dela, Christine diz:

— Espero que você saiba que vai ser alimentada à força de qualquer maneira. É inútil recusar.

— Bem, lidaremos com isso quando a hora chegar. — Wes boceja e se espreguiça de maneira chamativa, então se abaixa para pegar a mala dela. — Foi um longo dia para nós dois, então vou colocar nossas coisas no outro quarto.

— Ah, não, você não vai. — Christine pega a mala da mão dele. — Você não vai usar aquele quarto como suíte de lua de mel enquanto o resto de nós está bem aqui.

Colleen cobre os ouvidos.

— Sério? Se importa de não falar disso?

— Margaret e eu vamos compartilhá-lo. — Todas as cabeças se voltam para Mad, que está inclinada na janela com vista para o oceano. Ela bate seu suporte de cigarro no batente da janela, espalhando cinzas no chão abaixo. — Eu estava querendo conhecê-la melhor de qualquer forma.

Wes parece desapontado.

— Não faça essa cara de decepção. Christine, Margaret, venham comigo — diz Mad. — Vamos nos arrumar.

— Para quê? — pergunta Christine.

— Para sair.

— Com que dinheiro? — zomba Wes.

— Se me lembro bem, você parece ter usado seus truques de mágica na garota lá embaixo.

— Certo. — Wes esfrega a nuca. — Ei, isso foi finalmente um reconhecimento da minha contribuição para esta família?

Colleen bate palmas.

— Posso ir também?

— Não — diz Christine em um tom de voz agradável. — Seja irritante sozinha. Ou brinque com sua irmã.

— Eu não quero brincar com ela! — Edie joga os braços em volta de Encrenca, que resmunga ao acordar assustado. Ele pisca vagamente para ela. — Eu tenho o Encrenca.

— Então acho que sobra falar com Wes. Que pena. Tchau!

— Ei! — protesta Wes.

Tudo o que Margaret pode fazer é manter a compostura enquanto Christine e Mad a levam para o outro quarto. Elas a sentam em frente à penteadeira, que está cheia de mais cosméticos do que ela já viu em um lugar só. Um espelho emoldurado por luzes muito brilhantes reflete seu rosto cansado de volta para ela. As duas irmãs Winters mais velhas a estudam com olhos escuros e avaliativos.

Christine quebra o silêncio primeiro.

— Se você estiver cansada, não precisa ir, mesmo que Mad diga de um jeito como se você não tivesse escolha.

— Eu quero — diz Margaret, embora não saiba exatamente com o que está concordando. Ela nunca "saiu" antes.

A forma com que ela concordou com facilidade, no entanto, parece agradar Mad. Ela levanta uma mecha de cabelo de Margaret.

— Posso?

Ela acena com a cabeça. Mad cuidadosamente junta o cabelo e o solta para que ele caia pelas costas dela. Os fios estão cheios de nós por causa do forte vento do oceano, mas Mad os percorre diligentemente com os dedos até que ele esteja liso. Os olhos dela começam a arder, e Margaret tem vontade de dar uma sacudida em si mesma por se comover tão facilmente com qualquer pequena ternura. Margaret não quer chorar na frente das irmãs de Wes, não quando elas estão sendo tão gentis com ela.

— Ei. — Christine aperta seus ombros. — Nós estamos aqui. Vai ficar tudo bem.

— Vai, sim — diz Mad distraidamente. — Então, quais são suas intenções com meu irmão?

Christine geme.

— Agora é realmente a hora?

— Só estou puxando conversa.

— Não, você está se preparando para conduzir um interrogatório. Sinceramente, Margaret, ignore-a. Ela é muito persuasiva.

— Estou simplesmente cumprindo meu dever. Além disso, ela precisa saber no que está se metendo. — Mad encontra o olhar de Margaret no espelho. — Ele gosta de você, o que eu duvido que tenha dito diretamente, porque ele é alérgico a ser sincero na maior parte do tempo. Ele fala muito e faz pouco. Mas, quando finalmente faz, não é capaz de fazer nada pela metade se tiver a opção de fazê-lo de forma extravagante. Eu entendo se você achar que não consegue aguentar isso. Só não quero vê-lo machucado. Ele é muito irritante quando está chateado.

Nada do que Mad disse a surpreendeu ou a assustou, mas ela quer garantir que lhe dará a resposta certa. Mad, sem se deixar abater por seu silêncio, vasculha uma bolsa na penteadeira. Ela pega uma pequena paleta de sombras e mergulha um pincel nela. Ela ergue o queixo de Margaret com a dobra do dedo e começa a pintar a linha de seus cílios. Os olhos dela lacrimejam em protesto, mas ela não se atreve a se mover ou a respirar até que Mad se afaste e faça um som de aprovação.

— Você tem razão — diz Margaret. — Ele é tudo isso, mas também é generoso e bom. Amanhã, pretendo protegê-lo com minha vida. E, depois disso, pretendo fazer tudo o que estiver ao meu alcance para ajudá-lo a realizar seus sonhos.

E, algum dia, ela será corajosa o suficiente para se permitir amá-lo como ela deseja — como ele merece.

Mad fecha a paleta com um *clique* enfático.

— Então, você tem a minha bênção. Agora vamos.

Christine suspira de alívio, e o coração de Margaret se enche de esperança.

Amanhã de manhã, a caçada começará. O sonho que Wes e ela compartilham está em jogo — assim como o destino de toda a família dele. Mas, neste momento, cercada de pessoas que a aceitaram, não é tão difícil acreditar que tudo realmente ficará bem.

29

Faltando menos de 24 horas para a caçada, Wickdon está animada e selvagem.

No Raposa Cega, uma banda toca em um palco improvisado, e uma fina camada de fumaça de tabaco rodopia pelo ar como a névoa no porto. As pessoas dançam em vestidos curtos e esvoaçantes e com as mangas das camisas arregaçadas. Esta noite, tudo brilha. Lantejoulas, copos de cristal e os olhos de Margaret enquanto ela absorve tudo. Wes não consegue tirar os olhos dela.

Perto do fundo, eles encontram uma mesa milagrosamente vazia. Christine se esparrama no banco para reivindicar seu lugar. Margaret se empoleira na frente dela, totalmente sobrecarregada pela provação, a julgar pela rigidez com que se move. Wes ainda não consegue conciliar sua Margaret — feroz e suja de lama — com essa Margaret e seus olhos delineados de preto.

— Wes. — Christine pisca os cílios. — Estou com sede. Será que você poderia fazer a gentileza?

Ele suspira.

— O que você vai querer? Vou pegar uma bebida para vocês duas.

— Qualquer coisa está ótimo — diz Margaret.

— Gim!

Mad apoia uma mão em seu ombro.

— Eu também quero.

— Certo. — É um milagre a voz dele não ter falhado de surpresa e medo.

Eles passam por dançarinos animados e por saias esvoaçantes até chegarem ao bar. Do lado oposto, ele espia a Sra. Wreford servindo um copo de cerveja muito gelada com espuma escorrendo pelas laterais. Eventualmente, um barman apressado anota o pedido deles, o que deixa Mad e ele sozinhos — verdadeiramente sozinhos — pela primeira vez, em semanas. Ela apoia o queixo no punho enquanto se inclina no balcão, examinando o ambiente como se estivesse esperando alguém — ou algo.

— Você disse que eu poderia te agradecer depois. Então, estou te agradecendo agora. — Wes se inclina para não ter que gritar por causa do barulho. — E eu sinto muito.

— Por quê?

— Você quer uma lista inteira?

— Sim, humilhe-se — diz ela, embora com pouca convicção. Ainda assim, ele gostaria que ela sorrisse ou pelo menos parasse de parecer tão indiferente. — Estou esperando.

— Sinto muito por tornar sua vida miserável.

— Não está bom o suficiente.

O barman chega com as bebidas. Mesmo depois de eles terem cumprido sua missão no bar, ela não faz nenhuma menção de voltar para a mesa. Ela gira seu uísque puro no copo, com profunda concentração. O líquido lança uma sombra âmbar sobre o balcão.

— Eu te decepcionei. Prometemos segurar as pontas juntos, mas deixei você cuidar de muito mais coisas do que deveria sozinha quando comecei a dedicar todo o meu tempo aos estágios.

— Sabe, eu nunca quis que você colocasse sua vida em espera por mim.

— Eu sei. Mas eu ainda poderia ter te levado mais em consideração. Sinto muito por pensar que você estava tentando me punir, ou que não queria o melhor para mim, e por esperar que você concordasse com tudo o que eu fazia e...

— Tudo bem, tudo bem. Já chega.

— Sinto falta dele — diz ele depois de um momento. — Sinto falta dele todos os dias.

A expressão dela suaviza.

— Eu também.

— Sinto *sua* falta.

— Sinto sua falta também. — Mad passa um braço em volta do pescoço dele e o puxa para um abraço. Ele precisa se curvar um pouco para acomodá-la, mas, assim que o faz, ela beija o topo de sua cabeça. — E eu também sinto muito por assumir o pior de você.

— Você teve seus motivos. Mas eu prometo que vou consertar tudo.

— É melhor você não morrer. Se você morrer, eu juro por Deus...

Wes sorri de um jeito que sabe que iria irritá-la se ela pudesse vê-lo.

— Aw, Madeline, você está ficando chorosa?

— Ugh. — Ela o empurra para longe. — Você é impossível.

— Você me ama.

— Sim, eu amo. — Wes não liga muito para o olhar conspiratório que ela dirige a ele. Algo entre travesso e calculista. Ela abre a bolsa pendurada em seu ombro, que é grande demais e repleta de contas; um presente de aniversário que comprou para si mesma no ano passado. — Feche os olhos e estenda a mão.

Sua infância o ensinou que ele não deveria obedecer. A própria Mad já colocou uma variedade de coisas perturbadoras em suas mãos em um truque como este. Um cubo de gelo. Um dos dentes de leite de suas irmãs. Uma barata morta. Mas ela tem aquele brilho nos olhos que não deixa espaço para discussão, então ele faz o que ela manda. Ele sente algo na palma da mão e, quando olha para baixo, quase joga a coisa de volta para ela.

— Sério? — gagueja ele.

A embalagem de uma camisinha brilha como metal na luz.

Mad finge inocência enquanto tira um maço de cigarro da bolsa e acende um.

— A mãe nunca daria isso a você, e ela explodiria nas chamas do inferno antes de ser capaz de pronunciar a palavra *sexo*, então você já está atrasado para esta conversa. Se vocês dois pretendem ficar conosco até se estabilizarem, Deus sabe que não precisamos de mais crianças em casa.

Ele quer entrar em combustão. Ou derreter. Qualquer coisa para escapar deste inferno.

— Ótimo. Obrigado. Mais alguma coisa que você gostaria de me dizer? Algum outro conselho?

— Conselho? Claro. Não seja egoísta, pergunte do que ela gosta e, pelo amor de Deus, não a encare a noite toda como se ela fosse sugar sua alma pela boca. É como se você nunca tivesse visto uma mulher antes.

Wes enfia a camisinha no bolso, rezando para que ninguém mais tenha visto a cena. Mesmo que ele tenha uma ideia bastante sólida do que teria acontecido se Evelyn não tivesse interrompido Margaret e ele, apenas o fato de ter isso faz com que ele sinta um turbilhão de coisas, principalmente presunção. E medo. Talvez, principalmente, medo.

— Eu estava sendo sarcástico. Deus. Podemos, por favor, não falar sobre isso agora? Ou de preferência nunca mais?

— Um dia, você vai me agradecer. Agora, vamos, antes que Christine assuste Margaret.

Eles pegam suas bebidas, e, quando começam a caminhar através da multidão, alguém esbarra nele. Um pouco da cerveja de Margaret derrama em suas mãos, e ele solta um suspiro lento e irritado por entre os dentes.

— Winters.

O estômago de Wes revira ao som daquela voz maligna. Jaime Harrington está a menos de um metro de distância, cambaleando ligeiramente, o rosto corado do frio e da bebida. Ele sente o ódio arder dentro dele, mas pelo menos os hematomas marcados na bochecha de Jaime tornam mais fácil manter sua voz jovial.

— Harrington. Um prazer como sempre.

Mad para ao seu lado e observa o rosto de Jaime.

— Quem é esse?

Jaime abre a boca, provavelmente para dizer algo ofensivo e fútil, mas, quando ele olha para Mad, fica boquiaberto. Seus olhos oscilam entre eles, como se não conseguisse entender a semelhança entre eles ou a aparência de Mad. Wes aprendeu sua lição agora, mas, Deus, o que ele não daria para ter outra chance com ele. O maldito tem coragem de olhar para sua irmã desse jeito.

— Este é Jaime Harrington — diz ele. — E esta é minha irmã, Madeline.

— Irmã? — repete ele.

— Ah, sim, reconheço o nome. — Mad sorri da forma mais doce que ele já a viu sorrir na vida. Ele fica petrificado. — Gostei da sua jaqueta. É de uma marca cara.

— Ah. — Jaime olha para baixo, ainda claramente afetado. — Obrigado?

Antes mesmo de ele terminar de falar, Mad derrama toda a sua bebida na jaqueta dele. Quando ela passa por ele, dá um aperto em seu ombro.

— Opa.

Jaime xinga, e Wes é deixado no meio da confusão, meio atordoado e oscilando entre o medo e a satisfação. Antes que ele se recupere o suficiente para se afastar, Jaime o agarra pelo colarinho e o puxa. Eles estão perto o suficiente para que Wes consiga sentir o cheiro de cerveja velha em seu hálito e do uísque secando em sua jaqueta.

— Annette não está mais falando comigo. Eu sei que você está por trás disso.

— Talvez você devesse ir com calma. Você está fazendo papel de idiota. — Wes observa a raiva acender nos olhos dele no exato momento em que Jaime reconhece suas próprias palavras. — Já passei por isso, mas acho que as mulheres tendem a gostar mais de você quando você reconhece que elas tomam as próprias decisões.

Jaime mostra os dentes.

— Tire esse olhar presunçoso de seu rosto. Você sempre tem um plano e uma piada para tudo, não é? Mas cansei de brincar com você, Winters. É melhor você torcer para que eu não o encontre sozinho durante a caçada, porque, se eu encontrar, farei com que meu cão o rasgue em pedaços como o verme que você é.

Wes tem vontade de rir, mas qualquer resposta em que ele consegue pensar é silenciada assim que ele encontra os olhos de Jaime. Ele tem um olhar afiado e ansioso que Wes nunca viu antes. É mais profundo que a frustração, mais profundo até do que o ódio. É puro desespero.

Ele realmente está falando sério.

Jaime solta o colarinho, mas não desfaz o contato visual. Inquieto, Wes dá um passo para trás, depois dois, até que se vira e se apressa de volta para a mesa. Ele odeia que Jaime o tenha abalado, mas não pode negar que parecia mais um presságio do que uma ameaça. Nas lendas de sua mãe, a deusa da guerra sempre aparece antes de uma batalha, augurando presságios de destruição para homens infelizes. É como se ela falasse através de Jaime, prevendo seu terrível destino. Wes se imagina arrastado para a terra como uma corça em fuga.

Ele desliza para o assento ao lado de Margaret e passa o braço sobre as costas da cadeira dela. Imediatamente, ela o atravessa com aquele olhar perspicaz demais.

— Está tudo bem?

— Sim. — Ele vira a bebida em um só gole. — Totalmente bem.

— Alguém está pronta para dançar — cantarola Christine.

— Eu certamente estou — diz Mad.

— Então vamos.

Christine a arrasta para o meio da multidão, que chega a um ponto quase febril quando a banda começa uma música animada de tirar o fôlego. Enquanto Wes as observa girar e rodopiar, ele fica impressionado com o quão diferentes suas irmãs se parecem sob esta luz. Despreocupadas, como se fossem o tipo de garota da cidade que entra furtivamente em bares clandestinos todo fim de semana. Como se não estivessem à beira da ruína.

Para o bem delas, eles precisam vencer no dia seguinte.

Quando ele olha novamente para Margaret, ela ainda está olhando para ele. Ele suspira. Não adianta esconder isso dela.

— Encontrei Harrington de novo. Ele ficou feliz em me ver.

— Tenho certeza de que ficou.

— Ele disse que vai me matar se me vir sozinho amanhã.

— Não darei essa chance a ele. — Margaret pressiona o joelho no dele, que agora ele percebe que está balançando a mil por hora. — Prometi a Mad que protegeria você com a minha vida. Pretendo manter essa promessa.

— O que seria de mim sem você? — Ele agita o que restou de sua bebida. O gelo tilinta no vidro, um som tão frágil quanto seus nervos. — Sabe, até então sempre foi fácil dizer que eu teria coragem de fazer isso. Agora, olhe para mim. Com medo de Jaime Harrington e com medo de mim mesmo. E se eu não conseguir?

— O que você quer dizer?

— Não posso fazer as coisas que preciso fazer sem poderes. Mas, se eu matar a Hala, como serei melhor do que o resto dos alquimistas deste país? Se estou disposto a sacrificar minhas raízes, se estou disposto a seguir as regras do jogo deles...

— Mas você não é como eles. Você está jogando o jogo deles; isso é um fato. Mas, a partir do momento que entrou na caçada, você quebrou as regras deles. E, se vencermos, você estará a caminho de mudar o jogo completamente.

O que significaria a vitória de um garoto Sumítico da Quinta Ala e de uma garota Yu'adir do campo? Não significaria nada e significaria tudo. Seria — pelo menos por uma noite, pelo menos nesta cidade no meio do nada — forçar Nova Albion a reconsiderar a aparência de seus heróis. A reconhecer que sua herança, sua identidade, não é e nunca foi homogênea.

Ele só gostaria que houvesse uma maneira de fazer isso sem cometer nenhum pecado mortal.

— É isso que você diz a si mesma? — pergunta ele.

— Não. — Margaret sorri para ele gentilmente, quase com tristeza. — Não sei se, como você, tenho o direito de alegar que estou traindo algo ou alguém. Digo a mim mesma que estou fazendo o que precisa ser feito. E você também.

— Sim. Imagino que sim. — Ele descansa a cabeça na mesa.

— Você é um bom homem, Wes. — Ele sente o peso da mão dela em suas costas e se endireita para encontrar o olhar dela. — Sua mãe vai te perdoar. E, se Deus colocou a Hala neste mundo por nossa causa, então ele não pode ficar muito zangado com você por usá-la. Tente não pensar nisso esta noite. Você deveria se juntar às suas irmãs.

— *Nós* deveríamos nos juntar a elas.

— Não, eu não poderia.

— Ah, vamos lá. — Ele tenta convencê-la. — Dance comigo.

— Eu não sei como.

Wes estende a mão para ela.

— Prometo que não é difícil.

Com muita relutância, ela aceita. Enquanto ela deixa que ele a conduza para as bordas da multidão, onde a densidade de pessoas é menor, ele sente um pouco de sua apreensão se dissipar. A música muda de ritmo assim que ele passa os braços em volta dela, e ele não pode deixar de se sentir eletrizado, até mesmo feliz, porque ela está ali com ele, deixando-o abraçá-la, quando ele quase a perdeu esta noite.

Nunca estive tão miserável ou tão feliz, disse Margaret a ele.

Ele acha que entende esse sentimento bem o suficiente agora. Enquanto o cantor solta a voz e a bateria aumenta progressivamente de intensidade, a atmosfera do bar fica suave, nebulosa e cintilante; e a magia que ele sente entre todas as pessoas finalmente chega aos olhos dela. Eles são quentes e inebriantes como uísque, e ele sente que poderia morrer se não a beijar agora.

Como se pudesse ler seus pensamentos, Margaret o segura pelas lapelas de sua roupa. Mas, antes que ele possa pensar em diminuir a distância entre eles, ele sente um frio na espinha ao olhar sobre o ombro dela. Jaime Harrington está observando-os com o olhar de um homem que sabe que já venceu.

Na manhã da Caçada Meia-lua, Wes acorda antes do nascer do sol.

Christine ronca ao lado dele, ainda totalmente vestida com suas roupas da noite anterior. Ele vai tentar se lembrar de provocá-la por isso mais tarde enquanto levanta da cama. Sua mãe e Edie não se mexeram nem um centímetro e, na suíte adjacente, Mad e Colleen estão deitadas em lados opostos de uma parede feita de travesseiros. A cama de Margaret está vazia, os lençóis imaculadamente arrumados e dobrados como se ninguém tivesse dormido ali.

A julgar pelo zumbido de exaustão em seu crânio e pela escuridão do céu, não deve ser mais do que três ou quatro horas da manhã, o que o preocupa um pouco. Talvez ela não tenha conseguido dormir e tenha descido para ler. Deus sabe que ele não conseguiu, agora que a percepção eletrizante de que a caçada começará em questão de horas se instalou em sua mente.

Ele escova os dentes, bebe uma caneca de água e se veste no escuro antes de descer as escadas para procurar por ela. Está um silêncio mortal no saguão. Apenas Annette permanece, cochilando com o queixo apoiado nos punhos, no balcão de check-in.

— Você viu a Margaret? — pergunta ele.

Annette se sobressalta.

— Ah, Wes! Bom dia. Sim, de fato. Eu a vi sair há cerca de quinze minutos. Acho que ela disse que ia dar um mergulho.

Soa ridículo o suficiente para ser verdade.

— Obrigado.

Ela sorri para ele deliberadamente.

— Boa sorte.

Wes veste o casaco e segue a trilha rochosa até os penhascos que dão para a água. Uma fogueira tremula perto de uma enseada, suas chamas cintilando em tons de roxo enquanto sal e metais queimam. O reflexo da lua cheia brilha nas ondas, uma ponte de luz que ele poderia pisar e seguir até o horizonte. E, ali, na arrebentação das ondas, está uma silhueta escura.

Margaret.

Ele vê que ela deixou suas roupas bem dobradas na areia, fora do alcance da maré. Há uma parte tímida e temente a Deus dele que diz: *vire-se e volte para dentro*. Mas uma parte muito mais forte dele diz: *diga a ela agora, seu covarde, antes que seja tarde demais*.

Hoje, um deles pode morrer. Não há nada que eles possam dizer um ao outro que já não saibam. Ele vê isso nos olhos dela. Ele sentiu o gosto disso em seus lábios. Ele escreve isso em sua pele toda vez que a toca. Mas, em todas as lendas de sua mãe, há um poder vinculativo nas palavras, e Wes não quer morrer sem ter sua alma entrelaçada à dela.

Ele segue o caminho, praguejando enquanto pedras se soltam sob seus sapatos. É uma noite tranquila. Apenas a mais leve brisa bagunça seus cabelos e tinge seus lábios com sal. Ele tem medo de quebrar essa paz frágil até mesmo se fizer algo tão banal quanto falar. Ele caminha para a beira da água até ser capaz de ver Margaret com clareza. A lua está enorme esta noite, brilhante como um poste de luz, e sua claridade prateada ilumina os ombros dela. Seu cabelo está liso e molhado, espalhando-se ao seu redor até encontrar o mar. Neste momento, para ele, ela parece inteiramente de outro mundo. Uma sereia — ou um dos *aos sí* capaz de arrastá-lo para uma sepultura subaquática. Mágica feérica na pele de uma garota, tão antiga e selvagem quanto a Hala.

Ela é tão linda.

Nas últimas semanas, ele memorizou tudo sobre ela. Cada mudança de luz em seus olhos cor de mel. A maneira como ela sorri para ele quando está prestes a rir ou como ela não consegue fingir que ele é tão irritante quanto ela gostaria que ele acreditasse. O jeito como ela fica quando está prestes a desmoronar. Mas isso é desconhecido para ele. Ele não sabe o que acontecerá se confessar sem rodeios ou sem oferecer hipóteses a ela. O futuro deles é brilhante em suas infinitas possibilidades, mas o presente o assusta tanto quanto o entusiasma.

Ele não sabe o que fará caso ela queira finalizar o que eles começaram. Mas ele não tem mais onde se esconder — e não há ninguém aqui além deles dois.

Desta vez, ele decide, será perfeito.

Wes pigarreia alto, e Margaret vira a cabeça. Ela se sobressalta e afunda mais na água.

— Wes?

Ele tenta sorrir para ela, mas sua expressão é vacilante.

— Olá, Margaret.

— O que você está fazendo aqui?

— Bem, parecia uma boa manhã para uma caminhada na praia — diz ele tão casualmente quanto consegue. — Parece que não fui o único que pensou nisso.

— Tem muita praia para caminhar.

— Eu gosto deste ponto em específico. — Ele encontra seu equilíbrio aqui, no tom de voz obsequioso que a irritou tantas vezes antes. — Acho que vou ficar por aqui mesmo se você não se importar.

Ela olha para ele como se fosse rastejar até a praia e afogá-lo. Ele pensa que não se importaria muito em morrer pelas mãos dela.

— Fique à vontade.

— Sério, eu queria falar com você. Temos negócios inacabados.

A expressão dela se suaviza quando ela começa a juntar as peças.

— Então venha aqui.

— O problema é que eu não sei nadar.

Ela sorri para ele de forma afetuosa e exasperada, como todos os seus sorrisos preferidos dela.

— É raso o suficiente para ficar de pé.

— Estou indo.

Em algum momento entre jogar o casaco na areia e desabotoar a camisa, ocorre a ele que eles estão totalmente em público e qualquer um poderia ocasionalmente esbarrar neles ali. Mas ainda faltam algumas horas para o amanhecer, e a emoção disso — dela — acaba com todas as suas ressalvas como sal em uma fogueira.

Ele tira os sapatos, depois o cinto e, quando joga a última peça de roupa na praia, dá um passo na água, e todo o seu corpo fica rígido. A água está *congelando*, o que não faz nenhum favor a ele, mas pelo menos ela vira parcialmente o rosto para preservar sua dignidade.

Após reunir coragem, ele entra mais fundo no mar. O frio o deixa sem ar assim que a água lhe chega à cintura, mas ele persevera. Aqui, com apenas alguns centímetros de espaço entre eles, ele se sente paralisado. Ele pensa na camisinha em seu bolso na praia. Ele pensa em como seria tocá-la agora, traçar com a língua a linha de água que desce pelo pescoço dela.

— Então, o que você queria?

Ele realmente foi para conversar. Ele queria dizer algo a ela. Mas agora tudo lhe escapa, especialmente neste momento, quando ela está mordendo o lábio e olhando para ele com expectativa. Ele leva a mão até a curva do pescoço dela e se inclina para mais perto, até sentir o hálito quente dela em seus lábios.

— Não me lembro.

Margaret pressiona as mãos no peito dele, adicionando uma certa distância entre eles.

— E se mais alguém decidir que é uma boa manhã para uma caminhada?

— Não me importo. Deixe-os ver. Eu sei que você me disse para não fazer isso, mas preciso te dizer que...

— Eu já sei, Wes.

Ele geme.

— Você está me matando.

— Então me diga *por quê*.

— Como eu poderia dizer de uma maneira que cubra tudo? Nada jamais será suficiente. — Ele encosta a testa na dela. — Porque você é leal e gentil, mesmo que o mundo estivesse determinado a fazê-la ser o contrário. Porque você me faz rir, me mantém centrado e me desafia. Porque você provavelmente poderia me matar se quisesse.

— Ah. — É tudo o que ela diz antes de colocar os braços em volta da cintura dele.

De alguma forma, ela se sente febril com o abraço frio do oceano. Wes deixa escapar um suspiro desamparado enquanto desliza as mãos por sua coluna, sua cintura e seus quadris. A maneira como a respiração dela falha quando ele beija a pele macia abaixo de sua mandíbula é viciante. O pulso dela vibra nos dentes dele, e, Deus, esse som que ela faz é suficiente para sustentá-lo. Ele poderia viver apenas disso e nada mais.

Quando ele finalmente roça seus lábios nos dela, um fogo se acende dentro dele, mais quente do que uma reação alquímica. Se ela não quer ouvi-lo, ele dirá que a ama da única maneira que conhece. Ele entrelaça os dedos no cabelo dela e bebe o sal de sua boca. No dia em que a conheceu, coberta de sujeira e cheia de desprezo por ele, ele jamais imaginaria que ela seria capaz de fazer isso com ele. Como Margaret poderia pensar que ele se perderia na alquimia quando ele já se perdeu irremediavelmente nela?

Margaret recua um pouco.

— Está frio.

— Sério? — pergunta ele vagamente. — Não percebi.

— Sério.

Ele tenta não ficar muito desapontado quando ela o pega pela mão e o conduz a uma pequena enseada. Lá eles estão misericordiosamente protegidos de olhares indiscretos e do vento. Eles se amontoam perto do fogo, que cospe brasas rodopiantes como partículas de poeira. Por algum milagre, ela não protesta enquanto ele a observa se enxugar, memorizando avidamente cada centímetro de seu corpo. Quando ela termina, joga a toalha para ele. Ela atinge seu peito com o som de um tapa molhado.

— Obrigado — diz ele secamente.

Com um sorriso satisfeito, Margaret veste seu vestido e torce o cabelo como um pano de prato. A toalha está praticamente inútil neste ponto. A areia endurecida no tecido arranha sua pele, mas faz o trabalho bem o suficiente para que ele possa vestir suas calças úmidas.

Ele coloca sua jaqueta perto do fogo e se esparrama sobre ela. Sua cabeça balança preguiçosamente enquanto ele se aquece no calor — e nela, tão brilhante quanto uma santa nas chamas azuis.

— O que você está fazendo aqui, afinal?

— Eu não conseguia dormir, então vim até aqui para clarear a cabeça. — Ela puxa os joelhos até o peito. — O oceano sempre me acalma.

— Funcionou?

— Até que sim.

Ele cruza um braço atrás da cabeça e mostra seu sorriso mais desagradável.

— Hum. Ainda pensando em mim, Maggie?

Ela revira os olhos.

— Não se iluda.

— Bem, eu ainda estou pensando em você. — Ele faz seu melhor para parecer magoado. — Você vai vir até aqui?

Margaret suspira e vai se sentar ao lado dele. Incapaz de resistir, ele passa o braço em volta da cintura dela e a vira para que ela fique deitada embaixo dele. Ela solta um leve suspiro de surpresa. O cabelo dela se espalha na jaqueta dele e na areia como ouro líquido, e os olhos dela escurecem para a cor de melaço quente. Ela olha para ele como se estivesse pensando em empurrá-lo apenas para provocá-lo, mas o desejo nos olhos dela o convence de que ele conseguirá se manter inteiro caso se comporte.

Ele desenha padrões distraidamente ao longo de sua caixa torácica e, quando ele desliza o joelho entre os dela, ela move os quadris no ângulo exato para deixá-lo quase louco de desejo por ela. Contra ela, ele é impotente. *Inútil*. Ele enterra o nariz no cabelo dela e inala o cheiro salgado dos fios.

— Você é insistente — diz ela a ele, embora não haja veneno em suas palavras.

— Sou fraco — murmura ele. — E você é arrebatadora. Mas vou me comportar, se você quiser.

— Não. Por favor, não. — Margaret afasta o cabelo molhado dos olhos dele. As palmas das mãos dela, ainda ásperas por causa da areia, arranham a pele de Wes. E então ela guia o rosto dele para o dela e o beija até que ela se torne todo o seu mundo e todos os seus pensamentos.

Ele se afasta e continua descendo lentamente, ao longo de sua garganta e de sua clavícula; em seguida, ele levanta a saia dela até a barriga, expondo cada um dos ossos de seu quadril. Sua boca está suja de sal e areia, mas ele não se importa muito — não quando ela entrelaça os dedos em seu cabelo e praticamente o arrasta para onde ela o quer. Ele pensa em provocá-la por ser impaciente, mas decide que é melhor não abusar da sorte quando seria tão fácil para ela jogá-lo na fogueira. Ele levanta o olhar para ela, admirando a maneira como a luz fria se espalha em todas as curvas de seu corpo, e então pressiona um beijo na parte interna de sua coxa. A respiração de Margaret falha.

— Você tem noção de quantas vezes eu pensei em fazer isso? — Ele aprecia a forma como todo o rosto dela fica vermelho, como ela se contorce com cada palavra que ele fala em sua pele. É mais cativante do que deveria ser. — Desde que eu espiei aquela cena em seu livro, tem sido uma tortura ver você lendo.

Com a voz doce como mel, ela diz:

— Então por que você não para de falar e acaba com nosso sofrimento?

Ele não tem argumentos contra isso, então faz o que ela diz. Quando ele encontra o ritmo exato de que ela gosta, ocorre-lhe o pensamento distante de que talvez ele devesse ser mais autoconsciente de que nada além da pressão dos dedos dela em seu couro cabeludo e o gosto dela o reduzem a isso, ávido demais e gemendo baixinho nela. Mas ele acha que nunca experimentou nada tão extraordinário quanto a satisfação de ouvi-la gemer seu nome desse jeito enquanto ele testa seus limites.

Ele mal teve a chance de recuperar o fôlego quando ela o rola de costas e monta em sua cintura. A respiração dela é ofegante, e seu vestido simples de algodão, que ele amarrotou completamente, esconde seu corpo de forma enlouquecedora.

Quando a vê assim, corada, nebulosa e com a lua como uma auréola em volta de sua cabeça, ele pode realmente acreditar que Deus existe, e o nome é Margaret Welty.

Quando ela se inclina sobre ele, seu cabelo cai sobre os ombros, cobrindo-os.

— Quero você.

— Nossa, sim — diz ele, o que engloba toda a sua capacidade de linguagem no momento. Então, em um súbito momento de clareza, ele gagueja:

— Eu... só preciso... espere um momento.

O coração dele ameaça explodir de nervoso, e seus dedos não funcionam direito enquanto ele vasculha os bolsos em busca da camisinha. Quando finalmente encontra o que procura, ele abaixa as calças e rasga a embalagem. Margaret o observa rolar a camisinha com muita atenção. Nunca em sua vida ele se sentiu tão desajeitado, tão inseguro.

Os olhos dela são calorosos e confusos enquanto ela traça o lábio inferior dele com o polegar.

— Você está nervoso?

— Claro que estou. Eu quero que seja...

Margaret olha para ele com expectativa. Ele deveria saber que ela não o deixaria se safar. Ela extrairá toda a verdade dele.

— Quero que seja perfeito — diz ele.

Ela o abençoa com mais um de seus raros e secretos sorrisos.

— Já está perfeito.

Já está perfeito. As três palavras mais doces que ele já ouviu.

Ela se acomoda sobre ele de uma forma lenta, agonizante e tão boa que ele teme nunca ser capaz de se recuperar da sensação. Nos olhos dela estão as mesmas palavras que ele quer tão desesperadamente dizer. Mas isso está perto de ser uma confissão. Ele poderia passar uma eternidade aprendendo a amá-la dessa maneira e ainda querer mais. Mas acabou muito mais cedo do que ele esperava. Quando ele a puxa para o seu peito, murmura *desculpa* no ouvido dela.

Ela ri e aninha a cabeça sob o queixo dele.

— Não se desculpe. Por favor.

Juntos, eles ouvem o mar bater contra a costa. Suas respirações irregulares se igualam até acompanharem o ritmo da maré, um sussurro constante de *Margaret, Margaret, Margaret*. Em questão de minutos, ela cochila, e ele a deixa dormir até que o céu se torne lilás com o amanhecer.

30

Em apenas três horas, a caçada começará.

Depois que Margaret e Wes retornaram ao albergue, eles voltaram para o quarto o mais silenciosamente possível a fim de se preparar. Ela trançou o cabelo e vestiu seu traje formal de caça: uma blusa branca de gola alta, calças beges e botas marrons. Sua jaqueta preta está pendurada nas costas da cadeira que ela ocupou na sala de jantar do albergue. Ela está sentada em uma pequena mesa de café da manhã, despedaçando ansiosamente o biscoito que Annette insistiu em trazer para ela, esperando Wes descer as escadas.

A janela ao seu lado oferece uma vista da água, de um tom de cinza ardósia e rajada por uma espuma branca inquieta. O oceano parece totalmente diferente daquele próximo, no qual ela se deitou esta manhã, ouvindo o coração de Wes bater repetidamente em seu ouvido. Mesmo agora, ela pensa que ainda está meio sonhando. Ela teme que essa dor agradável dentro dela desapareça com a tempestade que se aproxima — que essa felicidade incrivelmente brilhante lhe seja tirada antes do fim do dia.

O som de passos ecoa no silêncio. *Wes*, diz a batida inebriante de seu coração.

Mas não é Wes que se aproxima da mesa. É Evelyn.

— Mãe.

Evelyn usa um terno de *tweed*, e seu cabelo dourado está preso em um rabo de cavalo frouxo que cai sobre seu ombro como uma serpente. Sem o desespero ou a exaustão turvando seus olhos, ela parece muito mais lúcida do que nunca. Quase como Margaret se lembra dela antes da tragédia arruinar sua família.

— Preciso falar com você.

— Só tenho um minuto.

— Só preciso de um minuto. — O coração de Margaret acelera quando Evelyn se senta à sua frente. O ar fica mais espesso ao redor dela, tornando mais difícil respirar. — Você não precisava ir embora, Margaret. Por quanto tempo planeja se esconder de mim?

Margaret mantém o olhar fixo nas abotoaduras da camisa da mãe, não confiando em si mesma para falar.

— Estou preocupada com você. O que acha que conseguiria ao fugir com ele?

— Ele é um bom homem.

— Não é melhor do que o resto deles. Eles vêm e vão embora assim que conseguem o que querem. Talvez eu tenha superprotegido você se não consegue entender isso. Seu pai...

Você é filha de seu pai, no fim das contas.

— Não quero ouvir nada sobre meu pai. E não quero ouvir o que você tem a dizer sobre Wes.

— Por que você não dá ouvidos à razão? Você é uma garota bem-educada. Mesmo que tenhamos passado por momentos difíceis, o nome Welty significa algo. Quanto a Winters, ele é... — Evelyn gesticula vagamente. — Ele é um desordeiro. A única coisa que ele pode oferecer a você são problemas. Ele vai arruinar você, supondo que já não o tenha feito.

Ela sente a raiva ferver dentro de si.

— O que eu faço não é da sua conta.

— Eu sou sua mãe. Claro que é da minha conta.

— E você me mostrou o que isso significa para você.

Evelyn parece genuinamente magoada — o suficiente para que Margaret sinta o desejo de não ter dito nada. Evelyn se inclina sobre a mesa, como se tivesse a intenção de estender a mão e pegar a dela.

— Significa o mundo para mim. Tudo o que faço e tudo o que fiz é pelos meus filhos.

Filhos. Não filha.

— Eu te amo, Margaret. Tentei cuidar de você do melhor jeito que eu soube e suponho que não foi o suficiente para você. Mas acredite em mim quando digo que conheço homens como Weston Winters. Eu os ensinei. Eu os amei. Ele vai deixar você assim que não tiver mais utilidade para ele. Seja depois da caçada ou depois que ele se casar com você por minha propriedade.

— Você está errada.

— Ele está *usando* você — alega ela. — Você não consegue enxergar isso? Por que você se interessaria por ele? O que ele já lhe deu além de promessas e de palavras bonitas? Talvez ele ame você agora, mas e daqui a um ano, quando ele ficar entediado e inquieto? Eu vi no momento em que pus os olhos nele. Ele olha para o mundo como se quisesse engoli-lo por inteiro.

A mãe dela desperta seus piores medos, aqueles que ela tornou dormentes desde que o viu se apaixonar por ela na ponta do cano de sua arma. Mas agora ela não consegue se livrar do medo do que a espera além do dia de hoje. Eles poderiam ter uma vida juntos — uma vida tão boa quanto ele sonha. Mas eles também poderiam ter uma vida terrível. Wes, faminto pelo que ele negou a si mesmo por ela. Ela, sua esposa *selkie* na imensidão impiedosa de Dunway. Ambos pobres, ressentidos e encurralados.

Ele vai ficar entediado. Ele vai mentir. Ele vai deixar você.

Ele mostrou a ela os dois lados de si mesmo: amoroso e rancoroso, ambicioso e altruísta, livre e irremediavelmente devotado. Ambos são ele. Ambos sempre serão ele. Ela não pode cometer o mesmo erro novamente; ela não pode considerar como um todo apenas uma metade dele. Se há uma lei alquímica em que ela acredita, é essa.

— Eu me vejo nele. O tipo que está mais interessado em como as coisas poderiam ser do que em como as coisas são. Mas essa não é você, Maggie. As ambições dele vão te exaurir.

— Ele não quer ser um alquimista pela pesquisa. Ele quer ser um político para ajudar as pessoas.

— Escute a si mesma. — Evelyn agarra seu antebraço. — Se você mostrou a ele minhas anotações, ele sabe como destilar a *prima materia*. Se você vencer, terá a Hala. E, enquanto você a tiver, essa tentação sempre existirá para ele. A política nada mais é do que trabalho árduo e burocrático. Mas o que você acha que vai acontecer quando ele perceber o potencial que a pedra tem? Que idealista negaria o poder de transformar qualquer sonho em realidade? Não há homem vivo que recuse o poder de um deus ao seu alcance.

Suas mãos tremem.

— E o que você quer que eu faça?

— Dê a raposa para mim. — Através do tecido grosso de seu suéter, a pressão dos dedos de Evelyn é suficiente para doer. Os olhos dela ardem. — Vou acertar desta vez. Seremos uma família novamente.

Uma família. Isso a enche de um desejo tão intenso que lhe causa um mal-estar. Por muito tempo, ela definhou como se estivesse em um deserto, acorrentada do lado de fora do oásis do afeto de sua mãe. Ouvir essas palavras é como o primeiro gole de água doce em anos. Se sua mãe falhar, seu sofrimento terminará. A Hala é o último demiurgo — a última oportunidade de criar a pedra. Uma vez que ela não existir mais neste mundo, a missão de Evelyn terminará. Elas realmente poderiam ser uma família novamente.

Mas será que tudo seria o mesmo novamente, tão fácil quanto voltar os ponteiros de um relógio? Depois de tudo que Wes prometeu a ela, ela realmente ficaria satisfeita com a segurança daquela vida tranquila recuperada?

— Pense nisso. Boa sorte hoje. — Com isso, Evelyn a libera. Ela se levanta e ajeita as lapelas de seu terno.

Assim que Evelyn põe os pés no saguão, Wes desce a escada. Os dois param de repente quando seus olhares se encontram. O punho de Wes se fecha. O mundo congela. O ar se cristaliza nos pulmões de Margaret.

No entanto, a expressão dele não muda. Ele enfia as mãos nos bolsos e continua andando em direção a Margaret como se não tivesse visto Evelyn.

Margaret solta um suspiro trêmulo enquanto descansa o rosto nas palmas das mãos.

As pernas da cadeira rangem no piso de ladrilho enquanto ele a puxa. O som é distorcido e alto demais contra o zumbido dos ouvidos dela.

— O que ela te disse? — pergunta ele.

— Na verdade, nada.

— Margaret... — A preocupação na voz dele e a maneira como ele olha para a comida mutilada e intocada dela é quase mais do que ela consegue suportar. O coração dela se partirá em dois antes do fim do dia.

— Estou bem. Por favor, não se preocupe comigo.

Ela sente como se tivesse sido atravessada por um choque elétrico, trêmula e apavorada. Nada pode estar bem quando nada é certo. A única coisa certa em sua vida tem sido a mesma verdade central. Sobreviver significa agarrar-se ao que ela conhece. Significa lutar com unhas e dentes pelo que ela tem, não pelo que ela quer. Mas, agora, ela não sabe o que tem assim como não sabe o que quer.

Wes pega as mãos dela e as pressiona nos próprios lábios. Eles são macios e quentes nos nós dos dedos dela. O cabelo dele está alisado para trás, passando um ar de submissão, e os fios brilham como verniz. Alguns fios teimosos, no entanto, escapam e caem em seus olhos. Às vezes, ele é adorável. Ela é tão tola, pensa, por amá-lo.

Eu o amo. Não a surpreende finalmente admitir isso para si mesma. Não parece nada com uma revelação, nada como cair em um precipício

— apenas como o fim de uma piada cruel e previsível. Ela apenas deu ao universo mais munição para feri-la.

— Pronta? — pergunta ele.

— Sim. — Margaret sorri contra sua vontade. — E você?

— Tão pronto quanto possível. — Ele hesita. — Você está com medo?

— Apavorada. — Mas não é da Hala que ela tem medo.

Ela tem medo de que, quando a hora chegar, ela tome a decisão errada.

Está frio demais para o meio de outubro, o mais frio que já esteve em semanas.

Quando eles registram seus itens alquimiados com os oficiais de caça, já é fim de tarde, e espessas e escuras nuvens de tempestade atravessam o céu. Em algum lugar distante, Margaret ouve o estrondo de um trovão que soa como o rosnado de alerta de um cachorro. A expectativa crepita no ar como estática. Eles estão no meio do centeio, que os alcança na altura da cintura e se estende diante deles por mais de um quilômetro. A vegetação é atravessada por cercas de pastagens e desaparece quando atinge bosques de ciprestes e bordos, cujos galhos são retorcidos e tortos como dedos que acenam.

Ao redor deles estão canis cheios de cães rosnando nas grades e cavalos bufando suas respirações inquietas que formam névoas no dia frio. Caçadores vestidos em trajes escarlates conversam entre si, enquanto crianças pequenas demais para participar da caçada distribuem copos de xerez em bandejas de prata. Mais perto de Wickdon, os montanhistas, ansiosos para assistir ao espetáculo, amarram seus cavalos. O vento puxa avidamente seus sólidos mantos negros; o tecido se desenrola como uma onda escura em contraste com os campos dourados.

Há mais deles do que Margaret esperava. A maioria dos turistas acompanha a caçada pela pompa, e não pelo derramamento de sangue. Eles dormem até a noite para curar a ressaca, quando a Hala é desmembrada na praça da cidade e os novatos são ungidos com sangue. Tudo o que os vencedores não quiserem vai para os cães, supondo que haverá um vencedor este ano.

Haverá. Tem que haver.

Mas a ideia de vencer, antes tão descomplicada, a enche de um pavor horrível. Se ela entregar a Hala a Wes, sua mãe nunca mais falará com ela. Se entregá-la à sua mãe, corre o risco de perdê-la para a pedra. Se ela desistir da competição, a família dele estará arruinada. Não importa o que faça, terminará por machucar as pessoas que ama.

Uma voz fleumática crepita em um microfone.

— Agora começarei a abençoar os cães.

O pastor Morris está de costas para a floresta, vestido em uma solene batina preta com uma estola de veludo na mesma cor. Ele semicerra os olhos para a luz invisível do sol, em direção à parede dos canis. Em algum lugar entre todos aqueles cães sacudindo suas gaiolas, está Encrenca. Margaret mal consegue suportar a ideia de deixá-lo solto. A magia da Hala serpenteia pelo ar, chamando os cães, e, com todos eles babando para matar, ela teme que ele seja destroçado.

Quando o pastor Morris começa a falar, ela mal consegue ouvi-lo por causa do uivo ansioso do vento e do assobio do centeio, que ondula como um mar revolto ao redor deles.

— Pai dos céus, criador de todas as coisas, que é todas as coisas, estamos reunidos aqui hoje para cumprir com a mais sólida e sagrada das tradições deste país. Pedimos sua bênção para todos os caçadores diante de mim e que um deles possa finalmente matar a Hala, o último dos falsos deuses. Oferecemos a você nosso louvor e agradecimentos por nossos cães corajosos, por nossos cavalos resolutos, pela floresta, pelo mar e por todas as criaturas em nossa terra livre de Nova Albion. Mantenha-nos seguros, conduza-nos com verdade e abençoe todos aqueles que estão aqui para celebrar este esporte sagrado e todos aqueles que morreram em seu nome. Guie suas almas para sua luz sagrada, finalmente livres das algemas deste plano material. Amém.

Segue-se um coro murmurado de *amém*. Assim que o silêncio se instala novamente, a mestra da caçada põe seu cavalo a galope e dispara em direção à floresta.

— Sinistro — murmura Wes. — E, agora, o que acontece?

— Ela vai procurar a presa em seu esconderijo. Faz parte da tradição que o mestre da caçada expulse a raposa da toca e coloque alguma distância entre ela e os cães. Não é uma caçada adequada se acabar rápido demais.

— E quanto tempo isso leva?

— Alguns minutos. Algumas horas.

— Algumas *horas*?

— Eu não sei. — Shimmer coloca a cabeça sobre o ombro dela, e ela acaricia distraidamente sua bochecha. Esta manhã, Aoife trançou sua crina em um padrão complexo que garantiu que traria sorte.

Eles não precisaram esperar mais que alguns minutos hoje. O estrondo de uma buzina se espalha pelos campos sob o som de um trovão.

Então, ao longe, alguém grita:

— *Tallyho!*

Gritos podem ser ouvidos da multidão, e um grupo de voluntários se apressa para abrir as portas dos canis. Centenas de cães saem correndo, latindo e atacando uns aos outros. Como um rio negro, eles deslizam na grama alta farfalhante. O barulho é horrível, diferente de tudo que ela já ouviu.

— Primeiro voo! Primeiro voo para a linha de partida!

Margaret sente um nó no estômago. Tudo está acontecendo rápido demais. Quando ela começa a sentir que está se desprendendo de seu corpo, Wes entrelaça seus dedos nos dela. Ela volta a si.

— É a gente — diz ele.

— Certo. — Segurando a mão de Wes, Margaret agarra a rédea com mais força e começa a conduzi-los em direção à linha de partida. As pessoas chegam mais perto, perto demais; e de repente esses poucos metros parecem se estender por quilômetros. O cotovelo de alguém atinge as costelas dela, e, à medida que eles avançam na multidão, ela os escuta sibilar por entre os dentes.

Banviniano. Yu'adir.

A notícia deve ter se espalhado, e ela ficaria chocada se não tiver sido Jaime quem espalhou. Alguém derrama cerveja nas botas de Wes. Outra pessoa joga um punhado de moedas no caminho deles, que cintilam na geada como gotas de sangue derramado.

Shimmer se esquiva, relinchando ansiosamente ao lado dela. Seu rosto arde de raiva e de humilhação, mas ela mantém o queixo erguido. Ao seu lado, Wes parece tenso e o mais infeliz que ela já o viu sob os holofotes de um grupo.

Eles se livram da multidão e chegam aonde o resto do primeiro voo está reunido. As pessoas estão dispersas em formação atrás da mestra de campo, todas vestindo jaquetas em tons tão brilhantes quanto pedras preciosas. Mas ela não pode se deixar intimidar. Por nada, nem mesmo por Jaime.

Margaret imediatamente o encontra no meio da multidão, montado em sua égua. Sua pelagem é tão negra quanto o céu turvo acima de suas cabeças, um contraste chocante com o casaco escarlate dele. Ele desvia o olhar e murmura algo para sua alquimista, a mulher de cabelos ruivos ao lado dele. Ela encontra o olhar de Margaret com um sorriso malicioso. Seus lábios estão pintados para a guerra em um tom venenoso de vermelho-sangue.

Tudo no que ela consegue pensar é o que Wes disse a ela na noite passada. *Ele disse que vai me matar se me vir sozinho amanhã.*

Então, ela só terá que despistá-los o mais rápido possível. Desvencilhando-se dos olhares, Margaret ajuda Wes a subir nas costas de Shimmer, montando em seguida. Shimmer está inquieto abaixo deles, pela primeira vez, ansioso para correr. Ela pega as rédeas enquanto Wes se segura nela. No horizonte, o sol brilha avermelhado por trás de uma fenda nas nuvens agitadas. O vermelho é o mesmo de uma brasa sob cinzas. O vermelho da pedra filosofal.

Seu coração bate forte em seus ouvidos. O vento sibila seu nome. Uma buzina soa.

E, com isso, a caçada começa.

31

Eles correm sob nuvens tão escuras quanto *caput mortuum*. No vento cortante, o cabelo de Wes se solta das camadas de gel, e o de Margaret, de sua presilha. Eles se entrelaçam, loiro e preto, e chicoteiam o rosto dele até que seus olhos lacrimejem. Por cima do ombro de Margaret, ele pode ver claramente o caos do campo se estendendo diante deles. A grama está carbonizada no rastro da Hala e orvalhada com *coincidentia oppositorum*. Mais cavalos do que ele consegue contar passam galopando por eles, seus cascos ecoando o trovão que se aproxima.

Os nós dos dedos de Margaret estão brancos nas rédeas. Todos os músculos dele estão tensos enquanto ele se agarra à cintura dela, seus pés fixados nos estribos da sela dupla. Pouco a pouco, eles avançam entre os cães, todos correndo com força total. No meio do bando, Wes avista uma pelagem cor de cobre familiar — e as orelhas de Encrenca balançando atrás dele enquanto corre. Ele é pesado em comparação aos beagles e foxhounds pequenos e esguios, mas mantém o ritmo dos outros. Mais à frente deles, há uma mancha branca cortando a grama como uma navalha.

A Hala.

Ela desliza por baixo de uma cerca de pasto, perseguida por uma nuvem crescente de fumaça. Os cães rastejam sob a estrutura, atacando uns aos outros. Os caçadores que lideram a caçada pulam a cerca para seguir o bando, mas, se eles tentarem pular, Wes será arremessado ou quebrará o cóccix. Vai custar-lhes um tempo precioso percorrer o caminho mais longo ao redor do pasto, mas eles não têm outra escolha.

Margaret incita Shimmer a fazer a curva, mantendo-se perto da cerca. Alguns dos cavaleiros mais fracos os seguem. A perna dele quase é esmagada entre dois cavalos, e ele se sente tonto com o cheiro cada vez mais forte de enxofre. Mas, espremido desse jeito, não há para onde ir. Cerrando os dentes, ele olha para trás e vê alguém alcançando-os.

A alquimista de Jaime.

Seu cabelo ruivo esvoaça atrás dela como uma chama enquanto ela fica lado a lado com Shimmer. Um círculo de transmutação bordado em um refinado fio azul brilha em suas luvas de couro. Wes leva apenas um segundo para reconhecer os símbolos da decomposição do carbono. No instante em que ela tocar a pele exposta de Shimmer, irá queimá-lo. Wes precisa fazer alguma coisa, mas, assim, ele é um alvo fácil. Não pode afrouxar o aperto sem perder seu assento.

— Margaret, à sua esquerda!

Ela vira a cabeça para olhar no momento em que a faca de caça de outro cavaleiro atinge o cavalo da alquimista. O cavalo dispara para o lado, jogando-a para longe. Wes não ousa olhar para trás quando escuta seu grito estrangulado de dor.

— Precisamos sair daqui — diz Margaret. — Aguente aí.

Seus braços já estão doloridos de se segurar, mas ele consegue se pressionar nela com mais firmeza. Eles se afastam do bando briguento, agitando o centeio abaixo deles enquanto diminuem a distância entre si e os líderes. Ele mantém seus olhos ardentes fixos no brilho do pelo branco até que ele desapareça na vegetação. Os cães deslizam pelo outro lado da cerca do pasto e disparam floresta adentro. As árvores se erguem majestosas, esperando por eles.

Acima do latido dos cães, alguém grita:

— Por ali!

Wes sente seu estômago afundar enquanto conta os segundos até que a floresta os engula por inteiro.

Aqui, sob os pinheiros, não há luz. Respirar se torna mais difícil, e seu hálito turva o ar. De alguma forma, sua respiração é mais alta do que o barulho dos cães, do que o bufo cansado de Shimmer, do que os galhos estalando sob eles. Eles estão perto o suficiente dos líderes agora que ele consegue ver Jaime em seu casaco escarlate, uma mancha de sangue na cor preta de sua montaria. O que diabos ele pensa que está fazendo sem sua alquimista?

Uma rajada de vento os atinge, fazendo-o estremecer. É a mesma adrenalina que ele sente ao canalizar a alquimia — e o mesmo pavor horrível que sentiu antes de ver a Hala sozinho na floresta.

Wes pisca, e os cães se espalham como bolas de bilhar em todas as direções. Seus latidos determinados se transformam em ganidos confusos e desesperados. Deve ser obra da raposa — alguma influência sutil que ela exerce sobre a centelha divina dentro de todos eles. Margaret vira bruscamente para a esquerda, seguindo Encrenca. O vento que assobia nos ouvidos dele fala com aquela voz sussurrante e estranhamente familiar.

Venha.

Ele deixa escapar uma imprecação.

— Você ouviu isso?

— Sim — diz Margaret sombriamente.

O cavalo à frente deles se esquiva e tropeça; o cavaleiro cai e bate a cabeça na extremidade de um toco. Wes o vê apenas de relance enquanto eles passam galopando, mas a imagem fica marcada em sua mente. Pelo ângulo do pescoço e pelo sangue escorrendo de suas orelhas, ele sabe que o cavaleiro não vai mais se levantar. O estômago de Wes se revira. A morte tocou sua vida profundamente. Mas ele nunca a viu de perto, tão simplória e terrível. Alguém que está lá e então se vai. Ele nunca viu o momento em que a alma de alguém se desprende do corpo.

Que tipo de pessoa faz isso todo ano? Não se passaram mais de trinta minutos, e ele já viu o suficiente para uma vida inteira. Ele enterra a testa entre as omoplatas de Margaret e tenta desesperadamente se lembrar de uma oração — qualquer uma.

Deus, pensa ele. *Apenas deixe Margaret sobreviver a isso.*

Quando ele vira o rosto de lado, ainda apoiado nas costas dela, descobre que o mundo ficou mais nebuloso, como se uma camada de gelo tivesse se formado sobre sua visão. Uma névoa prateada serpenteia por entre os grossos troncos de sequoia como um gato furtivo. A floresta inteira sibila como o oceano, furiosa e selvagem. E, embora ele consiga ver pouco mais do que formas escuras e indistintas ao seu redor, poderia jurar que olhos brancos continuam piscando nas sombras. É impossível saber quantas pessoas estão ao redor deles — se é que ainda há alguma.

É como se a Hala estivesse tentando isolá-los. Tentando deixá-los expostos como se eles fossem *sua* presa.

Os cascos de Shimmer levantam o *caput mortuum* fuliginoso que cobre a vegetação rasteira. O cheiro de enxofre paira no ar, erguendo-se das faixas enegrecidas de decomposição que a Hala deixou para trás como um rastro de migalhas de pão. O chocalhar seco das folhas fica mais alto, mais áspero, e, daquele horrível redemoinho de barulho, o som de seus nomes surge da névoa.

E, então, o distinto som de cascos de um cavalo galopando se aproxima deles.

— Temos companhia. — Wes se vira para olhar por cima do ombro bem a tempo de observar um elegante foxhound passar por eles.

Explosão de tiros.

Disparos de espingarda zumbem acima de suas cabeças. Um galho de árvore explode em mil pedaços e os atinge como granizo. Shimmer balança a cabeça, tentando se livrar das rédeas, seus olhos brancos ao redor da íris, mas Margaret o segura com firmeza.

— Que diabos foi aquilo? — pergunta ela.

Wes arrisca outra olhada para trás. E lá está Jaime Harrington, emergindo como um fantasma da névoa e da fumaça dos tiros. Ele tem um punhado da crina de seu cavalo em uma mão e uma espingarda na outra. Não é de se admirar que sua pontaria fosse tão ruim.

— Você está louco? — grita Wes. — Vai acabar matando alguém!

— Eu disse a você que, se te encontrasse sozinho, você estaria morto, Winters!

— Não consigo me livrar dele — diz Margaret com uma pontada de pânico surgindo em sua voz. — Ele é rápido demais.

— Tudo bem. Vou pensar em alguma coisa. — Mas seus pensamentos são como um turbilhão, e ele não consegue se concentrar em nenhum deles. O gosto do medo azeda sua boca. A única sorte deles é que Jaime não pode recarregar sua arma enquanto estiver em movimento.

Jaime os alcança rapidamente, até que eles estão cavalgando lado a lado ao longo do caminho traiçoeiro. Eles se abaixam sob o aperto ávido dos galhos baixos. Jaime poderia facilmente ultrapassá-los, ou seguir seus cães até onde a perseguição terminaria, ou fazer seu movimento para vencer. Mas Wes percebe que ele não está jogando para vencer.

Ele está jogando para fazê-los perder.

À medida que se aproximam de uma ravina, Jaime os força cada vez mais para perto da borda. Pequenas pedras caem barranco abaixo a cada golpe dos cascos de Shimmer. Eles estão ombro a ombro agora. Perto o suficiente para que Wes possa ver os olhos de Jaime ardendo com pura e determinada malícia.

O tempo começa a passar em câmera lenta quando Jaime estica o braço para empurrá-lo. Se ele perder o equilíbrio agora, arrastará Margaret consigo. Ele não pensa, apenas desengancha os pés dos estribos e a solta. Ele agarra o pulso de Jaime.

Então, não há nada além de ar livre.

— Wes!

Ele atinge o chão com força suficiente para ficar sem ar — com força suficiente para que escute algo estalar. Juntos, Jaime e ele caem do alto da ravina, emaranhados e rosnando como cães de briga. Raízes expostas e rochas os rasgam durante toda a queda. Quando eles caem amontoados, Jaime rasteja sobre ele. Seus joelhos afundam nos braços de Wes, deixando-o imóvel sob seu peso. Ele não conseguia sentir o que quer que tenha quebrado antes por causa da súbita descarga de adrenalina, mas agora seu ombro lateja com uma dor tão aguda que o mundo tremula em preto. Ele grita através da escuridão pulsante.

O casaco escarlate de Jaime está salpicado de lama, e seus olhos estão preenchidos de veias vermelhas como um chão de concreto rachado. O movimento de seu punho e seu sorriso perverso são as últimas coisas que Wes vê antes de sua visão explodir em estrelas. A agonia vem um tempo depois, preenchendo seu crânio como um incêndio. Quando ele desperta, um segundo depois, sente o sangue escorrendo pelo rosto, quente e úmido.

— Esperei muito tempo por isso.

Wes sente o gosto de cobre e cospe um punhado de sangue. Uma rápida passada de sua língua sobre os dentes o permite saber que ainda estão intactos.

— Satisfeito, Harrington? Você abandonou a maldita caçada por essa chance?

— Melhor abandonar a caçada do que deixá-la para você.

— Mesmo depois do que aconteceu com seu amigo? Você quer que aquela coisa volte ano que vem para atacá-lo de novo?

— A caçada é a última coisa que nos resta! A última tradição de Nova Albion que é *nossa*.

Jaime tira a mochila, remexendo até encontrar um cartucho que reluz em tons de cinza. Ele se levanta e recarrega a espingarda.

— Não sou idiota, Winters. — Ele bombeia sua arma. — Não há como conter a maré de pessoas como você, não importa quantas cotas sejam estabelecidas. Em breve, até lugares como Wickdon serão invadidos. Mas eu mudo meu nome se não proteger nosso modo de vida o máximo que puder.

— E você fez um ótimo...

Ele aponta a espingarda para Wes.

— Eu não quero ouvir nem mais um único comentário espertinho de você. Estou falando sério.

— Eu também. Você já provou seu ponto, então por que não ficamos quites? Você não é um assassino.

— E eu vou continuar não sendo de acordo com a opinião das pessoas, mesmo se eu matar você. Acha que alguém pensaria duas vezes se você não voltar? Acha que sentiriam sua falta? Serão dois vermes a menos neste país.

Dois.

— Deixe-a fora disso, seu maldito! Se você encostar um único dedo nela... — Antes que Wes consiga se levantar, Jaime o chuta nas costelas. Ele se curva em posição fetal, ofegante.

— Jaime.

— Margaret — fala Wes com a voz rouca. Ela está a alguns metros de distância, seu rifle apontado para Jaime e seus cabelos dourados ondulando ao vento. — Saia daqui.

— Abaixe a arma, Maggie — diz Jaime.

Ela não se move. Seus olhos ardem em uma fúria silenciosa.

— Agora! Juro por Deus, vou atirar nele antes mesmo que você possa piscar.

Ele consegue ver a tensão na mandíbula dela. Cada segundo se estendendo por uma eternidade.

Por favor, pensa Wes. *Saia daqui. Apenas vá.*

Ele sente um aperto no coração quando ela abaixa o rifle e levanta as mãos para o ar em sinal de rendição.

— O que você pensa que está fazendo?

Jaime vira o cano de sua espingarda para ela.

— Vou fazê-lo assistir à vida escorrer de seus olhos. E, quando eu fizer com ele o que ele fez comigo, vou matá-lo.

Não. Não pode acabar assim. Ele não pode falhar em proteger alguém. Não na única vez que realmente importa. Wes se levanta em um salto, mas cai novamente por causa da dor aguda em suas costelas. Cada respiração é como uma facada em seus pulmões.

— Não se atreva. Maldição, não se atreva! Você já não fez o suficiente?

— Você realmente acha que podemos ficar quites? Meus pais foram expulsos da cidade pelo povo dela. Eu perdi Annette por sua causa. Você! Um banviniano qualquer. Você fica pegando o que não merece, e esse país vai se transformar em uma casca vazia quando você tiver terminado de fazer o que pretende. Você não é nada além de uma marionete para o seu papa e sua religião fajuta. Fazer isso é um serviço tão grande para este país quanto matar aquele monstro.

Jaime leva a arma ao ombro e puxa o ar para se estabilizar. Margaret não diz uma palavra, mas Wes a conhece bem o suficiente para ver a faísca de medo em seus olhos. Ela os fecha e joga os ombros para trás.

— Não. Eu vou matar você. — Wes mal consegue reconhecer sua própria voz, crua e furiosa. — Eu vou matar você! Eu juro por Deus, eu...

Uma rajada de vento atravessa a clareira, sibilando sobre as folhas caídas e balançando os galhos expostos. Ele sente o gosto de sal na língua, e o fedor de enxofre arranha sua garganta.

E, então, com o canto do olho, ele a vê.

Como se controlados por cordas de marionete, os três se voltam para ela. A Hala está a apenas um metro de distância, luminosa no nevoeiro. Aqueles horríveis olhos vazios estão bem abertos — abertos o suficiente para que seja possível se perder neles. Ela olha diretamente para Jaime, perfeitamente imóvel e silenciosa. Mesmo quando Wes a viu sozinho, ela não parecia assim.

A aura que ela irradia é malévola.

— O que diabos essa coisa está fazendo? — murmura Jaime.

Os lábios dela se abrem lentamente em um sorriso, cada dente preso ao outro como um zíper.

Jaime aponta a arma para ela, mas, antes que ele possa puxar o gatilho, a Hala avança. Seus dentes afundam na panturrilha de Jaime com um som repugnante de trituração.

Ele grita enquanto sua pele queima e borbulha. Sua arma cai aos seus pés, e a lama absorve seu sangue, a terra assumindo tons de prata, vermelho e preto. Assim que ele cai, a raposa solta sua panturrilha e abocanha seu ombro. Sua carne cede facilmente, expondo uma mistura fibrosa de sangue e vísceras. Tudo o que Wes consegue fazer é assistir com um horror atordoado enquanto se levanta.

Margaret desembainha a faca do quadril. A lâmina reflete o branco brilhante do pelo da fera. Ela a enfia nas costas da raposa.

A raposa grita, um som que sacode todos os ossos dele e coagula seu sangue. É *horrível*, como mil gritos humanos sob o grito estridente e sinistro de uma raposa. A Hala se debate até se estabelecer novamente, então dispara para as árvores com o punho da faca ainda entalhado próximo à sua espinha.

— Vá! — diz Wes.

— Não consigo matá-la sem você.

— Encontrarei você em um minuto. — Seu olhar desvia para Jaime. — Preciso cuidar dele.

Margaret hesita, mas acena com a cabeça. Assim que ela desaparece no matagal, Wes volta sua atenção para Jaime. Ele está deitado sobre suas botas sujas de sangue e de lama. Ele pressiona a mão sobre o ferimento aberto em seu ombro, como se pudesse empurrar o músculo destroçado de volta para dentro. Há uma pequena parte de Wes que admira Jaime por se manter tão bem composto. Sem lágrimas. Sem implorar. Ele apenas olha para Wes, seus olhos cheios de um orgulho rancoroso.

— Vá em frente, então — diz Jaime.

— De que você está falando?

— Não se faça de idiota. Não foi por isso que você decidiu ficar? Vingança?

Wes não pode negar que a ideia o enche de um estranho tipo de fascínio. Talvez Margaret sempre tenha tido razão em temê-lo e em duvidar dele. Há algo obscuro dentro dele que aprecia essa onda de poder. É inebriante finalmente segurar todas as cartas — ter uma vida em suas mãos. A divindade de Deus vive dentro de cada um deles, mas apenas um alquimista pode dominar essa centelha. A de Jaime é apenas um lampejo pálido e insignificante contra a dele.

Era para isso que ele queria ser um alquimista. Para proteger as pessoas daqueles como Jaime Harrington. Por tudo o que ele os fez passar — por tudo que ele continuaria a fazer com as populações vulneráveis de Nova Albion — bastaria apenas acabar com seu sofrimento agora, ou pelo menos virar as costas e deixá-lo sangrar até morrer. Ninguém duvidaria que foi obra da raposa se ele terminasse o trabalho com alquimia. Noventa e nove por cento do corpo humano é composto por seis componentes simples. Carbono, hidrogênio, oxigênio, nitrogênio, cálcio e fósforo. Ele se pergunta se é doloroso ou se o corpo pega fogo de uma só vez. Ele se pergunta se dissolver um humano é tão fácil quanto dissolver uma pedra. Se Tudo é Um e Um é Tudo, qual é a diferença, afinal?

Fica claro que Jaime vê o que está em sua mente. Ele engole em seco.

Mas Wes não pode fazer isso.

Ele não pode resolver um problema sistêmico desse jeito. E não basta apenas acreditar em um futuro melhor, como se fosse algo tão inevitável quanto o próprio Deus. Ele precisa exigi-lo. Ele precisa trabalhar para alcançá-lo. E, mesmo que Jaime mereça sofrer, mesmo que ele nunca mude, mesmo que ele o odeie, Wes não consegue usar este momento roubado de superioridade como uma arma. Se ele quiser mudar o mundo e matar a Hala com a consciência limpa, precisa fazê-lo em seus próprios termos.

— Vamos lá — diz Wes. — Levanta.

Tão bem quanto consegue, levando em consideração que Jaime tem o dobro do seu tamanho e quase não se move de tão pesado, Wes consegue passar o braço bom de Jaime sobre seus ombros. A dor nas costelas piora a cada passo, mas ele consegue arrastá-lo até uma árvore. Depois de apoiá-lo na vertical do tronco, Wes começa a tirar sua jaqueta.

— O que você está fazendo? — geme Jaime.

— Tirando a roupa — provoca ele. — Você quer morrer ou não?

Jaime fica em silêncio, embora Wes ainda possa sentir a raiva irradiando palpavelmente dele. Ele estremece quando Wes amarra as mangas da jaqueta logo acima da ferida em seu ombro, apertando o suficiente para estancar o fluxo de sangue.

— Por quê?

— Eu preferiria deixar você morrer, mas acho que Margaret me mataria por isso, e não posso deixar isso acontecer ainda. — Ele dá um tapinha em seu ombro bom. — E agora você está em dívida com um banviniano. Lembre-se disso.

Por mais que queira ficar para saborear a amargura e a confusão no rosto de Jaime, ele tem uma garota para encontrar — e uma raposa para matar.

32

Os pulmões de Margaret queimam como se estivessem cheios de água do mar, mas ela não diminui a velocidade. Se vacilar por apenas um segundo, a Hala irá se esconder. Tudo o que eles sofreram, tudo pelo que lutaram, terá sido em vão.

Os galhos acima dela recortam a luz fraca da lua, mas é o suficiente para lançar um brilho iridescente sobre o rastro de sangue da Hala. À frente dela, Encrenca e o cão de Jaime são como listras de cobre e preto no nevoeiro. Eles desaparecem em uma moita, e Margaret adentra em uma clareira momentos depois deles, livrando-se de folhas e teias de aranha. Ela chega bem a tempo de ver a Hala escalar o tronco grosso de uma sequoia. Encrenca late triunfante enquanto a circunda.

Ela finalmente está encurralada.

Margaret tira o rifle de suas costas e mira. É quase patético ter em sua mira algo tão majestoso quanto a Hala ferida e amedrontada. Não lhe traz nenhuma alegria pôr um fim à sua longa vida — não quando ela sente uma estranha afinidade com a raposa. É mais do que seu sangue Yu'adir, mais do que o fato de ela ter salvado sua vida. É que, por centenas de anos, a Hala escapou de todos que esperavam matá-la. Sobreviveu. Assim como ela, talvez isso tenha sido tudo que ela sempre quis.

Puxando uma respiração trêmula, ela atira.

O galho fino em que ela procurou refúgio desmorona sob seu peso, e, embora tente desesperadamente se segurar com as garras, ela cai, contorcendo-se no ar antes de aterrissar de lado com um baque surdo.

Os cães atacam imediatamente. Encrenca a agarra pela parte de trás do pescoço, e o cão de Jaime, pela perna. A Hala tenta atacá-los, gritando e se contorcendo. Parece terrivelmente cruel deixá-la sofrer desse jeito, mas, até que Wes os encontre, ambos estão presos.

Ela conseguiu, mas não se sente triunfante. Está nauseada de culpa e indecisão. O último demiurgo cairá por suas mãos. Uma garota Yu'adir será lembrada por este país. A família de Wes estará segura. E Wes...

Se ele desejar, terá o poder de dobrar o universo à sua vontade.

Mesmo agora, as palavras de sua mãe a atormentam. *Que idealista negaria o poder de transformar qualquer sonho em realidade? Não há homem vivo que recuse o poder de um deus ao seu alcance.*

Ela confiou a *magnum opus* a ele, mas isso foi antes de haver algo tangível para ele reivindicar. Agora, encarando a realidade da Hala, sendo isso o instrumento de sua queda ou de sua salvação, ela não sabe como fazer o que a Sra. Wreford implorou que fizesse: decidir o que é melhor para ela. Sobrevivência ou esperança. A dor que ela já conhece ou uma vida além de Wickdon, infinita tanto em possibilidades desastrosas quanto maravilhosas. Evelyn ou Wes. Mesmo agora, os dois rasgam seu coração como cães de caça.

Folhas farfalham atrás dela, e Wes emerge do mato, respirando com dificuldade e agarrando-se à lateral de seu corpo. Seu olho direito está inchado e fechado, mas o outro está arregalado e brilhando de admiração. Hematomas roxos como um pedaço da galáxia percorrem a lateral de seu rosto. Mesmo assim, ele é a coisa mais impressionante que ela já viu. Mais do que tudo, ela quer ficar com ele.

Mas não pode.

Ontem, ela pensou que era forte o suficiente para abandonar sua mãe. Por uma noite, ela acreditou que o amor dele era suficiente para salvá-la. Mas, se ela se permitiu duvidar dele novamente com tanta facilidade, não sabe se algum dia conseguirá ser mais do que esse núcleo de medo dentro dela — do que essa vontade fria e selvagem de sobreviver.

Há uma brecha nas nuvens, e a luz fria da lua banha a clareira. Parece que eles estão no centro de um círculo de transmutação gigante. A magia cintila no ar e arrepia os pelos dos braços dela.

— Conseguimos? — A voz dele está cheia de admiração.

— Quase. — Só falta ele ativar o conjunto que foi pintado no cabo da faca. Enquanto ele se aproxima da Hala, Margaret levanta o rifle e o aponta para ele. — Não se mexa.

Quando a trava de segurança aciona, ele se vira lentamente para ela, as mãos erguidas e a expressão totalmente indecifrável.

— Eu disse que atiraria em você se me desse um motivo — diz ela.

— Você disse. E eu lhe dei um motivo?

— Não. — Ela avalia o rosto dele. — Esse é o problema.

A confusão suaviza as feições dele.

— Não estou entendendo.

— Você me prometeu tudo. — As mãos dela tremem. — E, mesmo assim, ainda não consigo... Não sei o que devo fazer. Não sei como devo confiar que você não quebrará suas promessas. Não sei como devo acreditar que você não vai embora assim que eu fechar meus olhos esta noite, ou que você não vai criar a pedra, ou que podemos ser felizes. Que *eu* posso ser feliz. Como eu poderia saber?

— Você não pode. Margaret, por favor... O que você quer que eu diga? O que você quer que eu faça?

— Nada! Não há nada que você possa fazer e nada que você possa dizer. Eu nunca vou melhorar. Eu sempre vou ser quebrada. Isso é tudo o que eu sou.

O vento sopra entre as árvores, sibilando e se agitando.

— Você *não* é quebrada. Você é incrível. Você percorreu um longo caminho desde que eu te conheci, mesmo que ainda esteja com medo. Mesmo que ainda tenha dúvidas. Quando eu olho para você, não vejo uma pessoa quebrada. Vejo uma pessoa sofrendo, curando-se. Vai levar tempo, mas isso não importa para mim. — Wes cautelosamente diminui a distância entre eles, até que o cano da arma dela esteja aninhado em seu peito, logo acima do coração. — Eu te amo. Por favor, permita-me.

Ela recua ao som dessas palavras, mas ele aperta os dedos em torno do cano da arma e o mantém no lugar. A expressão dele é insuportavelmente sincera, seus olhos tão calorosos e intensos como café.

— Eu disse e vou dizer de novo. Eu te amo, Margaret Welty. Acho que te amei desde a primeira vez que te vi. Eu te amo agora, e vou te amar quando voltarmos para Wickdon com todo mundo nos odiando, e vou te amar amanhã, aconteça o que acontecer. Olhe nos meus olhos e me chame de mentiroso.

Ela não consegue.

— Assim que estiver morta, é sua. Você pode dar a Hala para sua mãe se quiser. Céus, esta noite podemos transformar tudo em *caput mortuum* e espalhá-lo no mar se for preciso. Sem mais palavras. Sem mais promessas. Sem mais chances de alquimistas como sua mãe existirem. E, se isso não for o suficiente, eu... — A voz dele falha. — Poderíamos desistir da competição.

Ele não pode estar falando sério, romântico idiota. Que coisa estúpida e autodestrutiva para prometer a ela. Se a mãe dela não o ensinar e ele não tiver o cadáver da Hala como prova de suas habilidades, Wes não conseguirá se tornar um alquimista.

— Se não vencermos, você não se tornará um alquimista. Você não se tornará um político.

— Eu sei.

— Você não conseguirá pagar a cirurgia da sua mãe.

Desta vez, ele hesita.

— Eu sei.

Margaret fecha os olhos com força.

— Não. Isso não é aceitável, Wes. Não posso pedir isso a você. Não posso pedir que desista de tudo por mim.

— Essa é a única garantia que eu posso te dar.

— Então eu não a quero.

Assim que as palavras saem de sua boca, lágrimas turvam sua visão. Ela não quer viver em um mundo onde ele sofre por causa dela. Ela não poderia suportar sufocar seus sonhos. Uma garantia contra algo que ele já prometeu não fazer não vale tudo isso. Nada vale tudo isso, especialmente quando sua paz de espírito nunca poderia ser verdadeiramente garantida. Ela viveu toda a sua vida se preparando para o próximo golpe, mas nenhuma preparação ou precaução os impediu de acontecer.

Durante toda a sua vida, o amor foi um recurso escasso e precioso, algo conquistado ou negado, algo pelo qual ela ansiava todos os dias. Mas, com Wes, o amor é diferente. É imprudente e inesgotável. É dado livremente. Simplesmente *é*. Incontáveis vezes, ele permaneceu ao seu lado em meio às suas dúvidas. Ele mostrou a ela que ela é suficiente, que ela é merecedora de amor, apesar de seus medos e barreiras. Que ela é mais do que o que aconteceu com ela e do que as dores que ela internalizou para evitar senti-las de novo. E, agora, ele deu a ela a chance de provar isso a si mesma.

Por tempo demais, ela sobreviveu. Agora, ela quer viver.

— Tudo o que eu quero é que você seja feliz. Então tenho que confiar em você. Eu confio em você, de verdade.

— Sou fácil de agradar — diz ele em voz baixa. — Apenas me deixe cuidar de você. Eu juro que não vou te decepcionar. Não vou te deixar até que você me peça para ir.

— Então não vá. — Margaret larga o rifle e passa os braços em volta do pescoço dele. — Eu também te amo.

Wes parece atordoado, o vermelho tomando conta de seu rosto. Então, ele sorri para ela, um sorriso tão radiante que chega a doer.

— Gostaria de poder deitá-la aqui mesmo, mas temos uma caçada para vencer.

Ele é incorrigível, e ela está tão apaixonada.

A efervescência no peito dela se dissipa quando seu olhar pousa na Hala, uma poça ao luar. Suas laterais se erguem com dificuldade, mas ela permanece imóvel e frouxa nas mandíbulas dos cães. Esta é a fera pela qual metade dos caçadores aqui hoje os teria matado. O último demiurgo: o último dos falsos deuses dos Katharistas, o último dos filhos dos deuses Sumíticos, o último dos presentes do deus Yu'adir.

Quase toda a energia já se esgotou, mas as árvores ainda chacoalham e estremecem quando eles se aproximam. Margaret se ajoelha ao lado dela, e é quase um conforto quando a voz do vento suspira seu nome. Ele a reconhece.

Certa vez, ela perguntou ao pai como algo tão terrível e destrutivo poderia ser um presente, mesmo que Deus tenha realmente colocado o segredo da criação do mundo em seu coração. Isto é o que ele disse a ela: *existe uma palavra Yu'adir para sabedoria*, chokhmah. *A Escritura nos diz que* chokhmah *é o espelho imaculado do poder de Deus, a imagem de sua bondade. O temor do Senhor é a base da compreensão. Devemos sempre buscar* chokhmah, *mesmo com um grande custo para nós mesmos.*

Wes segura o cabo da faca ainda cravada nas costas da Hala. Entre seus dedos, ele ainda consegue ver o círculo de transmutação pintado. Ele olha para Margaret através do emaranhado de seu cabelo, como se estivesse pedindo permissão.

Ela acena com a cabeça.

Ele prende a respiração. A lâmina brilha, tão ofuscante quanto um raio, tão branca quanto os olhos da Hala. Ela solta um ganido estrangulado e triste. Então estremece, seu corpo fica mole, e ela não se mexe novamente. Os cães a soltam. O vento vibra, tão trêmulo quanto o soltar de uma respiração que ficou presa por muito tempo.

E, então, há menos mágica no mundo.

Wes choraminga baixinho. Margaret se agacha ao lado dele para enxugar as lágrimas que escorrem de seu rosto. Ele retira a faca e a deixa cair entre eles. Ela está revestida de *caput mortuum* preto que se desprende da lâmina como ferrugem.

— Ela falou comigo.

— O que ela disse?

— Não sei exatamente. — Ele sorri com pesar. — Eu sei que tinha que ser feito, mas ainda parece errado.

— Meu pai me disse que Deus deu os demiurgos à humanidade para que pudéssemos aprender com eles. Ele acreditava que o propósito de um alquimista é sempre buscar *chokhmah*, a verdade. — Ela pega a mão dele. — Ele disse que a verdadeira compreensão do mundo não vem sem mágoa e sacrifício. Há um salmo que ele gostava de citar. *Chokhmah pode fazer todas as coisas e tornar todas as coisas novas.* Se existe alguém que pode fazer isso, tornar o mundo um lugar melhor, é você.

— Margaret... — A voz dele vacila.

— Além disso, sua família estará segura. Ninguém mais morrerá por causa da Hala. E você acreditava que ela tinha dignidade. Essas são coisas nobres.

— Obrigado. — Ele dirige a ela um pequeno sorriso incerto e aperta sua mão. — O que fazemos agora?

— Temos que soar o chamado.

Ele faz uma pausa.

— Que chamado?

— O halo da morte.

— O quê? O halo da morte? Você inventou isso.

— Não inventei. Você faz assim, três vezes.

Ela posiciona as mãos em concha sobre a boca e solta um som. Começa baixo e vai aumentando, como a maré que sobe. Um clamor em três partes ao qual Encrenca se junta com latidos empolgados.

Wes pisca para ela, perplexo, como se não pudesse acreditar que tal som saiu dela. Então, ele joga a cabeça para trás e a imita. Por volta do terceiro chamado, os dois estão delirando, interrompendo o som com gargalhadas de tirar o fôlego. O barulho deles zumbe na quietude do ar. Antes que o silêncio tome conta da floresta novamente, o som vivo e claro de uma buzina aumenta à distância.

Finalmente acabou.

Wes sorri para ela, um sorriso bobo e malicioso que faz seu coração vacilar. Apesar de seu rosto machucado, apesar do sangue que seca em sua pele, ele a puxa contra si e a beija até que não haja mais nada no mundo além deles dois.

Sem Shimmer — o covarde provavelmente está pastando no jardim de alguém agora — eles levam quase duas horas para sair da floresta. Acima de suas cabeças, o céu noturno está excessivamente limpo e brilhante, a sólida joia azul do oceano ao entardecer. A lua cheia se aninha nas nuvens como uma pérola em uma ostra.

Na terra, porém, lembranças sombrias da caçada permanecem. Cinzas rodopiam indiferentes na brisa. Gotas de sangue se acumulam nas folhas como orvalho. Corpos jazem envoltos em lençóis brancos.

Wes mantém Margaret aconchegada ao seu lado enquanto eles emergem em um campo aberto. Um conjunto de cavaleiros se desloca em direção a eles, a essa distância, pouco mais do que manchas de carvão no centeio dourado. Jaime deve ter feito um bom trabalho espalhando fofocas. Margaret consegue dizer pelo olhar em seus rostos que eles compartilham a mesma preocupação que a incomoda. O que as multidões farão quando perceberem quem exatamente foram os vencedores?

Conforme eles se aproximam, Wes sussurra no ouvido dela:

— Você acha que eles vão nos dar de comer aos cães?

Margaret o encara com um olhar inexpressivo.

— Provavelmente.

Os oficiais da caçada param na frente deles. Eles estão montados em uma fileira de cavalos pretos imponentes, suas respirações bufantes pairando no ar. A mestra da caçada lança a eles um olhar longo e avaliador.

— Garotos, esperem aqui um minuto enquanto resolvemos o que fazer com vocês.

Eles retornam quase uma hora depois, trazendo a Sra. Wreford e um paramédico. O cavalo dela mal diminui a velocidade quando ela desliza de suas costas e corre na direção deles, parecendo um gato peludo em sua jaqueta de pele grossa.

— Vocês dois me deixaram morrendo de medo — rosna ela.

Ela esmaga os dois em um abraço. Wes geme em protesto. Dura apenas um momento, então ela recua e gesticula na direção dos oficiais da caçada. Um deles se aproxima para pegar a coleira de Encrenca de Margaret enquanto a Sra. Wreford encara a Hala com um olhar quase melancólico.

— Posso? — Quando Margaret acena com a cabeça, ela pega o corpo da Hala e o embrulha em um pano como queijo do mercado. — Como vocês podem imaginar, estamos preocupados com o que uma multidão poderia fazer se estendermos a fanfarra, então vamos fazer isso de forma rápida e eficiente. Primeiro, vamos ajudá-lo com seu rosto. — Wes cora quando ela aponta um dedo para ele. — Depois, vamos para a cidade apresentar vocês dois *brevemente*. Vocês não dirão uma palavra e não sairão do meu campo de visão até chegarem em casa, então me ajudem. Estamos entendidos?

Eles acenam com a cabeça.

— Muito bem. — A Sra. Wreford suspira. — Já que não poderei fazer isso mais tarde, posso muito bem fazer agora. É tradição ungir os estreantes com o sangue da presa.

Ela segura a Hala em um braço e passa um dedo ao longo da ferida em suas costas. Após colocá-la no chão, ela agarra Wes pelo queixo. Ele faz uma careta quando ela pinta sua testa e suas bochechas com linhas prateadas brilhantes. O sangue da raposa ilumina o rosto dele com um brilho suave e pulsante.

— Não me venha com essa cara, Weston. É desrespeitoso — sussurra a Sra. Wreford baixinho, embora Margaret perceba que ela está apenas fingindo estar irritada. — Agora vá cuidar de seus ferimentos.

Em seguida, ela volta sua atenção para Margaret. Segurando o rosto dela entre as mãos, ela passa o sangue da Hala nas maçãs de seu rosto. Ainda está quente. À medida que o líquido seca em sua pele, enquanto a Sra. Wreford encontra seu olhar com uma reverência silenciosa e o mundo se suaviza através de uma névoa de luz prateada, ela percebe que isso é real. Mesmo que toda a cidade os despreze por isso, mesmo que eles tenham apenas seis pessoas e a Lua Fria como testemunha, aqui, na calada da noite, o que aconteceu é inegável.

Uma garota Yu'adir e um banviniano venceram a Caçada Meia-lua, e todos os seus sonhos estão ao seu alcance.

— E então? Você descobriu o que vai fazer?

Margaret olha de relance para Wes, que já começou a conversar animadamente com o paramédico acossado que ilumina seus olhos com uma lanterna. Ela não consegue resistir ao sorriso que se forma em seus lábios.

— Sim. Acho que sim.

Os olhos da Sra. Wreford se enchem de lágrimas, e ela beija sua testa.

— Estou feliz por você, Maggie. Venha nos visitar de vez em quando, certo?

O resto da noite passa em um borrão.

Conforme a terra batida pelos cascos dos cavalos dá lugar aos paralelepípedos e a luz dourada das lanternas os banha suavemente, o barulho da multidão atinge um pico febril. Eles desfilam pelas ruas lotadas, sob bandeiras vermelhas e o olho bem aberto da lua, em direção a um palco improvisado erguido na praça principal. Cada pessoa em Wickdon está observando-os.

Em suas jaquetas, eles são uma mistura de cores: marrom, azul e preto, assim como um redemoinho na maré à noite. Nem todos os olhares são cruéis — ela vislumbra Annette Wallace e Halanan acenando entusiasticamente para eles enquanto passam —, mas os que são cruéis a deixam sem fôlego de pavor.

A cerimônia é tão rápida quanto a Sra. Wreford prometeu. Eles são apresentados, e o pastor Morris faz suas considerações finais, um discurso monótono sobre a bondade de Deus e a maldade da materialidade. Há fotos — mais fotos do que ela jamais poderia ter imaginado. Enquanto ela não quer nada mais do que dormir por uns mil anos, Wes se deleita com a atenção. Os paramédicos fizeram o possível com o rosto dele; eles conseguiram diminuir o inchaço, embora seu olho ainda esteja injetado de sangue e um hematoma serpenteie ao longo de seu nariz como a curva de um rio. Ele passa a maior parte de suas sessões de foto virando a cabeça para um lado e para o outro a fim de garantir que os ferimentos estejam sempre fora de vista.

Quando são finalmente liberados, a maioria dos participantes já foi para o bar ou para seus quartos. No entanto, Margaret ainda tem uma última coisa a fazer antes de poder descansar.

Quando o tráfego melhora um pouco, eles pegam um táxi para levá-los até a Mansão Welty. Assim que ela vê a construção, desamparada e enroscada como um cachorro adormecido em um buraco, ela deseja poder voltar atrás. A respiração dela acelera de medo, mas a mão de Wes na dela mantém seus pés no chão enquanto eles param na entrada. Uma única luz brilha no segundo andar, escapando dos pedaços irregulares da janela quebrada de sua mãe.

— Estarei o tempo todo com você — diz Wes enquanto eles saem do carro. — Eu te dou cobertura.

O motorista se inclina para fora da janela.

— Só vou esperar dez minutos, entenderam?

— Obrigado, senhor. — Ele soa convincentemente gracioso. — É tudo de que precisamos.

Margaret respira com firmeza para tentar controlar o medo enquanto eles sobem as escadas frágeis da varanda e abrem a porta da frente. Um suor frio escorre pela parte de trás de seu colarinho. Lá dentro, a poeira gira através da luz azulada do luar. É como entrar em uma tumba. Quieto e opressivamente silencioso.

Não há movimento no andar de cima, mesmo quando eles fecham a porta atrás deles, mesmo quando eles se arrastam para o quarto dela a fim de colocar suas últimas coisas na mala. Evelyn vai deixá-la ir sem dizer uma palavra, e, de alguma forma, isso é pior do que qualquer alternativa.

Somente quando eles voltam para o saguão, ela aparece no fim da escada. Seu olhar pousa nas mãos unidas deles e então na mala que Wes carrega para Margaret. Ela não consegue ler a expressão de Evelyn através da luz branca que reflete em seus óculos.

— Vejo que tomou sua decisão.

— Tomei.

— Muito bem. — Evelyn soa exausta. — Então vou direcionar meu apelo a você, Sr. Winters. Talvez você seja mais razoável ou consiga colocar algum juízo na cabeça dela.

— Ficará desapontada. Eu não digo à sua filha o que ela deve fazer. Ela é meio teimosa.

— Uma característica que você compartilha, então. Já que você não responde a ameaças, vou ceder. Leve-a. Leve a casa também, se quiser, já que inevitavelmente a levará para o tribunal à espera de que eu morra. Tudo o que eu peço é que me entregue a Hala. Eu lhe darei qualquer coisa. Você quer um estágio? Eu posso fazer melhor. Posso graduar você imediatamente e escrever uma carta de recomendação para a Universidade de Dunway, ou para qualquer lugar que você goste, onde eu tenha conexões. O que você disser. Qualquer coisa em meu poder que eu possa lhe dar, é seu.

— Não. Acho que não.

O rosto dela fica tenso de raiva, mas, conforme o silêncio persiste, sua face desmorona em uma expressão de derrota. Evelyn enrosca os dedos em volta do corrimão, os nós dos dedos brancos.

— Margaret, por favor. Não faça isso comigo. Não terei nada.

Margaret finalmente a vê pelo que ela realmente é: uma mulher frágil agarrando-se ao seu último resquício de poder. Ela sente pena da mãe. É errado ver uma mulher como ela reduzida a isso. Outrora, ela era vibrante, apaixonada e amorosa. Mas Wes estava certo ao dizer que há uma escuridão em todas as pessoas. Talvez todos tenham um outro eu, um que espreita invisível como o lado escuro da lua. A morte de David despertou algo dentro dela, e a paixão se transformou em obsessão.

— A pedra é realmente o que você quer? — pergunta Margaret. — Ela não vai fazer a coisa certa. Não vai trazê-lo de volta, e, mesmo que traga, isso importaria depois de tudo o que você jogou fora? Ou você sempre amou a memória dele mais do que a minha realidade?

Aí está. Aquele pequeno e terrível temor que ela manteve trancado por tanto tempo.

— Eu sempre estive aqui. Crescer com você era como estar sempre faminta. De tudo. De seu carinho, de sua proteção, de seu interesse. Eu pensei que, se eu nunca precisasse de nada, se eu nunca te incomodasse, se eu cuidasse de nós duas até você terminar seu trabalho, você me amaria. Mas não funcionou. Você nunca me enxergou. Você nunca se importou.

— Isso vale para os dois lados, Margaret. Se é assim que você quer me pintar, então suponho que você também nunca me enxergou. — Essas palavras são como um balde de água fria.

Ela nunca vai mudar, então.

— Por que meu pai nunca escreveu? — De todas as coisas que ela espera dizer, essa não é uma delas. — Por que ele nunca voltou por mim?

Evelyn parece igualmente surpresa. Ela suspira, um som derrotado.

— Ele queria levar você com ele, mas eu não suportaria perder você também. Eu disse a ele que ele se arrependeria do dia em que chegasse perto de você novamente.

Ela sente como se uma faca perfurasse seu estômago e, ao mesmo tempo, sente absolvição. Ele não a esqueceu. Ele não a abandonou. Suas memórias não a enganaram sobre o tipo de homem que ele era. O pensamento sobre o tipo de vida que ela poderia ter tido a enche de desejo e de raiva, que tomam conta de seu corpo como um incêndio. Mas Margaret ainda não consegue odiá-la. Quando sua raiva esfria, tudo o que resta é uma certeza soturna.

Esta será a última vez que ela pisará na Mansão Welty.

— Obrigada — diz ela suavemente. — Adeus, mãe.

Margaret não espera a resposta dela antes de abrir a porta da frente. O motorista buzina impacientemente assim que eles pisam do lado de fora, mas ela não suportaria ficar sentada naquele carro sufocante quando sente vontade de arrancar sua pele fora. Quando sente como se fosse virar pó com uma mínima respiração. Margaret se inclina e se senta na varanda. Wes se abaixa ao lado dela. A buzina soa novamente, e ele acena para o táxi com um sorriso forçado.

— Idiota — murmura ele. Então, se volta para Margaret. — Isso foi corajoso de sua parte.

— Não senti como se fosse. Senti como se eu estivesse sendo cruel e injusta.

— Não estava. — Wes passa um braço em volta dela. Margaret gostaria de poder se afogar no calor reconfortante de seu corpo, em seu cheiro familiar de louro e enxofre. — Ela que foi cruel e injusta com você. Você não deve nada a ela, Margaret. Você está fazendo o que é melhor para você.

— Você realmente acha isso?

— Gosto de pensar que sim. — Wes dirige a ela um pequeno sorriso tímido. Não é nada como seus sorrisos felinos habituais ou seus sorrisos de flerte. Esse é um dos poucos que ele guarda apenas para ela. — Mas eu não presumiria.

Ela encosta a cabeça no ombro dele.

— Você poderia.

— Vamos lá. — Ele beija sua têmpora suavemente. — Vamos para casa.

33

A cidade de Wickdon entrega a ele um cheque muito, muito grande.
    Quando o caixa do banco o entrega, ele sente uma espécie de satisfação deliciosa ao ver o nome de Walter Harrington em letras finas e irregulares, como se o próprio ato de assiná-lo fosse uma imposição intolerável. O número nele o deixa de queixo caído. Setenta e cinco dólares é mais dinheiro do que Wes jamais viu em toda a sua vida — mais do que ele espera ver novamente. O suficiente para cobrir a cirurgia de sua mãe. O suficiente para se mudar com Margaret para algum lugar, qualquer lugar além daqui.
    O suficiente, ele espera, para compensar por tudo o que fez sua família passar.
    A cidade se esvaziou desde o fim da caçada no dia anterior. Somente os gritos das gaivotas brigando por restos de pão perturbam o sossego do meio da manhã. Daqui ele consegue ver as ondas batendo suavemente na praia, dóceis como um filhote de gato. A brisa fresca que sopra pelas ruas acaricia suavemente seus cabelos. Ela não carrega vozes. Nenhum segredo do universo que ele sente que passará o resto de sua vida tentando se lembrar. Cheira a mar, cheia de promessas.
    Ele encontra sua família com Margaret em um café. Elas estão sentadas em uma mesa externa, cercadas por uma pilha de malas que parecem o início de uma pequena cidade. Sua família está agindo como sempre, o que quer dizer que estão falando alto demais. Margaret bebe seu chá em uma delicada xícara de cerâmica, claramente tentando decidir se elas estão divertindo-a ou a envergonhando-a.

Wes se aproxima o mais silenciosamente possível, então cobre os olhos de Colleen.

— Adivinha...

Ela se joga para trás na cadeira, debatendo-se, e acerta as costelas dele. Ele fica completamente sem ar, e uma explosão quente de dor percorre seu corpo. Os paramédicos disseram que sua costela flutuante estava quebrada e, embora tenham conseguido acelerar a cura com alquimia, vai demorar um pouco até que ele esteja totalmente recuperado. Ainda mais tempo agora.

Colleen leva as mãos à boca.

— Ah, meu Deus, eu sinto muito, Wes!

— Você mereceu. — Christine coloca sua xícara de chá no pires com um tilintar afetado.

— Eu deveria confiscar a parte de vocês por isso — diz ele —, mas felizmente estou me sentindo generoso.

Ele coloca o cheque na mesa em frente à sua mãe. Ela se engasga — se engasga de verdade —, o que faz o estômago dele revirar.

— Wes. Isso é muita coisa. Não posso aceitar.

Mad toma um longo gole de seu café.

— Eu posso.

Christine pega o cheque da mesa.

— Não acredito.

— Deixa eu ver, deixa eu ver! — Colleen o alcança.

— Se vocês o rasgarem, eu mato as duas — diz Mad.

— Todo mundo precisa compartilhar — diz Edie serenamente.

Enquanto suas irmãs brigam, sua mãe se levanta e o envolve em um abraço.

— Não sei o que dizer, exceto obrigada.

Ele descansa o queixo no topo da cabeça dela.

— Não me agradeça. Agradeça a Margaret.

Margaret cora, mas se esconde rapidamente atrás da borda dourada de sua xícara.

— Não é nada.

— É tudo. — Aoife pega a mão dele com sua mão enfaixada e a de Margaret com a outra. — Sou muito grata a vocês dois. E estou tão feliz por vocês terem se encontrado. Sabe, eu sempre quis uma quinta filha. E Weston precisa sossegar.

— Mãe! — protesta ele. — Já chega, tudo bem? Você vai assustá-la.

— Tudo bem, tudo bem. — Ela sorri como quem sabe das coisas. — Teremos um quarto preparado para vocês quando chegarem em casa hoje à noite. Acho que é o nosso táxi chegando agora.

Wes a beija na bochecha.

— Vejo você em breve. Tome cuidado, certo?

Um elegante táxi preto desce a rua até parar na frente deles. Wes espia pela janela, vislumbrando um bigode loiro encaracolado, e geme. Levando em consideração a sorte dele, claro que tinha que ser Hohn. Wes vê o exato momento em que ele se arrepende de ter aceitado o chamado. O rosto dele fica mortalmente pálido, mas ele abaixa a janela e sorri vacilante.

— Ah, Sr. Winters! E... Srtas. Winters?

— Isso mesmo! — diz Colleen alegremente.

Enquanto sua família se amontoa lá dentro, Wes abre o porta-malas e coloca todas as coisas delas lá dentro.

— Tome conta delas, Hohn. E boa sorte para você!

Deus sabe que ele vai precisar.

Wes acena um adeus e, enquanto o táxi se afasta, ele poderia jurar que consegue ouvir suas irmãs gritando e rindo até o fim do quarteirão.

A brisa do mar acaricia seu rosto e levanta os cabelos da nuca de Margaret. Ela olha para ele pensativa, a luz do sol tornando quente seus olhos cor de uísque. Eles têm a tarde inteira para passar o tempo enquanto ela faz as pazes com sua partida. E, então, a partir daí...

Bem, ele supõe que as possibilidades são infinitas.

— Finalmente sozinhos — diz ele, da forma mais maliciosa que consegue.

— Pois é. — As palavras dela são curtas, mas ele consegue ouvir o sorriso por trás delas.

Ele a agarra pela cintura, puxando-a para perto o suficiente para que possa sentir a doçura do chá em seu hálito. Tem cheiro de hortelã, mel e de algo exclusivo de Margaret.

— E como deveríamos passar o tempo?

Margaret morde o lábio para não rir. Antes que ela possa responder, uma voz os interrompe.

— Desculpe interromper. Weston Winters, certo?

— Sim, sou eu. — Wes afrouxa seu aperto em Margaret e olha para cima com relutância. Ele precisa de alguns segundos para reconhecer a jovem parada ali, levando em consideração que ela está vestida de forma muito mais simples do que quando ele a conheceu na exposição de alquimia. Mas ele não esqueceria alguém com um sorriso tão inocente, ou alguém que o ajudou sem pedir nada em troca.

— Srta. Harlan?

— Você lembrou! Pode me chamar de Judith. Bem, parabéns, não é mesmo? Pensei ter visto uma faísca em você, mas caramba. Quem teria pensado que um alquimista sem licença seria o único a finalmente conseguir?

Margaret enrijece ao lado dele. Seus olhares se cruzam. Ele ainda não descobriu o que dizer caso alguém lhe pergunte como ele conseguiu.

— Eu pelo menos não pensei — diz ele com uma risada nervosa. — Mas obrigado, de qualquer forma. Agradeço.

— Por nada. Que bom que encontrei você por aqui. Na verdade, tenho uma proposta para você.

— Que tipo de proposta?

— Que tal darmos uma volta?

Ele olha para Margaret, que acena com a cabeça. Ele vê o aviso nos olhos dela — *pise com cuidado* —, mas sua voz é agradável quando ela diz:

— Vou esperar aqui.

— Tudo bem, então. — Wes enfia as mãos nos bolsos. — Vamos dar uma volta.

Eles passam por uma fileira de vitrines coloridas, onde os vendedores estão tentando desesperadamente se livrar das suas últimas quinquilharias temáticas da caçada — estolas de pele de raposa, cornetas esculpidas em chifres de vaca e cupcakes com desenhos de raposa como cobertura. Eles mal caminham um quarteirão, e ele já está pronto para explodir de ansiedade.

— Não vou perguntar como você conseguiu matar a Hala — começa Judith —, e de qualquer maneira duvido que você me contaria. Isso não importa para mim. Eu mesma fui licenciada recentemente e estou com pouco financiamento agora. Você sabe como é. Moro em Trovador, uma cidade mais ao norte daqui, e esperava conseguir um estudante para obter algum apoio do governo e construir uma reputação.

— E você está *me* perguntando? Por quê?

— Nós, crias da Quinta Ala, temos que permanecer juntos. Além disso, não é possível ensinar talento, e talento você tem de sobra. Seria uma pena desperdiçar isso. — Judith diminui o passo para inspecionar outra barraca de mercado que está decorada com pretzels de canela esmaltados. — Diga-me, o que você quer fazer da sua vida?

Wes hesita.

— Quero ser político.

— Bem, sou formada na Universidade de Dunway, então talvez possamos nos ajudar. — Ela vasculha sua bolsa até encontrar seu cartão. Ele o pega com cuidado. — Me dê um toque se estiver na área e quiser resolver essa questão da carta de recomendação. Traga sua garota também. Os eleitores adoram uma boa história de superação, você sabe. Especialmente se tiver romance.

Wes vira o cartão entre os dedos. O nome dela está gravado em letras douradas, refletindo a luz como um pingente. Ele se sente como uma garrafa de champanhe sacudida. A pressão crescente em seu peito torna difícil encontrar as palavras exatas. Sua garota. Uma carta de recomendação. Mais um passo em direção aos seus sonhos.

É tudo o que ele sempre quis.

— O que me diz?

— Deixe-me falar com a minha família primeiro e, hum... com a minha garota. — Wes pigarreia em busca de sua voz mais madura e equilibrada. — Entraremos em contato em breve.

— Então tudo bem.

Ele precisa de toda a sua força para andar, e não correr, de volta para Margaret, com seu sorriso mais largo e estúpido estampado no rosto. O futuro é finalmente tão esplendoroso quanto ele sempre sonhou.

34

Naquela noite, eles vão para o mar.
Margaret está sentada em um pedaço de madeira tão lisa e pálida quanto mármore, observando Encrenca dar voltas na linha d'água. Ele joga água salgada para cima com suas patas a cada salto alegre. Mais abaixo na costa, Wes desenha um círculo de transmutação na areia com um pedaço de pau. Seus sapatos estão seguros ao lado dela, e suas calças estão dobradas acima dos tornozelos.

Quando ele termina, coloca uma caixa de madeira no centro. Nela estão os restos da Hala, banhados pela luz da lua minguante. Como um pingente de gelo que cintila ao sol, seu pelo brilha friamente no forro aveludado de seu caixão improvisado. Wes se agacha ao lado da caixa e coloca as mãos sobre o conjunto.

Não é de admirar que as pessoas pensem na alquimia como mágica. Ao que parece, ela não demanda esforço. Lá está Wes ajoelhado na areia. No momento seguinte, Wes está levantando o braço contra uma rajada de ar quente que se eleva das chamas que ele mesmo criou. Elas saltam na noite, mais brilhantes que uma estrela caída.

Quando o fogo se extingue, reduzindo-se a brasas, tudo o que resta na caixa é uma pilha de *caput mortuum* preto. Com mais uma transmutação, ele poderia purificá-lo em *prima materia* — e a partir daí forjar a pedra filosofal.

Depois desta noite ninguém jamais terá essa chance.

Margaret se levanta de seu poleiro e se aproxima de Wes. Mesmo agora, ela consegue sentir o calor da reação alquímica. Ele a envolve, o cheiro de enxofre se misturando com o odor intenso de salmoura do mar. Wes pega a caixa e a coloca nos braços dela. A sensação é quente na pele dela, e o conteúdo é negro como o mar. Toda a dor dela, toda a tradição, o ódio e a fanfarra, apenas por esta pilha de cinzas.

A maré rola sobre os tornozelos deles. Os dedos dos pés dela se enroscam na areia com a repentina pontada de frio. No horizonte, o reflexo da lua brilha sobre as ondas, como se Deus tivesse espalhado um punhado de diamantes na água. Wes enfia as mãos nos bolsos, os olhos fixos em algum ponto distante que ela não consegue acompanhar. O vento se emaranha em seu cabelo e agita as pontas de seu casaco.

Desse jeito, Wes parece muito sério — quase maduro. Há uma parte dela que se ressente de jogar fora a oportunidade de alcançar a *magnum opus*. De descartar tão insensivelmente todas as ambições infrutíferas de sua mãe.

— Tem certeza? — pergunta ela.

— Que uso eu teria para uma pilha de cinzas, Margaret?

Não há humor em suas palavras. Ele trata tudo isso com a reverência de um funeral, o que a agrada. É um alívio que ele não ache essa cerimônia improvisada ridícula. Mad estava certa sobre ele. Quando se trata de drama, ele nunca fará nada pela metade.

O coração dela aperta de desejo. Algum dia, quando ele alcançar o que deseja, haverá programas de rádio e artigos de jornal escritos sobre ele. Sobre um homem que ama um país que nunca o amou de volta. Um homem que o mudou para melhor. Ela sabe que eles vão captar muitas coisas sobre ele. Sua coragem e sua teimosia, seu temperamento e sua fome de justiça. Mas ela espera, mais do que tudo, que o mundo veja o que ela vê quando olha para ele. Sua compaixão e sua gentileza. Sua vontade de ir até o inferno ao lado dela.

— Se alguém pode terminar isso, é você — diz ela.

— Não, eu acho que não. Ainda estou tentando entender o que a Hala me disse, o que eu deveria aprender. Mas acho que a *magnum opus* é uma armadilha, um teste ou uma missão impossível. Não sei. Tudo o que sei com certeza é que, se Deus, ou a verdade, ou seja lá como você queira chamar, está lá fora e é algo possível de ser alcançado, não vamos encontrar isso naquela caixa. Vamos encontrar em outras pessoas.

Margaret pensa sobre isso.

— Ou talvez só em você — corrige-se ele.

Ela abaixa a cabeça para impedir que ele veja seu sorriso.

— Que sacrilégio.

Wes pisca para ela.

— Então talvez você devesse ter arrumado um bom Katharista em vez de mim.

— Acho que consigo me virar com você.

Ela não sabe exatamente o que está por vir. Todos os pertences deles estão amontoados nas malas empilhadas na praia atrás deles. Mas, enquanto ela está ao lado dele, a faixa ondulante do horizonte parece tanto com o fim do mundo quanto com o começo dele. Wes encontra seu olhar, e o que ela vê ali a enche de uma felicidade estonteante e cintilante.

É segurança. É amor.

Enquanto Encrenca gira alegremente em círculos no mar e Wes segura a mão dela, o vento gentilmente levanta seu cabelo da nuca e sussurra segredos em seu ouvido. Com os olhos fixos no horizonte, ela despeja as cinzas no oceano.

AGRADECIMENTOS

Todo mundo adverte um autor sobre a escrita do segundo livro. Por algum milagre, no entanto, este livro lutou comigo apenas de forma intermitente e sem muita ferocidade. De muitas formas, escrevê-lo era como voltar para casa. Era como deixar a luz entrar em uma sala trancada há muito tempo. Sou incrivelmente grata a todas as pessoas que tornaram *Uma Magia Fatal* possível e me apoiaram em cada passo do caminho.

Em primeiro lugar, agradeço à minha editora, Jennie Conway. É realmente uma honra e uma alegria trabalhar com você, e estou muito orgulhosa do que conseguimos fazer juntas neste livro! Agradeço, como sempre, por suas notas incríveis, por todo o seu apoio a mim e ao meu trabalho, e por amar a Margaret.

Às minhas agentes, Jess Mileo e Claire Friedman. Onde eu estaria sem vocês? Agradeço por me apoiarem e por sempre me guiarem em direção à verdade. Embora inicialmente eu tenha me desesperado quando vocês me pediram para descartar toda a segunda metade do esboço deste livro, vocês estavam certas, como sempre.

À equipe da Wednesday Books, que deu aos meus livros o lar perfeito. Um agradecimento especial a Mary Moates por todo o seu trabalho duro — e por sempre alegrar minha caixa de entrada! Também gostaria de agradecer a Rivka Holler, Natalie Figueroa, Sara Goodman, Eileen Rothschild, Melanie Sanders, Lena Shekhter e NaNá Stoelzle. Agradeço a Kerri Resnick por projetar a jaqueta dos meus sonhos, a Em Allen pela ilustração absolutamente deslumbrante, a Devan Norman por mais uma vez arrasar na decoração de interiores, e a Rhys Davies pelo mapa incrível. Este livro é como um objeto de arte graças a todos vocês.

Às pessoas que moldaram este livro. Alex Huffman, você me deu o combustível e a centelha que tornaram esta história possível. Christine Herman, você não me poupou de nada; sou muito grata por sofrer em suas mãos. Ava Reid, você me incentivou a escrever e a abraçar as partes mais vulneráveis de mim, o que me fez perceber sobre o que esta história deveria ser.

Ao restante dos Cinco Poderosos — Audrey Coulthurst, Elisha Walker, Helen Wiley e Rebecca Leach — agradeço pelo apoio moral na vida e na escrita. Todos vocês me ajudaram durante este ano. Agradecimentos extras a Audrey pela adorável sinopse e a Elisha por sua consulta sobre comportamento animal. Embora eu ainda tenha tomado algumas liberdades, tenha certeza de que nenhum cavalo jamais relinchará de medo sob o meu comando.

A Lex Duncan e Skyla Ardnt. Seu talento e incrível ética de trabalho me inspiraram todos os dias. A Zoulfa Katouh, Meryn Lobb e Kelly Andrew. Agradeço pelas primeiras leituras e pelo apoio (a mim, é claro, mas principalmente a Wes). A Courtney Gould e Rachel Morris, sem as quais eu estaria genuinamente perdida. Tenho muita sorte de conhecer pessoas tão generosas e talentosas.

Não foi fácil estrear em 2021; no entanto, tantos na comunidade literária foram extraordinariamente generosos com seu tempo, energia e amor. Obrigada, Joss Diaz, por ser uma pessoa incrível e por todo o seu trabalho duro na minha campanha de pré-lançamento. Obrigado, Cody Roecker, por sua sinopse no Indie Next e, mais importante, por sua amizade. Você vai arrasar na publicação. Agradeço a Cossette do teatimelit e a Taylor (taylorreads), que foram campeãs incansáveis do *Down Comes the Night*. Não sei o que fiz para merecer vocês duas! Do fundo do meu coração, agradeço a DJ DeSmyter, Cristina Russell, Kalie Barnes-Young, Rachel Strolle, Mike Lasagna, Maddie do Books Inc. Palo Alto, Lori e Glen do Books Inc. Mountain View, Chloe (theelvenwarrior), Skye do Quiet Pond, Charlotte do Reads Rainbow, Michelle do Magical Reads, Allie Williams, Cheyenne (cheykspeare), Emily do Adaptation Brain, Cait Jacobs e todos os membros do Queen's Guard. O apoio de vocês significou o mundo para mim.

A Aziz, Fudge, Brandon e Ryan — o chefe final do BYB — por me manterem cafeinada e humilde. Obrigada por me tirarem de casa e me colocarem no sol (e às vezes na fumaça dos incêndios florestais).

A Mitch Therieau. Obrigada por me amar. Obrigada por me ajudar a sonhar.

Por fim, a todos os leitores que adquiriram este livro. Obrigada, obrigada, obrigada. Vocês são a razão de eu fazer o que faço, a centelha sem a qual minha escrita seria fria. Se estiver precisando, espero que encontre conforto nestas páginas.

Este livro foi impresso nas oficinas gráficas da Editora Vozes Ltda.,
Rua Frei Luís, 100 – Petrópolis, RJ.